KB234879

# FTL에 어서 오세요

# FTL에 어서 오세요

**초판 1쇄 펴냄**    2021년 11월 05일
**초판 2쇄 펴냄**    2022년 02월 25일

**지은이**      클레이븐
**발행인**      박민홍
**책임편집**    허문원
**디자인**      최계은, 크리디
**인쇄**        (주)애드피앤씨
**발행처**      그래비티북스
**등록**        2017년 10월 31일 (제2017-000220호)
**주소**        06312 서울시 강남구 논현로 38 (개포동, 다우빌딩 2층)
**전화**        02-508-4501
**팩스**        02-571-4508
**전자우편**    say2@cremuge.com
**ISBN**        979-11-89852-19-1

**그래비티북스** _ 주식회사 무게중심의 출판 전문 브랜드입니다.

한국 SF 장편소설

# FTL에 어서 오세요

클레이븐

GRAVITY
BOOKS

# 차례

# PROLOGUE

태초에, 블랙홀에 묶인 거대 은하의 끝자락, 꺼질 듯 말 듯 자그마한 항성이 하나 있었다. 이 항성은 9개의 행성을 거느리고 있었는데, 그중 항성에서 세 번째로 가까운 행성에 살고 있는 덜 진화된 이들은 아직까지도 구운 고기를 맛난 음식이라 생각하고 있었다.

그중에서도 자그마한 반도 지역 사람들은 세 개의 기름층이 뻣뻣하게 굳어버린 옆구리 살점을 특히나 좋아했다. 그들은 그 부위를 전 국가적인 신념에 따라 빳빳하게 태우고, 지지다가, 최대한 시뻘겋고 맵게 만들겠다는 강박관념하에 조리를 했다. 그들 대부분은 너무 많은 캡사이신 때문에 속이 쓰리다고 말하다가도 다시금 기름과 캡사이신을 뱃속 가득 들이붓곤 했다.

하지만 이런 끔찍한 식품영양학적 재앙에도 불구하고, 그들은 물과 보리란 식물을 8대 1로 섞은(나머지 1은 묻지 말기 바란다.) 알코올성 음료를 뱃속에 들이부음으로써 자신들

의 삶에 끼어든 숫자와 삶의 허무함에 관한 피해망상을 좀
더 달래고자 하였다.

물론 이러한 시도가 영 좋지 못한 결과를 낳았음은 굳이
말할 필요 없으리라. 이를테면 스트레스를 풀기 위해 먹는
이들은 더 맛난 살점을 먹기 위해 또다시 고통 속에 빠졌고,
그 때문에 애꿎은 동물들도 덩달아 고통에 빠지고 말았다.
수많은 가축들이 사람들에게 딱히 무슨 잘못도 저지르지 않
았음에도 불구하고 말이다!

어쨌든 이런 비극이 넘쳐나는 우주에서, 반 발자국 너머,
누군가의 손이 임의로 만들어 낸 중첩공간 속을 떠다니는 어
느 소행성에 한 패스트푸드점이 문을 열었다. 가게의 이름은
FTL이었다.

흔히 쓰이는 관용구인 Faster Than Light의 줄임말인
FTL이 적힌 가게는 언제나 새것 같았으며, 오래되었고, 현
대적이었으며, 고풍스러웠다. 특히 노란 나무 패널을 비스듬
히 붙인 외벽이, 마치 어느 이름 모를 시골길을 지나다 만난
듯한 친근하고 올드한 느낌을 물씬 풍겼다. 거기에 티끌 하
나 없는 창문마다 직간접적으로 비치는 항성의 별빛을 막아
주는, 고강도 중력 천으로 된 처마가 플라즈마를 따라 펄럭
였다.

가게 2층엔 영원히 끝나지 않을 우주선들의 맹렬한 행렬이

잇따랐다. 그들은 하나같이 아침부터 저녁까지 계속될 FTL의 수준 높은 풀코스 요리를 맛보기 위해 혈안이 되어 줄을 섰다. 줄은 웬만한 중형 항성 8개를 줄 세운 것만큼 어마무시하게 길었다. 특히 길 가던 간접 시간 여행자나, 매우 바쁜 직장인들이 광속보다 빠른 속도로 음식을 맛볼 수 있는 이곳을 제집 드나들 듯 드나들었다.

그들은 줄을 섬과 동시에 메인 홀에 앉아 식사를 했고, 식사를 함과 동시에 우주선에 올랐다. 우주선을 타고 집에 갈 때마다 그들은 기나긴 줄에 선 자신의 모습을 발견할 수 있었다. 아니. 엄밀히 말하자면, 그들은 자신이 FTL에 방문해 줄을 섰던 모든 순간들을 바라볼 수 있었다.

그럼에도 참을성 없는 몇몇 얌체들은 다른 운전자가 잠든 틈을 타서 새치기를 하기도 했다. 뭐, 그러다 서로 치고 박는 수준에서 끝나면 다행이었지만, 몇몇 경우에는 국가 간의 전면전으로까지 번지기도 했다. 하지만 다행히도 FTL을 둘러싼 대부분의 전쟁들은 일어나기도 전에 종전을 맞이했다. 대부분의 장병들이 맛난 음식 앞에 이성을 잃고 무한한 중첩공간 속으로 탈영한 탓이 컸다.

이렇듯 완벽하게 친근한 가게에도 사소한 단점 하나씩은 있기 마련이었다. 그건 바로 지붕 위에 세워진 FTL이라 적힌 하얀 간판이었다. 물론 간판 자체에는 아무 문제도 없었다. 다만 FTL이 자랑하는 중첩된 시공간 때문에 하얀 간판의 모습은 조금도 일정하지 않았다. 간판은 언제나 낡아서 삐걱거렸고, 언제나 새것 같았으며, 언제나 공사 중이란 팻말이 간판 대신 세워져 있었다. 때문에 이곳을 들르는 사람들은 자신의 시간이 얼마나 지났는지 가늠할 길이 없었다.

하지만 걱정은 마라. 당신이 시간을 얼마나 잃어버리든 간에 이 여유롭고 풍성한, 우주 최초이자 최고의 식당은 인생을 살면서 꼭 한 번은 방문해 볼 필요가 있다. 우주 하나를 끝장낸 다음, 그 우주의 평행 우주까지 여럿 끝장내고서라도 말이다.

CHAPTER 01

# FASTER THAN LIGHT

# 1

## 31세기의 면접

"체린 양?"

체린은 떨어지는 고개를 쳐들었다. 그러자 그녀의 눈동자 속으로 단정한 차림의 여자가 빨려 들어왔다. 한 20대 초중 반쯤 됐을까? 갈색 머리카락을 뒤로 단정히 묶은 여자였다. 피부는 투명했고 유순하게 내려간 눈매는 어딘지 모르게 편안한 인상이 느껴졌다.

그녀는 생긋 웃으면서 입을 열었다.

"아, 정신이 드셨군요. 기분은 어때요?"

"음, 그게……."

말꼬리를 흐린 체린은 여자를 바라보다 사무실 풍경을 살폈다. 여자의 등 뒤로는 자그마한 인공폭포가 유리 속에서 흘러내리고 있었다. 그리고 그녀의 양옆으로 커다란 화분이 놓여 있었다. 화분 속에는 이름 모를 식물이 나선형 모양의 붉은 이파리를 펼쳤다. 하지만 그중에서도 가장 눈에 띄는 것은 바로 체린과 이름 모를 여자 사이를 가르는 대리석 책상이었다.

체린은 책상을 만지작거렸다. 돌이라고는 믿을 수 없을 만큼 부드러운 질감이 손끝에 만져졌다. 체린이 책상을 손가락으로 누르자 여자가 말했다.

"흠, 지금 조금 정신이 없죠?"

체린은 고개를 끄덕이면서 중얼거렸다.

"있죠. 지금. 어디. 여긴. 아니. 아오……."

두 글자로 된 말들을 늘어놓던 체린은 지끈거리는 관자놀이를 손가락으로 짓눌렀다. 그러자 약간의 통증과 함께 소매에 새겨진 곰돌이가 눈에 들어왔다. 체린은 오른손으로 머리만 남은 곰돌이를 손으로 매만졌다. 보드라운 촉감 때문인지 안도감이 일었다. 살아 있다는 것에 대한 안도감. 아니, 꿈이어서 다행이라는 안도감인지도 몰랐다. 그러나 왜 이런 생각을 하는 건지는 그녀는 영 알 수가 없었다. 그녀는 눈자위를 손가락으로 짓누르면서 중얼거렸다.

"여긴 어디예요? 음, 내가 어떻게……."

"네, 우선 이야기하기 전에 제 소개부터 하죠. 저는 엘리스라고 해요. 엘리스 더 앨리스죠. 만나서 반가워요, 체린 양."

엘리스란 이름의 여자가 손을 내밀었다. 가늘고 얇은 손가락 끝에 매달린 매니큐어가 반짝거렸다. 손톱 위에 달린 노르스름한 매니큐어의 색이 점차 파란색으로 변하고 있었다.

체린은 얼떨결에 그녀의 손을 잡았다.

"전 이곳 FTL의 면접관이죠. 어떻게 왔는지 기억 안 난다고 초조해하지 마세요. 제가 나중에 고지를 해드릴 테니까요. 혹시 차라도 한잔 하실래요? 코코아라도 드릴까요?"

체린이 고개를 끄덕이자, 엘리스는 손가락을 까딱거렸다. 뭐하는 거지? 체린이 아직 얼얼한 머리를 붙들고 있던 그때.

여자의 손에서 유유히 갈색 실이 뿜어져 나왔다. 그 실은 순식간에 허공에서 영글어 어떤 형상을 자아냈다. 처음에는 아무런 규칙성도 없는 덩어리처럼 보였지만, 실들은 순식간에 머그잔과 검은 액체가 되어 체린 앞에 내려앉았다.

체린은 두 눈을 휘둥그렇게 떴다. 그녀는 눈을 비볐다. 처음에는 피곤해서 헛것을 봤나 싶었던 탓이다. 그러나 아무리 눈을 비벼 봐도 코코아가 담긴 머그잔은 그녀의 눈앞에 있었다. 거기다 뜨거운 김이 모락모락 피어올라 눈가를 따스하게 매만지고 지나간 것은 덤이었다. 당황한 체린이 눈을 껌뻑이면서 코코아를 노려보자 여자는 입을 열었다.

"한번 마셔 봐요. 아마 기운이 날 거예요."

"하지만, 실이었잖아요……."

"이제는 아니에요."

고개를 살짝 15도 정도 옆으로 기울인 여자는 푸근한 미소를 지었다. 체린은 그녀의 얼굴을 바라보다 코코아(적어도 냄새는 코코아와 비슷했다.)를 바라보았다. 체린이 조금 망설이자 여자는 어깨를 으쓱이면서 말했다.

"혹시 토핑이 부족해서 그래요? 휘핑크림이랑 웨이퍼 토핑도 얹어 줄까요?"

체린에게 물어보던 여자는 손가락을 튕겼다. 순식간에 뻗어 나온 갈색 실은 코코아 위에 내려앉았다. 잠시 코코아의 표면 위를 떠다니던 실들은 서로의 몸을 회오리치듯 휘감았다. 순식간에 작은 털실처럼 코코아 위에 쌓인 실들은 서서히 갈색 빛을 털어냈다.

그러자 코코아 위에는 둥글게 쌓아 올린 휘핑크림과 크림을 뚫고 머리를 내민 웨이퍼가 나타났다. 마치, 신이 나타나 크림과 웨이퍼가 있으라고 이야기한 것처럼 그것들은 그곳에 나타났다.

체린은 떨떠름한 얼굴로 웨이퍼를 꺼내 들었다. 크림 속에 반쯤 파묻힌 웨이퍼는 코코아를 가득 머금고 촉촉하게 젖어 있었다.

웨이퍼를 입에 가져다 대자 코코아를 가득 머금은 웨이퍼는 바닐라 향과 함께 부드럽게 이빨 사이에서 바스러져 녹아내렸다. 다디단 액체가 순식간에 입안에서 터져 나왔고, 코코아 향과 바닐라 향이 코끝을 타고 기분 좋게 퍼져나갔다.

세상에!

체린은 웨이퍼를 한 입 더 베어 물었다. 전혀 달지 않은 순수한 바닐라 향이 크림과 어우러져 고소하게 바스러졌다. 어디에도 실 같은 건 없었다. 그것은 평범한 코코아와 휘핑크림이 묻은 웨이퍼였다. 맛을 놓고 따져도 이 코코아는 그냥 코코아가 아니었다. 감히 말하건대, 그녀가 평생 먹어본 코코아를 전부 합쳐 봐도 이 코코아의 발끝에도 미치지 못할 정도였다.

체린은 잠시 숨을 죽이고서 코코아 맛을 음미하다 여자에게 말했다.

"혹시 이거 무슨 마술 같은 건가요? 그러니까 책상 아래에 뭐, 비둘기 같은 게 숨어 있고, 뭐, 그런 거예요?"

"아뇨. 눈으로 보는 그대로예요. 못 믿겠으면 지금 한번 책상 아래를 내려다볼래요?"

체린은 고개를 끄덕이면서 책상 아래로 머리를 숙였다. 그러자 그녀의 눈에는 텅 빈 공간이 비쳤다. 책상 아래에는 자그마한 기둥 하나도 없었다. 그것은 그저 허공에 떠 있을 뿐이었다. 이따금 책상의 네 귀퉁이에 매달린 기계장치가 웅웅거리는 소리를 내면서 붉은빛을 반짝거렸다.

체린은 잔뜩 굳은 얼굴로 고개를 들어 올렸다.

"떠 있네요. 책상이."

"네. 이건 반중력 책상이에요. 참고로 체린 양이 앉아 있는 의자도 반중력이죠."

엘리스가 말하자, 체린은 두 눈을 껌뻑이면서 의자를 손으로 더듬어 보았다. 역시 의자 어디에도 다리는 만져지지 않았다.

"와, 현대 과학이, 정말 눈부시게 발전했네요. 하하."

"그렇죠? 31세기 최신 모델이에요. 앉아만 있어도 피로감이 시간당 25% 줄어드는 모델이죠."

아, 역시 31세기 모델이구나. 무의식적으로 고개를 끄덕이던 체린은 잠시 책상을 바라보았다. 어딘가가 이상했다. 31? 21이 아니라? '31'과 '세기'가 합쳐진 괴상한 단어가 머릿속에 팟 하고 반짝거렸다. 체린은 의사선생을 찾는 환자의 눈빛으로 엘리스를 바라보았다. 엘리스는 활짝 웃었다.

"31세기 미래에 온 것을 환영해요, 체린 양."

엘리스는 특유의 느릿느릿한 목소리를 흘리면서 박수를 쳤다. 그러자 그녀의 어깨 위로 자그마한 불꽃과 함께 아기 천사들이 하늘로 날아올랐다. 체린은 아기 천사를 바라보다 엘리스를 바라보다 불꽃을 바라보았다. 그리고 다시 혼란스런 얼굴로 허공으로 녹아드는 갈색 실을 바라보았다. 아이고야. 체린은 지끈거리는 관자놀이를 엄지로 지그시 누르면서 입을 벌렸다.

"그러니까, 31세기라고요?"

"네. 체린 양, 당신은 FTL사에서 추진 중인 라자루스 프로그램의 선택을 받아서 이곳에 앉아 있는 거예요."

체린이 뒤통수 한 대 거하게 맞은 사람처럼 눈을 껌벅이기 무섭게 엘리스가 말했다.

"저희 FTL사는 사회 복지 측면에서 과거에 존재했던 수많은 사람들의 인적 사항과 이런저런 가능성을 모아 분석한 뒤에 적합한 인재들을 31세기로 불러오죠."

엘리스는 책상을 손가락으로 두드렸다. 그녀의 손톱이 두 번 대리석을 때리기 무섭게 책상 위에서는 무채색의 실이 하늘로 날아올랐다. 투명한 화면 6개가 허공에 떠오르자 체린은 입술을 오므린 채 화면을 바라보았다.

화면은 수많은 그림과 글귀들로 가득했다. 체린은 한눈에 그 기록들을 알아볼 수 있었다. 자신이 살던 집과 성적표, 그리고 민감한 신체 정보가 적힌 화면도 있었다. 체린은 신상 정보가 담긴 홀로그램 화면을 향해 손을 뻗었다. 하지만 홀로그램 화면은 강물 속에 풀린 물감처럼 스르륵 체린의 손가락 사이로 빠져나갔다.

연어를 놓친 곰처럼 체린이 고개를 갸우뚱거리자, 엘리스는 검지 손가락을 양옆으로 까딱거렸다.

"그 자료는 저만 취급할 수 있는 자료예요, 체린 양."

"하지만 제 정보잖아요. 아니, 그것보다도 이건 다 어떻게 아는 거예요?"

"왜, 그런 말 있잖아요. '우리는 과거를 잊어버려도, 과거는 우리를 잊지 않는다.'는 말이요. 마찬가지예요. 우리 회사는 뭐든 알아요. 존재한 적이 있다면 반드시 우리 회사 정보망에 걸리게 되어 있죠."

"어떻게 그럴 수 있는 거죠?"

체린이 묻자 엘리스는 맞춰보란 듯이 허공에 손가락을 흔들었다.

"생각해 봐요. 음, 우선 21세기에 살던 체린 양이 어떻게 31세기에 왔을까~요? 그리고 우리 회사는 어떻게 체린 양의 신상 정보를 이렇게나 잘 알까~요?"

"왜 그런 식으로 '까~요.'라고 말하는 거예요? 그냥 왜 그런지 알려주면 어디 덧나요?"

체린이 조금 정색하자 엘리스는 어깨를 으쓱거렸다.

"죄송하지만 그건 안 돼요. 여기서 심각하게 이야기를 하면 다들 서른 시간 동안 울기만 하거든요. 그리고 열 명 중에 세 명은 울면서 제 목을 조르고 절 협박까지 하죠."

웃음기를 잠시 씻어낸 엘리스는 삶에 찌든 얼굴로 깊고 깊은 한숨을 내쉬었다.

"그래서 저희는 면접을 보기 전에 항상 유쾌 지수를 40% 대를 유지하려고 노력해요. 자자, 지금도……."

엘리스는 어깨 위로 손바닥을 받쳐 올렸다. 그녀의 손바닥 위로 갈색 여명과 함께 자그마한 태양이 떠올랐다. 태양은 시무룩한 얼굴로 12%라는 수치를 내보이고 있었다. 엘리스는 입술을 실룩거렸다.

"흠, 이러면 안 되는데."

태양을 손가락으로 툭툭 건드리던 엘리스는 체린을 바라보았다.

"아무래도 원활한 진행을 위해서는 어쩔 수 없겠네요."

"뭐가 어쩔 수 없는데요?"

체린이 고개를 갸우뚱거리면서 되묻자, 엘리스는 허공을 손으로 움켜쥐었다. 그녀의 손바닥 안에서 갈색 실이 용솟음치다 이내 일정한 형태를 갖추기 시작했다. 체린은 금붕어처럼 휘둥그런 눈으로 엘리스가 들고 있는 물건을 바라보았다.

"그거, 총이에요?"

"네."

"그거, 나, 쏠 거예요?"

"당연하죠."

엘리스는 태연하게 웃으면서 고개를 끄덕였다. 식은땀이 등줄기를 따라 소나기처럼 쏟아져 내렸다. 체린은 시퍼렇게 질린 얼굴로 바들바들 떨리는 두 손을 들어 올렸다. 하지만 엘리스는 피도 눈물도 없이 사악한 미소를 흘리면서 체린을 향해 방아쇠를 당겼다.

기계장치가 달그락거리는 소리를 흘리면서 움직이기 무섭게 작은 물줄기가 아음속으로 날아들었다. 뭐, 말이 좋아 물줄기였지, 그 액체는 지름 1mm에 높이 1cm짜리 자그만 원통형 젤리처럼 보였다. 젤리는 체린이 발버둥 치기도 전에 그녀의 인중을 때렸다. 차가운 감촉이 인중을 적시자, 체린은 '아야' 소리를 내면서 손으로 얼굴을 감쌌다. 하지만 얼굴에는 조금의 물기도 남아 있지 않았다. 체린은 혼란스러운 듯 두 눈을 껌뻑이면서 말했다.

"방금, 그게 뭐예요?! 나한테 뭘 쏜 거죠?!"

"별건 아니에요. 체린 양을 조금 유쾌하게 만들었다고나 할까요?"

"저를 유쾌하게 만들었다고요?"

"네. 자자, 체린 양, 한번 맞춰보겠어요? 저희 회사는 체린 양을 어떻게 31세기로 데려올 수 있었을까~요?"

엘리스가 박수를 치면서 말했다. 그녀의 나긋나긋한 목소리가 뇌리에 스며들자, 체린은 번쩍 손을 들어 올렸다.

"저요, 저요!"

"네, 체린 양. 대답해 보세요."

유치원을 졸업하고 나서 단 한 번도 소리친 적 없는 '야호!'를 신명 나게 외친 그녀는 초롱초롱한 눈으로 대답했다.

"냉동인간이요! 냉동인간이에요! 만화에서 봤어요."

"흠, 외람된 말씀이지만, 저희 회사는 좀 더 하이테크 기술을 보유하고 있답니다. 예를 들면, 타~로 시작하는 기계를 가지고 있죠."

"아, 알아요! 저, 알아요! 그러니까, 타아, 타아, 타임머신이요! 타임머신이에요!"

"띵동. 정답이에요! 상으로 코코아를 리필해 드릴게요."

와! 손뼉을 치면서 좋아하던 체린은 코코아를 집어 들었다. 코코아의 달콤한 향이 입술을 촉촉이 적시자, 체린은 퍼뜩 정신을 차렸다.

"잠깐만, 뭔가 이상한데. 방금 뭐였어요? 방금…… 꼭 유치원 시절로 돌아간 기분이었는데……."

"아마 그럴 거예요. 항정신성 약물을 아주 조금 당신의 뇌에 주입했거든요."

"약을 넣었다고요? 세상에! 당신, 제정신이에요?"

체린이 경멸하는 듯한 눈으로 자신을 바라보자, 엘리스는 또다시 총을 들어 올렸다. 체린은 숨을 죽이고 손을 머리 위로 들어 올렸다. 그러자 엘리스는 권총 옆에 달린 홀로그램 다이얼을 돌렸다. '납득 약물'이라는 글귀 위에 다이얼을 맞추었다. 그녀가 방아쇠를 당기자 또다시 이마에 약물을 뒤집어쓴 체린은 불쾌한 듯 눈을 껌벅거렸다. 잠시 후. 그녀는 납득할 수 있겠다는 듯이 고개를 끄덕였다.

"네, 생각해 보니까 그럴 수도 있겠네요. 가끔 머리 아플 때 코코볼 먹으면 기분이 좋아지잖아요. 그거랑 비슷한 거죠. 암요. 코코볼을 먹나 약물을 집어넣는 거나 뭐, 똑같은 거겠죠? 아마?"

"그렇죠? 어쨌든 덕분에 유쾌함이 40%대를 회복했겠다, 잡담은 여기까지만 하도록 할게요. 이제 슬슬 면접을 시작할 거예요. 그 전에 당신이 이곳에 오게 된 이유를 고지할게요. 음, 간단하게 말할까요, 아님 길게 말할까요?"

"길게요."

체린은 입을 삐쭉 내밀고서 중얼거렸다.

"설마, 납치 같은 건 아니죠? 그렇죠?"

"하하. 납치는 우리 전문이 아니에요. 그러니 안심하셔도 좋아요. 어디 보자."

엘리스는 손을 들어올렸다. 그러자 작은 홀로그램 화면이 허공에 떠올랐다.

"일단, 체린 양, 당신은 공식적으로 2021년 7월 15일 새벽 4시 32분 1초 즈음에 죽었어요. 5, 4, 3, 2, 1, 라임이 절묘한 타이밍이었죠. 6만 있었어도 완벽했을 텐데."

라임이라니. 아니, 그것보다 죽었다니! 체린은 경악한 표정을 지었다. 그러나 그녀의 뇌리에 스며든 약물은 곧 채린의 경악한 표정을 지워버렸다. 그러고는 대충 적당한 정보 값을 그녀의 신경망에 흘려보내 그녀의 뇌리를 장악했다. 때문에 체린은 고개를 끄덕이면서 자신의 죽음을 번갯불에 콩 구워 먹듯 납득했다.

'하긴, 가끔 보면 트럭에 치여서 다른 세계로 전생하는 만화도 많잖아. 그리고 TV 보면서 웃다가 죽는 드라마도 있었는데, 뭐. 아마 대충 그런 거겠지.'

하지만 여전히 마음에 들지 않는 부분이 있었다. 분명 그녀의 마지막 기억은 이부자리 펴고 잠을 잔 것뿐이었다. 그런데 죽었다고? 체린은 수상하다는 듯이 엘리스의 얼굴을 바라보다 머그잔을 내려놓았다.

"근데, 뭐 때문에 죽은 거예요? 저처럼 심신 건강한 고등학생이 갑자기 죽었을 리는 없고……."

"네, 건강 상태는 양호했어요. 그런데 잠버릇이 험했죠."

엘리스는 차분히 말했다.

"당신은 잠을 자다 이불 밖으로 데굴데굴 굴러 나왔어요. 그리고 평소 버릇대로 문지방을 끼고 잠을 청했죠. 하지만 그 날은 조금 달랐어요. 날이 너무 더웠던 탓에 당신은 좀 더 차가운 곳으로 가고 싶어 했죠. 그래서 계속 굴러갔어요. 그러다가 마루를 지나 싱크대에 등을 세게 부딪치고 말았죠.

문제는 싱크대 위에 아무렇게나 쌓아둔 그릇들과 압력 밥솥이랑 밥솥 뚜껑이었어요. 그게 당신 머리 위로 떨어진 거죠. 그중에서도 제일 처음에 떨어진 압력 밥솥이랑 밥솥 뚜껑이 치명타였어요. 둘 다 모서리로 떨어지는 바람에 체린 양은 그 자리에서 유명을 달리하고 말았죠.”

엘리스는 입술을 바싹 오므리고서 고개를 저었다. 체린은 두 눈을 치켜뜨고서 당황한 얼굴로 엘리스를 노려보았다. 살짝 미간을 찡그린 그녀는 밥솥을 떠올렸다. 분명, 설거지 후에 말린답시고 쌓아놓았더랬다. 그 위로 그릇과 수저를 쌓아뒀었다. 그건 부정할 수 없었다.

체린은 멍하니 엘리스의 얼굴을 바라보았다. 머릿속에서는 아무런 생각도 들지 않았다. 하다못해 슬프다는 생각조차 들지 않았다. 그녀의 뇌리 속에 스며든 약물이 생각을 방해하는 모양이었다. 다만 허망한 기분만은 없애지 못했다. 정말로 잘 쳐줘도 억지로 안전 조장하려고 만든 TV 프로그램에서나 나올 법한 죽음이었다.

입에서 헛웃음이 절로 흘러나오자 체린은 코코아를 마셨다. 다디단 코코아가 진하게 혀를 휘감아 내려갔다. 달콤 쌉싸름한 맛이 밀려들자 그녀는 숨을 가쁘게 몰아쉬면서 엘리스에게 말했다.

“알겠네요. 이거 다 몰래 카메라죠? 방 어딘가에 카메라 같은 게 있는 건가요? 막 제가 놀라거나 울면 사람들이 뛰쳐

나와서 놀리고 그러는 거예요? 시나리오 각본은 전부 우리 오빠 작품이고요. 그렇죠?"

엘리스는 잠시 미간을 눌렀다. 일그러지는 입가를 애써 펼치기 바쁘던 엘리스는 손가락을 튕겼다. 엘리스의 손끝에서 뻗어 나온 갈색 실이 뱀처럼 스멀스멀 사방팔방 쏟아져 내렸다. 그 모습에 학을 뗀 체린은 얼굴을 구기면서 두 다리를 반중력 의자 위로 올렸다. 그녀가 두 다리를 가슴까지 끌어올려 몸을 둥글게 말기 무섭게 그녀의 두 눈에는 우주가 펼쳐졌다.

체린은 어안이 벙벙한 눈으로 빠르게 흩어지는 방 안 풍경을 바라보았다. 갈색 실이 허공에 녹아들자, 이제 방 안에 남은 것은 체린과 엘리스, 그리고 사방에 빗발치는 기이한 별빛과 검은 공간뿐이었다.

그 낯선 풍경은 서늘하게 체린을 옥죄었다. 거기다 힘을 잃은 중력 때문에 그녀의 몸은 서서히 허공을 향해 날아오르고 있었다. 깜짝 놀란 체린이 버둥거리자, 엘리스는 갈색 실을 뻗어 체린의 몸을 의자에 고정시켰다. 그녀는 책상 위에 팔꿈치를 올린 뒤 상당히 고압적인 눈빛으로 네 손가락을 마주 대고서 말했다.

"자, 어때요? 이제 감이 잡히나요?"

"네네, 완전 잡혀요. 정말이에요. 감 잡혀요."

"이제 의심 안 할 거죠?"

체린은 물개처럼 고개를 빠르게 끄덕이면서 자기 자신과 엘리스를 손가락으로 번갈아 가리켰다.

"네네. 어, 일단 저는 죽었고요. 당신은 뭐, 뭐랬죠?"

"FTL의 면접관이요."

"네네, 그쪽은 면접관이에요. 당다, 당장 방을 원래대로 돌려놔 줘요! 아아아아, 안 그러면 나, 멀미…… 멀미가……."

반중력 의자와 함께 우주 공간을 떠다니던 체린은 입을 가렸다. 그 모습을 바라보던 엘리스는 곤란하다는 듯한 얼굴로 손가락을 튕겼다. 갈색 물결이 우주 공간을 가로지르기 무섭게, 체린과 엘리스는 순식간에 다시 새하얀 벽으로 둘러싸인 사무실 한복판에 마주 앉았다. 체린이 시퍼렇게 질린 얼굴을 책상 위에 처박기 무섭게 엘리스가 말했다.

"세상에, 무슨 사람이 그렇게 의심이 많아요? 그래도 이제 상황을 어느 정도 이해한 거 같으니까 계약서부터 작성하기로 하죠."

"계약서요? 무슨 계약서요?"

"근로 계약서요."

엘리스는 수십 개의 작은 홀로그램 화면을 손에 띄웠다.

"체린 양, 당신은 2021년의 먼 과거에서 비참한 최후를 맞이했습니다. 그리고 저희 FTL은 채용 프로그램인 라자루스 프로그램에 의거해서, 2021년 당시 당신이 무의식적으로 저지른 실수를 만회할 수 있는 기회를 드릴까 해요. 당신에게 새 삶을 살 기회를 드리겠다는 거죠."

엘리스는 활짝 웃으면서 말했다.

"생각해 보세요. 만약에 당신이 설거지한 밥솥을 바닥에 내려놓았다면 어땠을까요? 만약에 설거지한 그릇들을 싱크대 안쪽으로 깊숙이 밀어 넣었다면 어땠을까요?"

"그랬다면 당연히 이곳에 오지도 않았겠죠."

"맞아요. 저희 FTL은 몇몇 유능한 분들께 이런 타임 패러독스를 특전으로 드리고 있습니다. 당신의 과거로 돌아가 죽음을 맞이하게 된 원인을 완전히 제거하는 거죠. 다만, 특전을 누리기 전에 체린 양이 저희 회사를 위해 약간의 봉사를 해주셨으면 해요."

체린이 입술을 오므리기 무섭게 엘리스는 천천히 얼굴을 들이밀면서 말했다.

"걱정 마세요. 말이야 봉사지만, 봉급과 사원증도 드릴 거예요. 주거 및 의료 지원도 해드릴 거고요. 그리고 무엇보다 가장 좋은 특전은 따로 있어요. 바로 홀로사이트 사용 권한도 드릴 거란 사실이죠."

"홀로사이트요?"

엘리스는 손가락을 까딱거렸다. 손끝에서 갈색 실이 흘러나와 중력을 거스르고 허공으로 날아올랐다. 엘리스는 가느다란 손가락을 뻗어 실을 잡아챘다. 그녀가 빛으로 된 실을 양손으로 팽팽하게 잡아 늘이자 실은 희미하게 반짝이면서 사라졌다. 엘리스가 말했다.

"이 실 같은 걸 홀로사이트라고 불러요."

"어떻게 작동하는 거예요? 무슨 레이저 같은 건가요?"

"음, 사실 저도 이게 어떻게 작동하는지는 몰라요. 회사 기밀이거든요. 하지만 확실하게 말씀드릴 수 있는 건, 이 홀로사이트라는 도구는 31세기보다 훨씬 머나먼 미래의 어느 순간에 개발될 최고의 도구라는 점이죠. 그리고 이제 당신도 이 도구를 다루게 될 거예요."

"제가요? 아니, 그것보다도 미래의 어느 순간에 개발될 거라고요?"

"네. 저희 FTL의 본사는 31세기보다 훨씬 더 먼 미래의 어느 시점에 존재하게 될 예정이거든요. 그러니 미래의 어느 순간에 개발될 도구를 사용하는 거죠. 좀 더 공격적인 마케팅과 매장 확장을 위해서 말이에요."

엘리스가 웃으며 말하자 체린은 잠시 인상을 찌푸렸다.

"잠시만요. 아무리 생각을 해봐도 이건 말이 안 되잖아요. 31세기에 생기지도 않은 회사가 절 미래로 끌어들여서 31세기에서 일을 시키기 위해서 이렇게 면접을 본다고요?"

엘리스는 제법 놀란 듯 고개를 끄덕이며 말했다.

"네, 바로 그거예요! 한 번에 정말 잘 이해하셨네요. 저희 회사는 타임머신을 기반으로 수많은 시공간 왜곡을 통해 고객님께 빛보다 빠른 서비스를 제공해 드리고 있어요. 그렇다 보니 약간의 역설적인 모순들이 존재하긴 해요. 하지만 그 덕분에 FTL은 우주 역사상 가장 성공한 음식점이 되었죠."

엘리스는 가슴을 쭉 펼치고서 자랑스럽게 말했다. 그런 그녀를 바라보던 체린은 눈을 껌뻑거렸다. 뭔지는 몰라도 도저히 와닿지 않는 이야기였다. 그녀는 지끈거리는 머리를 긁적거리면서 말했다.

"그런데 그렇게 잘나가는 회사가 왜 31세기에다 지점을 낸 거예요?"

"그야, 저희 회사가 미래의 모든 시장을 점령했기 때문이죠. 그런데 계속 질문만 할 건가요, 체린 양? 앞으로 해야 할 일이 조금 많은데……."

엘리스는 팽팽하게 잡아 늘인 갈색 실을 검지에 휘감으며 말했다. 실 끝에서는 조금 전에 엘리스가 체린에게 겨누었던 총구가 스멀스멀 자라나고 있었다. 입술을 오므린 체린은 떨떠름한 얼굴로 두 손을 들어 항복 의사를 밝혔다. 그녀는 한숨 섞인 목소리로 중얼거렸다.

"아, 알았어요. 더 이상 안 물어볼게요. 그런데 저, 한 가지

걸리는 게 있는데요…….”

“뭔가요?”

엘리스는 손가락 사이에 매달린 실 한 가닥을 양옆으로 잡아당기면서 말했다. 실이 자아내던 총구가 짜다 만 스웨터처럼 풀렸다. 잠시 안도하던 체린은 어깨를 으쓱이며 쑥스럽게 말했다.

“제가 조금 손재주가 없어요. 거기다 기계 다루는 재능도 없다고요. 아시는지는 모르겠지만 며칠 전에 학교에서 선반 작업이란 걸 하다가…….”

“이어폰이 선반 기계에 빨려 들어간 거 말이죠?”

체린이 떨떠름한 얼굴로 고개를 끄덕이자 엘리스는 대수롭지 않다는 듯 입을 열었다.

“걱정 말아요. 홀로사이트는 그런, 주의사항만 가득한 원시적인 기계가 아니에요. 주의사항이랄 것도 없죠. 일단 홀로사이트가 당신 신경망에 접속하기만 하면 당신도 간단하게 사용법을 알 수 있을…….”

어디선가 지직거리는 날 선 소리가 엘리스의 말꼬리를 잘라냈다. 엘리스는 천천히 고개를 내밀어 체린의 어깨 너머를 바라보았다. 눈을 껌뻑이던 체린도 그녀의 시선을 따라 등 뒤를 돌아보았다. 그러자 그곳에서는 푸르스름한 빛이 흘러나오고 있었다.

체린은 살짝 눈살을 찌푸렸다. 그녀의 눈이 몇 초간 제 기능을 발휘하지 못하자 조금씩 다른 감각들이 상황을 인지하기 위해 날을 세웠다. 시각 외에 체린이 처음으로 느낀 감각은 청각이었다. 또각거리는 하이힐 소리가 차분히 바닥을 따라 울렸다. 그 소리를 따라 희미한 향수 냄새가 체린의 코를 살랑이면서 지나갔다. 처음으로 맡아보는 톡 쏘면서도 나긋나긋한 냄새였다. 몇 초 만에 푸르스름한 빛이 자취를 감추자 체린은 낯선 이와 눈이 마주쳤다.

푸른색 정장 차림의 검은 단발머리 여자였다. 세미롱 스타일의 머리카락이 어깨 위를 살랑거렸다. 푸른 정장은 다부져 보이면서도 아름답고 육감적인 몸매를 따라 맵시 있게 흘러내렸다. 무엇보다도 체린의 눈길을 사로잡은 것은 그녀의 얼굴이었다. 투명한 두 뺨 사이 날카롭게 날이 선 콧대와, 콧대가 시작되는 곳 양쪽에서 영롱하게 반짝이는 날카로운 푸른 눈빛은 순식간에 체린을 압도했다. 그것은 너무나도 순도 높은 카리스마였다.

"엘리스."

그녀가 입을 열자 엘리스는 자리에서 벌떡 일어났다.

"어, 요한나! 여기는 어쩐 일이야? 술이라면 나중에……."

"술 때문이 아니다, 엘리스. 신입을 받아 가려고 왔다. 이 녀석이냐?"

"응. 그런데 아직 계약서 작성이 다 안 끝났는데……?"

엘리스가 말하자 요한나라는 여인이 눈을 추켜 떴다.

"아직도 면접을 끝내질 못했다고?"

요한나라는 여자는 혀를 찼다. 그녀는 무뚝뚝한 조각상처럼 고압적인 얼굴로 천천히 엘리스에게 다가왔다. 요한나는 엘리스가 책상 위에 올려놓은 권총과 코코아를 바라보면서 말했다.

"내가 말했잖나. 시간은 언제나 돈이다. 그런데 넌 코코아랑 약물로 장난치면서 유유자적하고 있구나."

"어, 음. 요한나, 그게 아니라……."

"변명은 됐다."

요한나는 단호하게 말했다. 그러더니 그녀는 체린을 손으로 가리켰다.

"이제 이 녀석, 데려가도 되겠지?"

"하지만 아직 계약서 작성이 다 끝나질 않았다고."

"됐다. 어차피 여기까지 와서 면접으로 떨어뜨릴 것도 아니잖아. 일도 빨리빨리 배울 겸 면접 따윈 가면서 한다. 어이, 신입."

요한나와 눈이 마주친 체린은 흠칫 놀라 어깨를 움츠렸다. 어딘지 모르게 흐릿한 눈빛 너머로 동물적인 경계심을 건드리는 묘한 감각이 체린을 덮쳤다. 그녀는 그 감각을 뭐라고

부를지 잘 떠올리지 못했다. 굳이 다른 생물의 관점으로 체린의 감정을 비교해 보자면, 그녀가 느낀 감정은 파리가 느끼는 감정과 닮아 있었다. 특히, 책상 위에서 잠시 앞다리를 비비면서 쉬고 있던 파리가 자신에게 달려드는 거대한 파리채를 보는 기분과 대략 80%가량 일치했다.

"네놈. 특기가 뭐냐? 뭘 하다 왔냐?"

요한나가 쌀쌀맞게 묻자 잠시 입을 뻐끔거리던 체린은 천천히 고개를 저었다. 그녀는 '특기는 없는 거 같은데요.'라고 말하려고 했다. 하지만 요한나는 그녀의 대답 따윈 기다리지 않았다.

"뭐, 재능이 있든 없든 차차 알게 되겠지."

어깨를 슬쩍 으쓱거린 그녀는 곧장 체린의 목덜미를 붙잡았다. 에? 체린이 바보 같은 목소리를 흘리기 무섭게 요한나는 그녀를 질질 끌고서 사무실 벽 쪽으로 걸어갔다. 체린은 팔다리를 버둥거리면서 뒤따라오는 엘리스에게 소리쳤다. 그녀가 내뱉은 말들의 대부분은 '이것 좀 놔줘요.'와 직결된 말들이었다. 그러나 버둥거리는 체린에게 돌아온 것은 쌀쌀맞은 말뿐이었다.

"닥쳐라."

요한나의 한마디가 비수처럼 귓가에 꽂히기 무섭게 체린은 입을 다물었다. 바닥에 쌓인 먼지를 쓸어대고 있던 그녀의 엉덩이가 서서히 달아오를 동안, 엘리스는 체린의 꽁무니를 밟으면서 말했다.

"미안해요, 체린 양. 어디 보자, 여기랑 여기랑 여기에 사인하시고, 홀로사이트 이식 여부 동의서도 작성해 주세요."

"간단히 해라. 지금 미티 때문에 일손이 부족하다."

요한나가 손뼉을 치면서 다그치자 엘리스는 어깨를 으쓱이면서 말했다.

"그럼 어쩔 수 없네요. 어차피 다 동의할 거잖아요. 손을 이리 주시면 제가 알아서 할게요."

"자, 잠깐! 이거 놓고! 잠깐만요! 내가 동의해야 동의하는 거죠! 이런 법이 어디 있어요!"

체린이 항변하건 말건 엘리스와 요한나는 두 사람이 해야 할 일을 기계적으로 수행했다. 엘리스는 체린의 손을 갈색 홀로그램 상자 속으로 집어넣었고, 요한나는 체린의 몸을 한 손으로 번쩍 들어 올렸다. 그녀가 벽에다 손을 올리자 벽 위에서 푸르스름한 빛이 흘러나왔다.

체린은 고개를 돌려 푸르스름한 빛 속을 들여다보았다. 그 안에는 회색빛 물결이 넘실거리고 있었다.


체린은 잠옷 차림으로 휴게실 한구석에 앉아 있었다. 그것도 잘 때나 입는, 곰돌이가 그려진 잠옷이었기에 그녀는 부끄러움과 어처구니없는 기분을 동시에 맛보고 있었다. 그녀는 자신을 이곳에 버려두고 간 요한나란 여자를 떠올렸다.

갑자기 빛 속에서 튀어나온 그녀는 회색 통로 속으로 체린을 끌고 들어갔다. 중력의 대법칙이 적용되지 않는 공간 속에서 요한나는 빠르게 체린을 끌고 회색 공간을 가로질렀다.

엘리스도 그녀의 뒤를 따랐다. 그녀는 체린의 손을 홀로그램 상자 속에 집어넣기 바빴다. 홀로그램 상자 속에는 동의 아닌 동의가 쌓여갔다. 그렇게 열댓 개의 상자에 '동의'를 가득 채운 엘리스는 상자들을 손으로 쓸어 모았다. 수많은 홀로그램 체크 박스는 순식간에 엘리스의 손 안에 모여 작은 점이 되었다. 마치 작은 물방울을 보는 기분이었다.

홀로그램 물방울을 검지와 엄지로 잡아챈 엘리스는 물방울을 체린의 손등에 가져다 대었다. 따끔한 감각이 일자 체린은 인상을 찌푸렸다. 느낌만 놓고 보면 굵은 주삿바늘이 손등을 찌른 느낌과 비슷했다. 하지만 체린의 손등 어디에도 주사 자국이 남지 않았다. 체린이 인상을 구기자 엘리스는 땀방울을 닦아내는 시늉을 하면서 말했다.

"좋아요. 일단 계약서는 다 작성되었고요. 음, 홀로사이트도 설치되었을 거예요. 한번 손가락을 까딱해 보시겠어요, 체린 양?"

"이렇게요?"

　체린은 엘리스의 말대로 손가락을 까딱거렸다. 그것도 단지 검지를 45도 가량 굽혔을 뿐이었다. 그 자그마한 움직임이 끝나기 무섭게 체린의 손바닥에서는 스멀스멀 하얀 실이 뿜어져 나왔다. 여기까지만 해도 별다른 문제는 없었다. 문제는 체린의 손바닥에서 홀로사이트가 흘러나온 뒤 딱 10초 만에 일어났다.

　엘리스가 웃으면서 박수를 치던 그때, 체린의 손바닥에서 흘러나오던 홀로사이트가 갑자기 거대한 폭포수처럼 터져 나왔다. 이 새하얀 폭포수는 곧장 박수를 치던 엘리스의 얼굴을 후려치고 허공 속으로 사라졌다. 갑작스런 상황 변화에 적응하지 못한 엘리스는 작은 단말마의 비명과 함께 회색 공간 너머로 빠르게 날아가 버렸다. 체린은 회색 공간 속으로 흩어지는 하얀 홀로사이트를 바라보면서 소리쳤다.

　"이런, 씨바……, 상에!"

　"응? 씨바상에?"

　체린의 고함을 들은 요한나는 두 눈을 껌벅이면서 뒤를 돌아보았다. 그녀가 확인한 것은 두 가지였다. 새하얗게 질린 체린의 얼굴과 새하얀 실무더기, 그리고 회색 공간 속으로 날아가는 엘리스의 뒷모습이었다. 체린이 자신의 옷자락을 잡아당기면서 엘리스를 손가락으로 가리키자, 요한나는 혀를 차면서 말했다.

“허! 오자마자 면접관을 날려버리다니. 너, 배짱 좋구나.”

“아니, 그게 아니라…….”

항변하던 체린은 경악한 얼굴로 오른손을 들여다보았다.

‘오, 세상에. 내가 무슨 짓을 한 거지?’

체린은 스스로에게 되물었다. 하지만 그녀가 저지른 짓은 명백했다. 각종 SF영화나 만화에서 자주 나오지 않던가? 나쁜 놈이 사람을 우주 밖으로 던져버리는 장면 말이다. 문제는 오늘의 나쁜 놈이 바로 체린이라는 점이었다.

물론 체린은 엘리스를 싫어하지 않았다. 적어도 지금 자신의 뒷덜미를 한 손으로 잡아끄는 요한나라는 여자보다는 호감이 갔다. 아니, 이 요한나라는 인간에 비하면 엘리스는 친언니나 다름없었다. 때문에 체린은 사태 파악을 하자마자 소리쳤다.

“구, 구해야 해요! 지금 이럴 때가 아니에요! 엘리스 씨가…….”

체린이 목청을 높이면서 몸을 버둥거리기 무섭게 요한나는 쌀쌀맞게 말했다.

“신경 꺼라. 저 녀석은 괜찮을 거다.”

“아니, 지금 날아가고 있잖아요!”

체린은 회색 공간을 노려보면서 입을 우물쭈물거렸다.

“저 녀석은 괜찮을 거다. 그리고 너 같은 애송이가 나선다고 될 일도 아니니까 좀 닥쳐라.”

요한나의 한마디에 체린은 벌린 입을 다물지 못했다. 어디선가 샌드백처럼 두들겨 맞는 소리가 들린 듯했다. 체린은 그 소리가 어디서 들리는 소리인지 단박에 알아차렸다. 그것은 체린의 멘털이 탈탈 털리는 소리였다. 레프트, 레프트, 라이트 어퍼컷으로 연달아 들어오는 독설에 체린은 한껏 얻어맞은 권투 선수처럼 해롱해롱한 정신을 붙들었다.

세상에. 닥치라니. 헛웃음을 터뜨린 체린은 지금까지 살면서 한 번도 면전에서 들어본 적 없는 말을 곱씹어 보았다. 몇몇 선생님들이 질문을 너무 많이 한다고 체린에게 핀잔을 주기도 했지만 그게 다였다. 교우관계도 그다지 나쁘지 않았기에 친구들에게 (뒤로 먹은 욕 빼고) 딱히 욕먹은 적도 별로 없었다.

‘그런데 이런 내게 닥치라고?’

감수성 예민하기로 소문난 고등학생에게 이럴 수는 없었다. 적어도 체린은 그렇게 생각했다. 붕어처럼 뻐끔거리는 입을 벌렸다가 오므리던 그녀는 이 여자에게 뭐라고 쏘아붙일까, 고민했다. 그러나 회색의 공간이 끝나고 어느 서늘한 방에 도착할 때까지도 체린은 입도 뻥끗하지 못했다.

요한나는 방을 둘러보다 한 손을 허리 위에 올렸다.

“흠, 없네. 아직도 자는 중인가?”

　혼잣말을 중얼거린 요한나는 혀를 차면서 체린을 한 손으로 번쩍 들어 의자에 앉혔다.

“기다려.”

　그녀는 이 한마디를 남긴 채 다시 빛 속으로 사라졌다. 마치 강아지를 버리고 떠나는 주인이나 할 법한 소리에 체린의 자존심은 트럭 바퀴에 밟힌 전단지처럼 너덜거렸다. 그녀는 어떻게 해서든 자신의 자존심을 추스르려 했다. 하지만 요한나가 어디론가 사라진 지 5분이 지났는데도 체린은 여전히 잔뜩 풀이 죽은 채 의자에 앉아 있었다.

　체린은 참담하게 일그러진 얼굴을 손으로 문질렀다. 그녀는 엘리스의 모습을 머릿속에 떠올렸다. 불과 만난 지 30분밖에 안 되었지만, 그녀는 그나마 체린에게 친절하게 대해준 사람이었다.

　하지만 그랬던 그녀는 체린 때문에 회색 공간 속을 향해 머나먼 여행을 떠나고 말았다. 체린은 숙연하게 고개를 숙였다. 그나마 엘리스는 괜찮을 거라고 했던 요한나의 말이 위안이 되긴 했다. 물론 처음 보는 사람에게 닥치라고 말하는 무뢰한의 말을 신용하기는 어려웠다.

　‘차라리 요한나인지 뭔지를 날려버릴걸.’

　손가락을 까닥이던 순간을 떠올린 체린은 오른손을 노려보았다. 그녀는 불안한 눈으로 오른손을 조심스럽게 들어 올렸다. 언제 터질지 모르는 폭탄을 다루는 폭탄 해체 요원처럼 조금의 미동도 없이 천천히 오른팔을 쭉 뻗어 보았다.

다행히도 아직까지는 아무 일도 일어나지 않았지만 체린은 긴장의 끈을 놓지 않았다. 마른침을 삼키던 그녀는 왼손으로 오른손 손목을 지그시 누른 뒤, 검지를 까딱거려 보았다. 엘리스를 날려버렸던 하얀 실은 나타나지 않았다. 체린은 손가락을 차례대로 까딱거리다 슬쩍 주먹을 쥐어 보았다. 차가운 손가락들이 손바닥을 지그시 눌렀음에도 아무 일도 일어나지 않았다.

체린은 한숨을 내쉬면서 자리에서 축 늘어졌다. 이게 다 무슨 뻘짓이람. 그녀가 투덜거리기 무섭게 반중력 의자는 출렁거렸다. 자동으로 체린의 체형에 맞게 의자가 자세를 조정했다. 하지만 불행히도 반중력 의자의 불안정한 쿠션감은 그녀에게 멀미라는 작은 선물을 주었다. 때문에 체린은 자리에서 일어날 수밖에 없었다.

그녀는 은은한 조명 불빛을 따라 시선을 옮겼다. 맨 처음 그녀의 눈에 들어온 것은 네 개의 테이블과 테이블당 네 개씩 놓인 반중력 의자였다. 반중력 의자는 푸르스름한 빛을 내면서 보이지 않는 실에 매달린 것처럼 두둥실 떠 있었다.

체린은 치를 떨면서 오른편을 바라보았다. 그러자 갈색 오크나무로 짠 영국식 바 테이블과 스탠드 의자가 조명 아래서 반짝거렸다. 체린은 한눈에 그 의자에게 반하고 말았다. 우선, 스탠드 의자는 허공에 떠 있지도 않았고 괴상한 빛을 내지도 않았다. 가느다란 쇠막대 위에 놓인 붉은색 쿠션과 하얀 쿠션들이 친근한 느낌마저 주고 있었다.

체린은 자리에서 일어나 곧장 스탠드 의자 위로 올라가 앉았다. 푹신한 붉은색 쿠션과 쇳덩이가 안정감 있게 엉덩이를 받쳐주었다. 썰물처럼 잔잔하게 밀려들던 멀미가 한순간에 증발해 버렸다. 멀미가 사라지자 체린은 아주 자그마한 행복을 느낄 수 있었다. 그러나 아이러니하게도 마음이 차분하게 가라앉자 체린의 머릿속에는 죽음이란 두 글자가 떠올랐다.

이번에 그녀가 떠올린 죽음은 타인의 죽인이 아닌 자신의 죽음이었다. 특히 압력 밥솥 뚜껑과 밥솥에 깔려 어처구니없이 죽었다는 점은 도저히 그냥 받아들일 수는 없었다. 그것도 어젯밤 설거지를 한 다음 말리려고 쌓아둔 것들이었기에 더더욱 속이 상했다. 그녀는 스탠드바 위에 상체를 뉘었다. 이제 어떻게 되는 걸까? 흉기나 다름없는 오른팔을 바 위에 올리고 뺨을 대자, 따스한 체온이 잠옷 너머에서 체린의 뺨을 어루만졌다.

“망할.”

자그만 소리로 욕지거리를 내뱉었다. 그러다 문득 체린은 자신의 장례식이 어떻게 치러졌는지 궁금해졌다. 누가 왔을까 궁금해지던 찰나, 멀찍이서 푸르스름한 빛이 얼굴을 따갑게 쪼기 시작했다.

체린이 손으로 눈을 가리기 무섭게 휴게실에는 구둣발 소리가 울려 퍼졌다. 체린은 고개를 들고 빛 속을 노려보았다. 요한나일까? 체린은 놀란 토끼처럼 두 눈을 휘둥그렇게 뜨고서 몸을 낮추었다.

곧 푸르스름한 빛은 사라졌다. 그리고 빛이 사라진 곳에는 낯선 이들이 서 있었다. 한쪽은 키가 작은 소녀였고, 다른 쪽은 그녀보다 머리 하나가 더 큰 소녀였다. 두 사람은 모두 단정한 정장 차림을 하고 있었다. 가슴에는 큼지막한 나비넥타이를 매고 있었다.

하지만 그들이 입고 있는 양복은 체린이 알고 있던 양복과는 달랐다. 양복 위로 물 흐르듯 흘러내리는 문양들이 마치 시냇물처럼 휘몰아치고 있었다. 체린이 눈을 껌벅이자, 두 사람의 양복은 하나같이 세련되고 슬림한 형태로 바뀌었다. 보는 것만으로도 품격과 세련된 감각이 뚝뚝 묻어났다.

같은 옷을 입었지만 두 사람의 분위기는 전혀 달랐다. 푸른빛이 맴도는 머리를 양 갈래로 묶은 키가 작은 소녀는 천진난만하게 폴짝폴짝 뛰면서 휴게실 안으로 걸어 들어왔다. 얼핏 보면 학교 축제 때 단상에 올라 노래 부르는 중학생의 느낌이 물씬 풍겼다. 반면에 키 큰 소녀는 작은 소녀 뒤를 느긋하게 따라왔다. 그녀는 은빛으로 반짝이는 머리카락을 쓸어 넘기면서 다가왔는데, 늘씬한 몸매와 규칙적인 걸음걸이가 마치 유명한 모델 같은 느낌이었다.

두 사람의 어깨 위로 둥그스름한 물체가 날아올랐다. 마치 오래된 SF 만화에서나 등장하는 카메라 드론처럼 생긴 물건이었다. 그것은 두 소녀의 얼굴을 렌즈에 담으면서 두 사람 주위를 맴돌았다.

먼저 입은 연 사람은 자그마한 소녀 쪽이었다.

"그렇다니까! 다음에는 카트리나 5번 행성으로 가야 해. 거기서 자선 공연도 해야 한다고."

작은 소녀가 까치발을 세워가며 기지개를 켜자 키 큰 소녀는 걱정스러운 얼굴로 말했다.

"하지만 너 요즘 제대로 쉬지도 못했잖아. 그러다가 과로로 쓰러질지도 몰라."

"괜찮아, 괜찮아. 요즘 코스믹 구미를 먹었더니 기운이 팔팔하다고!"

소녀는 카메라를 향해 자그마한 정육면체 젤리를 들이밀면서 자신만만하게 가슴을 폈다. 그러더니 복싱선수를 따라 하듯 허공에 어설픈 잽을 날렸다. 왼손 잽 두 번에 오른손 어퍼컷과 함께 소녀는 하늘로 날아올랐다. 얼핏 보면 어설픈 개그 만화 속 캐릭터가 여기저기 방방 뛰는 모습과도 비슷해 보였다.

사뿐히 자리에 착지한 소녀는 잠시 숨을 가다듬었다. 푸른색 머리카락을 단정히 쓸어내린 그녀는 잠시 자리에서 발을 구르더니 허공을 향해 다시 한번 펄쩍 뛰어올랐다. 아무래도 제자리에서 공중제비를 하려던 모양이었다. 하지만 인색하기 짝이 없는 중력은 여린 소녀를 잽싸게 공중에서 잡아채 맨바닥에 처박았다.

그나마 다행인 것은 소녀 옆에 서 있던 다른 소녀가 손가락을 튕겼다는 점이다. 그녀가 손가락을 튕기기 무섭게, 소녀의 손에서 초록색 실이 뿜어져 나와 순식간에 바닥에 엉글었다. 실들은 큼지막한 쿠션으로 변하더니 얼굴부터 떨어지는 소녀를 폭신하게 받아주었다. 바보 같은 소리를 내면서 바닥에 널브러진 소녀는 끙끙 앓는 소리를 내면서 쿠션을 껴안았다.

"언니야. 나 또 죽겠어……."

"쯧쯧, 그러게 누가 이런 광고를 찍으랬어? 내가 그랬잖아. 절대로 몸 쓰는 광고는 찍지 말라고. 넌 정말 지독한 몸치잖니."

"하지만 재미있잖아! 폴짝 뛰고, 데굴데굴 구르고……."

또다시 자리에서 일어난 소녀는 폴짝폴짝 뛰다가 앞구르기를 했다. 그 바람에 스탠드 의자에 머리를 부딪힌 그녀는 새빨갛게 달아오른 이마를 잡고 휴게실 바닥에 널브러지고 말았다. 정신없이 날뛰던 소녀의 최후였다.

"쯧쯧. 너도 참 어지간히 몸치라니까. 괜찮……. 어라?"

키 큰 소녀가 멈칫거리면서 스탠드바 위에 찌그러진 캔처럼 앉아 있는 체린을 바라보았다. 바닥에 쓰러진 소녀는 자리에서 일어나 키 큰 소녀를 바라보며 칭얼댔다. 하지만 키 큰 소녀가 별다른 반응을 보이지 않자, 그녀는 빨갛게 달아오른 이마를 붙들고 고개를 돌려 체린을 바라보았다.

의자에 앉아 두 사람을 바라보던 체린이 멋쩍은 웃음을 흘리자 키 큰 소녀는 손뼉을 치면서 입을 열었다.

"아! 새로 왔나 보구나."

"아, 네……."

자리에서 일어난 체린이 고개를 끄덕이기 무섭게 조그마한 소녀는 바닥에 드러누운 채로 손을 흔들었다. 그러더니 순식간에 자리에서 벌떡 일어서서 (잠시 현기증 때문에 비틀거리다가) 자기소개를 시작했다.

"난 미티야. 잘 부탁해. 취미는 노래하는 거랑 춤추는 거. 좋아하는 건 치즈케이크야. 아, 그리고 여기는 내 언니야."

미티가 두 손으로 세티의 어깨를 감싸면서 말하자 세티는 체린에게 손을 내밀었다. 체린은 그녀와 악수를 나눴다.

"세티라고 해. 우리는 이곳에서 서빙을 담당하고 있어."

"아, 나는 체린이라고 해. 이체린."

세티의 자그마한 손이 부드럽게 손을 감싸자 묘한 한기가 손바닥을 타고 흘렀다. 세티는 희미하게 웃으면서 말했다.

"여기 오다가 요한나 언니한테 들었어. 네가 엘리스 씨를 날려버렸다던데."

바 테이블 위로 폴짝 뛰어 올라간 미티가 테이블 위에 엉덩이를 깔고 앉았다. 그녀는 정말이지 티끌 하나 없이 해맑은 얼굴로 샐샐 웃으면서 말했다.

"으응, 나도 들었어. 그것도 얼굴에다 정통으로 주먹을 꽂았다며? 아주 퍽, 퍽, 퍽, 하고……."

미티가 허공에 주먹을 마구 내질렀다. 슉슉. 자그만 입술 사이에서 튀어나온 맞춤형 서라운드 음성 지원이 살벌하게 더해지자 그녀의 뒤를 따르던 카메라까지 다가왔다. 당황한 체린은 카메라가 자신을 찍고 있는지도 모르고 학을 떼면서 버럭 언성을 높였다.

"난 그렇게 막 때리지 않았어! 단지 사고였다고!"

체린이 항변하자 드론 하나가 체린의 얼굴 앞으로 날아들었다. 놈은 검은 렌즈를 번뜩이면서 체린의 얼굴을 찍기 시작했다. 체린은 드론을 노려보면서 불쾌한 듯 말했다.

"그나저나 이 카메라는 대체 뭐야? 왜 나까지 찍는 거야?"

어느새 스탠드 의자에 앉은 세티가 말했다.

“아, 이건 광고 찍으려고 달아놓은 거야. 재미있어 보이거나 이상한 장면이 있으면 자동으로 서버에 기록되지.”

“잠깐만. 지금 나도 찍고 있는 거야? 지울 순 없어?”

“음, 지우기는 이미 너무 늦었어. 볼 만한 사람들은 다 봤을걸? 어쨌든 너도 이거 좀 먹어 봐.”

“뭘…….”

체린의 입술이 살짝 벌어지자 세티는 등 뒤에 숨기고 있던 조그마한 젤리를 체린의 입속에 밀어 넣었다. 갑작스럽게 들어온 젤리의 등장에 놀란 체린은 그 자리에서 굳어버렸다.

입안에 큼지막한 딱정벌레가 기어들어 연신 몸을 뒤트는 것 같은 감각이 혀와 입안 점막을 타고 퍼져나가 온몸을 움켜쥐었다. 특히 가느다란 다리 같은 것이 혀를 때리는 감각은 도저히 참을 수 없었다. 이쯤 되자 벌렁거리는 심장이 금방이라도 멎을 것 같았다.

그 모습을 바라보던 세티와 미티가 동시에 중얼거렸다.

“와! 선 채로 죽었어.”

“괜찮아. 그냥 젤리야.”

미티가 키득거리면서 체린의 팔뚝을 손으로 쿡 찔렀다. 반응은 즉각 찾아왔다.

“아아익아갸악재이가악까무트애써!!”

그녀가 터뜨린 괴성은 대충 ‘입안에서 젤리가 꿈틀거리고 있어.'라는 뜻이었다. 하지만 미티와 세티는 그녀가 무슨 말을 했는지는 관심도 없었다. 두 사람의 관심은 오로지 체린의 몸부림에 꽂혀 있었다.

유려한 손놀림 끝에 괴상하게 뒤틀린 손가락은 사이키델릭한 느낌이 물씬 풍겼다. 거기다 예술적으로 일그러진 표정은 비극과 희극의 경계를 넘나들고 있었기에 보는 이로 하여금 많은 감정을 불러일으키기에 충분했다. 얼핏 보면 도마뱀이 꿈틀거리는 것 같기도 했고, 약간 감성적인 시선으로 보면 유인원의 머나먼 후손이 잃어버린 야생성을 되찾아가는 장엄한 대자연의 신비를 보는 기분이 들었다.

카메라는 몸부림치는 체린의 모습과 함께 체린에게 박수갈채를 보내는 미티와 세티의 모습을 담았다. 녀석은 스탠드 의자에 발이 걸려 뒤로 자빠질 뻔한 체린에게 날아갔다. 그러고는 바닥에서 자라난 초록색 실에 걸려 버둥거리는 체린의 얼굴을 찍었다. 그런 뒤 만족스러운 듯 유유히 세티에게 되돌아갔다. 카메라 위에는 다음과 같은 글귀가 떠올랐다.

'촬영 종료. 수고하셨습니다, 미티 씨.'

카메라는 명령을 기다리는 강아지처럼 미티의 대답을 기다렸다.

하지만 미티는 체린을 바라보며 웃느라 정신이 팔린 나머지 카메라 따윈 신경 쓰지 않았다. 세티가 어깨를 으쓱이면서 미티 대신 카메라에게 수고했노라고 말했다. 그러자 카메라는 허공 속으로 눈 녹듯이 사라졌다.

"미안. 이렇게까지 놀랄 줄은 몰랐어. 우리는 매번 입에다 음식 넣어주고 장난치는 게 일상이라……."

"으갸조배애!"

체린은 자기 입을 가리키면서 말했다. 그녀가 입을 벌리자 혓바닥 위에서 꿈틀거리는 젤리가 모습을 드러냈다. 그것은 수많은 가느다란 촉수를 뻗어 체린의 혓바닥 위에서 다 죽어가는 물고기처럼 퍼덕이고 있었다. 체린의 목구멍 뒤로는 넘어가기도 싫다는 듯 놈은 체린의 어금니와 사랑니를 붙들고 늘어지고 있었다.

으엑. 미티가 괴상한 소리를 내자, 뒷머리를 긁적이던 세티는 손가락을 튕겼다. 순식간에 초록색 실이 체린의 입속에서 흘러나와 허공으로 사라졌다. 시큼하면서도 달짝지근한 맛도 혀를 떠나 허공으로 녹아들었다. 배터리 빠진 로봇처럼 축 늘어진 체린이 한숨을 쉬자 미티는 키득거리며 말했다.

"괜찮아?"

"안 괜찮아. 으으, 그런데 화낼 기운도 없어."

바닥에서 자라난 초록색 해먹 위에 축 늘어져 있던 체린은 고개를 들고서 입을 열었다.

"대체 나한테 뭘 먹인 거야?"

“코스믹 구미. 우리 회사 신상품이야. 며칠 뒤에 출시 예정이거든.”

“대체 어떤 멍청이가 입안에서 꿈틀거리는 젤리를 팔 생각을 하는 거야?”

“요한나 언니랑, 그리고…….”

세티가 왼손으로 미티를 가리키자, 팔짱을 낀 미티는 가늘게 뜬 눈으로 체린을 쏘아보았다. 그녀는 약간 심통이 난 듯 뾰로통한 얼굴로 입을 열었다.

“흐응. 미안하네요, 멍청해서. 젤리가 꿈틀거리면 맛있을 거 같아서 그런 거라고. 흥!”

“아니, 내 말은 그런 뜻이 아니라…….”

젠장. 망할 클리셰. 체린은 난감한 얼굴로 세티를 바라보았다. 세티는 어깨를 으쓱이면서 손을 까딱거렸다. 그녀의 가벼운 손짓 한 번에 초록색 실로 짠 그물망 위로 자그마한 실들이 올라와 체린의 몸을 떠받들어 주었다. 실들이 그녀를 의자에 앉히기 무섭게 세티는 미티를 가리키면서 말했다.

“쟤 이제 삐쳤어. 아마 2년 동안 너랑 말도 안 하려고 할 거야.”

“2년씩이나?”

“응. 미티가 삐치면 좀 많이 무섭거든. 전에 리키랑 싸웠었는데……. 혹시 릭이란 애 만나 봤니?”

체린이 고개를 젓자, 세티는 고개를 끄덕이면서 말했다.

"그런 애가 있어. 금발 머리 배달부. 어쨌든 전에 개가 미티가 아끼던 값비싼 지발락 드 라 발리에르 아이스크림을 소형 핵융합 배터리 냉매로 쓴 적이 있어. 그 바람에 아이스크림 2kg이 말 그대로 말라붙은 설탕 자국이 되어 버렸지. 그때 두 사람이 싸웠는데, 얼마나 오래갔는지 몰라. 미티는 리키가 잘 때마다 리키 방에 들어가서 얼음을 뿌리고 오고, 리키는 미티랑 내가 같이 쓰는 방에 들어와서는 날 묶어놓고 미티에게 아이스크림 200리터를 뿌리고 갔다니까?"

"잠시만. 왜 하필 얼음이야?"

"뭐든 냉매로 쓰고 싶으면 아이스크림 말고 얼음이나 가져다 쓰라고 일부러 그랬다나?"

세티는 어깨를 으쓱이면서 말했다. 체린은 여전히 이해 못한 눈치였지만, 미티는 연신 콧방귀를 뀌면서 말했다.

"그래도 아이스크림 속에 파묻혀서 기분은 좋았네요. 맛도 좋았고. 하지만 리키는 어디 사는 누구처럼 나한테 '멍청이'라고는 안 했다고. 흥."

미티가 코를 씰룩이자 체린은 떨떠름한 얼굴로 물었다.

"음, 그래서 어떻게 됐어?"

"결국 리키가 항복했지. 미티한테 4kg짜리 치즈케이크를 만들어 주고 모든 사건을 무마했어."

세티는 고개를 끄덕이면서 체린의 얼굴을 바라보았다. 체린은 그녀가 말하는 바를 한눈에 알아차렸다.

"그러니까, 내가 지금 치즈케이크를 구해야 한다 이거야?"

"맞아. 특히 미티는 바삭한 식감이 살아 있는 쿠키 도우와 라즈베리 레이블이 들어간 치즈케이크를 좋아해. 맨 위에 시럽 코팅을 하고 생크림 약간이랑 설탕에 절인 체리랑 작고 아담한 초콜릿까지 있으면 사족을 못 쓰지."

"그런데 그걸 어디서 구해?"

"구하기는……. 만들어야지."

세티가 손가락을 추켜올리면서 말하자 체린은 학을 뗐다.

"나, 난 자신이 없어. 아까도 내가 엘리스 씨를……."

쉬쉬. 세티는 불안해하는 체린의 손을 잡아주었다.

"처음에는 다들 그래. 거기다 넌 엘리스 씨를 날려버려서 홀로사이트 다루는 법도 제대로 못 배웠잖아. 돈은 내가 대줄 테니까 진정하고 내가 하는 대로 따라 해봐."

"돈? 실로 뭘 만들 때마다 돈이 든다고?"

"응. 엘리스 씨가 아무 말도 안 했어?"

체린이 고개를 끄덕였다.

"그걸 말해주기 전에…… 날아가 버렸거든……."

"지금부터라도 알면 되지. 우선 내가 리드할 테니까 시키는 대로만 해. 우선 오른손에 살짝 힘을 줘."

　머뭇머뭇 손가락들을 까딱거리기 무섭게 체린의 손바닥 위로 하얀 아지랑이가 일었다. 그 아지랑이는 작은 티끌처럼 그녀의 손바닥 위에서 살랑거리다 이윽고 허공을 향해 조심스럽게 날아올랐다. 체린은 빛으로 된 실을 멍하니 바라보았다. 실은 한 가닥이 아니었다. 손가락을 따라 서너 가닥의 실들이 날아오르기 시작했다. 체린이 겁먹은 얼굴로 실들을 바라보자 세티는 체린의 어깨를 다독이면서 말했다.

　"겁먹지 마. 이건 이제 네 일부니까 말이야."

　"일부라고?"

　"응. 우린 이걸 그냥 만능 머리카락쯤으로 생각하고 있어. 이걸로 상처 봉합도 하고, 가끔은 신체를 대체하기도 하거든. 하지만 지금 우리가 하는 일은 그런 섬세한 작업은 아니야. 그러니까 집중해. 이제 이 실로 치즈케이크랑 포크, 그리고 고양이 발자국이 찍힌 그릇을 만들 거야. 우선은 머릿속으로 그릇부터 그려 봐."

　체린은 숨을 가다듬었다. 그녀는 머릿속으로 그릇과 포크를 떠올렸다. 그러자 그녀의 관자놀이를 타고 작은 전율이 흘렀다. 그녀가 살짝 인상을 찡그리자, 그녀의 손에서 흘러나온 실들은 순식간에 허공을 가로질렀다. 실들은 마치 살아 있는 뱀처럼 서로의 몸을 감아 오르더니 이윽고 허공에 그릇 모양 스웨터를 직조했다.

스웨터는 서서히 일정한 형태의 질감을 띠기 시작했다. 그러더니 달그락거리는 소리를 내면서 바 테이블 위에 내려앉았다. 이런 세상에. 체린이 입을 가리고 중얼거리기 무섭게 세티는 박수를 치면서 말했다.

"잘했어! 고양이 발바닥이 어디론가 사라지긴 했지만, 어쨌든 모양은 합격점이야. 그러면 치즈케이크도 만들어 보자. 아까 말한 거 생각나?"

체린은 고개를 끄덕였다. 분명 쿠키 도우에 라즈베리 레이블과 시럽 코팅, 체리가 든 치즈케이크라고 했었지? 체린은 어릴 적에 딱 두 번 먹어 본 케이크의 식감을 떠올렸다. 부드러운 질감을 머릿속에 그리기 무섭게 하얀 실은 스멀스멀 접시 위에 모여들었다.

거미줄처럼 뻗어 나온 실들이 부드럽게 서로 얽혔다. 그것들은 제 몸을 서로 옭아매더니, 이내 노르스름하게 잘 익은 치즈케이크로 변모했다. 단면 사이로 삐져나온 불그스름한 라즈베리 소스가 먹음직스럽게 반짝였다. 딱 한 가지 흠이 있다면, 밑바닥에 깔려 있어야 할 과자가 케이크 위에 얼기설기 박혀 있다는 점뿐이었다.

체린이 유심히 케이크의 심미성을 분석하던 그때, 어디선가 파란색 실이 흘러나왔다. 그 실은 케이크 위를 가로지르더니 순식간에 포크로 변해 치즈케이크를 조금 잘라냈다. 케이크 위에 앉은 쿠키가 접시 위로 흘러내리기 무섭게 미티는 포크에 매달린 치즈케이크를 한 입 먹었다. 미티는 고소하고 달달한 맛을 음미하면서 말했다.

"음~. 이제 알겠지? 홀로사이트는 이렇게 쓰는 거야."

"이제 화 풀렸어?"

미티는 해맑게 웃으면서 시치미를 떼듯 치즈케이크를 한 입 더 먹었다.

"화 안 났어. 안 났고말고. 치즈케이크가 있는데 어떻게 화를 내겠어? 게다가 고작 멍청하다는 소리 듣고 화낼 정도의 정신력 가지고는 험난한 연예계에서 살아남을 수 없어."

"와, 너 연예인이야?"

미티는 작은 콧대를 바싹 세워 올리고서 연달아 고개를 끄덕였다. 엄지손가락 두 개를 바싹 세워 자기 자신을 가리켰다. 세티는 미티의 허벅지를 두드리면서 말했다.

"얘는 가수 겸 배우야. 그리고 예능 토크 쇼에 나가기도 하고, 뭐……."

"만능 엔터테이너다, 이거야! 에헴. 에헴."

미티가 자신의 작지만 오똑한 콧대를 하늘 높은 줄 모르고 세우던 그때였다. 미티의 눈 위로 작은 홀로그램이 떠올랐다. 천장을 바라보던 미티는 슬쩍 눈 위에 떠오른 작은 홀로그램 창을 집어 들었다. 세 사람은 홀로그램 창에 적힌 글귀를 들여다보았다.

'다음 일정 - 영화 홍보.'

짤막한 글귀였다. 체린은 눈을 껌뻑이면서 미티를 바라보았다. 체린의 시선을 한 몸에 받던 미티는 세티를 바라보았고, 세티는 체린을 바라보다 손가락을 튕겼다.

"아, 맞아. 기억나네. 전에 미티가 영화도 찍었어. 그…… 제목이 길었는데……."

"미티 더 뱀파이어 파이터인지 헌터인지 하는 영화 말이야?"

미티가 중얼거리자 미티의 머리에 매달린 리본이 사라졌다. 체린은 두 눈을 껌뻑이면서 미티의 머리를 손으로 가리켰다. 그녀의 손끝이 향하기 무섭게 미티의 머리에는 리본 대신 거대한 해골바가지가 놓여 있었다. 해골바가지는 길고 날카로운 송곳니를 드러내고 있었는데, 송곳니가 미티의 양쪽 관자놀이를 따라 뺨으로 내려왔다. 해골바가지 위에 피로 적은 '미티, 더 뱀파이어 킬러'라는 글귀가 부채처럼 펼쳐졌다. 핏물이 줄줄 흐르는 섬뜩한 글귀에 소름이 끼쳤다. 체린이 글자를 멍하니 바라보자 미티는 이마 위로 흘러내리는 핏물을 닦아냈다.

"아, 맞아. 이제 기억난다. 이거 며칠 뒤에 개봉할 영화야. 내가 뱀파이어랑 사랑에 빠졌는데 뱀파이어 쪽 일가친척들이 반대하는 바람에 일가친척들을 다 죽이는 내용이지. 나중에 어떻게 되느냐면 말이야, 내 남친이 날 물어서 뱀파이어로 만들려고 하는데, 알고 보니까 우리 집안이 대대로 내려오는 고대의 원조 외계 뱀파이어라서……."

미티가 주저리주저리 영화 내용을 주절거리자, 세티는 의자에서 일어나 미티의 입을 틀어막았다. 미티는 사람 손에 붙잡힌 고양이처럼 버둥거리기 시작했다. 세티가 말했다.

"미티, 스포일러 하면 위약금 물어야 할지도 몰라. 우리도 서빙하러 가야지."

"그 차림으로 서빙을 한다고?"

"응. 서빙도 할 겸 영화 홍보도 하려고."

"우리 매장이 정말 어엄~청 넓거든. 그래서 이러고 돌아다니기만 해도 홍보 효과가 제법 돼. 어쨌든 우리 먼저 가볼게. 우리 브레이크타임이 거의 다 끝나서 다시 일하러 가야 해. 안 그러면 요한나 언니가 우리한테 고함지를지도 몰라. 그럼 나중에 보자."

세티가 인사를 건네자, 세티의 손을 뿌리친 미티는 체린에게 손을 흔들어 보이면서 말했다.

"어쨌든 나중에 개봉하면 같이 보러 가자. 그럼 우리 먼저 갈게! 빠이빠이!"

체린은 휴게실을 가로질러 벽으로 다가가는 두 사람을 향해 손을 흔들었다.

두 사람은 벽 위에 손을 올렸다. 팟, 형광등이 켜지듯이 푸르스름한 빛이 회색빛 공간 너머에서 흘러나왔다. 두 사람이 회색 공간 속으로 몸을 던지려던 그때였다.

천장에서 단말마의 비명 소리가 울려 퍼졌다. 체린과 자매는 두 눈을 휘둥그렇게 뜨고서 천장에서 번뜩이는 푸른빛을 바라보았다. 단말마는 빛 속에서 흘러나오고 있었다.

'또 뭔가가 일어나고 있어.'

체린은 마른침을 삼키면서 생각했다. 그리고 그녀의 생각이 끝나기도 전에 검은 형상 하나가 휴게실로 떨어졌다.

쿵.

둔탁한 소리와 함께 그것이 신고 있던 구두 하나가 벗겨져 체린이 앉아 있던 의자까지 미끄러져 왔다. 자리에서 펄쩍 뛴 체린은 테이블에 매달린 채 바닥에 처박힌 그것을 바라보았다. 뒤집힌 옷자락 아래로 후줄근한 셔츠와 구겨진 정장 바지를 지나 검은 구두를 바라본 그녀는 마른침을 삼켰다.

처음에 바닥에 쓰러진 물체를 바라보던 체린은 그것이 마네킹일 거라 여겼다. 이유는 간단했다. 진짜 사람이라면 저렇게 바닥에 처박히고도 멀쩡할 리 없었다.

하지만 그녀의 생각은 보기 좋게 빗나갔다. 천장에서 떨어진 사람 형상은 바닥에서 꿈틀거리기 시작했다. 그것이 앓는 소리를 내기 무섭게 미티가 먼저 쓰러진 사람에게 다가갔다. 미티는 머리를 덮은 기다란 옷자락을 걷어 내렸다. 그러자 회색 안감 아래 감춰져 있던 얼굴이 드러났다.

남자의 얼굴을 들여다본 체린은 숨을 죽였다. 풍성한 금발 머리와 칼날 같은 턱선. 거기다 게슴츠레하게 껌뻑이는 루비색의 눈동자는 마치 하나의 조각상을 보는 기분이 들 정도였다. 어딘지 모르게 술과 담배를 물고 살 것 같은 인상이 강하게 풍겼다는 게 흠이지만.

체린이 남자의 얼굴을 빤히 바라보는 사이, 미티는 쓰러진 남자의 뺨을 손가락으로 찌르면서 말했다.

"헤헤! 릭 더 리키 씨, 아직도 자는 건가요? 하여간에 게을러, 게을러."

"아니."

남자는 짧게 중얼거렸다.

"있지, 지금 낙법도 안 쓰고 떨어져서 죽을 거 같거든. 미티, 그러니까 저리 가. 쉬, 쉬~."

릭은 생선에 꼬이는 파리를 내쫓듯 손을 휘저었다. 그의 손짓이 불쾌했던 걸까? 미티는 두 뺨을 빵빵하게 부풀렸다.

"너무해! 어떻게 이 귀엽고 깜찍한 은하계의 아이돌인 미티에게 그런 무례한 손짓을 할 수가 있어?! 리키 나빠!"

"네에, 네에. 참 귀엽고 깜찍도 하셔. 너무 깜찍해서 내가 이러다 끔찍해 죽게 생겼어."

뭐어?! 릭이 내뱉은 말을 들은 미티는 경악을 금치 못했다. 그러더니 상당히 고압적인 표정을 지으면서 두 손을 추켜올렸다. 그녀는 마치 첫 사냥에 나서는 새끼 호랑이처럼 두 손을 머리 위로 추켜올린 채 릭에게 달려들었다.

이 새끼 호랑이가 릭에게 한 짓은 다음과 같았다. 헝클어진 금발 머리를 잡아 뜯다가, 뱀파이어처럼 목덜미를 물더니, 이내 릭의 허리 위에 올라서서 방방 뛰었다. 이 불쌍한 남자의 허리에서 우두둑 소리가 비명처럼 울려 퍼졌다.

두 사람의 레슬링을 지켜보던 체린은 어릴 적에 자신과 놀아주던 오빠의 모습이 떠올랐다. 어릴 적에 오빠는 가끔 체린의 말이 되어주곤 했었다. 하지만 어느 날 진짜 말 타는 흉내를 내고 싶었던 체린은 등을 내어준 오빠의 머리채를 잡았다. 그러고는 평소보다 과하게 허리 위에서 방방 뛰었다. 그 바람에 그녀의 오빠는 소중한 정수리 머리털 한 줌을 잃고 말았다. 결국 그는 스포츠 선수처럼 머리를 짧게 깎을 수밖에 없었다. 그리고 그 뒤로 그녀의 오빠는 다시는 등을 내어주지 않았다.

체린은 오빠의 얼굴을 눈으로 그려 보았다. 가끔 싹수없이 굴 때는 있었지만, 한동안 다시 못 본다고 생각하니 체린은 조금 서글퍼졌다. 그녀가 잠시 코를 훌쩍거릴 동안, 천방지

축으로 날뛰던 새끼 호랑이를 보다 못한 세티가 나섰다.

세티는 곧장 미티의 머리를 한 번 쥐어박았다. 미티 머리에 있던 해골의 작은 이빨 두 개가 떨어져 나와 바닥을 굴렀다. 아야. 머리를 감싸 쥐던 미티는 눈꼬리에 작은 눈물을 매달고서 세티를 올려다보았다.

세티는 손으로 천장을 가리켰다. 말똥거리는 눈을 깜빡이면서 세티의 손가락을 따라 시선을 옮긴 미티는 자리에서 굳어버렸다. 천장을 살라 먹은 푸른빛 속에서 험상궂은 표정으로 미티를 바라보고 있던 요한나와 눈이 마주친 것이다.

미티는 주인에게 혼쭐난 고양이처럼 우물쭈물 자리에서 일어났다.

"있지, 언니야, 우리 지금 일하러 가는 중이었지? 그렇지? 저, 저, 절대로 땡땡이치던 거 아니지? 그치?"

"글쎄? 잘 기억이 나질 않는데?"

"히잉, 그냥 가는 게 어디 있어?! 큰언니 앞에서 제대로 이야기해야지!"

미티가 매달리든 말든 세티는 어깨를 으쓱이며 벽 쪽으로 다가갔다. 그녀가 벽에 손을 올리기 무섭게 회색 통로가 다시 모습을 드러냈다. 세티는 다리에 매달린 미티를 가볍게 집어 들어 통로 속으로 던져 넣고서 체린에게 가볍게 손을 흔들어 보였다. 체린은 회색 공간 속으로 뛰어드는 세티의 뒷모습을 향해 손을 흔들었다.

"흠, 이제야 조금 조용하구나."

두 사람이 사라지자 요한나는 사뿐히 자리에 착지했다. 그녀의 하이힐이 따각거리는 소리를 내기 무섭게 릭은 바닥에 드러누운 채 팔짱을 끼고서 요한나에게 항의했다.

"어이, 지금 나한테 할 말 없어?"

"할 말 없어."

그녀는 콧방귀를 뀌면서 입을 열었다.

"매일같이 늦잠 자고 농땡이나 부리는 녀석은 바닥에 좀 처박혀 봐야 정신을 차리거든."

"흥이다! 매일같이 목숨 걸고 일하는데, 이 정도 사치는 좀 부려도 되잖아."

"시끄러워."

요한나는 하이힐 끝으로 릭의 옆구리를 툭 건드렸다.

"이제 일어나라, 이 게으름뱅이 자식아. 나는 회의가 있으니까 이만 가보마. 네가 이 녀석 데리고 돌아다니면서 가게 구경이나 시켜. 알았지? 그리고 원하는 보직 있으면 3지망까지 적어서 나한테 주도록. 알겠냐?"

요한나의 무뚝뚝한 물음에 릭은 오른팔을 추켜올려 가운뎃손가락으로 대답했다. 요한나는 눈 하나 깜빡이지 않고서 릭에게 검지와 중지를 추켜올리고 손등을 보여주었다. 10초 가량 서로를 노려보던 두 사람은 이내 너나 할 것 없이 콧방귀를 뀌었다.

먼저 자리를 뜬 쪽은 요한나였다. 그녀는 또각거리는 하이힐 소리와 함께 푸르스름한 빛 너머로 사라졌다. 잠시 휴게실 위로 정적이 소복하게 쌓일 즈음. 바닥에 드러누워 있던 남자가 천천히 몸을 일으켰다.

체린은 경계심 어린 눈으로 남자를 쳐다보았다. 하지만 릭은 체린의 시선 따윈 아랑곳하지 않고서 테이블 위를 기어올랐다. 그는 체린의 왼편으로 두 자리 떨어진 의자 위에 앉았다. 그가 검은 양말을 신은 발가락을 까딱이자 바닥에 떨어진 구두가 꿈틀거렸다. 곧이어 구두는 무수히 많은 붉은 다리를 까딱이면서 릭의 발을 향해 다가갔다.

체린은 기겁했다. 구두처럼 생긴 벌레가 기어가자 그녀는 스탠드 의자 위로 두 다리를 들어 올렸다. 이윽고 구두가 자신의 발을 집어삼키자 릭은 체린에게 말했다.

"새로 왔냐?"

깜짝 놀란 체린은 숨을 고르면서 떨떠름한 얼굴로 고개를 끄덕였다. 릭은 헝클어진 금발 머리를 쓸어 넘겼다. 노곤한 얼굴 위로 금빛 머리카락 한 올이 뺨을 타고 흘러내렸다.

그를 가까이서 본 체린은 지독하리만큼 독한 담배 냄새를 맡은 기분이 들었다. 퇴폐적이고 어딘가 병적인 느낌이 드는 사내였다. 하지만 그럼에도 불구하고 어딘가 꼭 집어 말할 수 없는 아이와 같은 순수함이 느껴졌다. 왜 그런 생각이 드는지는 알 수 없었다.

체린이 잠시 상념에 잠기자, 릭은 테이블을 손가락으로 두드렸다. 뭉뚝한 손가락이 바 테이블을 두드리자 아무런 색감 없는 실들이 허공으로 날아올랐다. 그는 실들이 만들어 낸 홀로그램 화면을 바라보면서 체린에게 다시 말을 걸었다.

"나, 릭 더 리키. 요한나랑 몇몇 애들 빼고 대부분의 사람들이 날 릭이라고 부르지. 넌?"

"으음……. 이, 이체린."

"흐음. 이이체린이라……."

"아니, 이체린이야. 이는 하나만 붙어……요."

체린이 항변하자, 릭은 어깨를 으쓱이면서 홀로그램 화면을 손가락으로 눌렀다. 그가 버튼 몇 개를 누른 뒤 손을 테이블 위에 올리고는 허공을 쥐는 시늉을 하자, 테이블에서 솟아오른 무채색의 실들이 그의 손안에서 휘몰아쳤다. 순식간에 릭의 손안에는 큼지막한 유리잔이 나타났다. 무채색 실들은 유리잔 위를 기어올라 잔 속으로 뛰어들었다.

실들은 유리잔 속에서 순식간에 녹아내려 투명한 주황색 액체로 변했다. 액체가 잔에 가득 차오르기 시작하자 릭은 잔을 가볍게 흔들었다. 찰랑이는 액체 속에서 영글던 작은 알갱이가 짤랑 유리잔을 때렸다. 그리고 릭이 잔을 입에 가져갈 때 즈음에는 거의 눈알만 한 크기의 둥글게 깎인 얼음이 잔 속에서 달그락거렸다.

릭은 잽싸게 잔에 든 주황색 액체를 가볍게 들이켰다.

"그래서, 엘리스는 만났어?"

엘리스 이야기가 나오기 무섭게 체린은 다시 굳어버렸다.

"네……. 만나긴 했죠. 그런데……."

"됐어. 말 놔. 부담스러워. 그래서 어디로 갈 생각이야? 뭔가 생각해 둔 게 있어?"

체린이 얼떨떨한 표정을 지으면서 입을 다물자, 릭은 눈을 껌뻑거렸다.

"보직. 그러니까……. 하, 엘리스가 말 안 해줬냐?"

그녀는 회색 공간 속으로 날아가는 엘리스를 떠올리면서 간신히 고개를 움직였다. 그녀가 고개를 가로젓자, 릭은 인상을 찡그리면서 말했다.

"흠, 희한하군. 엘리스가 그런 걸 빼먹을 리 없는데."

뜨끔한 체린이 어깨를 움츠리는 사이, 릭은 주황색 액체를 홀짝거렸다.

"뭐, 가끔은 전자 비둘기도 나무에서 떨어져야 진짜 비둘기처럼 보일 테지."

"그게 무슨 소리야?"

"속담이야. 너무 완벽하면 재수 없다는 뜻이지. 그래, 넌 어디서 일하고 싶어? 메인 홀에서 일하고 싶어, 아니면 주차 요원이 되고 싶어?"

체린은 입술을 실룩였지만 어떤 대답도 하지 못했다. 애써 태연한 척 포커페이스를 유지하고 있었지만, 지금 그녀의 뇌리에는 집으로 가고 싶다는 생각만이 가득했다. 할 수 있다면 그 홀로사이트인지 뭔지로 타임머신을 만들어 곧장 집으로 가고 싶었다.

하지만 체린에게는 그런 능력 따윈 없었다. 거기다 홀로사이트는 쓸 때마다 돈이 든다고, 아까 세티가 말하지 않았던가? 모르긴 몰라도 타임머신 같은 건 엄청나게 많은 돈이 들게 뻔했다. 그리고 지금 그녀가 홀로사이트 다루는 실력으로는 만들어 낼 수 있을 리 만무했다.

릭은 그녀의 얼굴을 바라보면서 말했다.

"보아하니 집에 가고 싶어 죽겠다는 표정이네."

"뭐, 그야……. 그래. 뭘 하든 일단은 빨리 집으로 돌아갈 수 있었으면 좋겠어."

체린이 코를 긁적이면서 얼버무리자 릭은 게슴츠레 눈을 찌푸리면서 고개를 끄덕였다.

"그래. 네가 어디서 왔든지 집으로 돌아가고 싶으면 돈을 꽤 많이 벌어야 할 거야. 적어도 윗분들이 개인 목적의 타임머신 허가서를 줄 정도가 되려면, 못해도 미티가 버는 돈의 반의반 정도는 벌어야 할걸? 혹시 미티랑 만나 봤⋯⋯. 아, 맞다. 방금 여길 나갔지. 젠장, 정신머리하고는.”

릭이 머리를 쓸어 넘길 동안 체린은 푸른 머리를 양 갈래로 묶은 소녀를 떠올렸다.

분명 그 아이는 자신이 연예인이라고 했었다. 연예인급으로 벌어야 한다니. 감도 잡히지 않았다. 때문에 체린은 릭에게 미티가 버는 액수에 대해 물었다. 릭은 무미건조하게 답했다.

“미티가 얼마나 버냐고? 나도 몰라. 걘 애가 좀 겸손하거든. 하지만 요한나가 이야기하는 걸 들어보니까 못해도 중소형급 항성계 서너 개를 거느리고 살 만큼 벌더라고. 참고로 태양계가 중소형 항성계로 분류되니까, 대충 얼마나 벌어야 하는지 감이 잡히지?”

체린은 릭의 얼굴을 바라보다 천천히 고개를 떨어뜨렸다. 차마 입을 벌릴 기력도 나지 않았다. 대체 무슨 수로 태양계 서너 개 가치의 반의반 정도를 번단 말인가? 아니, 애초에 그게 얼마란 말인가? 체린은 스스로에게 되물어 보았지만 아무런 생각도 떠오르지 않았다. 애초에 뇌리에서 통용되던 금액의 스케일 자체가 달랐다.

체린이 손에 쥘 수 있었던 돈은 한 달에 용돈으로 받는 5만원이 전부였다. 언제나 5만 원을 벗어난 적이 없었다. 그랬기에 그녀는 언제나 값싼 편의점 도시락을 먹어야 했고, 대형마트 시식 코너를 전전하기 바빴다. 옷 한 벌을 사려면 서너 달 동안 편의점에 발을 끊어야만 했다. 그렇게 구질구질하게 살면서도 통장에 남은 건 고작 3,400원이 전부…….

체린은 생각을 멈췄다. 그녀는 주황색 액체를 들이켜는 릭을 바라보면서 천천히 두뇌를 작동시켰다. 그녀가 떠올린 것은 단순한 것이었다. 천 년이란 시간. 그리고 은행의 복리이자. 이 두 가지를 머릿속으로 끼워 맞춘 체린은 활짝 핀 얼굴로 입을 열었다.

그녀가 천천히 입으로 숨을 들이켜기 무섭게 릭은 한쪽 입술을 실룩거리면서 웃었다.

"그래. 여기 오는 사람들은 항상 돈 얘기만 하면 그런 표정을 짓는다니까. 은행에 얼마가 있느니 없느니 하면서 실실 웃어대지."

냉소적인 목소리가 찬물을 끼얹자 체린은 입을 다물었다. 릭이 말했다.

"있지, 화폐는 25세기 후반에 전부 '우주달러'로 통합됐어. 못해도 26세기 초까지 은행에 저금한 자본을 우주달러로 바꾸지 않았으면……."

"않았으면 어떻게 되는데?"

"정크 데이터가 되는 거지. 아마 네가 죽기 전에 가진 계좌
는 한참 전에 소실됐을걸?"

릭은 대수롭지 않게 말했다. 그가 내뱉은 말 한마디 한마
디가 체린의 희망을 산산이 부쉈지만, 릭은 딱히 신경 쓰지
않았다. 오히려 그는 이 상황을 즐기듯 여유롭게 기지개를
켜면서 입을 열었다.

"그래도 너무 걱정하지는 마. 새로 들어온 녀석들은 정착
금을 받고 시작하거든. 별다른 사고만 안 치면 그 정착금으
로 몇 달은 버틸 수 있어. 물론 매일같이 공짜로 주는 분홍색
페이스트만 먹고 버티면 말이지만."

한 마리의 고양이처럼 늘어져라 하품을 내뱉은 그는 자리
에서 비척비척 일어났다.

"좋아. 어디부터 볼래? 가까운 곳부터 갈까? 아니면 메인
홀부터 볼래?"

"가까운 곳부터."

풀이 죽은 체린이 자리에서 비척비척 일어나 한숨을 쉬면
서 말했다. 고개를 끄덕인 릭은 오른손을 들어 올렸다. 붉은
홀로그램이 반짝이기 무섭게 변화는 순식간에 찾아왔다.

# 2

매장 투어

릭은 한 발자국도 움직이지 않았다. 체린 역시 마찬가지였다. 그런데도 두 사람은 휴게실이 아닌 다른 어딘가에 서 있었다.

그곳은 은빛으로 물든 세상이었다. 천장과 벽면 모두 강철판으로 도배되어 있었고, 어디선가 흘러나온 희미한 불빛이 은은하게 방 안을 적셨다. 그러나 바 테이블과 스탠드 의자 같은 것은 흔적도 찾아볼 수 없었다. 그 대신 널찍한 공간 곳곳에 사람보다 조금 더 큰 원통형 구조물이 사방에 빽빽이 들어서 있었다.

세상에. 체린은 차마 입을 다물지 못했다. 너무나도 순식간에 벌어진 일이었기에 뭐가 어떻게 돌아가는지 알 수 없었다. 마치 누군가가 아늑한 휴게실 위에다 원통형 기계 장치로 가득한 삭막한 공간을 덧칠한 것만 같았다.

그녀가 자신의 양옆에 서 있는 원통형 기계를 손으로 매만지자 릭은 오른손에 든 잔을 기울이면서 말했다.

"여기는 수면실이야. 그리고 네가 만지고 있는 그건 급속 피로 제거기지. 자고 싶으면 여기 와서 통 안에 들어가면 돼. 1분이면 네 몸 안에 있는 모든 노폐물들을 정화할 수 있어."

릭은 허공에 떠오른 홀로그램을 손으로 쓸어 넘겼다. 그의 손짓 한 번에 은빛 세상은 서서히 검은 우주 공간으로 바뀌었다. 자리에서 펄쩍 뛴 체린이 숨을 집어삼키고 입과 코를 틀어막자, 릭은 가느다란 웃음을 터뜨렸다. 조소인지 그냥 웃는 건지 모를 애매한 미소였다.

"여긴 역장 안이라 괜찮아. 숨 쉬어도 돼."

"푸하! 그런 건 진작 이야기를 해줘야지! 아니, 그 전에 여기는 대체 뭐야?"

"여기는 직원 주차장이야. 언젠가 개인 우주선을 만들 만큼 돈을 모으면 여기다 우주선 박아놓고 써도 돼."

"그걸 묻는 게 아냐. 그게, 방금 전까지만 해도 휴게실이었잖아. 그런데 이게 어떻게 된 거야?"

체린이 횡설수설하면서 허공에다 난잡하게 손을 흔들면서 말했다. 릭은 잠시 그녀의 손짓을 바라보다 입을 살짝 벌리고서 고개를 끄덕였다.

"아, 신경 쓰지 마. 여기가 중첩공간이라 그래. 그럼 다음은 의무실……."

"잠깐, 잠깐. 중첩공간이 뭔데?"

체린이 말꼬리를 잘라가면서 묻자, 릭은 왼쪽 눈썹을 추켜 세웠다. 그는 새하얀 침대로 가득한 방 한가운데 서서 어떻게 그런 것도 모르냐는 표정이었다. 체린은 뾰로통한 얼굴로 릭에게 손가락을 들이밀었다.

"뭐야? 지금 그 표정은? 아무도 중첩 뭐시기에 대해서 이야기 안 해줬다고. 그러니까 모르는 건 당연한 거야!"

"그래, 그래. 그렇다고 치자고."

한쪽 눈썹을 치켜올린 릭은 어깨를 으쓱거리면서 말했다.

"간단히 말해서 중첩공간이란 건, 이 방 안에 수천 개가 넘는 방을 집어넣은 거라고 생각하면 쉬워.

이곳엔 아무나 들어올 수 없어. 입장권을 산 사람이나, 홀로사이트가 있는 사람만 자유자재로 매장 곳곳을 이동할 수 있지. 가고 싶은 방을 떠올리고 손으로 쓱 넘기면 그만이거든. 이렇게."

릭은 홀로그램을 손으로 쓸어 넘겼다. 그러자 순식간에 꽃과 나무가 우거진 언덕이 나타났다. 시냇물이 졸졸 바위를 따라 흘러내렸고 멀리서는 사슴 한 마리가 어디론가 뛰어가고 있었다. 체린은 신기한 듯 사슴을 바라보았다.

하지만 그녀가 어딜 보든 말든, 릭은 무심하게 다시 한번 손으로 화면을 쓸어 넘겼다. 이번에는 기계 팔이 달린 의자와 침대가 모습을 드러냈다. 체린이 주변을 살피기도 전에 릭은 또다시 공간을 넘겼다. 그렇게 서너 번 계속 넘긴 뒤에 릭은 술을 잔뜩 들이켜면서 말했다.

"좋아. 방금 전에 지나간 건 레저용 사냥터, 세척실, 의무실, 집중치료실이었어. 알겠지? 이제 직원 구역은 거의 다 본 거나 마찬가지니까 다음으로 넘어가자."

"거의 다는 무슨. 설명해 준 거라곤 휴게실 빼고 주차장이랑 수면실, 딱 두 개뿐이잖아."

"나한테 설명을 기대하는 거야? 난 요한나에게 안내해 주라는 부탁을 받았지, 구체적인 해설 방송 지원은 부탁받은 적이 없어. 따라와. 메인 홀 갔다가 다른 곳도 가야 하니까."

입술을 삐쭉 내민 체린은 릭의 뒤를 쫓았다. 그러다 무심코 주위를 둘러본 체린은 눈을 껌뻑이다 인상을 구겼다. 그녀는 딱딱하다 못해 부담스러울 만큼 위압감이 느껴지는 방안을 손가락으로 가리키면서 말했다.

"있지, 다른 곳에 가기 전에 말이야, 왜 음식점에 감옥이 있는지 정도는 이야기해 줘야 하는 거 아냐?"

체린은 살기등등한 레이저 창살이 번쩍이는 감방들을 손으로 가리키면서 말했다. 게슴츠레 두 눈이 풀어진 릭은 두 손을 허공에 빙글빙글 휘저어 가며 말했다.

"음, 혹시, 막 사람을 죽이고 싶다거나, 뭐든지 폭발하는 게 멋지다거나 하는, 뭐, 그런 생각해 본 적 있어?"

체린은 고개를 가로저었다. 두 팔을 음절마다 휘젓던 릭은 어깨를 으쓱거렸다.

"그럼, 신경 쓰지 마. 그리고 이제 조금 취기가 올라오는 거 같으니까 빨리 끝내자. 알겠지? 난 자고, 넌 일을 하러 가야지."

"취하기 전에 술 좀 내려놓고 제대로 설명해 주면 어때?"

"안 돼. 난 직업 특성상 술이 어느 정도 들어가야 제정신을 유지할 수 있다고."

릭은 출렁이는 주황색 액체를 흔들었다. 스멀스멀 잔에서 흘러나온 무채색 실들이 주황색 액체 속에 녹아들자 릭은 잔을 기울였다. 그는 반쯤 꼬부라진 혀를 차면서 말했다.

"조오아. 가까운 곳은 봤고, 그럼 이제 먼 곳을 좀 봐야지. 친구."

"허, 언제 봤다고 갑자기 친구래?"

"하하. 여기서 일하는 애들은 다 비슷한 처지니까 대충 친구라고 부르는 거지, 뭐. 너무 깐깐하게 굴지 말라고. 어쨌든 다음 정거장은 메인 홀이야. 뭐 하는 곳인지는 알지?"

"뭐 하는 곳인데?"

"고객들을 맞이하는 곳이지, 뭐 하는 곳이겠어? 보통은 집에 가고 싶은 애들은 전부 메인 홀을 지망해."

오. 체린은 입술을 오므렸다.

"그럼, 거기 가서 뭘 하는데?"

"견습생으로서 이제 서빙 연습을 해봐야지."

그가 잔을 든 오른손을 벽에 갖다 대자, 벽 위로 푸르스름한 빛이 흘러나왔다. 릭은 술을 들이켜면서 푸른빛 속을 손으로 가리켰다.

"이 안으로 들어가면 메인 홀이야. VIP들이랑 부자들이 널려 있는 곳이지. 혹시나 해서 묻는 건데, 너 서빙하는 법은 아냐?"

"음식 나르고 그러는 거 아냐?"

"아니. 전혀 아니야. 하……. 젠장. 엘리스."

릭은 구시렁거리면서 어깨를 늘어뜨리고 푸른빛 속으로 걸어 들어갔다. 그의 모습이 사라지자 체린은 서둘러 릭의 뒤를 따라 빛 속으로 뛰어들었다. 뒤이어 푸르스름한 빛을 몰아낸 회색 공간이 소용돌이치듯 빠르게 휘몰아쳤다. 실눈을 뜬 체린은 빠르게 지나가는 회색 공간을 노려보았다. 마치 누군가 체린을 회색 구름 사이로 집어 던진 것만 같았다.

하지만 시간이 지나자 속도감은 희미해졌다. 곧이어 그녀의 몸을 붙들고 있던 중력의 가느다란 끈도 사라졌다. 그러자 앞서 걸어간 릭의 모습이 총알처럼 빠르게 체린에게 다가왔다. 깜짝 놀란 체린이 몸을 움츠리자, 릭은 술을 홀짝거리면서 태연히 입을 열었다.

"흠, 보아하니 아무것도 모르는 모양이군."

"서빙이잖아. 그냥 음식을 나르면 되는 거잖아. 내가 뭘 모르다는 거야?"

"음식은 자리에 앉아만 있으면 테이블이 알아서 만들어 줄 거야. 네가 음식을 나를 필요는 없어. 넌 그냥 손님들을 보좌해 주면 돼."

보좌라고? 체린은 생소한 듯 눈을 치켜떴다. 그러자 릭은 술잔으로 체린을 가리키며 말했다.

"손님들 대신에 고기를 잘라주거나 커스텀 오더로 들어오는 주문을 주방에다 보내줘야 해. 가끔은 고객들이 먹고는 싶은데 먹지 못하는 음식들을 네가 대신 먹어 줘야 할 때도 있을 거야. 물론, 그냥 먹기만 하는 게 아니라 네 머리랑 고객의 머리를 연결해서 미각을 공유해야 하기 때문에 먹는 방식도 고객들의 주문에 맞춰서 바꿔야 해."

릭의 설명을 들은 체린은 잠시 생각에 잠겼다. 그러더니 멋쩍게 웃으며 말했다.

"있지, 차라리 그럴 바에야 그냥 로봇을 시키는 게 낫지 않을까?"

"불가능해."

"어째서?"

"법이 그래. 로봇 노동법이라고, 로봇은 하찮은 일은 못하게 법으로 금지됐거든. 하지만 법 이야기는 하지 말자. 복잡하거든.”

릭은 손사래를 치면서 말했다.

“아, 맞아. 그리고 이건 혹시나 해서 이야기하는 건데, 휴게실은 메인 홀과 연결되어 있지는 않아. 중첩공간 내의 절대 좌푯값이 다르거든. 그래서 직원 구역에서 일터로 가려면 반드시 이 워프 통로를 이용해야 해. 괜히 멍청하게 직원 구역에서 메인 홀 찾지 마라. 알겠지?”

“알지, 알지. 지금 우리가 워프 통로인지 뭐시기인지를 날아서…… 지나서…….”

잠시 입술을 오므린 체린은 주위를 둘러보다 어깨를 으쓱이면서 말했다.

“아무튼 가고 있잖아. 그런데 왜 분리해 놓은 거야?”

“왜긴. 손님이랑 종업원이 한곳에 머물면 좀 그렇잖아. 네가 오밤중에 잠옷 차림으로 돌아다니면 그 고상한 사람들이 죄다 신고하고 난리도 아닐걸?”

에? 체린은 입술을 오므리면서 말했다.

“하지만 나 지금 잠옷 차림인데?”

살짝 눈살을 찌푸린 릭은 체린의 모습을 위아래로 훑어보았다.

“흠, 네가 몇 년도에서 왔더라?”

“2021년.”

“그런데 그게 잠옷이라고? 하지만 곰 가죽 같은 게 아니잖아. 거기다가 면적도 넓은데?”

“곰 가죽? 하. 그건 1021년에나 유행이었겠지. 2021년에 사는 사람들은 잘 때 이렇게 귀여운 문양이 그려진 보드라운 잠옷을 입는다고!”

체린이 곰돌이 얼굴을 손으로 가리키자, 릭은 혀를 차면서 말했다.

“허. 귀엽다고? 살벌한 게 아니라?”

체린은 인상을 찡그렸다. 그녀는 옷소매에 그려진 곰돌이를 바라보았다. 데포르메된 곰돌이는 두 눈을 반짝이면서 혀를 반쯤 내밀고 있었다. 자기도 모르게 실수를 저지른 뒤 쑥스러워하는 만화 속 캐릭터의 모습과도 닮아 있었다.

“봐. 반쯤 내민 혀랑 둥글둥글한 그림체가 귀엽잖아.”

“글쎄다. 저 맹수가 지금 혓바닥을 내밀고 있잖아. 내 눈에는 이놈이 네가 얼마나 맛있나 간 보는 것처럼 보이는데?”

체린은 어처구니없다는 듯 릭을 바라보았다. 두 사람이 티격태격하는 사이, 워프 통로는 푸른빛을 흘리면서 두 사람을 메인 홀에 내려주었다.

메인 홀은 이름과는 달리 좁은 곳이었다. 한 서너 평보다 조금 더 큰 공간이 체린과 릭을 에워싸고 있었다. 체린은 방

안에서 깜빡거리고 있는 처음 보는 기계들을 바라보았다. 반짝거리는 불빛을 흘리고 있는 걸로 보아 작동하고 있는 모양이었다. 하지만 정확히 어떤 용도로 쓰는 기계인지는 알 수 없었다.

체린이 주위를 둘러보고 있을 무렵. 어디선가 왁자지껄 소란스러운 목소리들이 사방에서 조여 왔다. 체린은 바싹 신경을 곤두세우고서 소리가 나는 곳을 바라보았다. 그 소리는 반투명한 유리문 너머에서 흘러나오고 있었다.

유리문 너머에서 흘러나온 것은 말소리뿐만이 아니었다. 따뜻한 온기와 기묘하다 못해 말로는 감히 형언할 수 없는 냄새가 풍겼다. 어딘지 모르게 이질적이었지만, 마냥 싫어할 수는 없는 냄새였기에 군침이 절로 입안에 고였다. 체린이 침을 꼴깍 삼키기 무섭게 릭은 잔을 흔들면서 말했다.

"이봐, 우선 옷부터 갈아입자. 그런 적대적인 생명체가 그려진 잠옷은 고상하고 잘나신 고객님들에게 너무 자극적일 거야."

자극적은 무슨. 릭의 말에 콧방귀를 뀌던 체린은 주위를 둘러보면서 말했다.

"그래서 옷은 어디서 갈아입어?"

"어디서 갈아입기는. 당연히 여기서 갈아입어야지."

에? 바보 같은 소리를 낸 체린은 릭을 노려보면서 슬그머니 양팔로 가슴께를 가렸다. 그 모습에 의아한 듯 잠시 눈을 껌벅이던 릭은 깊은 한숨을 쉬었다.

"사생활 걱정 안 해도 돼. 우린 홀로사이트로 갈아입을 거니까."

"그걸 지금 말이라고 하는 거야? 세상에, 홀로사이트로 갈아입으면 분명히……."

체린은 속옷 차림으로 실 무더기를 뒤집어쓴 자신의 모습을 떠올렸다. 차마 그 모습을 입에 담고 싶지 않았다. 때문에 그녀는 불쾌함을 담은 콧방귀와 단호한 가로젓기로 대응했다. 체린이 고집을 부리자 릭은 혀를 끌끌 차면서 말했다.

"나 원, 우리가 원시인도 아니고……. 네 옷을 실로 풀어버릴 생각은 없어. 잘 봐."

릭은 몸에 걸치고 있던 검은 레인코트의 옷깃을 손으로 두어 번 잡아당겼다. 레인코트의 옷깃이 릭의 목덜미를 따라 일그러지자 코트 자락은 빠르게 줄어들었다. 옷깃과 양옆에 달린 주머니는 흔적도 없이 사라졌다. 질감도 변했다. 검은 옷감은 서서히 검은 색채를 잃고서 반투명한 비닐 재질로 변해갔다.

그가 입고 있던 검은 바지와 구두에도 변화가 찾아왔다. 베이지색으로 물들어가던 바지는 허벅지 부분이 면발처럼 찰랑거렸다. 면발처럼 찰랑거리는 바짓단에 파묻힌 구두는 구두코가 좁아지더니 뾰족구두로 변했다.

구두코가 고개를 들자 이번에는 구두코에서 시작된 홀로그램 물결이 릭의 몸을 타고 올랐다. 찰랑거리는 바짓단에는 조그만 암벽 등반가들이 매달려 있었다. 그 위로 회로기판에 새겨진 인쇄 회로처럼 가느다란 파란 선이 바지를 넘어 상의로 퍼져나갔다. 정교한 선분들은 홀로그램으로 표현된 어깨 숄을 찍어냈다. 그러자 어깨 숄 위로 돌고래가 날아올랐다.

돌고래는 릭의 머리 위에서 두어 바퀴 공중제비를 돌았다. 그러더니 반대쪽 어깨 위에 매달린 작은 물웅덩이 속으로 사라졌다. 정말이지 홀로그램만 아니었다면 쓰레기봉투로 만든 밋밋한 브라우저라고 해도 믿을 수준이었다.

릭은 홀로그램 물보라를 맞으면서 입을 열었다.

"봤지? 이렇게 바꾸면 돼. 옷에서 손가락을 떼지만 않으면 된다고. 해봐. 그냥 적당히 괜찮은 복장을 머릿속에 떠올리라고, 친구. 양복이든 전통의상이든 뭐든."

뭐든지라……. 체린은 입술을 오므렸다. 마침 평소에 한 번쯤은 입고 싶었던 옷이 있긴 했다. 며칠 전인가 TV에서 봤던 옷이다. 머릿속에 또렷한 이미지가 떠오르자, 체린은 옷깃을 잡아당겼다.

그녀의 손짓 한 번에 그녀의 잠옷은 그녀가 머릿속에 그린 모습대로 변해갔다. 하얀 홀로사이트가 일렁이면서 그녀의 발을 허공으로 들어 올리더니 맨발 위에 가죽 부츠를 신겨주었다. 잠옷 바지는 이제 그녀의 허벅지에서 살랑거리는 체크 무늬 미니스커트가 되어 살랑살랑 춤을 추었다.

가죽으로 된 벨트가 스커트의 허리 부분을 감쌌다. 그 위로 배꼽이 드러난 크롭티와 짧은 조끼가 조붓하게 몸을 감쌌다. 그리고 가느다란 팔에 달라붙은 옷소매는 팔꿈치까지 내려왔다. 하얀 장갑이 양손을 감싸기 무섭게 머리 위에 자그마한 실크해트가 내려앉았다. 마침내 하얀 실밥들이 사라지자 풀을 잔뜩 먹인 새 옷이 그녀의 몸을 휘감았다. 체린은 배꼽이 드러난 과감한 복장을 내려다보았다. 샤랄라하게 흘러내리는 옷감과 시원스런 복장에서 우러나오는 옷맵시에 체린은 가슴 깊이 용솟음치는 자신감을 느낄 수 있었다.

그러나 그녀의 자신감은 오래가지 못했다. 산들거리는 공기가 자극적으로 몸을 휩쓸고 지나가자, 체린은 자기도 모르는 사이에 홍당무처럼 붉어진 얼굴을 손으로 감추었다. 이유는 간단했다. 인생과 같았다. 멀리서 볼 때는 귀엽고 사랑스러운 옷이었지만, 정작 입어보니 너무나도 비극적으로 부담스러웠던 것이다.

살짝 미간을 찡그린 그녀는 다시 한번 옷깃을 잡아당겼다. 옷자락이 스멀스멀 자라나더니 이내 치마가 무릎 위를 2cm가량 덮었다. 그녀의 옷이 성장기를 벗어나 안정적으로 체린의 몸을 휘감자 릭은 늘어져라 하품을 하면서 말했다.

"좋아. 옷을 다 갈아입었으면 나가 보라고, 친구. 서빙 한 번 해 봐야지."

릭은 유리문을 손가락으로 가리켰다. 체린은 두 눈을 껌뻑거렸다.

"나 혼자?"

"어. 너 혼자. 난 도와줄 수 없어. 왜냐면 나는 메인 홀 담당이 아니거든. 거기다 지금 견습생은 바로 너잖아."

릭은 능글맞게 손을 들어 올렸다. 체린이 불안한 듯 릭을 바라보자 릭은 술을 들이켜며 엄지를 추켜올렸다. 그 모습을 본 체린은 왠지 모르게 술주정하는 삼촌이 '너도 할 수 있어.'라고 말하는 듯한 묘한 기분에 사로잡혔다. 그 기분은 슬며시 그녀의 등을 떠밀었다. 자신감과 부담감, 그리고 그 두 가지 감각을 압도하는 얼떨떨한 기분에 체린은 릭을 노려보면서 천천히 유리문 앞에 섰다.

'어쩔 수 없어. 집에 돌아가기 위해서라면.'

그녀는 숨을 깊이 들이마시고 내쉬면서 애써 긴장감을 날려버렸다. 마른침까지 삼킨 뒤 천천히 유리문을 나서는 순간, 체린은 눈앞이 깜깜해지는 것을 느꼈다.

그녀는 왁자지껄 떠드는 수많은 생명체들을 보았다. 그들은 대부분 거대한 뿔과 등껍질로 몸을 보호하고 있었다. 몇

몇 이들은 두껍고 거추장스러울 만큼 거대한 턱을 하늘로 쳐 들고 음식을 씹어 먹고 있었다. 어떤 이들은 수십 개의 기다 란 다리 끝에 달린 가느다란 막대기로 갈색 소스에 졸인 만 두처럼 생긴 음식을 먹었다. 그것이 다리로 만두를 찍자, 만 두 속에서 올리브색 액체와 함께 흐느적거리는 무언가가 흘 러나와 바닥을 적셨다. 올리브색 액체에서는 위험하리만큼 감미로운 향이 모락모락 피어올랐다.

체린이 침을 꼴깍 삼키면서 메인 홀에서 멀뚱히 서 있자, 가까이 있던 테이블에 앉은 양복 차림의 생명체가 반응을 보 였다. 몸집이 작고 배가 불룩 튀어나온 외계인이었다. 그것 은 불룩한 몸뚱이 위로 튀어나온 한 쌍의 성대를 비볐다.

"저기요. 여기 주문."

체린은 고개를 끄덕이며 머뭇머뭇 테이블 쪽으로 다가갔다.

'좋아. 자연스럽게. 침착해야 해, 이체린. 여기서 네가 집 에 돌아갈 수 있냐, 없냐가 갈린다고.'

체린은 마른침을 삼키면서 두 외계인들이 앉아 있는 테이 블 앞에 멈춰 섰다. 그것이 성대를 열자 느끼한 기름 냄새가 몰칵 콧속으로 들어왔다. 마치 입 안에다 방향제 한 통을 들 이부은 것만 같았다. 향기롭지만 계속 맡기에는 괴로운 냄새 가 폐를 가득 채우자 체린은 기침을 참아가며 말했다.

"무엇을, 쿨럭. 드, 드리, 릴까요? 으으, 쿨럭."

그녀가 입을 열기 무섭게 양복을 입은 늘씬한 외계인이 손을 들어 올렸다. 주문을 하려는 걸까? 체린은 외계인의 뭉뚝한 몸체를 바라보았다. 하지만 암만 봐도 어디가 입이고 어디가 눈인지 알 수가 없었다. 머리가 있을 곳은 비어 있었고, 왼팔이 있어야 할 곳에도 아무것도 없었다. 그녀가 당황하자, 외계인은 팔을 상 위에 올려놓았다. 그는 오른팔을 들어 체린의 얼굴에 들이밀고 8개의 가느다란 손가락을 펼쳤다. 그러자 끄트머리에 작은 집게가 달린 손가락 사이에 파묻혀 있던 외계인의 얼굴이 드러났다. 투명한 이빨 여섯 개가 조붓하게 조인 입술처럼 생긴 살덩이 위에 박혀 있었다.

그것은 오른팔에 달린 집게 8개로 소리를 냈다. 체린은 그 소리를 알아듣지 못했다. 구개음이 아니라 일종의 모스부호와도 같은 언어 체계였기 때문이다. 불행히도 살면서 모스부호라는 말도 들어본 적이 없는 체린이 이 꽂게 인간의 주문을 알아들을 수 있을 리 만무했다.

그러나 다행히도 그녀의 오른팔에서 뿜어져 나온 홀로사이트가 꽂게 인간의 말을 번역해 주었다. 체린은 하얀 실이 자아낸 홀로그램 화면에 떠오른 글귀를 바라보면서 말했다.

"어, 그러니까, 플로란디아산 진주후물란이랑……."

"난 A세트로 주셔. 그리고 있지, 닥이란 생물이 배출했던 세포체를 먹고 싶은데……."

"음……, 닥이요?"

"하얗고 찌그러진 타원형 비슷하게 생긴 거 말이야. 거기서 새로운 닥이 태어난다던데?"

"아, 그건 닭이라고 말해요. 그리고 말씀하신 건 아마도 달걀인 거 같은데요, 그게 어……."

체린은 당황한 듯 숨을 죽였다. 이 다음에는 어떻게 해야 하는 거지? 그녀는 뒤를 돌아보았다. 언제부터 그곳에 서 있던 걸까? 유리문 앞에 등을 기대고 선 릭은 체린을 바라보다 잔을 들고 있던 오른손으로 손님들을 가리켰다. 아무래도 손님들에게 집중이나 하란 뜻인 듯했다. 체린은 한숨을 쉬면서 다시 고개를 돌려 굶주린 두 외계 생명체를 바라보았다.

좋아. 이체린. 할 수 있어. 그래. 넌 할 수 있어. 빨리 빨리 일 끝내고 집으로 가는 거야! 아자아자! 그녀는 근거 없는 자신감을 스스로에게 던져 주었다. 물론 근거 없는 자존심을 추켜세우느라 손님들은 지루해하고 있었다는 점은 굳이 말할 필요 없으리라. 그럼에도 그녀는 천천히 두 고객들의 눈치(작은 외계인의 눈은 어디 달려 있는지 알 수 없었지만)를 살피면서 주위를 두리번거리면서 다가갔다. 만일 서빙을 하는 다른 아르바이트생이 있다면 그 사람이 하는 대로 따라 할 생각이었다. 하지만 아무리 눈을 씻고 주위를 두리번거려도 이 메인 홀에서 아르바이트하는 사람은 체린뿐이었다.

망했군. 체린은 입술을 실룩이면서 생각했다.

"저기? 주문했잖아. 음식은 어디 있어?"

작달막한 외계인이 말했다. 꽃게 인간도 머리를 까딱이면서 날 선 소리를 흘렸다. 이제는 생각할 시간도 없었다. 분명 어딘가에 주문하는 방법이 있을 터였다. 체린은 침착하게 기억을 더듬어 보았다. 그러자 문득 릭이 들고 있던 잔이 머릿속에 떠올랐다.

'맞아. 생각해 보니까 저 자식이 술을 주문했을 때 분명 테이블을 손으로 두드렸어.'

체린은 미심쩍은 얼굴로 마른침을 삼키면서 테이블을 손가락으로 두드렸다. 테이블 위로 무채색의 홀로그램이 떠오르자 체린은 감격해 탄식을 터뜨렸다. 그녀는 자신을 이상하게 바라보는 외계인들의 시선 따윈 아랑곳하지 않고서 화면에 떠오른 메뉴에 손가락을 가져댔다. 세트 A와 플로디아 상 후물랑을 누르자 테이블 위로 무채색 실이 날아올랐다.

아차차. 무채색 실들을 바라보던 체린은 자신의 실수를 알아차렸다. 원래 누르려 했던 버튼보다 살짝 왼쪽 버튼을 누른 것이다. 그녀가 마른침을 삼킬 동안 실들은 순식간에 식기와 음식으로 변했다. 작은 외계인 앞에는 체린이 보아도 먹음직스러운 튀김과 네모반듯하게 뭉쳐놓은 탄수화물 덩어리가 놓여 있었다. 하지만 꽃게 인간 앞에는 김이 모락모락

나는 초록색 덩어리가 꿈틀거리고 있었다.

간헐적으로 용암처럼 부글거리던 덩어리는 갈색 액체를 토해냈다. 거기다 냄새는 썩은 계란과 양배추 냄새가 났다. 두 고객은 체린의 얼굴을 빤히 노려보았다. 체린은 뺨을 긁적였다. 이미 갈색 액체를 뒤집어쓴 두 사람은 얼굴을 험상궂게 일그러뜨렸다.

"우리가 시킨 건 이런 게 아닌데? 플로란디아산 진주후물란이랑 플로디아 상 후뮬랑을 구별 못해? 그리고 닥은 어디 있어?"

에? 체린은 숨을 집어삼켰다.

"죄, 죄송해요! 다, 다, 다시 할게요. 어디 보자……."

체린은 홀로사이트를 떠올렸다. 손끝으로 감각이 빠르게 뻗어나가자, 초록색 덩어리 위로 하얀 실이 녹아들었다. 곧이어 체린이 만든 실패작은 하얀 실이 되어 스르르 녹아내렸다. 체린은 안도의 한숨을 쉬었다. 하지만 그것도 잠시, 체린의 실은 순식간에 테이블을 녹이고 두 고객의 양복까지 하얀 실로 바꿔버리고 말았다.

얼떨결에 알몸을 드러낸 두 사람은 정색을 하면서 알몸이 된 상대의 몸뚱이를 바라보았다. 그러더니 작은 외계인은 꽃게 인간의 몸에 들러붙어 있는 검은 원반처럼 생긴 것을 가리켰다. 검은 원반이 꽃게 인간의 딱딱한 껍질 위에서 꿈틀거리자 작은 외계인은 소리쳤다.

"폭탄 벌레잖아! 네놈. 우리를 속였구나! 이 사티뤼마이 같은 놈아!"

"흐흐흐. 너희 같은 저열한 종족과 동맹을 맺을 수는 없지. 죽어라!"

서로 으르렁거리던 두 외계인은 식탁을 집어 던지고 서로 뒤엉켜 싸우기 시작했다. 두 외계인이 서로를 붙잡고서 바닥을 뒹굴자 옆에서 식사를 하던 고객들은 고개를 돌려 그들을 바라보았다. 고객들은 하나같이 호전적으로 소리쳤다.

"싸워라! 싸워라!"

"작은 놈이 이기느냐! 큰 놈이 이기느냐! 판돈 겁시다! 작은 거인인가, 커다란 칼날 왕자인가, 그것이 문제로다!"

식당 한편에서 고기와 맥주를 마시던 난쟁이들이 한데 모여 판돈을 키웠다. 그러자 다른 고객들은 디지털 화폐가 담긴 단말기를 손에 쥐고 얼른 내 돈을 가져가라 소리치고 있었다. 몇몇 상식적인 외계인들은 기분 나쁘다는 듯 턱을 까딱거리거나, 불쾌하기 짝이 없다는 듯 검은 스펙트럼을 흩뿌리면서 홀을 떠났다.

체린은 고객들을 말리려고 애를 썼다. 하지만 홀로사이트도 제대로 못 다루는 체린이 할 수 있는 일은 없었다. 그녀는 10여 분 동안 외계인들 사이에서 이리 치이고 저리 치이기 바빴다. 수많은 외계인들은 체린이 비명을 지르든 발이 접질려 넘어지든 상관하지 않았다. 그들은 오로지 광란의 패싸움과 도박에 정신이 팔려 있었다.

체린은 어떻게든 사람들 틈바구니를 빠져나가려 했다. 하지만 이미 밑도 끝도 없는 싸움을 구경하기 위해 몰려든 고객들은 체린 따윈 신경 쓰지 않았다. 다리 하나가 체린의 정강이를 차고 지나가자 체린은 겁에 질려 새된 비명을 질렀다. 이대로 가다간 외계인들에게 밟혀 죽어도 이상할 게 없었다. 그녀는 곧장 천장을 향해 손을 뻗었다. 홀로사이트로 당장 밧줄이랑 갈고리를 만들어 낼 생각이었다. 하지만 그녀의 팔에서 뻗어 나온 하얀 홀로사이트는 흐느적거리면서 바닥을 향해 천천히 가라앉았다.

"이게 왜 이래?!"

체린은 손가락을 까딱거렸다. 홀로사이트를 작동시키려 했지만 실 가닥은 나타나지 않았다. 체린이 손가락을 서너 번 튕기고 있을 동안, 어디선가 날아온 팔뚝이 체린의 머리를 후려쳤다. 바닥에 쓰러진 체린은 사방에서 빗발치는 발길질을 피하기 위해 몸을 웅크렸다. 누군가가 얼굴을 차고 지나갔고 누군가는 체린의 발목을 짓밟았다.

체린은 새된 비명을 질렀다. 그녀가 발목을 잡으려 손을 뻗자 어디선가 끈적거리는 몸뚱이가 다가와 체린의 몸을 짓누르기 시작했다. 체린은 앓는 소리를 내면서 서서히 그림자로 가려지는 전등불을 바라보았다.

이대로 죽는 건가? 허무하기 짝이 없는 최후였다. 밥솥에 머리를 맞아 죽은 것도 억울한데 이제는 밟혀 죽어야 하다니. 아, 신이시여. 당신은 왜 이리도 무정하십니까?

체린이 점액질에 뒤덮인 채로 의식을 잃어갈 즈음, 붉은 섬광과 함께 그녀를 밟고 서 있던 몸뚱이가 옆으로 밀려났다. 가슴을 짓누르는 몸뚱이가 사라지기 무섭게 체린은 거친 숨을 내쉬었다.

바닥에 사뿐히 착지하는 검은 구두를 본 그녀는 반사적으로 머리를 두 손으로 감쌌다. 다행히도 이번에 다가온 구두는 체린을 밟거나 걷어차지 않았다. 그는 천천히 체린의 어깨를 손으로 잡아 흔들었다.

"어이. 일어날 수 있냐?"

릭이 입을 열자 체린은 말없이 고개를 끄덕였다. 그녀가 릭의 손을 잡고 몸을 일으키자, 한 무리의 고객들을 뚫고서 흐느적거리는 외계인이 다시 나타났다. 놈이 냄새를 뿌리자 릭의 눈앞에 홀로그램 화면이 떠올랐다. 화면에는 '내가 누군 줄 알고 밀치고 난리야?'라는 문구가 적혀 있었다.

릭이 어깨를 으쓱이자 달팽이를 닮은 외계인이 항의하듯 미끄덩한 머리를 들어 올렸다. 놈의 몸 안에는 날카로운 가시가 서너 개 달려 있었다. 한쪽 어깨 위에 체린을 들쳐 멘 릭은 달팽이를 진정시키려는 듯 손을 내밀었다.

"워워, 어쩔 수 없었다고. 그쪽이 새로 들어온 녀석을 깔고 앉아 있는데 그럼 어떻게 하란 거야?"

'네놈은 손님이 왕이라는 말도 모르냐!'

릭이 나긋나긋 설명을 이어갔지만 달팽이는 숨도 고르지 않고 살벌한 악취를 뿜어냈다. 릭은 한 번 더 달팽이를 진정시켰다. 그러나 이성을 잃은 달팽이는 몸에 달린 날카로운 독침을 꺼내들고 릭에게 기어왔다. 릭은 혀를 차면서 달팽이를 향해 입을 열었다.

"나 원, 음식이 싱겁다고 대뜸 독침부터 꺼내면 안 되죠. 서비스로 소금을 드리겠습니다."

그가 손가락을 튕기기 무섭게 달팽이 머리 위로 소금이 비처럼 쏟아져 내리기 시작했다. 소복이 쌓인 소금 산에 파묻힌 달팽이는 비명도 지르지 못하고 오그라들었다.

"뭐, 이제 불만은 없겠군."

어깨를 으쓱거리던 릭은 신고 있던 구두 뒷굽으로 바닥을 두어 번 굴렀다. 둔탁한 소리가 울리기 무섭게 릭의 정강이에서 홀로사이트가 흘러나왔다. 릭은 홀로사이트를 장대처럼 사용해 사람들 사이를 유유히 가로질렀다. 한적한 메인 홀 한구석에 내려앉기 무섭게 릭은 어깨에 들쳐 멘 체린을 빈 의자 위에 내려놓았다. 순식간에 책상 위로 무너져 내린 체린은 다 죽어가는 사람처럼 끙끙거렸다.

"괜찮냐?"

릭은 찰과상을 입은 체린의 얼굴을 살폈다. 홀로사이트를 휘감은 릭의 엄지가 체린의 뺨을 문지르고 지나가자, 찰과상은 흔적도 없이 사라졌다. 이제 남은 건 눈에 시퍼렇게 든 멍 자국뿐이었다. 릭은 손바닥 전체를 홀로사이트로 휘감았다. 릭이 조금 따가울 거라 말했지만, 체린은 그의 말을 귀담아 듣지 않았다.

그녀의 정신은 아직도 군중들이 내뿜는 열기와 광기 속에 파묻혀 있었다. 죽여! 죽여! 죽여! 그들은 그렇게 외치고 있었다. 그녀의 눈이 초록색과 파란색 피가 난무하는 광경을 바라보고 있을 동안, 릭은 체린의 시퍼런 멍 자국 위로 손을 얹었다. 릭의 홀로사이트가 살며시 자신의 얼굴을 어루만지자 체린은 슬쩍 고개를 들고서 굳은 표정으로 말했다.

"세상에. 놈들이…… 막, 밟고 지나갔어……."

"여기선 흔한 일이야. 아, 나중에 카니발이라도 열리면 구경하러 가봐. 진짜 '카니발'을 볼 수 있거든."

"진짜 카니발이라고? 그게 대체……."

잠시 생각을 가다듬던 체린은 입을 벌리고서 릭을 뚫어져라 바라보았다. 그녀는 혀를 찼다.

"미쳤어. 미쳤어. 사람을 잡아먹는 걸 구경거리로 삼는다
고?"

릭은 말없이 고개를 끄덕였다.

"볼 만할 거야. 1년에 네 번 열리는 경기인데……."

릭이 말을 마치기도 전에 어디선가 폭발음이 일었다. 체린
과 릭은 너나 할 것 없이 폭발음이 이는 곳을 향해 고개를 돌
렸다. 두 사람이 폭발 현장을 노려보던 그때, 레이저가 체린
과 릭 사이를 가로질렀다. 붉은빛은 두 사람 뒤에 버티고 있
는 유리벽을 때리고 사라졌다. 체린이 새파랗게 질린 얼굴로
외계인들을 바라보는 동안 릭은 한숨을 쉬면서 손가락을 튕
겼다. 그의 양손에서 뿜어져 나온 붉은 실은 순식간에 메인
홀 구석에 두꺼운 벽을 세워 올렸다.

10분 뒤, 체린은 릭이 만들어 낸 방공호에서 고개를 빼쭉
내밀었다. 날아오는 레이저나 폭탄은 없었다. 다만 음식 냄
새로 가득 차 있던 메인 홀에는 검은 연기와 죽음이 널려 있
었다. 메인 홀을 집어삼킨 폭력 사태 때문에 적어도 15명의
고객들이 목숨을 잃고 말았다. 또한 몇몇 고객들은 이 폭력
적인 광경에 놀라 스스로의 회로를 꺼버리거나 화를 주체하
지 못해 자폭을 결심하고 말았다. 그렇게 체린이 도맡은 메
인 홀은 불과 20여 분 만에 잿더미가 되어 있었다. 단단한
방공호 속에서 이 모든 혼란과 격동의 현장을 목도한 체린은

헛웃음을 터뜨렸다.

"이게 다 내가…… 홀로사이트로……. 세상에……. 이게 다 무슨……."

그녀는 잠시 중얼거리다가 천천히 고객들이 사용하던 의자에 엉덩이를 걸치고 앉았다. 그러자 의자는 체린의 계좌에서 사용료를 빼내갔다는 홀로그램 화면을 체린의 눈앞에 띄웠다. 홀로그램을 눈앞에서 치워버린 체린은 더더욱 처참한 한숨을 내쉬었다. 이래 가지고 언제 집으로 돌아간단 말인가? 아니, 이래 가지고 이 우주에서 살아남긴 할 수 있을까? 절망적인 생각이 새록새록 자라나자, 체린은 반쯤 벌린 입을 차마 다물지 못했다. 그럼에도 릭은 대수롭지 않게 휘파람을 불며 말했다.

"워, 거하게도 박살냈네."

릭은 홀로사이트로 만들어 낸 담배를 입에 물고서 히죽히죽 웃었다.

"이거 요한나가 나중에 무슨 표정을 지을지 벌써부터 기대가 되는데."

"아무래도 서빙은 내 적성이 아닌가 봐……."

체린이 울적하게 말하자, 릭은 담배를 진하게 빨아 마시면서 말했다.

"뭐, 그런 모양이야. 옷 관련된 거랑 음식 관련된 보직은 전부 피하는 게 좋겠어.”

“그럼 서빙은 못 하는 거야?”

“당연하지. 넌 절대 서빙을 해서는 안 돼. 실력이 없는 정도가 아니라 이건 그냥 경쟁사가 보낸 산업 스파이라고 해도 믿을 수 있을 것 같거든.”

릭은 필터까지 다 태운 담배를 바닥에 버렸다. 그러고는 손가락 사이에 모여든 실들을 입에 가져다 댔다. 실을 입에 물기 무섭게 순식간에 실들은 하얀 원통형 구조물이 되었다. 붉은빛을 털어내자 그것은 하얀 필터담배로 변했다. 담배 끝에 자그마한 불씨가 매달렸다. 희뿌연 연기가 피어오르자 릭은 담배를 한 모금 빨아 마셨다. 그는 입으로 연기를 뿜어내면서 말했다.

“일단 넌 사물을 넓게 보는 시각부터 배워야겠어. 안 그랬다간 뼈도 못 추릴 거야.”

“뼈도 못 추리긴. 이런 미치광이 같은 일이 얼마나 일어난다고.”

“생각보다 꽤 자주 일어나. 내가 알기론 하루에도 수만 건쯤 일어난다고. 화장실에 가는 틈을 타서 음식에 독을 타거나, 외교관을 죽이거나, 아니면 음식이 손님을 죽이려고 덤벼들거나. 여긴 그런 일이 비일비재하지. 참고로, 서빙하려면 이런 일에 무덤덤해져야 해. 괜히 너처럼 눈 뒤집힌 사람들 사이에 서서 멈추라고 소리 지르거나 멀뚱히 서 있으면 그냥 죽는 거라고.”

담배를 빨아 마시는 릭을 바라보던 체린은 손을 저어 담배 연기를 흐트러뜨렸다.

“켁켁. 젠장, 여긴 경찰 없어?”

“없어.”

릭은 딱 잘라 말했다.

“즉결 심판용 판사봇이 있긴 한데, 경찰이든 판사봇이든 둘 다 믿지 않는 게 좋아. 정신 나간 자식들이거든.”

“어떻게 31세기는 뭐 하나 제대로 굴러가는 게 없냐…….”

체린의 푸념이 바닥에 흘러내릴 즈음, 릭은 턱을 쓸어내리면서 어깨를 돌렸다.

“뭐, 처음엔 다들 그렇게 말들을 하긴 하는데, 나중에 적응하면 또 잘 살고 그러더라고. 시간이 다 해결해 주는 거지. 그럼 숨 좀 돌렸으니까 가자.”

“어디로 가는데?”

“다음 장소는 주차장인데…….”

잠시 입을 다문 릭은 체린을 빤히 쳐다보았다. 기분 나쁜 시선을 온몸에 쐰 체린은 인상을 찡그렸다.

“뭐야? 왜 사람을 그런 눈으로 보는 거야?”

“아니. 네가 주차장에서 근무하면 벌어지게 될 끔찍한 상황을 조금 상상해 봤어.”

“뭐, 뭐야?! 사람을 뭘로 보고 벌써부터 끔찍하다는 소리를 하는 거야!”

“뭐, 손님들 옷을 강제로 벗긴 다음에 서로 치고 박고 싸우게 한 사람이 주차장에서는 또 어떤 일을 벌일지 조금 기대……가 아니라 걱정이다 이거지, 내 말은.”

“방금 기대된다고 말한 거지? 그렇지?!”

릭은 능청스럽게 고개를 도리도리 저었다. 체린은 그런 그를 노려보며 항변했다.

“난 그런 적 없거든?! 그리고 오, 옷을 벗긴 건 맞지만 일부러 그런 건 아냐.”

“그러시겠지. 근데 넌 안 봐도 뻔해. 주차 안내한답시고 홀로사이트로 우주선 엔진을 날려먹을 거야. 그리고 나서 잘 주차된 우주선들까지 같이 날려버리겠지.”

“그딴 억측이 어디 있어!”

학을 떼던 체린은 고개를 부들부들 떨다가 릭을 향해 삿대질을 하면서 소리쳤다.

“좋아. 가보자. 주차장이라고 했지? 당장 가보자고. 빨리 안내해! 빨리!”

“정말로 가려고?”

“당연하지! 나도 마음만 먹으면 뭐든 할 수 있어! 암, 그렇고말고! 따라만 와! 내가 말이지, 마음만 먹으면 굉장하다고! 마음만 먹으면!"


*****


　10분 뒤, 체린은 멍하니 불타는 수천 대의 우주선을 바라보았다.

　수많은 날개와 방열 타일들이 안내실의 역장을 때리고 사라졌다. 날개 부분에서 떨어져 나온 원통형 엔진이 무중력 공간 속을 가로질렀다. 엔진 옆 부분에 남은 부서진 날개 3개가 쭉 뻗은 팔다리처럼 보여 마치 엔진이 아라베스크를 추는 것 같았다. 엔진이 체린의 시야에서 사라지자, 곧이어 우주선 함교가 체린의 눈앞에 유유히 나타났다. 선체 뒷부분에 시뻘건 불을 매단 채 함교는 팽이처럼 시계 반대 방향으로 빙글빙글 돌고 있었다. 유유히 회전하는 우주선 함교 안에서는 작은 외계인들의 모습이 보였다. 조종석에 앉은 그들은 여섯 개의 눈으로 체린을 째려보면서 가운뎃손가락을 치켜들었다.

　체린은 암담하게 굳어버린 얼굴을 손으로 가린 채 바닥에 주저앉았다. 이 처참한 사고는 체린이 주차 안내실에서 머리 위로 손을 흔들면서 발생했다. 물론 31세기 주차 시스템은 손을 흔드는 것과는 아무런 관계가 없었다. 그럼에도 그녀가 손을 흔든 이유는 왼쪽으로 가야 한다는 사인 대신 오른쪽으로 가야 한다는 사인으로 잘못 누른 탓이었다.

단순한 실수였다. 하지만 이 작은 실수로 인해 매장 밖으로 나가야 하는 우주선들이 다시 매장 안으로 들어오고 말았다. 폐수가 수챗구멍에서 역류하듯 우주선들이 들어오자, 체린은 머리 위로 손을 흔들었다.

그녀의 단순한 행동은 '제가 사인을 잘못 눌렀어요. 반대로 가세요.'라는 복잡한 의미를 담고 있었다. 뭐, 굳이 말할 필요 없을 테지만, 누구도 체린의 수신호 속에 깃든 메시지를 간파하지 못했다. 하지만 이 수신호는 우연치 않게 그녀의 손가락 끝에서 한 가닥의 홀로사이트를 뽑아냈다. 짤막한 실이 역장을 뚫고 주차장 안으로 날아가자, 체린은 허둥거리면서 홀로사이트를 잡으려 했다. 하지만 그녀의 짧은 팔은 홀로사이트를 잡지 못했다.

그녀가 주차장 안내실에서 버둥거리는 사이, 홀로사이트는 유유히 주차장을 가로질렀다. 빠르게 오고가는 1인용 우주선 사이를 지나, 우주선의 이온 엔진이 내뿜는 미묘한 입자풍에 펄럭거렸다.

그러다 체린의 홀로사이트는 우연히 지나가던 화물선에 치이고 말았다. 그것도 하필이면 우주선 양쪽에 달려 있던 주

엔진 중 왼쪽 엔진과 부딪혔다. 보통의 실이었다면 아무 일도 없었으리라. 하지만 엔진 속으로 들어간 홀로사이트는 깔끔하게 화물선 엔진을 관통하고 말았다. 실 한 가닥 때문에 엔진 하나를 잃은 우주선은 옆으로 기울어졌다. 엔진을 잃어버린 우주선은 총알처럼 다른 우주선을 들이박았다. 약간의 폭발과 함께 수많은 잔해가 사방으로 비산했다. 순식간에 접촉 사고를 일으킨 우주선 두 대가 잔해가 되어 빠르게 다른 우주선으로 날아들었다.

잔해는 더 많은 잔해를 만들고, 폭발은 체린의 정신을 가루로 빻아놓았다. 그렇게 주차장 안은 체린이 들어온 지 약 10여 분 만에 말 그대로 폐차장으로 변했다. 체린은 착잡한 얼굴로 연쇄적인 파멸에서 눈을 돌렸다. 그러자 릭은 홀로그램 화면을 노려보면서 그녀에게 다가왔다.

"좋아. 일단 일어나자고, 친구. 좋은 소식이 있어."

"나쁜 소식도 있고?"

체린이 좀비처럼 비척비척 자리에서 몸을 일으키자, 릭은 입을 실룩거렸다.

"왜? 여기서 더 나쁜 소식이 있어야 하는 거야? 뭐, 좋아. 그렇게 원하면 나쁜 소식도 이야기해 줄게."

해탈한 체린이 고개를 끄덕이기 무섭게 릭은 홀로그램 화면을 구겨 어깨 너머로 던져 버렸다. 홀로그램이 붉은 실이 되어 허공으로 사라지기 무섭게 릭은 딱딱하게 굳어 있는 체린에게 말했다.

"우선 고객들에게 배상해 줘야 할 금액이 6억 우주달러를 넘어섰어. 참고로 6억 우주달러를 벌려면 네가 숨도 안 쉬고 8천 년가량 일을 해야 벌 수 있는 돈이지. 이곳에 일하러 온 녀석들이 세운 기록들 가운데 단연 압도적인 기록이야."

"그, 그럼, 좋은, 소식은?"

"방금 말했잖아, 친구. 신기록이라고. 나쁜 쪽이긴 하지만 신기록을 세운 건 정말 좋은 소식이지. 안 그래?"

체린은 새하얗게 질린 얼굴로 어깨를 으쓱거리는 릭을 올려다보았다. 금방이라도 울음을 터뜨릴 것 같은 얼굴을 내려다보던 릭은 담배를 입에 물고서 말했다.

"내가 그랬잖아. 넌 절대 주차장에서 일할 타입이 아니야. 나 원, 당황할 때마다 홀로사이트로 물건들을 분해하는 걸로 봐서는 시간터빈이나 주방도 힘들겠어."

릭이 말을 끝내기 무섭게 기다렸다는 듯 한 남자가 나타났다. 사람 볼 줄 모르는 작자는 불타는 우주선 앞에서 좌절하고 있는 체린에게 말을 걸었다.

"음, 있죠. 제가 우주선을 찾는데 말이죠. 혹시 지금 저기서 불타는 게 제 우주선인가요?"

체린이 화들짝 놀란 얼굴로 손을 들었다. 그러자 릭은 체

린의 손등을 잡아챘다. 아니나 다를까, 그녀의 손끝에 하얀
실이 삐져나와 있었다. 그는 체린의 손등을 지그시 누르고는
희미하게 웃으면서 남자의 어깨를 손으로 감싸 안았다.

"이봐, 친구. 왜 우리한테 네 우주선이 불타고 있냐고 묻는
거야? 엉? 우리가 호구로 보여?"

"아니, 그게 아니라……."

"지금 네 녀석이 하는 짓거리가 딱 그거잖아. 오, 매장 구
석진 곳에 허름한 차림으로 서 있는 놈팡이랑 꼬맹이가 있
네. 분명 주차관리 요원일 거야. 시급 12우주달러짜리 허접
한 직종에 종사하는 사람이 아니고서야, 이런 고급진 음식점
에 저런 허접한 옷을 입고 올 병신은 없으니까."

"그럼 아니에요?"

"당연히 아니지. 이 옷 차별주의자야. 넌 인종 차별주의자
보다도 못한 놈이야. 알겠어?"

릭은 약간 험상궂은 얼굴을 찡그리면서 미소를 띠었다. 릭
이 말없이 출구를 가리키며 고개를 까딱거리자, 남자는 부담
스러운 듯 고개를 끄덕이면서 엉덩이를 뒤로 뺐다. 릭의 팔
을 어깨에서 떼어낸 남자는 어깨를 으쓱이면서 말했다.

"좋아요. 뭐, 이 가게 높은 사람에게 말하면 되겠죠……."

"높은 사람이고 나발이고 꺼져."

두 손을 쳐든 릭이 날카롭게 윽박지르자 남자는 심드렁하

게 통로를 따라 사라졌다. 그가 마지막으로 남긴 말은 '아니면 아니라고 말하면 되지, 무슨 지랄이야?'였다. 남자가 사라지기 무섭게 체린은 풀이 죽어 축 늘어졌다. 릭은 체린을 바라보며 끌끌 혀를 찼다.

"세상에. 넌 홀로사이트 제어 방법을 다시 배워야겠어. 이건 인정하지?"

"나, 난 그냥 저 사람한테 변명이라도 하려고……."

"그래. 이 세상에 존재하는 모든 물질을 분해할 수 있는 장치가 달린 손을 겨누고서 말이야."

릭의 말에 놀란 체린은 다 죽어가는 얼굴로 비척비척 제자리에서 비틀거렸다.

"세상에. 이러다간……."

체린의 몸이 서서히 뒤로 넘어가자, 릭은 손가락을 튕겼다. 순식간에 손끝에서 뻗어 나온 붉은 실이 체린의 몸을 받쳐주더니 공중에 반쯤 떠오른 달걀처럼 생긴 의자를 만들어냈다. 푹신한 쿠션이 온몸을 푸근하게 감싸자 체린은 넋을 놓고 릭과 불타는 우주선을 바라보았다.

"이러다간 난 영원히 이 가게를 떠나지 못할 거야."

"뭐, 그 전에 해고나 당하지 않으면 다행이지."

"해고?!"

체린이 경악한 얼굴로 되묻자 릭은 당연하다는 듯이 고개를 끄덕였다.

"세상에! 요한나 이 자식, 나한테 진짜 아무것도 모르는 녀석을 떠넘겼잖아! 좋아. 우리는 수명이 제한되어 있어. 우선 기본적으로는 10년이야. 그리고 보통은 3년마다 한 번씩 평가를 받지. 만약에 평가에서 세 번 연속으로 떨어지고 수명이 다 되면…….

릭은 목덜미를 손날로 자르는 시늉을 했다. 그런 그를 바라보던 체린은 금붕어처럼 입을 뻐끔거리면서 말했다.

"그, 그, 그, 그러면 집에는……?"

"집은 무슨 집이야? 그냥 네가 죽던 순간으로 되돌아가서 다시 죽어야지. 그런 짓 당하기 싫으면 빨리빨리 적응하는 게 좋아. 지금부터라도 실적을 쌓아두지 않으면 꽤 귀찮은 일이 생길 거야. 불이익을 받거나 심하면 뇌의 일부분을 도매가로 내놔야 할지도 몰라."

"뇌?!"

"그럼. 요즘은 뇌 용량이 부족해서 다들 아우성이거든. 그래서 실험용 표본으로 팔거나……."

릭이 중얼거리자 체린의 얼굴 위로 충격과 공포가 핑 맴돌았다. 체린이 울상을 짓자 릭은 어깨를 으쓱이면서 애써 대수롭지 않은 표정을 지었다. 그러고는 허공을 움켜쥐었다. 그러자 손바닥 사이에서 휘몰아친 붉은 홀로사이트가 다시 딱딱한 유리잔을 찍어냈다. 유리잔 안에 주황색 액체가 차오르자 릭은 기다렸다는 듯 술을 홀짝거렸다. 그는 술 냄새를 잔뜩 풍기면서 말했다.

"오, 친구. 그렇다고 너무 걱정하지는 마. 지금부터라도 잘하면 또 좋은 일이 생길지도 모르지. 일단은 워프 통로 타고 휴게실로 가서 기다릴래? 시끄러워지기 전에 요한나한테 보고부터 해야겠어. 너, 워프 통로 여는 법은 알지?"

체린은 멍하니 고개를 저었다. 그녀의 심경을 이해한다는 듯 고개를 끄덕인 릭은 체린을 데리고 주차장 벽 앞에 섰다. 그는 손을 벽에 올리면서 말했다.

"자, 내가 했던 것처럼 여기다 워프 통로를 열어 봐."

"워프 통로가 뭐였더라?"

체린이 망연자실한 얼굴로 중얼거리자 릭은 오른쪽 얼굴을 살짝 찡그렸다.

"하아, 우리가 메인 홀에 갈 때 지났던 거 말이야. 손을 벽에 대고 홀로사이트를 흘려 봐."

아직도 충격에서 벗어나지 못한 체린은 흙빛으로 변한 얼굴로 릭이 시키는 대로 따라 했다. 그녀가 벽에 손을 올리자, 순식간에 벽은 하얀 실로 분해되어 눈송이처럼 바닥에 소복이 쌓였다.

이쯤 되자 체린은 조금 서글퍼졌다. 잔뜩 주눅이 든 체린이 깊은 한숨을 푹 내쉬자 릭은 가느다란 웃음을 터뜨렸다. 그는 잠시 웃음을 참으려는 듯 코를 찡긋거리다 오른쪽 뺨을 일그러뜨리면서 늑대처럼 웃었다.

"있지, 내가 이곳에 거의 200년은 넘게 있었거든? 근데 너 같은 녀석은 처음이야. 통로를 만들라고 하면 보통은 터널같이 생긴 걸 떠올린단 말이지. 하다못해 문을 만드는 녀석도 있었지만, 벽 전체를 부숴버리는 건 정말 신선하네. 아예 이 참에 이름 개명하는 게 어때? 체린 더 디스트로이어 같은 걸로 말이야."

릭은 '체린 더 디스트로이어'의 음절을 따라 허공에 손을 내저었다. 그 모습에 열불이 치민 체린은 기가 차다는 듯 콧방귀를 뀌다가 릭에게 삿대질을 해가면서 언성을 높였다.

"우이씨! 사람이 처음 하는 거면 그럴 수도 있지!"

"하! 그럴 수도 있기는 무슨. 미티도 홀로사이트 마스터하는 데 30분밖에 안 걸렸어. 사실 걔도 굉장히 느린 거였어. 홀로사이트를 장착하는 순간, 사용법을 마스터하는 게 일반적이라고."

체린은 아무 말도 할 수 없었다. 릭의 말이 그녀의 갈빗대 사이를 찔러 들어온 터라 숨이 턱턱 막히는 기분이었다. 때문에 지금 이 순간 그녀가 할 수 있는 일이라고는, 성난 얼굴로 릭을 노려보는 것뿐이었다.

하지만 그녀가 지은 표정에 분노와 부끄러움이 서로 뒤엉켜 있었기에 릭은 그녀의 얼굴을 보고서도 조금도 겁먹지 않았다. 오히려 그는 웃음을 참아가면서 한 손에 들고 있던 술잔을 허공 위에 올려놓았다.

술잔이 달그락거리는 소리를 내며 공중에 매달리자, 체린은 술잔과 릭을 번갈아 바라보았다. 릭이 사무적인 억양으로 공손하게 입을 열었다.

"어쨌든 이체린, 테스트는 끝났어. 음, 안내 사항을 고지하자면, 메인 홀과 주차장에서 실기 시험에 응시했고, 모든 기출 문제를 수행했어. 일단은 수고했다. 뭐, 결과는 안 봐도 홀로그램이지만."

"뭐? 뭐라고?!"

체린이 놀란 토끼처럼 휘둥그렇게 뜬 눈을 껌뻑이자, 릭은 허공에 엉덩이를 걸치고 앉는 시늉을 했다.

"말했잖아. 테스트는 끝이야. 워프 통로 여는 법까지 가르쳐 주고 끝내려고 했는데 뭐, 부숴버렸으니……."

"그럼 아까 메인 홀에서 있었던 일이랑 주차장 일은……."

"다 가짜야. 설마, 세상 어떤 회사에서 생판 아무것도 모르는 초짜를 손님이랑 만나게 하겠냐?"

대수롭지 않게 중얼거린 릭은 손을 들어 올렸다. 굳은살이 박인 단단한 손은 천천히 저 멀리서 이글거리는 전등을 휘감는 시늉을 했다. 그의 손이 서서히 공간 속에서 비틀렸다. 그 순간, 체린은 잠시 원근감을 상실했다. 공간이 비늘을 벗는 뱀처럼 주차장의 풍경을 털어냈다. 박리되는 공간이 릭의 손끝에 모일 무렵, 어둡고 칙칙한 공간 뒤에 숨은 스탠드바가 얼굴을 드러냈다.

체린은 반쯤 입을 벌린 채 슬그머니 뒷걸음질 쳤다. 반중력 테이블이 그녀의 옆구리를 때리고 지나갔다. 체린이 엉거주춤 옆구리를 잡고 비틀거리자, 어디선가 나타난 반중력 의자가 고개를 숙인 체린의 엉덩이를 받쳐 올렸다.

'괜찮으신가요?'

반중력 의자는 친절하게도 체린의 안부를 물었다. 한참 전에 넋이 나가버린 체린은 의자가 물어본 질문에 대답하지 않았다. 그녀는 눈을 껌뻑이면서 릭을 바라보았다. 릭은 후줄근한 셔츠와 레인코트를 늘어뜨린 채 바 테이블에 기대어 섰다. 그의 옆에는 아까 허공에 올려놓았던 술잔이 테이블 위에 놓여 있었다.

체린은 자신의 모습을 살폈다. 그녀는 여전히 곰돌이 얼굴이 박힌 후줄근한 잠옷을 걸치고 있었다. 워프 통로로 들어가기 전이랑 변한 것은 거의 없었다.

체린은 완전히 지쳐서 손안에 얼굴을 파묻었다. 혼란스런 머리를 가로지르는 찌릿한 편두통이 일었다. 체린이 릭을 바라보자 릭은 반중력 의자 위에 앉아 있는 체린의 어깨에 손을 올렸다.

"일단은 적당히 둘러댈 테니까 넌 요한나 눈에 띄지 마. 알겠어? 그렇게 집에 가고 싶으면 일단 쥐 죽은 듯 조용히 있어야 해. 그럼 난 이만."

체린은 아무런 대답 없이 한숨을 쉬었다. 그는 체린의 어깨를 다독이면서 천천히 벽을 향해 걸어갔다. 푸르스름한 섬광이 카메라 플래시처럼 번쩍이기 무섭게 체린은 홀로 휴게실에 버려졌다. 또다시 혼자가 된 그녀는 떨떠름한 표정을 짓다가 천천히 헛웃음을 흘렸다. 그녀의 뇌리 속에서 릭의 말은 복잡하게 얽혔다.

온갖 괴상한 단어들과 복잡다단한 일들은 그녀의 정신을 세차게도 갉아댔다. 마치 29살이나 먹고서 잘나빠진 SF 나부랭이나 쓴답시고 매일같이 의자에 쪼그려 앉은 남자의 정신 나간 머릿속에서나 튀어나올 법한 것들이었다.

체린은 두 손으로 머리를 휘감았다. 고작 한두 시간(시간 감각도 희미해진 터라 가늠하기도 어려웠지만) 돌아다닌 것에 불과했지만 그녀는 도저히 이 살벌한 세계에서 살아남을 자신이 없었다.

그녀는 쓸쓸하고 침울하게 고개를 떨어뜨렸다. 하지만 세상은 그녀를 낙담하게 두지 않았다. '쿵' 하고 둔탁한 소리가 어깨 너머에서 울려 퍼졌다. 체린은 벌떡 자리에서 일어났다. 나무 바닥에 처박힌 긴 흑발의 여자를 본 체린은 새된 비명을 질렀다.

여인이 신음을 토해내자 체린은 여자에게 다가갔다. 처음에는 무슨 스페이스 좀비 비슷한 건가 싶어서 겁을 먹은 체린은 허공을 향해 슬며시 손을 뻗었다. 홀로사이트를 작동시킬 생각이었다. 그녀가 밋밋한 막대기를 머릿속에 떠올리자 관자놀이 위로 찌릿한 감각이 날을 세웠다. 순식간에 날아오른 실은 그녀의 손끝에 모여 기다란 작대기로 변했다. 그녀는 작대기를 손으로 잡아채고는 여자를 쿡쿡 찔렀다. 여자는 바닥에서 꿈틀거리면서 의자 위로 손을 얹었다.

"좀 도와줘……. 의자. 의자……."

이름 모를 여인의 한마디에 깜짝 놀란 체린은 얼른 여인을 부축했다. 스탠드 의자에 이름 모를 여인을 앉힌 체린은 기운 없이 축 늘어진 여자에게 말을 걸었다.

"저기, 괜찮아요?"

여자는 병든 병아리처럼 졸면서 말했다.

"있지, 사흘 동안, 아무것도…… 못 먹었어."

"어쩌다가요?"

"어쩌다가? 음, 어디 보자……."

다 죽게 생긴 여자는 부들부들 떨리는 손을 들어 올렸다.

"그게 말이지, 어디선가 갑자기 해적들이 쳐들어와서는 매장에다 검댕을 칠해놨잖아. 그래서 그거 고치고, 또 메인 홀이랑 콘서트장도 요한나 씨가 준 설계도대로 새로 단장해야 했어. 그리고 중첩공간 속으로 허가받지 않은 우주선이 들어올 수 없게 코드를 바꿨고, 또, 다음에, 매장 밖에서 일하기 싫다고 소리치는 직원이 하나 있어서 그 사람에게 공간 절약형 징계를 내렸는데, 그게 알고 보니까 단순히 투덜거린 건데 내가 실수로 징계를 먹인 거였어. 그것 때문에 요한나 씨한테 한소리 듣고 왔어."

여자는 앓는 소리를 내며 테이블 위에 얼굴을 처박았다.

"어쨌든, 내 이름은 체플이야……. 만나서 반갑지만 이제 힘이 다한 거 같아. 말을…… 너무, 많이……. 묘비는, 예쁜 걸로……. 으억."

"체플 씨!"

발을 동동 구르던 체린은 체플의 몸을 흔들어댔다.

이제 어쩐단 말인가? 체플은 벌써 눈 밑으로 다크서클이 줄넘기할 수 있을 만큼 내려온 상태였고 힘없이 벌어진 눈동자 위로 자그만 파리가 꼬이고 있었다. 체린은 파리를 쫓으면서 테이블에 죽은 듯이 쓰러진 체플을 바라보았다. 푹 꺼진 양 볼과 꼬르륵 소리를 내는 배꼽시계가 요란히 울렸다.

문제점을 파악한 그녀는 단 10여 분 서빙을 했던 경력을 살리기로 결심했다. 손가락으로 책상을 두드린 그녀는 허공에 떠오른 메뉴판을 살폈다. 그러나 매우 불행히도 메뉴판 어디에도 환자가 먹을 만한 음식은 보이지 않았다. 설명이 적혀 있지 않은 음식들이 대부분이었기 때문에 그녀는 메뉴판에 적힌 음식들을 아무거나 눌렀다.

무채색의 실들이 허공으로 날아오르기 무섭게 체린과 쓰러진 여자의 주위로 수많은 음식들이 산처럼 쌓였다. 그 음식들 대부분은 디저트였다. 형형색색의 크고 작은 과자들이 산을 이뤘고, 크림을 잔뜩 얹은 팬케이크와 허공에 반쯤 떠 있는 솜사탕처럼 생긴 것도 있었다.

체린은 졸도한 여자에게 부드러운 음식부터 먹였다. 그녀가 제일 처음 집어 든 음식은 다름 아닌 밀크세이크처럼 보이는 음료였다. 우유에다 설탕까지 탔으니 넘기기도 편하고 열량도 높을 거란 생각에서였다.

체린의 생각은 어느 정도 들어맞았다. 음료를 몇 모금 마시던 체플은 허연 음료로 범벅이 된 얼굴을 들어 올렸다. 그녀의 모습을 바라보던 체린은 1초간 자랑스러운 표정을 지었다. 내가 사람을 살렸어! 그녀는 정말로 그렇게 생각했다.

하지만 불행히도 체플이 정신을 차린 것은 다름 아니라 기도를 막은 얼음 알갱이 때문이었다. 사레든 그녀가 잔기침을 하자, 체린은 울상을 지었다.

하지만 그것도 잠시. 얼음 알갱이가 물이 되어 기도에서 빠져나오기 무섭게 체플은 눈앞에 놓인 케이크를 향해 달려들었다. 그녀가 걸신들린 사람처럼 케이크를 와구와구 먹어대는 모습을 지켜보던 체린은 입을 쩍하고 벌렸다. 세상에. 이렇게 품위 없는 식사는 난생처음이었다.

손으로 케이크 하나를 다 퍼먹고 팬케이크를 둘둘 말아 입안에 찔러 넣은 뒤에야 간신히 정신을 차린 체플은 안도의 한숨을 쉬었다. 그녀는 얼굴을 비롯해 온몸에 덕지덕지 들러붙은 크림과 시럽을 바라보다 손가락을 튕겼다. 노르스름한 색채가 번뜩이기 무섭게 체플은 크림과 빵부스러기 대신 실을 뒤집어쓰고 있었다. 그녀는 얼굴을 가린 실을 헤치고는 조금은 기운을 차린 듯 웃었다.

"고마워. 네 덕에 살았어. 넌 이름이 뭐니?"

"저는 체린이에요. 방금 전에, 그러니까……."

체린은 잠시 입을 다물었다. 차마 시험을 봤는데 손가락을 잘못 튕겨서 메인 홀을 날려버리고, 주차장을 불태웠다고는 말할 수 없었다.

"여기저기 둘러보고 있었는데요, 지금은 그냥 잠시 쉬고 있어요."

"그렇구나."

과자와 마카롱을 우적우적 씹어 먹던 체플은 고개를 끄덕였다. 마카롱과 과자 4개가 한순간에 사라지기 무섭게 흐물거리는 보라색 젤리 500cc가 입안으로 사라졌다. 체린은 경이로운 얼굴로 그녀를 바라보았다.

일단, 체플의 체구는 평범한 여성과 크게 다르지 않았다. 오히려 세티보다 조금 왜소해 보였다. 그런데도 체플은 숨도 제대로 쉬지 않고 음식을 먹어댔다. 저 왜소한 몸 어디로 음식들이 들어갔는지 궁금해질 지경이었다.

순식간에 그릇을 비운 체플은 지친 한숨을 쉬었다. 단 음식 덕분인지 그녀의 얼굴에는 조금 생기가 돌고 있었다. 하다 하다 체플은 빵끗 벌린 입으로 작은 트림을 터뜨렸다. 그녀는 미안하다고 중얼거리면서 천천히 입을 가리고서 느릿느릿하게 말했다.

"너처럼 착한 아이를 만나다니, 오늘은 운이 좋았어. 이게 다 로봇령의 뜻이겠지. 우리의 삶에 0과 1의 가호가 함께하기를."

말없이 기도하던 체플은 한결 여유로워진 얼굴로 체린을 바라보며 말했다.

"그런데 있지, 한 가지 더 부탁해도 될까?"

"뭔데요?"

체플은 입맛을 다시면서 말했다.

"단것만 너무 많이 먹어서 입가심할 게 필요한 거 같아. 뭔가 짭짤한 게 당기거든. 있지, 네가 한번 골라 줄래?”

“음, 뭐가 먹고 싶은데요?”

“어디 보자, 적당히 짭짤한 거? 아니면 살짝 매워도 좋을 거 같아. 입이 개운했으면 좋겠어.”

“짭짤하고 맵고 개운한 거라…….”

체린은 천장을 올려다보면서 생각에 잠겼다. 그러자 모든 요구 조건을 충족하는 이미지 하나가 그녀의 머릿속에 번쩍하고 나타났다. 체린의 유전자에 각인된 한국인의 정서가 크게 작용한 결과물이었다. 때문에 그녀는 망설임 없이 새하얀 실을 뽑어냈다.

그녀의 실이 스멀스멀 책상 위로 기어올라 찌그러진 누런 놋쇠 그릇과 시뻘건 국물로 변했다. 체린이 손가락을 비비기 무섭게 가지런히 잘린 김치가 국물 속으로 뛰어들었다. 그녀는 마지막으로 볶은 참치와 청양고추를 떠올렸다. 하지만 매우 불행히도 그녀의 미숙한 손놀림은 참치와 청양고추를 아스파라거스로 바꾸는 기적을 행했다.

체린은 씁쓸한 얼굴로 보글거리는 국물 속으로 사라지는 아스파라거스를 바라보았다. 그러자 체플은 게슴츠레한 눈으로 체린을 올려다보면서 말했다.

“음, 이게 뭐야?”

체플이 묻자 체린은 잠시 목을 가다듬으면서 말했다.

“아, 이건 김치찌개라는 거예요. 어릴 적부터 먹던 고향 음식이죠.”

“이 채소 넣은 시뻘건 스튜가?”

체린은 자신만만하게 고개를 끄덕였다.

“술 먹은 다음 날에 해장으로도 좋고, 또 이걸 소주랑 같이……. 아, 물론 제가 직접 먹어보지는 않았지만, 들리는 소문에 의하면 상당히 맛나다고 하더라고요.”

“흠, 그렇단 말이지? 그럼 한번 먹어 볼게.”

체플은 김치찌개를 향해 손을 내밀었다. 그녀는 노란 실을 자아내어 큼지막한 숟가락을 만들어 김치찌개를 숟가락으로 저었다. 그러다 결심이 섰는지 국물을 다시 떠서 입으로 가져다 댔다.

시뻘건 국물을 목젖 뒤로 넘긴 체플은 체린을 바라보면서 눈을 껌뻑거렸다. 대체 어떤 평가를 내릴까? 체린은 두근거리는 심장을 붙잡고서 마른침을 삼켰다. 그러자 김치찌개의 맛을 본 체플의 두 눈에서는 또르르 눈물이 흘러내렸다.

‘세상에! 너무 맛있어서 눈물까지 흘리잖아.’

체린은 해맑게 웃으면서 체플에게 슬쩍 엄지를 추켜올렸다. 하지만 체린의 생각과는 달리 체플이 새파랗게 질린 얼굴로 혓바닥을 내밀었다.

“물. 무울! 이거, 너무, 무어…….”

"물?! 물?"

당황한 체린은 손을 뻗었다. 그녀의 손가락 사이에서 하얀 실이 흘러나오던 그때. 물을 찾으면서 방방 뛰던 체플은 비련의 여주인공처럼 손을 하늘로 뻗어 올렸다. 그녀는 '억' 소리와 함께 바닥으로 추락했다. 그 바람에 김치찌개가 그녀의 손에 쓸려 바닥에 엎어졌다.

김치찌개를 머금은 나무 바닥은 순식간에 검게 물들었다. 체플이 쓰던 안경도 어디론가 날아가 달그락 소리를 내면서 사라졌다. 순식간에 벌어진 일이었다. 체린은 반쯤 입을 벌리고 죽은 듯이 의식을 잃은 체플을 멍하니 바라보았다.

체린이 체플의 어깨를 건드리려던 그때였다. 어디선가 나타난 레이저 수갑이 체린의 손목을 휘감았다. 그녀가 놀란 토끼처럼 고개를 쳐들었다. 그러자 로봇 하나가 근엄한 얼굴로 그녀를 내려다보고 있었다.

로봇은 페인트 통처럼 생긴 머리를 까딱이면서 말했다.

"안녕하십니까? 저는 판사봇입니다. 이 가게의 사법질서를 담당하고 있죠."

"아, 그러시구나. 그런데 왜 제 손목에다 수갑을 채우시는지……?"

"당신을 살인죄 현행범으로 체포합니다. 당신은 묵비권을 구매할 수 있습니다만, 처참하고 드라마틱한 살인 사건의 용

의자로서 대중의 흥미를 위해 변호사를 선임할 수 없음을 고지하는 바입니다. 추후에 항소권을 구매하실 수 있습니다.”

판사봇은 체린의 손목에 수갑을 채웠다. 수갑에 전류가 흐르자 체린은 자신의 처지를 알아차렸다. 오, 이런! 그녀는 잡혀가는 죄인처럼 수갑을 찬 두 손을 흔들면서 소리쳤다.

“이봐요, 난 죄 없어요! 난 아무도 죽이지 않았다고요! 오히려 배고픈 사람에게 음식을 줬단 말이에요! 그리고 김치찌개 때문에 죽는 건 말이 안 되잖아요!”

“네, 네. 그러시겠죠. 끌려가는 사람들은 다들 그렇게 이야기합니다. 당신 같은 사람들, 내가 하루에만 한 다스 넘게 봐요. 그러니까 저항하지 마세요.”

“싫어요! 이건 부당하다고요! 이것 좀 풀어줘요! 오해를 풀어야 할 거 아녜요!”

“지금 반항하는 겁니까?”

“네!”

체린이 대답하기 무섭게 판사봇은 오른팔을 360도 빙그르 돌려 체린의 정수리를 후려쳤다. 체린은 돌멩이에 맞은 개구리처럼 바닥에 철퍼덕 처박혔다. 판사봇은 바닥에 쓰러진 체린의 왼쪽 다리를 집어 들었다. 그러고는 그녀를 질질 끌고서 영겁으로 뒤덮인 중첩공간 속으로 사라졌다.

# 3

재판

"이런, 아무래도 전에 내가 했던 말을 취소해야겠군."

어처구니없다는 듯 인상을 찡그린 릭은 한 손에 든 술을 들이켜면서 말했다. 그는 다른 손에 쥔 데이터를 손가락 위에서 빙그르 돌렸다.

"넌 또 대체 무슨 짓을 한 거냐?"

릭이 묻자, 체린은 자신의 정수리를 쓰다듬으면서 말없이 입을 실룩거렸다. 철창 밖에 선 릭은 어처구니가 3만 파섹쯤 가출한 사람처럼 혀를 차면서 중얼거렸다.

"내가 100% 장담컨대, 이건 세계 기록감이야. 취업하자마자 감방에 갇힌 직원으로 세계 기록에 등재 신청하면 바로 먹힐 거라고."

체린은 혀를 차는 릭에게 자초지종을 설명하며 자신의 억울함을 토로했다. 결단코 그녀는 누군가를 해칠 생각이 아니었다. 단지 배가 고프다고 하는 체플이란 사람에게 김치찌개를 줬을 뿐이다.

"난 죄가 없어! 빨리 나 좀 풀어줘! 겨우 김치찌개 때문에 사람이 죽을 리가 없다고!"

체린이 레이저 창살 속에서 방방 뛰면서 말했다. 하지만 릭은 그녀의 말을 귓등으로도 듣지 않았다. 그는 데이터를 손가락 사이에 끼고서 새끼손가락으로 귀를 파내더니 무료한 얼굴로 입을 열었다.

"글쎄다. 그 창살 안에 갇힌 사람치고 자기가 범인이라고 이야기하는 사람은 없으니까."

"허! 난 21세기에서 잘 살고 있었어! 빌어먹을 밥솥이 머리 위로 떨어지기 전만 해도 친구도 있었고 오빠도 있었다고! 그런데, 그런데 내가 왜 여기 있는 거야? 괴상한 외계인에, 로봇에……. 이게 다 뭐냐고!"

바닥에 주저앉은 체린은 손바닥으로 눈물을 닦아가며 푸념을 늘어놓았다. 릭은 그런 그녀를 바라보았다. 만일 그 순간 체린이 릭의 얼굴을 올려다보았다면, 릭에 대해 조금은 다른 생각을 품었을지도 모른다. 하지만 그녀는 결코 릭을 바라보지 않았다. 그래서 릭이 어떤 표정으로 자신을 보고 있는지 알지 못했다.

그녀는 이곳에서 혼자였다. 차갑고 날 선 31세기의 끔찍한 우주 어딘가에서 영업하는 패스트푸드점의 감옥 안에서 그녀는 외롭게 홀로 앉아 있었다. 돌아가고 싶어도 돌아갈 방법은 없었다. 모두가 한결같이 이곳에서 일을 하면 돌아갈 수 있다고 이야기했다. 하지만 지금의 체린에게 있어서 이런 희망은 독이나 다름없었다.

릭은 서서히 질려가는 체린에게 말을 건넸다.

"이봐, 친구. 너무 걱정하지는 마. 내가 무슨 수를 써서든 거기서 꺼내줄 테니까 일단은 진정해. 알겠지?"

체린은 앓는 소리를 내며 고개를 끄덕였다. 하지만 감방 안에서 가슴을 진정시키는 건 거의 불가능에 가까운 일이었다. 체린은 찔끔 흘러나온 눈물을 닦으면서 릭에게 말을 건넸다.

"그러고 보니, 넌 왜 여기 있는 거야?"

"그게, 요한나에게 보고하러 가는데 네 얼굴이 광고판에 나오더라. 살인 혐의로 잡혔다고 말이야."

"광고가 됐다고?"

체린은 헛웃음을 터뜨렸다. 살인 혐의로 감방에 갇힌 것도 기가 막힌데 광고까지 되다니. 놀라는 데도 지친 체린은 넋을 놓고 바닥을 바라보았다. 잠옷 차림으로 감옥에 갇혀 있노라니 마음이 공허해졌다. 체린은 고개를 저으면서 침울하게 말했다.

"있지, 난 암만 봐도 살긴 그른 거 같아. 그러니까 이제는 혼자 좀 있고 싶어."

"어이. 그런 말은 하지 말라고, 친구. 괜찮아. 다 잘될 거야. 판사봇이랑 내가 담판을 짓든 뭘 하든 할 테니까……."

릭이 중얼거리자 체린은 그렁그렁 눈물이 맺힌 얼굴을 들어 올렸다. 그녀는 릭을 쏘아보면서 말했다.

"넌 날 오늘 처음 보잖아. 그런데 왜 나를 돕겠다는 거야? 왜 계속 내 옆에 붙어 있는 거야? 잘될 거라고? 대체 뭘 믿고 그런 소리를 하는 거야?"

"그야……."

릭은 뭔가를 말하려다 천천히 입을 다물었다. 술을 한 모금 마신 뒤에야 릭은 다시 입을 열었다.

"젠장. 뭘 믿고 하는 소리는 아니야. 네 말대로 우린 만난 지 얼마 되지 않았지. 하지만 여기 온 이상 넌 내 후임이야. 그리고 난 이곳에서 일하는 누구도 절대 버리지 않을 거야. 그럴 생각 따윈 추호도 없어. 그러니까 살긴 글렀다느니 혼자 있고 싶다느니 같은 말은 하지도 말라고, 친구."

잠시 입을 다문 릭은 자신을 멍하니 올려다보는 체린을 바라보았다. 그러고는 숨을 크게 들이쉬었다. 그는 조용히 입을 열었다. 그가 나긋나긋 중얼거린 말들은 대체로 자기계발서에 담겨 있는 말과 거의 일맥상통했다.

다만, 영혼 없는 활자와는 달리 릭의 말에서는 어딘지 모르게 투박한 절실함이 느껴졌다. 괴상하리만큼 인위적인 절

실험이었다. 마치 본심을 숨기고 싶어 하는 것 같았다. 그래도 포기하지 말라고 이야기하는 릭을 바라보던 체린은 눈물을 닦았다. 뭐, 옆에 사람이 있다는 것만으로도 조금이나마 위안을 얻을 수 있었다. 그러자 릭은 한숨을 쉬면서 입을 열었다.

"젠장. 내가 너무 열을 올렸군."

잠시 술을 한 모금 들이켠 릭은 한숨을 쉬면서 말했다.

"미안하다. 위로를 좀 해주려고 했는데, 영 도움은 안 된 것 같네. 있지, 정 힘들면 집 생각이라도 해봐. 네가 두고 온 것들을 떠올려 보라고. 처음 만났을 때도 넌 집에 가고 싶다고 그랬잖아."

체린은 고개를 끄덕이며 말했다.

"그래. 부모님도 보고 싶고, 하다못해 그 못돼 먹은 오빠도 보고 싶다고."

"오빠는 어떤 사람인데?"

"어릴 적부터 날 막 괴롭히곤 했어. 생일 때마다 귀신이나 좀비 분장을 하고 나타나서는 놀라게 하고, 언젠가는 괴물 분장을 하고 날 겁주고는 겁쟁이라고 놀리기도 했지. 지난번 생일 때는 사람 머리 모양 케이크를 들고 나왔다고. 사람 머리 말이야."

체린은 자신의 머리를 두 손으로 잡으면서 말했다. 그러자 릭은 피식 웃음을 터뜨렸다. 그는 자신을 째려보는 체린에게 미안하다는 듯 손을 내저었다.

"미안. 그냥 웃겨서. 비웃은 건 아니었어. 그나저나 넌 꽤 재미있는 곳에서 온 거 같네. 어디서 살다가 왔냐?"

"21세기 사람이 어디서 왔겠어? 당연히 지구지. 빌어먹을 정신 나간 로봇이 없던 곳에서 왔어. 거기다 우리 집은 조금 가난하긴 했어도 나름 괜찮았다고. 물론 공부는 조금 많이 힘들었지만……. 오, 이런……!"

체린은 새파랗게 질린 얼굴로 입을 열었다.

"젠장. 내년에 수능도 봐야 하는데! 나, 어떡해? 어쩌면 좋아!"

"수능? 그게 뭔데?"

"뭐긴! 대학 들어가려고 시험 보는 거 말이야!"

"대학은 또 뭔데?"

체린은 대학에 대해 설명하려고 했다. 하지만 평생 별다른 목적이나 의미 따윈 없이 맹목적으로 대학에 들어가야만 한다고 여기는 고2에게 있어, 대학이란 곳은 설명하기 참 난해한 곳이었다.

그렇지만 그녀는 포기하지 않고 손짓 발짓 다 해가며 릭에게 입시 제도에 대해 설명했다. 처음으로 뭔가 아는 척할 수 있는 기회를 놓치고 싶지 않았다. 때문에 체린은 아무 말이나 늘어놓았다.

체린의 말에 따르면, 대학이란 뭔가 가입하기 힘들고 거창한 곳이었다. 하지만 어쨌든 대학만 가면 연애도 하고 새로운 친구도 사귈 수 있으며 아르바이트도 할 수 있었다. 물론 체린은 정말로 대학생들이 그러고 사는지 알 수 없었다. 그녀가 릭에게 설명한 것들 대부분은 드라마와 만화, 영화 속에 나온 장면들을 짜깁기한 것에 불과했다. 어쨌거나 체린의 설명을 끝까지 들은 릭은 고개를 끄덕였다.

"그러니까 쉽게 말해서 네가 거길 안 들어가면, 네가 부모님이라고 부르는 네 주인들이 널 죽일 거라 이거지? 흠, 잘 모르겠지만 21세기에도 가축으로 분류된 인간이 있었나 보지?"

"그런 게 아니라! 세상에, 사람더러 가축이라 그러는 거 아니지! 기분 나쁘게……."

"기분이 나빴다면 미안하군. 그럼 인간 가축이 아니라면 무슨 고문 같은 걸 당하는 거야?"

"아니야, 그런 게 아니라……. 어쨌든 다들 가는 거야. 일단 들어가야 사람대접 받는다고 말씀하셨거든."

"거기 가서 뭐하는데?"

"말했잖아. 아르바이트도 하고, 사랑도 하고, 공부도 하러 가는 거지. 고등학교 때보다 훨씬 어려운 공부를 하는 거야.

세상에, 여긴 대학 같은 게 없어?”

“없어. 여기 사는 사람들은 약으로 모든 걸 해결하거든.”

“약으로?!”

체린은 미간을 찡그렸다. 그러자 릭은 검지와 중지를 쳐들었다. 붉은 실이 그의 손가락 사이에서 춤을 추자 하얀색 알약이 모습을 드러냈다. 알약 위에는 학사모 그림과 시계 그림이 그려져 있었다. 체린은 그게 뭐냐고 물었다. 그러자 릭은 두 눈을 껌뻑이면서 말했다.

“학습약. 이거 한 알이면 1년간 특정 지식을 유지할 수 있지. 1년에 한 번씩 계속 먹어줘야 하지만.”

“야, 그거 나 좀 줘 봐!”

체린이 레이저 창살 사이로 손을 뻗자 릭은 잽싸게 손을 뒤로 뺐다. 그는 체린이 보는 앞에서 약을 붉은 실로 바꿔 버렸다. 체린이 실망스런 탄식을 터뜨리자 릭은 자그마한 칵테일 잔을 만들어 냈다. 그는 삼각형 모양의 칵테일 잔에 얹은 올리브를 건져 먹었다.

“이봐, 친구. 약에 눈독 들이지 말고 거기 얌전히 있어. 일단은 지금 재판이 중요하니까.”

“맞습니다. 약에다 눈독 들이지 말고 정의의 심판에나 신경 쓰시죠.”

어느샌가 감방 안으로 들어온 판사봇은 거만하게 말했다.

"자, 곧 이체린 양의 공판을 시작하겠습니다."

"이봐요, 판사 양반. 혹시 변호사 필요하지 않소?"

릭이 묻자 체린은 창살 너머에서 고장 난 마네킹처럼 고개를 끄덕였다. 그러자 판사봇은 고개를 가로저었다.

"체린 양은 흉악범입니다. 청중들의 재미를 위해 변호사 선임을 금지하고 있죠. 정 안 되면 제가 변호사도 겸하도록 하겠습니다."

"판사가 변호를 한다고요? 그럴 거면 그냥 무죄로 풀어주면 안 될까요, 판사님?"

체린이 묻자 판사봇은 반짝이는 손가락을 양옆으로 까딱거리며 배에 달린 수납장에서 나무망치를 꺼냈다.

"쯧쯧. 그렇게는 안 되죠. 판결은 공정해야 합니다. 도둑에게는 도둑에게 걸맞은 판결이 필요하고 살인자에게는 살인자에게 걸맞은 판결이 필요하죠."

판사봇이 말하자 옆에 서 있던 릭이 말했다.

"거 나쁘지 않은 연설이네. 그런데 분명 FTL 광고용 판사봇이 이곳 판결을 전담하고 있을 텐데?"

"아, 그 판사봇은 정비 중입니다. 그래서 제가 급파됐죠. 우선 피고인, 미리 사전 고지를 하겠습니다. 지금부터 피고에 대한 판결을 내릴 겁니다. 귀하는……."

판사봇은 이런저런 주의사항을 이야기했다. 시청자 수가

24만 명 아래로 내려가면 판사봇은 하는 수 없이 죄수를 놓아주어야 한다는 조항과 '철저하게 인공적으로 설계된 법률적인 보호 법익의 가상적 이익'에 대해서도 설명을 늘어놓았다. 하지만 설명을 들어도 체린은 그게 무슨 말인지도 알지 못했다.

"그럼 개정 전까지 감옥에서 대기하세요."

체린은 잠깐만 기다리라고 소리쳤지만 판사봇은 기다리지 않았다. 어깨 위에 달린 솥에서 증기가 조금 빠져나오자 놈의 어깨 속에 숨겨져 있던 둥그스름한 카메라가 드러났다. 로봇은 카메라를 허공에 쏘아 올렸다. 카메라가 렌즈를 번뜩이며 유유히 허공으로 날아오르자 판사봇은 두 팔을 벌렸다. 놈은 손을 흔들어대면서 소리쳤다.

"안녕하십니까? 오늘도 변함없이 재판을 참관 중이신 여러분, 오늘도 방사성 성운과 너무 춥거나 더운 행성에서 근무 중이신 근로자 여러분. 저는 하드보일드한 재판을 맡고 있는 판사봇입니다. 오늘도 은하계 곳곳에서 열심히 일하고 계신 여러분의 기분을 풀어드리기 위해 정의롭고 공정한 판결을 내리도록 하겠습니다."

그가 소리치자 허공에 말풍선이 떠올랐다. 그것들은 하나같이 '죽여라!'라고 적힌 글귀를 품고서 천장으로 날아올랐다. 체린은 그 섬뜩한 광경에 몸서리를 쳤다.

‘세상에, 31세기는 피에 굶주린 사람들만 널려 있는 거야?’

그녀의 입에서 개탄스러운 한숨이 나오기 무섭게 판사봇이 말했다.

“세상은 악으로 물들어 있습니다. 하지만 저는 사소한 악이든 커다란 악이든 개의치 않고 앞으로 사혀엉,이 아니라, 민주적인 방법으로 당신을 처단할 겁니다. 아시겠어요? 이 살인마 씨!”

“민주적으로? 아니, 그것보다도 방금 사형이라고 하지 않았어요?!”

“실시합니다! 저스티스 투표!”

체린의 말을 무시한 판사봇은 천장을 향해 나무망치를 들어 올렸다. 그러고는 디스코를 추는 사람처럼 골반을 씰룩거렸다. 체린과 릭은 놀라다 못해 당혹스러운 얼굴로 로봇을 바라보았다. 그리고 두 사람은 거의 동시에 ‘저거, 미쳤나.’라고 중얼거렸다.

하지만 미친 짓은 여기서부터 시작이었다. 판사봇의 스피커에서 음악이 흘러나오기 무섭게 판사봇의 동체 곳곳에서 둥그스름한 미러볼이 튀어나왔다. 미러볼은 어지러운 형형색색의 불빛으로 어두운 감옥 안을 밝히다 못해 서서히 감옥의 존재를 지워 버렸다.

잠시 후 어두컴컴한 감옥 안은 거대한 광고판이 되어 있었다. 아라크노099번 행성에서 만든 담배 패치 광고가 지나갔다. 1급 인권 자격증을 가진 사람에게만 판다고 쓰여 있는 개인용 궤도 폭격 유도 장치와 핵연료로 작동하는 핵난로 광고 뒤로 코스믹 구미의 광고가 지나갔다.

체린은 홀로그램 화면에 떠오른 미티와 세티를 뚫어져라 바라보았다. 서로의 안부를 묻는 미티와 세티의 모습 뒤로 낯익은 사람이 괴상한 춤을 추면서 나타났다. 체린은 처음에 괴상한 춤을 추는 사람이 누구인지 알아보지 못했다. 하지만 자세히 보니 곰돌이 얼굴이 그려진 옷소매가 드러났다.

숨을 집어삼킨 체린은 화면에 대문짝만하게 찍힌 자신의 모습을 향해 입을 쩍 벌렸다.

'일단은 얼굴이 흐릿하니까 많이 알아보지는 못할 거야.'

체린은 그렇게 생각했다. 하지만 잔인하기 짝이 없는 광고주들은 비명을 지르는 체린의 얼굴을 정지 화면으로 내보냈다. 그것도 입가가 흉하게 일그러지고 두 눈이 개구리처럼 튀어나온 모습을 따서 여러 각도로 편집한 뒤, 체린의 목소리까지 빌려 '겁나 맛있네.'를 5번이나 외치도록 만들었다.

잔뜩 풀이 죽은 체린은 천천히 뒷걸음질 쳤다. 뒷머리를 망치로 얻어맞은 것처럼 눈앞이 아찔했다. 감옥의 차가운 벽이 등을 때리자, 체린은 벽을 따라 스르르 주저앉았다. 그녀는 처참한 얼굴로 코스믹 구미 광고가 끝나는 모습을 바라보았다.

숨이 턱 막히자 체린은 두 손으로 얼굴을 가렸다. 이제 이 얼굴 들고 못 다니겠다는 생각만이 머릿속에서 새록새록 떠올랐다. 하지만 그런 그녀의 기분을 아는지 모르는지 릭은 창살 앞에 다가와 입을 열었다.

"저거, 너냐? 언제 저런 걸 찍었냐?"

릭은 술잔을 기울이면서 말했다.

"내가 현대미술을 그다지 좋아하지는 않는다만, 이건 좀 볼 만하네. 너, 춤 잘 춘다."

"시끄러워! 누가 찍고 싶어서 찍은 줄 알아?"

"뭐, 어때? 어차피 다시 21세기로 돌아갈 거 아냐? 그러면 어차피 저 광고를 아는 사람도 없을걸?"

"하지만 그래도 여기서 서빙인지 뭔지 할 때마다 다들 내 얼굴을 알아볼 거 아냐! 안 봐도 뻔해. 사람들이 날 볼 때마다 저 춤 좀 춰보라고 할 거라고. 이제 내 인생은 끝났어……. 이제 집에 못 갈 거야."

체린은 투덜거리면서 레이저 창살 앞에 쪼그려 앉았다. 릭은 어깨를 으쓱거리면서 말했다.

"워워, 또 그 소리다. 너무 깊게 생각하지 마. 어차피 저 광고는 1개월만 지나면 사람들 머릿속에서 깔끔하게 사라질 거야. 우주는 넓고 병신은 많거든."

체린은 릭을 올려다보았다. 그녀는 지금 그게 위로냐는 눈초리로 그를 쏘아보았다. 그러자 릭은 어깨를 으쓱거리면서 말했다.

"그냥, 그렇게 생각하면 삶이 조금 더 편해진다고."

"편해지면 뭐해?"

"편해지면 뭐하기는? 이봐, 편해지면 희망이 생겨. 희망이 생기면 힘이 생기지. 희망은 좋은 거야, 친구. 그것 때문에 미쳐버리는 사람도 있지만, 결국 모든 사람들은 그것 때문에 살아가는 거니까. 그리고 희망이 있으면 어떤 수모도 견딜 만하지. 그러니까 절대로 희망을 버리지 마. 이것도 선배로서의 조언이니까 가슴에 새겨둬."

릭은 씁쓸하게 웃으면서 말했다. 그 쓸쓸한 웃음에 체린은 릭을 유심히 바라보았다. 그의 지친 미소에서는 어딘지 모르게 우울한 상념이 순간적으로 반짝이다 사라졌다. 체린이 괜찮냐고 릭에게 말을 건네려던 그때였다. 팡파르가 울렸다.

"네! 돌아왔습니다! 사법부에 대한 국민적 관심을 끌려고 만든 B급 로봇 방송, 판사봇 등장!!입니다!!!"

판사봇이 소리치자, 감옥 안은 순식간에 커다란 서라운드 스피커가 되었다. 로봇의 몸체에 달린 양자 스피커가 보다 효율적으로 분자를 진동시키면서 소리를 전달한 탓에 판사봇의 목소리는 쓸데없이 깔끔하고 명료하게 들렸다.

판사봇은 롤빵처럼 생긴 하얀 인조 머리를 찰랑이면서 체린을 향해 고개를 돌렸다.

"피고 이체린 양, 당신은 다중 중첩공간에 자리한 직원 휴게실에서 고농도의 나트륨 음식을 이용해서 피해자를 폭사시킨 것이 사실입니까?"

"뭐, 뭐? 폭사?"

판사봇은 근엄하게 입을 열었다.

"네! 나트륨과 물이 만나면 폭발한다는 건 너무나도 명백한 사실이죠! 그리고 당신은 오늘 피해자에게 고농도의 나트륨 식품을 먹였어요. 그리고 몇몇 증언들에 따르면 재활용 처리 시설에서 폭발 같은 소리가 들렸다고 합니다. 자, 어떠신가요? 이래도 변명하시겠습니까? 당신은 빠져나갈 수 없어요!"

체린은 어이가 없어서 혀를 차다가 감방 한구석에 서 있는 릭을 바라보았다. 릭은 입을 쩍 벌리고서 늘어져라 하품을 하다 천천히 체린을 바라보았다. 그의 시선이 닿기 무섭게 체린은 두 팔을 하늘로 쳐들고서 소리쳤다.

"이런 망할! 난 아무 잘못도 없어. 그냥 체플 씨가 배고프다고 해서 내가 고향에서 먹던 걸 줬을 뿐이야. 그걸 먹고 쓰러질 줄 누가 알았겠냐고!"

"아하! 그게 바로 동기로군요! 고향에 대한 그리움이 살의

가 된 겁니다. 인정하십니까?”

“인정 안 해요! 못해요! 여기서 일만 잘하면 집으로 갈 수 있는데 내가 왜 고향이 그립다고 살인을 저지르냐고요! 그리고 애초에 고향이 그리운 거랑 살인이랑 뭔 상관이야?!”

“모든 불완전한 지구 생명체들은 고대 지구의 무기물 바다에서 태어났습니다. 그러니 모든 지구 생명체의 고향은 고농도의 나트륨이 든 액체라 할 수 있죠. 따라서 당신은 나트륨에 관한 그리움을 표출하기 위해 피해자에게 나트륨 덩어리를 과도하게 섭취시켜서 살해한 겁니다. 그리고 나트륨 덩어리를 물에 집어넣으면 거대한 폭발이 일어나게 되어 있죠! 고로, 당신은 체플 씨의 몸에 고농도의 나트륨을 주입한 뒤, 내장 기관을 폭파해 살해한 겁니다!”

판사봇은 슬그머니 옆구리에 달린 큼지막한 빨간 버튼을 눌렀다. ‘놀라는 소리’라고 적힌 버튼이 딸깍이기 무섭게 판사봇의 뒤통수에 달린 스피커에서는 사람들이 경악하는 목소리가 울려 퍼졌다. 체린은 헛웃음을 터뜨렸다.

“하! 내가 마지막으로 봤을 때 체플은 살아 있었어! 아! 릭, 말해 봐. 그, 체플, 체플은 살아 있었잖아!”

“나야 모르지. 네가 감옥에 있다는 소리를 듣고 곧장 여기로 달려온 거거든.”

“봐요. 동료분도 딱히 부정하지는 않으시잖습니까? 당신은 유죄일 수도 있기 때문에 감옥에 갇혀 있는 거고, 감옥에 갇혀 있기 때문에 유죄이므로, 따라서 당신은 유죄입니다. 아시겠어요?”

법관의 중립성과 무죄추정의 원칙 따윈 강아지에게 간식거리로 던져 준 판사봇은 대놓고 체린을 비난했다. 하지만 시간은 판사봇의 편이 아니었다. 그는 홀로그램 화면 아래의 숫자에 주목했다. 시간이 갈수록 숫자는 떨어지고 있었다. 시청자 수가 기하급수적으로 줄어들고 있었다. 판사봇은 이마에 흐르는 윤활유 땀을 손으로 닦아냈다.

시청자 수가 24만 명 아래로 내려가면 판사봇은 하는 수 없이 죄수를 놓아주어야 했다. 철저하게 인공적으로 설계된 법률적인 보호 법익의 가상적 이익(축약하면 생트집이란 뜻이다.)을 이용하려던 그의 계획은 물거품이 되고 말 터였다.

그럴 수는 없었다. 오랜만에 잡은 강력범죄 피의자를 놓아줄 수는 없었다. 이 인간 하나만 한방에 골로 보내도 이번 달 실적은 완벽하게 채울 수 있었다. 그는 개인 방송을 보고 있을 장년층과 성인층의 마음을 사로잡기 위해 인터넷을 뒤졌다. 그러곤 나무망치를 휘두르면서 빠르게 수천 곡을 학습한 뒤에 자신이 작곡(했다기보다는 표절)한 노래를 불렀다.

“요요~ 피고인이 피해자에게 먹인~ 나트륨 덩어리 때. 문. 에. 피해자는 쾅! 내장이 쾅쾅! 치키치키치키~ 고로 다

앙~신은 유죄입니다~ 우. 쾅쾅!"

"세상에! 저걸 지금 랩이라고 부르고 있는 거야?"

소음 공해에 치를 떨던 체린은 어깨를 움츠렸다. 가뜩이나 끔찍한 기분이 이제는 소름이 끼칠 지경이었다. 그녀는 창살에 바싹 붙어 판사봇에게 소리쳤다.

"내가 랩은 잘 모르지만 '치키치키'랑 '요요' 같은 걸 좀 붙였다고 그게 랩이 되는 건 아니네요, 이 깡통아!"

"나도 동감이야. 그리고 고작 음식 때문에 사형을 할 순 없어. 만에 하나 이 녀석이 체플을 죽였다고 해도, 개 같은 경우에는 다시 되살릴 방법이 있으니까 그냥 30분 감방 투어로 끝내자고, 친구."

릭이 말하자 판사봇은 혀를 내둘렀다.

"FTL 전용 판사봇은 사형 할당제 같은 게 없잖아요. 하지만 우린 있다고요. 그리고 재판을 진행하는 동안은 제 말을 들어야 합니다."

체린은 코웃음을 치면서 비꼬았다. 그녀는 판사봇이 했던 것처럼 랩을 늘어놓았다.

"우~ 난 판사봇이에요~ 헌법쯤은 가볍게 무시할 수 있고요, yo! 유죄추정의 법칙, O~K. 실적을 챙기지요, O~K. 인권 나부랭이, 쓰레기통에 던져 버려, O~K? 아무도 신경 안 써, O~K! 디스코 음악이랑 미러볼 몇 개면~ 법관 파워가 뿜뿜 나오니까요, yo! O~K!"

판사봇과 릭은 경악한 얼굴로 체린을 뚫어져라 바라보았다. 음정부터 박자와 라임까지 죄다 엉망이었지만 판사봇은 자신보다 훨씬 더 리드미컬하게 랩을 하는 체린을 보고서 경악을 금치 못했다. 반면 릭은 두 바보가 내지르는 소음 공해 때문에 지끈거리는 관자놀이를 주물렀다. 판사봇은 페인트 통 같은 얼굴을 찡그렸다.

"지금 날 놀린 거요? 이봐! 내가 이 일을 하고 싶어서 하는 줄 아나 본데, 사법 기관이 연예계로 넘어가서 어쩔 수 없단 말이야! 나도 조회수로 실적을 챙겨야 한다고!"

띠링. 성을 내던 판사봇의 몸에서 알람이 울렸다. 판사봇은 알람을 살폈다. 그러곤 조금의 망설임도 없이 소리쳤다.

"네! 이제, 결과가 나왔습니다! 만인이 함께하는 민주적인 법 절차가 이제 선고만을 앞두고 있군요. 어디 보자……. 약 99.8%의 압도적인 표차로……."

판사봇은 긴장되는 북소리를 내면서 소리쳤다.

"사형! 사형이 구형되겠습니다! 하하!"

경쾌하게 소리친 판사봇은 우레 같은 갈채 소리와 함께 손목에서 총구를 꺼냈다.

"이제부터 본 방송은 사형 집행 방송으로 변경됩니다. 혈흔과 시체가 불쾌하신 분은 참고 봐주시고, 미성년자 여러분

은 빨리 부모님 인권 자격증으로 성인 인증하세요. 여러분의
조회 수가 저의 힘이 됩니다. 이제부터 피떡이 될 시간이죠!
우리 모두~ 저지먼트 타임~!"

기다란 안테나 같은 총구가 이마를 향하자 체린은 새된 비
명을 질렀다. 결국 보다 못한 릭이 나섰다. 그는 판사봇과 체
린 사이를 가로막고 섰다.

"워, 워. 판사 양반. 너무 판결을 빨리 내린 거 아냐? 변호
인도 없었고, 또 얘는 정말로 일 한번 안 해본 초짜란 말야."

"흠, 그럼 당신도 피고인이 만든 음식을 먹었습니까?"

"아니. 난 저 녀석이 만든 음식을 목구멍에 쑤셔 넣을 만큼
바보가 아냐."

릭은 검지 손톱을 엄지손톱으로 긁적이면서 말했다. 그러
자 판사봇은 손가락을 튕겼다.

"새로운 증언이 등장했습니다! 보십시오. 저, 피해자가 될
뻔한 분의 우울한 눈빛이 모든 걸 말해주고 있지 않습니까?
피고가 의도적으로 만든 음식을 보는 것만으로도 저 불쌍한
피해자의 영혼이 파괴되었다는 증거죠."

"그런 것 같지는 않은데."

"피고의 음식은 보는 것만으로도 사람들을 병들게 합니다.
말 그대로 잠재적인 범죄에 해당하는 것이죠. 따라서……."

"저기, 판사 양반. 있지, 내 생각엔 그냥 조용히 넘기면 어

떨까 싶어. 잘못했다가는 내가 요한나에게 왕창 깨질지도 몰라. 그러니까 이쯤에서 쇼는 그만두지.”

“쇼라뇨! 이것은 신성한 재판입니다.”

판사봇이 항변하자 릭은 그의 어깨에 팔을 올렸다. 그는 로봇에게 조곤조곤 무언가를 속삭였다. 두 사람의 대화는 주로 직원 할인가에 음식을 제공해주는 바우처와 쿠폰에 쏠려 있었다. 특히 회로 최적화 마사지 특별 주문서는 품위와 도덕으로 가득 찬 판사봇의 청각 센서를 쫑긋 세워주었다. 잠시 후 서로 악수를 나눈 두 사람은 서로에게 고개를 끄덕였다. 판사봇이 소리쳤다.

“좋습니다. 마저 판결을 하기로 하죠. 처음에는 사형을 선고했습니다만, 곰곰이 생각해 보니 감형 조건이 있었군요. 음, 제정신이라는 점은 일단 감형 사유가 될 수 있죠. 그리고……”

감형 요건을 따져 보던 판사봇은 문득 감옥의 창살 위에 떠오른 시청자 수를 보았다. 약 50만 명에 달했던 시청자 수는 줄고 줄어 순식간에 240,010명을 기록하고 있었다. 판사봇은 결단을 내릴 수밖에는 없었다.

“어, 제가 감형이라고 했나요? 오류입니다. 다시 사형! 사형입니다!”

로봇이 소리를 지르기 무섭게 릭은 혀를 끌끌 찼다. 그는 붉은 실과 함께 총을 꺼내 놈의 오른팔을 날려버렸다. 오른팔이 바닥에 떨어지기 무섭게 판사봇은 울상을 지었다.

"아, 왜 하필 오른팔이에요? 아직 할부도 안 끝났다고요."

"망할 새끼. 합의를 봤으면 따라야 할 거 아냐. 내가 물로 보여?"

릭은 곧장 양다리를 쏘면서 말했다. 그러자 왼팔만 남은 로봇은 바닥에서 비명을 질렀다.

"너, 너도 사형이다! 이 살봇자야!"

릭은 잽싸게 로봇의 왼손을 박살내면서 말했다.

"괜찮아. 난 2등급 인권 자격증 소유자거든. 로봇까지 포함해서 하루에 50명까지는 죽여도 돼."

릭은 홀로사이트로 자그만 카드를 만들어 판사봇에게 내밀었다. 그러자 판사봇은 깊은 한숨을 쉬면서 가슴 안에 부착된 캐비닛을 열었다. 그는 캐비닛 안쪽에 붙여둔 가족사진을 반만 남은 팔뚝으로 가리키면서 애원했다.

"살려주세요. 제발요. 저, 이번 달 사형 할당제를 채우지 못하면 소속사에서 절 폐기 처분할 거예요. 제발 저 여성분을 죽이게 해주세요. 제발요! 저한테는 가족이 있다고요. 이번 일만 끝나면 애들이랑 놀이동산에 가기로 했어요. 천국에 있는 꽃동산이 아니라요! 그리고 제 아내는 공장에서 병약한 셋째 아이를 업그레이드시키고 있단 말이에요. 부탁 좀 드릴게요.”

순식간에 사망 플래그를 세 개나 쌓아버린 판사봇은 반쯤 남은 왼팔로 릭의 바짓단을 휘감았다. 그러자 릭은 어깨를 으쓱이면서 체린에게 말했다.

“흠, 네 생각은 어때? 애들이랑 가정이 있는 로봇이 실적 때문에 죽게 생겼다는데, 혹시 사형 당해 줄 생각이 있냐?”

“그걸 지금 말이라고 해?!”

체린은 릭에게 쏘아붙인 뒤에 징징거리는 판사봇을 향해 소리쳤다.

“꼴좋다! 사형 할당제 같은 소리 하네! 고작 김치찌개 하나 때문에 사람이 죽었다고?! 어디서 그딴 거짓말을 지껄이는 거야? 이 나쁜 자식아!”

체린이 욕설을 퍼붓자 판사봇은 어깨를 으쓱이며 말했다.

“제 최첨단 로봇 센서에 따르면, 그 사람은 당신이 만든 나트륨 수프 때문에 목숨을 잃었어요! 이건 너무나도 명백합니다! 거기다…….”

“저기…….”

낯익은 목소리가 감옥 안을 울리자, 그들은 소리 나는 쪽을 바라보았다. 감옥 한가운데 체플이 서 있었다. 그녀는 배를 손으로 문지르면서 입을 열었다.

“있지, 처음에는 매워서 죽는 줄 알았는데, 그 맛이 자꾸만 생각나네. 나중에 한 그릇 더 만들어 줄래?"

감옥에 갇혀 있던 체린은 활짝 웃으면서 마네킹처럼 고개를 끄덕였다. 그러자 체플은 고개를 갸우뚱거리면서 말했다.

"그나저나 이게 무슨 일이야? 릭, 왜 판사봇을 박살냈어? 그리고 체린은 왜 감옥에 들어가 있어?"

체플이 고개를 갸우뚱거리자 판사봇은 변명했다.

"어, 언, 언젠가는 죽을 거 아닙니까? 그러니 이미 사, 상대적인 의미에서 죽어 있는 셈이죠. 아니, 어쩌면 좀비일지도 몰라요. 스페이스 좀비 같은 거요. 그러니까 어쩌면 이 감옥을 나가서 우리의 시선에서 벗어난 순간부터 이미 저 사람은 죽어 있으면서 살아 있는……."

릭은 어깨를 으쓱이다 판사봇의 머리를 레이저 총으로 지졌다. 궤변을 늘어놓던 페인트 통처럼 생긴 판사봇의 머리가 사방으로 흩어졌고, 흔적만 남은 목에서 스파크가 튀었다. 판사봇의 각진 몸이 축 늘어지자 릭은 방송 화면을 띄우고 있는 홀로그램 화면을 치워 버렸다.

그는 감옥 벽 위에 떠 있던 홀로그램 버튼을 눌렀다. 그러자 체린을 가두고 있던 레이저 철창이 순식간에 전등 꺼지듯 사라졌다. 체린은 괴상한 얼굴로 쓰러진 판사봇과 릭의 얼굴을 번갈아 가며 바라보았다.

"잠깐! 이건 말도 안 돼!"

"뭐가?"

릭이 말하자 체린은 뾰로통한 얼굴로 소리쳤다.

"네가 이 로봇을 죽였잖아. 그럼 너도 감옥에 몇 분이라도 들어갔다 나와야지!"

"하하! 그럴 일은 없을 거야. 아까도 말했잖아. 난 2등급 인권 자격증이 있어서 몇 명쯤 죽여도 상관없어."

"인권은 자격증 따위가 아니야!"

"31세기에는 아니야."

넉살 좋게 웃으면서 고개를 젓던 릭은 좋은 생각이 떠오른 듯 손가락을 튕기면서 말했다.

"아, 그래. 너도 나중에 따두는 게 좋겠다. 혹시라도 여기서 일하다가 고객을 나트륨으로 살해하고 싶을 때 유용할 거야. 이것도 선배로서의 조언이니까 새겨두라고."

'흥, 선배는 무슨!'

체린은 입술을 실룩이면서 릭을 노려보았다. 상황을 따라가지 못한 체플은 곤란한 듯 두 사람 사이에서 머리를 긁적이고 서 있었다. 그녀는 한마디라도 하지 않으면 이상할 것 같은 분위기에 떠밀려 서로 으르렁거리는 체린과 릭을 바라보면서 중얼거렸다.

"있지, 싸움은 나빠……."

*****

　일명 감옥 투어를 마친 릭과 체린은 다시 휴게실로 돌아왔다. 체플은 도중에 공간 컨트롤타워로 돌아가야 했기에 직원 휴게실 안에는 지친 체린과 넉살 좋게 웃고 있는 릭 단둘만이 남아 있었다. 릭은 바 테이블을 두드리면서 말했다.

　"그래도 나쁘지만은 않은 경험이었지?"

　"아니, 전혀!"

　체린은 바 테이블 위에 턱을 괴고 앉아 테이블에 얼굴을 파묻었다. 그러자 릭은 빈 술잔을 옆에 던져 버리고서 테이블을 손가락으로 두드렸다. 유리 깨지는 소리와 함께 허공에 떠오른 홀로그램 화면을 노려보던 릭은 화면을 눌렀다. 그러자 홀로그램 화면은 무채색 실로 흩어져 바 테이블 위에 쏟아졌다. 실들은 순식간에 완벽한 형태의 잔을 만들어 냈다. 잔 속에 둥그스름한 얼음이 달그락거리기 무섭게 누런 액체가 알싸한 향기를 내면서 담겼다. 술을 들이켠 릭은 무언가가 머릿속에 번쩍 떠오른 사람처럼 손가락을 튕겼다.

　"아, 맞다! 그러고 보니까 너, 3지망을 안 적었더라?"

　"3지망?"

　체린은 바 테이블 위에 턱을 괴고 앉아 입을 열었다.

　"흠, 안 적으면 어떻게 되는 거야?"

"그럼 말 그대로 아무 곳에나 보내달라는 뜻이지, 뭐. 여기 매장보다 훨씬 괴상한 곳에 떨어질 수도 있어."

"여기보다 더 이상한 곳이 있어?"

"많지. 무지 많아."

릭은 어깨를 으쓱이면서 말했다.

"시간 터빈 청소나 중첩공간 미화 잡무 같은 것도 있어. 그리고 공간 컨트롤타워에 배정될 수도 있지. 참고로 컨트롤타워는 지금 체플이 혼자서 200년째 도맡아 하는 중이야. 잘못하면 드라이버 리처럼 매장에는 얼씬도 못할 수도 있어. 그리고 배달부도 있는데…….."

릭은 잠시 숨을 집어삼키고 먼 산을 바라보았다. 허연 얼굴은 잠시 술잔을 바라보다 천천히 탄식을 터뜨렸다. 눈살을 찌푸린 채 릭을 살피던 체린이 낌새가 괴상함을 넘어 이상하다는 것을 알아차릴 즈음, 릭은 큼지막한 잔에 든 누런 액체를 들이켰다.

"뭐, 아무튼 이 정도면 대충 소개가 끝났으니까 일단 적고 시작하자."

"조금 고민해 보면 안 될까?"

"그래? 그럼 지금 고민해 봐."

"아니, 아니. 내 말은 조금 더 생각하고 싶다는 거야. 나 혼자서. 천천히. 느긋하게."

"흠, 요한나가 별로 안 좋아하겠군."

릭이 중얼거리며 천천히 고개를 끄덕였다.

"그래, 그럼 혼자서, 천천히, 느긋하게 생각해 봐. 나중에라도 적어서 나한테 줘. 오늘이나 내일 중으로 말이야. 알겠냐?"

체린은 말없이 고개를 끄덕였다. 하지만 릭은 그녀의 얼굴은 보지도 않고 그녀에게서 등을 돌렸다.

"행운을 빌어, 친구. 그럼, 난 이만 자러 간다."

"야! 넌 일 안 하냐!"

체린이 소리치자, 릭은 대꾸도 없이 메인 홀을 빠져나갔다. 그를 삼킨 워프 통로가 번쩍거리기 무섭게 릭의 모습은 온데간데없이 사라졌다. 체린은 뾰로통한 얼굴로 릭이 사라진 자리를 바라보았다.

'세상에! 뭐 저런 자식이 다 있담.'

일을 알려주라고 점장이 이야기했는데, 릭이 한 것은 고작 손가락으로 여기저기 가리키다 판사봇이라는 미치광이 로봇에게서 체린을 구해준 뒤에 땡땡이친 것이 다였다. 물론 녀석 덕분에 세 번이나 죽을 고비를 넘기긴 했다. 그리고 녀석이 해준 조언 역시 조금은 도움이 되었다. 아마 녀석이 아니었다면 지금쯤 체린은 서너 번째 죽음을 맞이했으리라.

하지만 그래도 뭔가가 불공평한 기분이 들었다. 체린은 콧방귀를 뀌면서 생각에 잠겼다.

'그나저나 이제 어쩐다.'

체린은 손톱을 잘근잘근 씹으면서 눈을 굴렸다. 릭의 말에 따르면 서빙이야말로 집에 가고 싶은 이들의 1지망인 듯했다. 하지만 불행히도 서빙이나 주차장 일이 체린에게는 쉬운 일이 아니었다. 하긴, 쉬운 일에 돈을 줄 곳은 없었다. 특히 죽은 사람들을 데려와서 부려먹는 음식점에 그런 걸 기대할 수는 없었다.

그녀는 식은땀을 흘렸다. 만약에 이대로 아무 일도 못 하면 어쩌나 싶은 생각이 머릿속을 가득 채웠다. 체린은 릭이 한 말을 어렴풋이 떠올렸다. 기본 수명 10년에, 3년마다 평가를 받는다는 말이 쌀쌀맞게 뇌리를 때리고 지나갔다.

체린은 울적한 얼굴로 밥솥이 떨어지는 순간으로 되돌아가 있는 자신의 모습을 상상했다. 은빛 밥솥이 어둠 속에서 반짝이면서 쏜살같이 얼굴을 향해 달려드는 모습을 머릿속에 그리자 두피를 따라 소름이 일었다.

어깨를 파르르 떨던 체린은 결심했다.

'그래. 이렇게 된 이상 내 영혼을 팔아치워서라도 어떻게든 돈을 모아 주마! 얼마가 됐든!'

주먹을 불끈 움켜쥐고 다짐한 체린은 머릿속 어딘가에 잠들어 있던 회계 노트를 꺼냈다. 우선 식비와 유흥비를 아껴야 한다고 생각했다. 하지만 이 이상 뭘 아낄 수 있지?

체린이 턱을 괴고 돈에 관한 생각에 잠길 무렵, 휴게실 안으로 왁자지껄한 목소리가 들어왔다. 처음 요한나의 손에 끌려 왔을 때 만났던 세티와 미티였다. 아까 휴게실에서 헤어졌을 때와는 달리 두 소녀는 프릴이 잔뜩 달린 하얀 앞치마와 메이드복을 입고 있었다. 세티와 미티는 깔깔 웃으면서 체린의 왼편에 자리를 잡고 앉았다.

"얘, 너도 들었니? 세상에! 파푸루가 푸르파라후블루하게 후블루할 거래!"

미티가 말하자, 세티는 혀를 차면서 입을 열었다.

"미티. 얘는 오늘 온 애잖아. 그렇게 말하면 못 알아들을 거야. 그러니까 미티의 말은 파푸루라는 가수가 있는데, 푸르파라라는 옷을 입고 공연을 할 거라는 거야. 그것도 후블루족 스타일로 멋지게 말이지. 참고로 파푸루는 후블루족 사람이거든."

"하하. 그, 그렇구나. 그거, 좋은 일이네."

최악이었다. 그나마 착해 보이던 여자애들이랑도 대화가 안 되다니. 체린은 산뜻한 절망 속에서 고개를 숙였다. 그녀의 기분을 아는지 모르는지 미티는 천진난만하게 깔깔 웃으면서 말했다.

"믿기지 않아. 정말 내가 그걸 보려고 얼마나 기다렸는데.

근데 리키는 어디 갔어? 리키도 같이 가면 좋아할 텐데. 리키는 어디 있어?”

“리키?”

체린이 고개를 갸우뚱거리자 세티가 말했다.

“금발 머리에 빨간 눈을 한 남자애 말야. 너랑 같이 있던 거 아냐?”

세티는 일부러 험상궂은 표정을 짓더니 하얀 얼굴 위에 삐죽삐죽 헝클어진 금발의 가발을 만들어 얹었다. 체린은 입술을 삐쭉 내밀고서 고개를 끄덕였다.

“아, 걔……. 방금 여기서 헤어졌는데 말야, 일 안 하고 낮잠 자러 간다더라.”

체린이 투덜거리자 미티는 해맑게 웃었다.

“하하, 리키는 항상 낮잠만 잔다니까. 게을러, 게을러.”

“하지만 어쩔 수 없어. 리키가 맡은 일은 조금 많이 복잡하거든.”

“복잡하다고?”

세티는 고개를 끄덕이며 말했다.

“걔가 맡은 일은 좀 비정기적이고 외부 일정이 많은 일이거든. 그래서 쉴 수 있을 때 쉬는 거야.”

“흐응.”

체린은 고개를 끄덕이면서 시큰둥한 표정을 지었다. 그러자 미티는 손뼉을 치면서 말했다.

"그러고 보니까 아까, 광고판에 네 얼굴 나왔다? 몰랐지?"

"맞아. 어쩌다가 재판을 받게 된 거야?"

세티가 고개를 갸우뚱거리며 물었다. 체린은 한숨을 쉬면서 자초지종을 늘어놓았다. 체플과의 만남과 판사봇에게 연행되어 수감된 일, 그리고 릭이 도와준 것까지. 세티와 미티는 당황한 얼굴로 체린을 바라보았다.

"세상에! 다친 곳은 없니?"

세티가 걱정스런 얼굴로 묻자 체린은 다친 곳은 없노라고 말했다.

"응. 다친 곳은 없어. 릭이 판사봇을 부숴버렸거든. 그런데……."

"그런데?"

체린은 뺨을 긁적이면서 릭에게서 느꼈던 감정을 세티에게 솔직히 털어놓았다.

"그게, 조금 이상했어. 뭔가 숨기고 있는데 딱히 숨기고 있지 않은 것 같은 느낌이랄까?"

"흐응? 그게 무슨 소리야?"

미티가 고개를 갸우뚱거리면서 말하자 턱을 쓸어내리던 체린은 머리를 긁적거렸다. 자기가 말하고도 솔직히 잘 이해되지 않는 말이었다. 숨기면 숨기는 것이고 아니면 아닌 거지,

숨기고 있는데 숨기지 않는 느낌이 뭐란 말인가?

그럼에도 그녀는 의심스런 느낌을 지울 수 없었다. 분명 릭은 뭔가를 말하지 않았다. 순간이었지만 미묘하게 말이 끊겼고, 목소리 톤도 살짝 높아졌다. 이 모든 상황을 종합적으로 따져봤을 때 여자의 감이 말해주고 있었다. 릭은 뭔가를 말하려다 그만두었다. 그건 분명했다.

하지만 체린의 생각과는 달리 세티는 대수롭지 않다는 듯이 말했다.

"누구에게나 말 못할 사연이나 비밀 같은 건 하나쯤 있는 거잖아. 너무 깊이 생각하지는 마. 그리고 리키는 꽤 좋은 녀석이야. 그건 내가 보증할게. 그러니까 서로 친하게 지내봐."

체린은 알겠노라 천천히 고개를 끄덕거렸다.

체린의 대답을 들으면서 세티는 테이블 아래를 손으로 더듬더니 뭔가를 꺼냈다. 그녀의 오른손에는 체린의 팔뚝보다 굵은 케이블이 쥐어 있었다.

'저건 뭐에 쓰려는 거지?'

체린이 눈을 껌뻑이고 있는 동안, 세티는 뭉뚝한 케이블 끝을 비틀었다. 그러자 케이블 안에서 길고 뾰족한 바늘 세 개가 튀어나왔다.

바늘을 살피던 세티는 옷을 들췄다. 옷 안에 감춰져 있던 반들거리는 맨살이 훤히 드러났다. 그녀의 살결 위로 길고 가느다란 선들이 여기저기 뻗어 있었다. 그 자국은 오래된 수술 자국처럼 보이기도 했고, 회로판에 이어놓은 구리 선처럼 보이기도 했다.

세티는 옆구리에 바늘이 날카롭게 매달린 케이블을 가져다 댔다. 그러자 그녀의 옆구리 살이 갈라지더니 피부 아래 숨겨져 있던 기계 장치가 드러났다.

체린은 놀라움을 숨기지 못한 채 그녀를 바라보았다. 세티는 옆구리에 튀어나온 전원 단자에 케이블을 연결했다. 전원 단자 속으로 바늘이 비집고 들어가자, 전원 단자 옆에 달린 큼지막한 고정쇠가 케이블을 꽉 고정시켰다. 그러자 세티의 오른쪽 눈에 눈금과 함께 붉은 원형 게이지 바가 떠올랐다.

세티는 멍하니 자신을 바라보는 체린을 바라보았다.

"응? 왜 그래? 꼭 귀신 본 사람처럼……."

세티가 중얼거리자, 체린은 옆구리를 손으로 가리켰다. 그러자 세티는 대수롭지 않게 말했다.

"아, 이거? 충전하는 거야. 난 사이보그거든."

"사이보그?"

세티는 고개를 끄덕이면서 손을 내밀었다. 섬세하게 움직이던 손가락이 딱딱하게 멈춰 서자 그녀의 손바닥에 균열이 생겼다. 순식간에 다섯 조각으로 나뉘어 버린 세티의 손바닥은 서서히 팔뚝을 중심으로 둥글게 재정렬되었다. 세티가 손가락을 오므리기 무섭게 손가락 끝에서 하얀 불빛이 번쩍이기 시작했다. 그 모습은 마치 손끝으로 작은 태양을 움켜쥔 형상과도 같았다.

체린이 넋을 놓고 태양을 바라보자, 세티는 작은 태양을 체린에게 내밀었다. 뜨거운 열기에 놀란 체린이 자리에서 펄쩍 뛰자, 세티는 미안하다며 슬쩍 손을 뒤로 뺐다. 하지만 그녀는 자신의 손을 감추지는 않았다.

"이건 양성자 가속 투사기야. 뭐든 태워버리지. 멋지지 않니? 꼭 작은 별 하나가 내 손에서 잠시 쉬어가는 것 같잖아."

체린은 일단 멋지다고 답했다. 하지만 순간적으로 뜨거운 열기에 놀라서 그런지는 몰라도 세티가 조금 위험해 보였다. 체린이 애써 떨떠름한 얼굴을 감추고서 엄지를 치켜들자 옆에 있던 미티가 말했다.

"있지, 울 언니는 진짜로 화나면 거대 로봇처럼 변한다고!"

미티가 허공에 주먹질을 하자, 세티는 넉살 좋게 미티의 머리를 왼팔로 휘감으면서 말했다.

"그 정도까지는 아니네요. 너무 추켜세우지 마."

그녀의 겨드랑이 사이에 끼인 미티의 머리카락이 정전기를 일으키면서 하늘을 향해 날아오르자, 미티가 말했다.

"으엑. 사실을 있는 그대로 말했는데? 너무해!"

미티는 세티의 품 안에서 투덕거렸다. 그러다 그녀의 팔을 뿌리친 미티는 세티의 몸을 기어올라 세티의 어깨에 올라탔다. 세티의 정수리 위에 턱을 올린 미티는 체린을 바라보면서 말했다.

"흐응. 그나저나 체린아, 매장은 다 둘러본 거야? 어디로 가고 싶어? 마음은 굳혔어? 우리 같이 홀 담당이나 맡을래? 응? 응? 나 혼자서 홀을 돌아다니는 것도 꽤 심심하거든. 물론 우리 미팅이들이 와줘서 많이 심심하지는 않지만, 그래도 혼자 다니면 이래저래 힘들단 말이야."

"아, 그렇구나. 근데 미팅이는 또 뭐……?!"

체린은 말꼬리를 흐렸다. 작은 진동이 일자, 곧이어 휴게실 내부가 크게 흔들리기 시작했다. 세 사람은 서로의 얼굴을 쳐다보았다. 체린의 선배 격인 미티와 세티가 별거 아니라는 듯 어깨를 으쓱거리던 그때, 어디선가 길고 긴 사이렌 소리가 울리기 시작했다.

천장을 올려다보던 미티와 체린은 두 눈을 껌뻑거렸다. 그러자 순식간에 오른손을 원래대로 되돌린 세티는 심상치 않은 표정을 지었다. 그녀는 옆구리에서 전력선을 빼내면서 소리쳤다.

"이건, 공습경보야. 지금 뭔가가 매장을 공격하고 있어!"

# 31세기의 해적들

## 공습경보

휴게실을 나서 워프 통로 속으로 들어서자 지옥이 세 사람을 기다리고 있었다.

체린은 하늘에서 쏟아지는 광채를 바라보았다. 그것은 빠르게 우주 전망대를 향해 달려들더니 순식간에 거대한 폭발을 일으키며 전망 창에 구멍을 냈다. 전망대 안에서 유유자적 식사를 하던 손님들이 중첩공간 속으로 우수수 쏟아져 나왔다. 손님들이 괴로움에 몸부림치는 모습을 바라보던 체린은 시퍼렇게 질렸다.

"이게, 대체, 갑자기 왜, 이런 일이⋯⋯."

충격받은 체린이 말을 더듬자 미티가 말했다.

"우리 가게는 하루도 조용할 날이 없거든! 전에는 말이지⋯⋯."

"쉿. 잡담은 금물이야."

세티가 말했다.

"지금부터 메인 홀을 비울 거야. 최대한 많은 손님들을 매장 밖으로 대피시켜야 해. 알겠지?”

“하지만 어떻게 탈출시키지?”

체린이 말하자, 세티는 양손으로 초록색 홀로사이트를 흘렸다. 그러자 빛의 실이 빠르게 뭉쳐지더니 자그마한 도장처럼 생긴 물건으로 변했다. 세티는 미티와 체린에게 막대 모양의 물건을 건넸다. 두 사람이 막대를 받아 들기 무섭게 막대는 두 사람의 손에 스며들어 사라졌다.

“방금 그건 인증 키야. 홀에 도착하자마자 계기판부터 찾아. 그리고 공간 자체를 꺼버려. 그러면 손님들은 자동으로 매장 밖으로 추방될 거야.”

“그러다가 우주 공간으로 날아가는 거 아냐?”

“아니. 들어왔던 곳으로 튕겨 나가는 거야. 이 방법밖에는 없어. 자칫 잘못하다가는…….”

한창 설명을 늘어놓던 세티는 체린과 미티의 얼굴을 번갈아 바라보았다. 새하얗게 질린 두 사람을 노려보던 세티는 조심스럽게 말했다.

“왜 그래? 둘 다, 꼭 무슨 귀신이라도 본 것처럼…….”

그제야 워프 통로 속에 드리운 그림자를 알아챈 세티는 천천히 고개를 돌렸다.

그곳에는 한 척의 우주선이 중첩공간 속을 날아다니고 있었다. 한눈에 봐도 조잡한 엔진을 달고 있는 기다란 막대 형태의 우주선이었다. 측면 장갑판 위의 큼지막한 해골 무늬 아래로 YP라는 글자가 겹쳐 있었다. 우주선은 분사장치를 빠르게 뿜어대면서 세 사람을 향해 기수를 틀었다. 그러자 우주선의 선수부 상부 블록 아래에 자리 잡은 거대한 포신이 서서히 모습을 드러냈다.

포신 안에서 서서히 푸르스름한 빛이 감돌자 세티는 체린과 미티를 등 뒤에 감추고서 오른손을 뻗었다. 그녀의 오른손이 자그마한 별을 움켜쥐던 그때였다.

어디선가 날아든 포탄이 순식간에 우주선을 꿰뚫고 지나갔다. 우주선이 수많은 잔해들을 토해내면서 추락할 동안 저 멀리서 붉은 우주선 한 대가 날아갔다. 그것은 날렵하게 중첩공간 속을 가로질러 어디론가 빠르게 사라지고 있었다.

"와! 드라이버 리다! 아저씨!"

미티는 손을 흔들면서 소리쳤다. 그러자 멀어져 가는 붉은 우주선을 쫓아 막대기처럼 생긴 우주선들이 모습을 드러냈다. 그들은 붉은 우주선을 향해 레이저를 쏘았다. 그러나 붉은 우주선은 공중제비를 하면서 막대 모양의 우주선을 향해 달려들었다. 붉은 우주선이 후퇴익을 접으면서 포격을 시작하자 FTL 매장을 향해 접근하던 다른 우주선들 위로 황록색의 레이저가 비처럼 쏟아져 내렸다. 작은 폭발과 함께 막대 모양 우주선들은 고철이 되어 우주 공간 속을 떠다녔다.

"와! 방금 봤어? 우주선 4대를 한꺼번에 부쉈어."

"리 아저씨가 시간을 좀 벌어 주실 테니까 우리는 도착하자마자 공간을 꺼버리는 거야. 알았지?"

세티가 말하자 체린과 미티는 동시에 고개를 끄덕였다.

다음 순간, 세 사람은 푸르스름한 섬광을 빠져나왔다. 워프 통로를 빠져나오기 무섭게 왁자지껄한 소리와 음식 냄새가 밀려들었다. 바닥에 깔린 카펫을 따라 걸음을 옮기면서 세티는 목청을 높였다.

"죄송합니다, 고객 여러분! 지금부터 대피를 시작하도록 하겠습니다."

외계인들이 소리를 지르든 말든 세티는 죄송하다고 연신 사과하면서 매장 한가운데로 걸어갔다. 세티가 무중력 테이블을 옆으로 밀어낸 뒤 바닥에 설치된 계기판에 손을 얹자 서서히 홀로그램 컴퓨터가 나타났다. 미티는 홀로그램 위에 손을 가져다 댔다. 순식간에 시끄럽게 떠들던 외계인들이 사라지고 텅 빈 매장에는 따끈한 음식만이 남아 있었다.

"가자. 다음!"

세티가 차갑게 소리쳤다. 하지만 그녀는 홀로그램 화면을 손으로 쓸어 넘기지 못했다. 미티가 만두 하나를 호호 불어가며 입에 넣고 있었기 때문이다. 미티가 오물거리면서 만두를 먹기 시작하자, 세티는 미티의 손에서 만두를 가로채 식탁 위에 던졌다. 만두가 식탁 위에 톡 떨어지기 무섭게 체린은 세티가 만들어 낸 홀로그램에 손을 얹었다.

홀로그램 화면을 손으로 쓸어 넘기자 메인 홀의 분위기는 순식간에 뒤바뀌었다. 은하 전체를 천장에 걸어 놓은 듯이 번쩍이는 샹들리에를 바라보며 체린은 감탄사를 흘렸다. 하지만, 어디선가 불덩어리가 날아들어 백조자리의 블랙홀을 비추고 있던 전망 창을 할퀴고 지나갔다. 충격파가 역장을 때리자, 매장 안은 순식간에 아수라장이 되었다. 소리치면서 도망가는 고객들을 향해 미티와 세티가 소리쳤다.

"여러분! 지금부터 다들 대피를 할 거예요!"

"식사 중에 죄송합니다! 여러분, 침착하세요!"

세 사람은 고객들 사이를 헤치고 나갔다. 혼돈이 요란하게 매장을 뒤흔들자, 보다 못한 세티가 손가락을 튕겼다. 그녀는 수많은 실 가닥으로 고객들을 휘감아 들어 올렸다. 몇몇 이들이 항의했고 경호원으로 보이는 인간이 권총을 꺼냈지만 세티는 눈 하나 깜짝하지 않았다. 그녀는 손가락을 튕겨 총을 실로 바꾼 뒤 강철로 된 주먹으로 경호원을 때려눕히고 소리쳤다.

"빨리 꺼버려! 빨리!"

세티가 소리치기 무섭게 체린과 미티는 식탁을 뒤집어엎었다. 바닥에 달린 계기판 위에 미티가 손을 얹자, 홀로그램 화면이 떠올랐다. 체린은 수많은 옵션 가운데 폐쇄를 선택하고 손을 올렸다. 그러자 전등불이 꺼지듯 고객들의 모습이 그림자와 함께 사라졌다.

"잘했어! 다음."

세티가 소리치던 그때였다. 거대한 함선들이 줄지어 전망창 너머에서 모습을 드러냈다. 마치 고철 덩어리를 대충 두들기고 용접해 만든 것 같은 기다란 함선이었다. 함선 외벽이 열리기 무섭게 수많은 전투기가 이온광을 흘리면서 매장을 향해 다가왔다. 새파랗게 질린 얼굴로 매장을 향해 일제히 날아드는 어뢰를 바라보던 세티 대신, 미티가 빠르게 홀로그램 화면을 손으로 넘겼다.

메인 홀의 풍경이 순식간에 뒤바뀌기 무섭게 어뢰는 역장에 처박혔다. 매장 전체가 지진이라도 난 듯 뒤흔들렸다. 고객들은 반중력 의자와 테이블에 매달려 비명을 질렀다. 체린과 미티 역시 마찬가지였다.

세티가 몸을 던져 계기판을 열었지만, 때는 이미 너무 늦은 뒤였다. 찢어진 비닐봉지만큼이나 약해진 역장을 뚫고서 중어뢰 하나가 매장의 전망 창을 정통으로 때렸다.

바닥과 천장이 갈라졌다. 순식간에 전망 창을 뚫고 들어온 거대한 섬광이 불꽃으로 다시 태어났다. 매장 곳곳에서 거대한 폭발과 매캐한 연기가 치솟았다. 그러나 화염의 기세는 그리 오래가지 못했다. 끝을 알 수 없는 회색의 공간이 매장 내의 산소와 화염을 게걸스럽게 집어삼킨 탓이었다.

체린은 폭풍 속에서 비명을 질렀다. 다행히도 그녀의 손을 휘감은 초록색 실 덕분에 그녀와 미티는 날아가지 않았지만 고객들은 달랐다. 고객들은 공기와 함께 빨려 나가 회색 공간 속으로 사라졌다.

회색 공간을 바라보던 체린은 주위의 시간이 서서히 느려지는 듯한 감각에 사로잡혔다. 미티가 소리쳤고, 세티는 깜빡이는 제어판을 손으로 내리쳤다. 그녀의 어깨에서 흘러나온 홀로사이트가 체린의 손목에서 일렁일 때 즈음, 체린은 멀리서 날아오는 물체를 바라보았다.

처음에 체린은 물건이 날아온다고 생각했다. 다시 한번 눈을 껌뻑이자, 물체가 꿈틀거리는 것이 보였다. 그녀는 무의식중에 자신을 스쳐 날아가는 자그마한 생물을 향해 손을 뻗었다. 팔뚝을 잡아채 차가운 팔을 손에 꼭 쥔 체린은 그 작은 생물을 끌어 올려 품에 안았다.

얼마나 지났을까? 폭풍우는 잦아들고 이윽고 정적이 찾아왔다. 귀가 아팠고, 동시에 몸 곳곳에서 무언가가 빠져나가기 시작했다. 체린은 숨을 참아보려 애를 썼다. 그러나 인색하기 짝이 없는 우주는 빚 독촉하는 빚쟁이처럼 체린의 폐에서 마지막 산소를 쥐어짜고 있었다.

체린이 몸부림을 치던 그때. 무수히 많은 파란 실과 초록색 실이 그녀의 몸을 휘감기 시작했다. 마치 애벌레가 고치를 만들 듯, 실들은 빠르게 허공에 투명한 장벽을 치기 시작했다. 하지만 이미 산소를 전부 빼앗긴 체린은 눈앞이 새하얗게 질려가는 것을 느끼고 있었다.

얼마나 시간이 지났을까? 가느다란 전류가 몸을 가로지르는 찌릿한 감각에 체린은 눈을 부릅떴다. 그러자 걱정스럽게 그녀를 내려다보는 얼굴들이 눈에 들어왔다. 가쁜 숨을 토해내던 체린은 입을 벌렸다. 이게 대체 무슨 일이냐고 말하려고 했다. 하지만 말을 뱉기 전에 그녀는 자신의 품에 매달린 무언가를 보았다. 더듬이와 세 개의 눈이 달린 누런 무언가가 눈에 들어왔다.

체린은 새된 비명을 질렀다. 그녀의 입에서 튀어나온 날카로운 소음에 놀란 외계인은 몸을 움츠렸다. 보다 못한 세티는 아이를 감싸 안고서 입을 열었다.

"괜찮아, 괜찮아. 진정해. 네가 구한 아이야. 기억 안 나?"

세티가 말하자, 체린은 숨을 가다듬었다. 분명 손바닥 안에 얽힌 가느다란 손목을 잡아채기는 했다. 그녀는 한 번 더 숨을 가다듬었다. 그녀의 머릿속은 이질감과 측은함 사이의 어딘가를 흐르고 있었다. 기괴하게 생긴 얼굴과 세 개의 눈은 어딘지 모르게 구역질이 났다. 하지만 떨고 있는 모습은 가여워 보였다. 아이가 더듬이를 떨면서 당황한 듯 머리를 두리번거리자 체린은 미안하다고 중얼거렸다. 그러곤 아이의 어깨를 손으로 다독거리면서 입을 열었다.

"이게, 어떻게 된 거야?"

체린이 묻자 세티는 침울한 얼굴로 입을 열었다.

"이 메인 홀 자체가 너무 크게 손상을 입었어. 거기다 전류도 끊기는 바람에 다른 메인 홀과 연결이 안 돼."

세티는 홀로그램 창을 손으로 쓸어내렸다. 하지만 경고창만 떠오를 뿐 별다른 변화는 없었다. 그녀는 홀로그램 화면을 지워버린 뒤 두 사람에게 말했다.

"현시점에서 우리가 나서서 구호 활동을 펼치는 건 무의미해. 워프 통로도 열 수 없어서 지금 다른 매장으로 가려면 우주선이라도 얻어 타야 하거든. 그러니까 지금부터는 다른 애들이랑 체플에게 맡기고 우리는 탈출 포트를 타고 중첩공간을 빠져나가자. 그리고 소요 사태가 진압되면 다시 돌아오는 거야."

"어디로 갈 거야?"

"아마 한동안 미티네 우주선에서 신세 좀 져야 할 거야."

"우주선? 미티한테 우주선이 있어?"

체린이 중얼거리기 무섭게 미티는 해맑은 얼굴로 고개를

끄덕였다.

"조금 정확히 말하자면 우주선단이지. 콘서트용으로 30척이 함께 날아다니거든."

"3, 30척?!"

미티는 고개를 끄덕였다.

"나, 이래 봬도 제법 잘나가는 가수거든. 에헴."

양 갈래로 묶은 푸르스름한 머리카락을 거만하게 한 손으로 튕기던 미티는 어깨를 활짝 펴고 말했다.

"걱정 마. 언니랑 너는 1등 선실에 자리를 마련해 줄게."

미티는 해맑게 웃으면서 몸을 낮추고는 체린의 손을 붙잡고 울고 있는 어린 외계인의 머리를 쓰다듬으면서 말했다.

"너도 같이 가자. 네 자리도 마련해 놓을게."

미티가 말하자, 어린 외계인은 체린을 올려다보면서 체린의 다리 뒤로 숨으려 했다. 체린은 천천히 아이를 다독였다.

"음, 있지, 우리가 지켜줄게. 그러니까……."

지킬 수 없는 약속이었다. 그들은 이미 수많은 손님들을 잃었고, 아이는 부모를 잃었다. 그 상처는 결코 간단한 약속으로 꿰맬 수 있는 게 아니었다.

하지만 어린 외계인은 체린의 한마디에 기운을 차린 듯 세로로 찢어진 세 개의 눈을 껌뻑거리면서 둥그스름한 머리 뒤로 넘겨 둔 더듬이를 추켜올렸다. 녀석이 더듬이를 들자, 더듬이 사이에 흐르는 전류 위로 형형색색의 광채가 빛났다.

체린은 입술을 오므렸다.

"어……. 얘, 빛나는데……?"

체린이 불안한 듯 중얼거리자, 지도를 살피던 세티는 슬쩍 아이를 바라보면서 말했다.

"그건 개네 종족의 의사소통 방식이야. 입실로니안들은 빛이랑 전류로 의사소통을 하거든."

"빛으로? 그러면 말소리는 못 듣는 거야?"

"못 듣는다기보다는 멀다 가깝다 정도밖에는 구별 못한다고 들은 적 있어. 하지만 나도 잘은 몰라. 입실로니안이랑은 몇 번 만난 적이 없거든. 홀로사이트에 내장된 번역기가 알아서 번역해 줄 거야."

미티가 중얼거리기 무섭게 체린은 눈앞에 떠오른 홀로그램 화면을 볼 수 있었다. 화면에는 다음과 같이 적혀 있었다.

'구해 주셔서 감사해요. 그런데 우리 엄마 아빠는 어디 있어요?'

"걱정 마. 우리가 부모님을 찾아 줄게. 이름이 뭐야?"

아이는 세 개의 눈을 깜빡이면서 말했다.

'아소플라민이에요. 입실론 프라임에서 조금 떨어진 입실론 마이너 4번 성에서 왔어요.'

아이가 더 이상 말을 잇지 못하고 닭똥 같은 눈물을 흘리자, 체린은 아이의 머리를 쓰다듬었다. 아이를 내려다보던 세 사람은 천천히 서로의 얼굴을 바라보았다. 이제 부모를 잃은 아이는 세 사람의 책임이었다.

*****

체린 일행은 천천히 중첩공간을 가로질렀다. 급조해서 만들어 낸 역장과 역장 위에 위태롭게 매달린 분사기가 흔들렸다. 하지만 세 사람은 포기하지 않았다. 그들은 세티가 만들어 낸 가느다란 다리와 미티가 만든 역장과 추진기에 의지해 매장과 매장 사이를 빠르게 지났다.

"거의 다 왔어!"

세티는 불타고 있는 매장 위를 가로지르면서 말했다.

"여기가 4-TY 6번 창고니까, 왼쪽 윗부분에 탈출 포트 보관실이 있을 거야. 다들 꽉 잡아."

"잡을 것도 없는……."

체린이 투덜거리기 무섭게 세티는 다리를 오므렸다. 역장이 바닥에 주저앉자, 세티는 스프링처럼 다리를 펼쳐 허공으로 뛰어올랐다. 그 바람에 체린은 외계인 꼬마와 함께 바닥에 처박혔다. 지독하기 짝이 없는 관성 때문이었다.

분사기가 하얀 연료를 뿜자 체린은 곧장 역장 속을 대굴대

굴 굴러 미티에게 날아들었다. 미티가 새된 비명을 지르자, 세티는 혀를 차며 발등을 까딱거렸다. 그녀가 움직이기 무섭게 거미줄 모양의 초록색 실이 역장 속을 가로질렀다.

실은 순식간에 제 역할을 해냈다. 체린과 외계인 꼬마를 붙잡아 허공에 매달아 놓은 것이다. 체린이 안도의 한숨을 내쉬면서 고맙다고 말하자, 세티는 다리를 펴면서 말했다.

"체린아, 홀로사이트 사용법을 빨리 배워 두는 게 좋을 거야. 안 그러면 정말 목숨이 열 개라도 모자랄 테니까."

"으, 응. 알았어……."

"언니, 곧 있으면 도착할 거 같아."

미티가 소리쳤다. 세티는 무안해하는 체린을 바라보다 천천히 고개를 돌렸다. 역장이 빠르게 외벽을 향해 접근했다. 역장이 외벽 위에 내려앉자마자 미티는 홀로사이트를 뻗었다. 역장을 통과한 파란 실은 보관실의 외벽에 달라붙었다.

세티는 초록색 실을 뻗어 역장을 외벽에 더 견고하게 고정시켰다. 그녀가 거미 다리처럼 가느다란 손가락을 까딱거리자 역장을 외벽에 박음질이라도 하듯 초록색 실이 촘촘하게 박혔다. 박음질이 큼지막한 원을 그리며 마감을 하자 미티는 파란 실을 자아내 역장과 외벽 위에 자그마한 문을 만들어 냈다. 그녀가 둥근 맨홀 뚜껑처럼 생긴 문을 손으로 누르자 자동문은 스르르 옆으로 밀려났다. 문 너머에는 검은 공간이 펼쳐져 있었다. 세티는 문 앞으로 다가갔다.

"내가 먼저 갈 테니까 너희는 아이를 데리고 와. 알겠지? 이상이 없으면 박수를 두 번 칠게. 박수 소리가 안 들리면 그냥 여기 있어."

체린과 미티는 고개를 끄덕였다. 세티는 유유히 탈출 포트 보관실로 들어갔다. 그녀는 밖에서 문을 닫은 뒤 보관실의 어둠 속으로 사라졌다. 역장 속에 남은 세 사람은 초조한 얼굴로 세티를 기다렸다. 먼저 입을 연 것은 미티였다.

"너무 오래 걸리는 거 아니야?"

"들어간 지 3초쯤 됐는데?"

"그래도 언니가 좀 걱정돼. 전에도 이랬다가 두 다리를 다 날려먹은 적도 있었다고."

미티가 풀이 죽은 얼굴로 고개를 숙이자 체린은 그녀의 손을 잡아주었다. 아소플라민은 그런 두 사람을 바라보았다. 그러다 검은 눈을 껌뻑이면서 더듬이를 신경질적으로 까딱거렸다. 체린은 그런 아소플라민을 안아 주었다. 하지만 불행히도 아이는 안아 달라 말하는 게 아니었다. 아이는 역장을 손으로 가리키면서 반짝거렸다.

'저길 봐요! 저길 보라고요!'

체린과 미티는 10초가 지난 뒤에야 홀로사이트가 출력한 해석본을 보았다. 아이의 손가락이 가리키는 방향을 향해 고

개를 돌리자, 역장 앞에 서 있는 수많은 형상들이 눈에 들어
왔다. 회색 물결 속에서 번들거리는 유리로 된 얼굴들이 보
였다. 표정도 없었고 살아 있는지도 모를 만큼 놈들은 기계
적으로 움직이고 있었다.

　구조대인가? 체린이 눈을 껌뻑이면서 그들을 바라보았다.
그러자 역장으로 다가온 그들은 기다란 막대를 쳐들었다.

　체린은 처음에 그것이 무엇인지 알지 못했다. 하지만 막대
끝에 달린 총검이 푸르스름하게 빛나자, 상황은 명확해졌다.
놈들이 역장 표면을 칼로 찌르기 시작한 것이다.

　예리한 칼끝이 역장을 뚫고 들어오자 체린과 미티는 동시
에 비명을 질렀다. 역장 속에서 산소가 빠져나가기 시작하
자, 새파랗게 질린 미티는 곧장 자동문을 열었다. 그녀는 아
소플라민과 체린을 붙잡고 문 안으로 뛰어들었다.

　미티가 몸을 둥글게 말고 떨어질 동안, 마음의 준비가 되
지 않았던 체린은 새된 비명을 질렀다. 하지만 곧이어 그녀
의 허리를 휘감은 낙하산 하나가 나타났다. 파란색 낙하산이
펼쳐지기 무섭게 허리에 반동이 전해졌다. 그 바람에 체린은
아소플라민을 놓칠 뻔했다.

　다행히도 아소플라민은 체린보다 반사 신경이 좋았다. 아
이는 곧장 공기만을 움켜쥘 뻔한 체린의 팔을 타고 기어올라
그녀의 머리카락을 갈퀴손으로 붙잡았다. 녀석은 아프다며

비명을 지르는 체린의 머리 위에 올라탔다.

결국 허리에 묶인 낙하산 때문에 얼굴로 착지한 체린은 자신의 머리를 깔고 앉은 아소플라민을 옆으로 치웠다. 낙하산이 빛이 되어 흩어지기 무섭게 체린은 고개를 들었다.

탈출 포트 보관실의 풍경은 삭막하기 그지없었다. 텅 빈 드넓은 공간에는 말 그대로 아무것도 없었다. 무기나 식량 같은 것도 없었다. 고작해야 낡은 스니커즈 운동화처럼 생긴 작은 우주선이 딱 두 대 놓여 있었다. 그것도 먼지와 거미줄을 가득 머금고서 말이다.

체린이 실망한 얼굴로 몸을 일으키자, 탈출 포트 옆에 서 있는 계기판을 붙들고 있던 세티가 고개를 들었다.

"내 신호 기다리라니까 왜 벌써 내려와?"

"어쩔 수가 없었어. 위에……."

머리를 다듬던 미티가 중얼거리기 무섭게 체린은 낡은 기계를 손으로 가리켰다.

"아니, 그것보다, 탈출 포트가 두 개밖에 없잖아! 방은 이렇게 넓은데."

"음, 좋은 지적이야. 사실 이 방은 그냥 정부의 단속을 피하기 위해서 규정상 만든 방이야. 직원의 8분의 1을 수용할 수 있으면 턱걸이로 과태료를 면제받을 수 있거든."

체린은 혀를 차면서 입을 열었다.

"그래서 언제 작동되는 거야? 아직도 안 돼?"

"음……."

발을 동동 구르는 체린과 미티를 바라보던 세티는 뺨을 긁적이면서 말했다.

"그게, 전선이 낡아서 단선된 곳이 많은데다가 중첩공간 통행권 인증 키도 너무 오래전에 설치한 거라서 다시 발급받는 중이야."

"얼마나 걸리는데?"

"아마 30초에서 1분쯤? 조금 더 걸리거나……."

경악하는 체린을 바라보면서 세티가 대수롭지 않게 말하던 그때였다. 천장에서 폭발이 일었다. 그녀는 인상을 구겼다.

"놈들이 따라붙었구나! 그렇지?"

체린이 고개를 끄덕이기 무섭게 세티는 오른팔을 변형시켜 천장을 겨눴다. 그녀는 체린을 바라보면서 말했다.

"체린이랑 미티, 둘 다 잘 들어. 우선 아이부터 내보내. 알겠지?"

"음, 그냥 우리 다 같이 나가면 안 돼? 조금 좁긴 하지만 어떻게 욱여넣으면……."

"안 돼. FTL 근무 조항 15조 1항에 따르면 위급 상황에 어떤 경우에도 고객보다 먼저 근무지를 이탈할 수 없다고 나와 있어. 그러니까 절대로 고객이 다쳐서는 안 돼."

고개를 끄덕이던 체린은 바닥에 서 있던 아소플라민을 안아 들었다. 그녀는 하늘에서 쏟아지는 잔해들을 바라보면서 빛을 흘리는 아소플라민을 진정시켰다.

'괜찮을 거야.'

그녀는 탈출 포트의 뚜껑을 여는 미티를 바라보았다. 신발처럼 생긴 탈출 포트의 앞부분이 열리자, 체린은 아소플라민을 탈출용 포트 속에 집어넣었다. 아소플라민은 발을 버둥거리면서 더듬이 사이로 빛을 흘렸다.

'가고 싶지 않아요! 제 부모님을 같이 찾아 주기로 했잖아요!'

"미안해. 정말 미안해. 내가 나중에 찾아 줄게! 약속해."

체린은 침울한 얼굴로 중얼거렸다. 그녀는 아소플라민을 탈출 포트 속에 집어넣고서 재빨리 뚜껑을 닫았다. 아이가 탈출 포트의 유리창에 달라붙었다. 체린은 포트 속에서 유리창을 두드리면서 음울한 빛을 흘리는 아소플라민을 바라보았다.

'같이 부모님을 찾기로 했잖아요! 이럴 수는 없어요!'

체린은 아이에게 어떤 말도 할 수 없었다. 그녀가 할 수 있는 것은 말이 아닌 행동뿐이었다. 체린은 천천히 뒤로 물러섰다. 그러자 홀로그램 화면을 두드리던 미티가 사출 버튼을 눌렀다. 계기판 위로 예상 시간이 떠오르자, 미티는 엄지를 추켜올렸다. 체린은 안도의 한숨을 쉬었다.

그녀의 한숨이 먼지 한 톨을 허공에 띄운 짧은 순간, 수많은 일들이 동시에 일어났다. 우선 세 사람의 이목을 집중시켰던 천장이 폭발했다. 그곳에서 수많은 해적들이 벌 떼처럼 쏟아져 내려왔다. 그들은 조잡한 엑소 스켈레톤을 이용해서 낙하산 나부랭이도 없이 보관실 안으로 착지했다.

그들이 레이저를 쏘기 시작하자, 세티는 빠르게 손가락을 튕겼다. 그녀의 왼손에서 초록빛 실이 폭포수처럼 흘러나왔다. 실들은 허공을 할퀴듯 요란하게 춤을 추면서 체린과 미티에게 날아드는 레이저를 쳐냈다. 실에 닿기 무섭게 레이저가 수만 갈래의 무해한 빛으로 흩어졌다. 한차례 레이저 포격을 흩어낸 실들은 순식간에 허공 속으로 녹아들었다.

초록색 실들이 다시 광채가 되어 세티의 등 뒤에 모여들었다. 방어막이었다. 방어막이 탈출 포트 옆에 서 있던 미티와 체린을 감쌌다. 그러자 세티는 천장에서 떨어지는 해적들을 향해 에너지 탄을 쏘았다.

푸르스름한 에너지 덩어리가 천장을 갈라놓았다. 보관실의 기압이 기하급수적으로 낮아지자 천장에서 돋아난 무채색 실들이 균열 위에 반투명한 역장을 찍어냈다. 기압이 안정되기 무섭게 우주복을 입은 해적들은 추진기를 이용해서 빠르게 세티에게 달려들었다.

붉은 레이저와 푸르스름한 에너지 탄이 양쪽에서 오갔다. 붉은 섬광이 세티의 몸을 긁고 지나갔고, 세티가 쏜 에너지 탄은 해적의 몸통을 녹이고 지나가 천장을 때렸다.

해적들은 세티가 쏜 에너지 탄을 보고서 동요했다. 그러나 그들은 얼마 가지 않아 자신들의 강점을 알아차렸다. 아무리 강한 무기가 있다 해도 세티에게는 지켜야 하는 이들이 셋이나 붙어 있었다.

놈들은 곧장 제트 팩의 출력을 올렸다. 그러곤 빠르게 세티의 주위를 돌아 미티와 체린에게로 날아갔다. 세티는 곧장 놈들에게 총구를 겨눴다. 에너지 탄이 천장을 향해 빗발쳤다. 해적들은 그 틈을 놓치지 않았다. 푸르스름하게 번쩍이는 총검을 앞세운 해적들은 총구를 돌리는 세티에게 붉은 섬광을 뿜어대면서 날아들었다.

레이저 광선이 세티의 어깨에 달린 프릴을 태워버린 뒤, 살갗까지 살짝 태우고서 흩어졌다. 해적들을 조준하던 세티는 허공으로 날아올라 옆구리로 날아드는 총검을 피했다.

그러자 다른 해적들이 세티의 뒤를 잡았다. 그들은 총검으로 세티의 등을 찌르려고 했다. 매우 불행히도 그것은 바보 같은 짓이었다. 온몸을 감지 센서로 뒤덮고 있는 세티에게 기습은 하찮은 잔재주에 지나지 않았다.

총검이 등을 찌르기도 전에 세티는 왼쪽 어깻죽지 아래 수

납된 추진기를 꺼냈다. 추진기가 작은 섬광을 터뜨렸다. 다음 순간, 그녀의 몸은 총알처럼 빠르게 시계 방향으로 돌았다. 그녀의 오른쪽 손등은 마치 철갑탄처럼 등을 노리던 해적의 헬멧을 깨부수고 지나갔다.

오른쪽 어깨의 추진기를 작동시킨 세티는 자세를 바로잡더니 곧바로 헬멧이 뭉개진 해적의 몸을 방패로 내세워 총검을 내지르는 해적들에게 달려들었다. 총검이 의식을 잃은 해적의 몸을 찌르기 무섭게 세티는 시체를 옆으로 던진 뒤 공격한 해적의 헬멧을 덥석 붙잡았다. 해적이 놀라서 입을 벌리자 그녀는 해적의 머리를 내리누르고 곧장 오른손으로 놈의 추진기를 꿰뚫어버렸다.

작은 폭발이 일었다. 세티는 버둥거리는 해적의 멱살을 잡아 올려 멀찍이 집어 던졌다. 해적이 연기를 내뿜는 추진기와 함께 바닥에 처박혀 폭발을 일으킬 즈음, 시체에서 총검을 빼낸 또 다른 해적 하나가 그녀의 어깨를 붙잡았다. 그러더니 총구를 잡은 왼손을 쳐들고서 그녀의 눈을 향해 총검을 내리꽂으려 했다.

세티는 곧장 왼팔을 들어 올렸다. 예리한 역장을 두른 총검이 그녀의 왼팔을 파고들었다. 세티가 두 눈을 부릅뜨자 다른 해적들도 기다렸다는 듯 세티에게 달려들었다. 세티는 자신의 양쪽 옆구리를 파고드는 칼날을 양손으로 잡아챘다.

서슬 퍼런 총구가 붉은빛을 뿜자 순식간에 그녀의 몸을 감싸고 있던 옷과 인조 피부가 타들어 갔다.

인상을 구긴 세티는 곧장 양손에 힘을 주었다. 강철로 된 손아귀가 레이저 총의 집광기를 종잇장처럼 으스러뜨렸다. 집광기가 박살 난 레이저 총이 뿜어대던 레이저가 무해한 빛으로 흩어졌다.

총이 박살 나기 무섭게 세티는 왼팔을 휘둘렀다. 왼손에 박혀 있던 총검의 예리한 칼날이 초록색 실이 되어 흩어졌다. 해적들이 놀라 우왕좌왕하는 동안, 세티는 칼날을 잃은 레이저 총을 해적에게서 빼앗아 들었다. 그녀는 당황하는 해적들 몸통에 레이저 한 발씩을 꽂아주었다.

우주복 위로 시뻘건 점들이 연달아 내리박히자 해적들은 제대로 저항 한 번 하지 못했다. 순식간에 시체로 변한 해적들 사이를 날아오른 세티는 균열 속으로 날아 들어오는 수많은 해적들을 향해 총구와 오른손을 겨눴다.

열댓 명에 달하는 해적들이 에너지 탄에 맞아 녹아내렸다. 에너지 탄을 피해 다가오던 해적들은 방아쇠도 몇 번 당겨 보지 못한 채 붉은 죽음을 맞이했다. 해적들이 어느 정도 정리되자, 세티는 재빨리 미티와 체린에게로 돌아갔다.

그러나 이미 뒤로 우회한 해적 놈들이 총검으로 역장을 찢고서 역장 안에 총구를 밀어 넣고 있었다. 어떤 해적은 역장 속에 손을 밀어 넣고 있었다. 그들은 고압적으로 소리쳤다.

"이리 나와! FTL 개자식들아!"

"항복해! 안 그러면 다 죽여 버리겠어!"

얼굴 전체에 해골 무늬를 그린 해적이 소리치며 총구를 역장 속으로 들이밀었다. 체린은 오들오들 떨면서 홀로사이트로 자그마한 광선총을 찍어내려고 했다. 하지만 너무 긴장해서였을까? 그녀의 홀로사이트는 하얀 실뭉치를 만들어 내다가 흩어지기를 반복했다.

해적이 그 모습을 보더니 개수작 부리지 말라고 소리쳤다. 체린은 곧장 토끼처럼 놀란 눈으로 미티를 바라보았다. 세티의 동생이니까 어쩌면 이 상황을 타개할 수 있을지도 모른다고 기대했다. 체린이 기대감 어린 눈빛을 보내자 미티는 머리를 긁적이며 고개를 저었다.

"나, 난 못해. 연예인들은 머릿속에서 폭력적인 생각을 전부 지워버려야만 활동할 수 있다고."

미티가 금붕어처럼 입을 뻐끔거리던 때였다. 놈들의 폭거는 두꺼운 헬멧을 향해 날아든 세티의 주먹과 함께 끝을 맞이했다. 깨진 헬멧 조각이 사방에 흩어졌다. 귀퉁머리에 내리꽂힌 주먹질을 직격으로 얻어맞은 해적은 힘없이 튕겨 나갔다. 축 늘어진 해적의 몸뚱이가 바닥을 향해 달음박질치다 바닥을 때렸다. 놈의 몸뚱이가 허공을 빙그르 돌자 세티는 놈의 발목을 잡아챘다. 그러고는 역장 속으로 총구를 들이밀고 체린과 미티를 위협하던 해적에게 시체를 집어 던졌다.

얼떨결에 동료의 시체로 얻어맞은 해적은 자리에서 비틀거렸다. 놈이 고개를 돌려 절망적인 시선을 흘리자 세티는 놈에게 차가운 눈으로 오른손을 뻗었다. 오른손이 푸르스름한 별빛을 쥔 총구로 변하기 무섭게 그녀는 푸른 죽음을 그의 가슴에 꽂아주었다. 시뻘건 구멍과 함께 마지막 남은 해적의 숨통이 끊겼다.

그러나 불행히도 세티의 마지막 일격은 그리 깔끔하지는 못했다. 해부학적으로 심장을 잃은 인간은 약 27초간 의식을 유지할 수 있었다. 그리고 에너지 탄을 맞은 해적도 마찬가지였다. 끔찍한 고통 속에 몸부림치던 해적은 마지막 발악을 하듯 방아쇠를 눌렀다.

순식간에 역장 안으로 비집고 들어온 집광기에 레이저가 모여 빛을 뿜었다. 체린은 비명을 지르면서 몸을 숙였다. 아예 기절한 개구리처럼 바닥에 납작 엎드린 미티는 잠시 뒤 조심스레 겁에 질린 얼굴을 들었다. 역장 속에 갇혀 있던 두 사람은 서로의 얼굴을 바라보면서 눈을 껌뻑였다.

광선은 누구도 죽이지 못했다. 어떻게 된 거지? 체린이 눈을 껌뻑거렸다. 세티는 어리둥절한 얼굴로 서로를 바라보는 두 사람에게 소리쳤다.

"다친 데 없어? 둘 다 괜찮은 거야?"

체린이 멍하니 고개를 끄덕이던 그때였다. 어디서 불꽃이 터지는 소리가 들렸다.

세 사람은 소리가 나는 쪽으로 고개를 돌렸다. 그러자 불똥을 토해내는 탈출 포트 계기판이 눈에 들어왔다. 세 사람은 불안정하게 흔들리는 탈출 포트를 바라보았다.

탈출 포트는 마치 고장 난 TV 화면처럼 말 그대로 지직거리고 있었다. 세티는 깜짝 놀라 손가락을 튕겼다. 역장이 눈 녹듯 사라지자 그녀는 미티와 체린에게 손짓을 했다.

"두 사람 다 포트에서 떨어져! 빨리!"

"하지만 아소플라민이……."

"빨리!"

세티가 다급하게 소리치자 미티는 어리둥절한 얼굴로 세티에게 쪼르르 다가갔다.

하지만 체린은 그러지 못했다. 아무리 위험해도 아이를 저렇게 둘 수는 없었다. 탈출 포트가 금방이라도 분해될 것처럼 서서히 흐릿해져 가자, 체린은 아소플라민이 탄 탈출 포트에 달라붙었다.

놀란 아소플라민은 파르르 떨리는 세 눈으로 사방을 두리번거렸다. 그녀는 걱정 말라고 소리치며 손으로 탈출 포트의 뚜껑을 강제로 열어 보려 했다. 하지만 뚜껑은 꿈쩍하지 않았다.

체린은 주위를 살폈다. 뭔가 뚜껑을 열 수 있는 도구가 필요했다. 단단하고 뾰족한 도구. 발을 동동 구르며 생각하던 체린의 눈에 해적들이 떨어뜨린 레이저 총이 비쳤다. 그녀는 총 끝에 달린 총검을 바라보았다. 그것은 아직도 서슬 퍼런 역장을 번뜩이면서 바닥에 널브러져 있었다.

체린은 허둥지둥 총을 향해 다가갔다. 그녀가 총을 집어 들기 무섭게 계기판에는 경고 메시지가 떠올랐다.

'탈출 시퀀스 오류. 시공간 설정 불능. 비상 탈출.'

경고음이 요란하게 울렸다. 숨을 집어삼킨 체린은 레이저 총을 머리 위로 추켜들었다. 그녀는 곧장 포트까지 달려가 총검으로 유리를 깨부수려 했다.

하지만 그녀는 포트 쪽으로 다가갈 수 없었다. 초록색 실이 그녀의 허리를 휘감아 허공에 들어 올린 것이다. 체린은 세티에게 놓으라고 소리를 질렀다. 그리고 그 순간, 포트는 연기처럼 사라졌다.

체린은 망연자실한 얼굴로 미티와 세티의 얼굴을 바라보았다. 세티가 천천히 체린의 몸을 바닥에 내려주자, 체린은 제대로 서지도 못하고 자리에 주저앉았다. 그녀는 망연자실한 표정으로 세티에게 말했다.

"왜 막은 거야?"

"그 상태에서 포트를 손상시켰으면 포트가 폭발했을지도 몰라. 그래서 그랬어. 미안해."

체린은 말없이 자리에서 일어났다. 머릿속이 복잡했다. 운이 좋았으면 아소플라민을 살릴 수도 있었을 거라는 생각이 뇌리를 가로질렀다. 하지만 동시에 무력하기 짝이 없는 자신의 존재가 체린의 어깨를 짓눌렀다. 그녀는 손에 들고 있는 레이저 총을 노려보았다.

'이 개자식들만 아니었어도.'

그녀는 파르르 떨리는 손을 마주 잡았다. 체린이 숨을 몰아쉬며 막 입을 열던 그때였다.

어디선가 풍선 바람 빠지는 소리가 울렸다. 거기다 창고 안에 몰아치는 바람이 서서히 거칠게 변했다. 세 사람은 무슨 일인가 싶어 고개를 두리번거렸다. 그러다 우연히 천장을 올려다본 체린이 소리쳤다.

"세티! 위에!"

체린은 천장에서 내려오는 해적들을 손으로 가리켰다.

그들은 구멍 난 천장을 둘러싼 역장을 찢고 있었다. 역장에 구멍을 뚫은 수십 명의 해적들이 바닥에 착지했다. 그들은 아직 전원도 켜지 않은 레이저 총을 들고 있었다. 하지만 머릿수는 방금 전과 비교도 못할 만큼 많았다.

해적들은 하나같이 괴상한 복장을 하고 있었다. 몇몇 이들은 웃통을 벗고 있었고, 몇몇 이들은 커다란 뿔이 용접된 헬멧을 쓰고 으스댔다. 해적들이 승냥이 떼처럼 다가오자, 세티는 앞으로 나서서 체린과 미티를 등 뒤에 숨겼다.

"더 이상 다가오지 않는 게 좋아."

그녀의 경고에도 해적들은 기괴한 웃음을 흘렸다.

"다가가면 어쩔 건데?"

해적들이 으스대며 다가서자, 세티는 오른팔을 변형시키면서 말했다.

"계속 적대 행위를 한다면 우리도 가만히 있지는 않을 거야. 물러나는 게 좋을걸."

"아이고, 무서워라. 그런 무기를 이런 좁다란 방에서 쏘고 다녔다가는 네 뒤에 있는 녀석들도 휘말릴 텐데? 그렇다고 저출력으로 쏘면 네놈에게 승산은 없을 테고."

어깨에 해골을 얹은 해적은 조잡하게 전선이 흘러내리는 레이저 총을 작동시켰다. 훤히 드러난 분광기 위로 붉은빛이 감돌았다.

붉은빛을 신호탄 삼아 해적들은 하나둘 총을 들어 올렸다. 상황이 점점 세 사람을 조여오자, 세티는 식은땀을 흘리면서 천천히 자신의 세 번째 인공두뇌 속으로 접속했다. 그녀의 두뇌가 채팅창을 띄우자마자 미티의 눈앞에 메시지가 떠올랐다. 체린은 미티와 함께 세티의 메시지를 들여다보았다.

'너희는 방어벽 치고 나머지 탈출 포트 작동시켜서 탈출해. 정비해 뒀으니까 인증서 문제만 해결하면 작동할 거야. 알겠지? 너희가 빠져나가면 나머지는 내가 알아서 할게.'

짤막한 메시지에 미티는 칭얼거리면서 고개를 저었다. 그런 그녀를 슬쩍 훔쳐보던 세티는 '어리광 부리지 마.'라는 짧은 메시지를 남겼다.

세티는 곧장 푸르스름한 에너지 덩어리를 해적들을 향해 쏘기 시작했다. 에너지 덩어리가 새하얀 섬광을 토해내자, 해적들은 하늘로 날아올랐다. 그들은 조잡한 제트팩과 구형 반중력 부츠를 이용해서 시체를 쫓는 독수리처럼 체린 일행 주위를 빙글빙글 돌기 시작했다.

놈들은 세 사람을 향해 방아쇠를 당겼다. 가느다란 붉은빛이 소나기처럼 쏟아져 내리자, 미티는 방어벽을 펼쳤다. 하지만 그녀가 만들어 낸 방어벽은 제대로 펼쳐지기도 전에 너덜거리기 시작했다.

체린도 그녀를 도와 역장을 향해 손을 뻗었다. 그녀는 머릿속으로 방어막을 떠올렸다. 게임과 영화에서 본 적 있는 육각형 에너지 타일이 차곡차곡 쌓인, 꽤 세련된 역장이었다. 두 사람의 손에서 뻗어 나온 역장이 조금씩 견고하게 주위를 감쌌다.

체린과 미티의 안전을 확인한 세티는 좀 더 과감하게 해적들을 공격했다. 그녀는 곧장 오른손을 원래 모습으로 되돌린 뒤 양 손가락을 동시에 튕겼다. 그러자 폭포수처럼 쏟아져 나온 수많은 실들이 빠르게 허공에서 엉글더니 수많은 세티가 되어 하늘을 날아올랐다. 그들은 모두 하나같이 등에 전투기 날개처럼 생긴 엔진을 달고 있었다. 세티도 홀로사이트로 만든 분신들과 함께 하늘을 날아올랐다.

그녀는 곧장 어깨에 해골을 단 해적에게로 몸을 날렸다. 인공 근육이 유연하게 비틀리면서 그녀의 허리와 어깨를 비틀었다. 그녀가 주먹을 내지르기 무섭게 해적은 비명도 못 지르고서 땅바닥에 처박혔다. 세티에게 입을 털던 해적의 어깨에 매달려 있던 해골들이 사방으로 흩어졌다. 그가 들고 있던 조잡한 레이저 총은 세티의 무릎에 두 동강이 나 다른 두 해적에게 날아갔다. 개머리판과 총검이 해적들의 가슴을 꿰뚫었다.

순식간에 세 명의 해적을 해치운 세티와 세티의 분신들은 곧바로 다른 해적들에게 달려들었다. 해적들도 망설이지 않고 방아쇠를 당겼다. 집광기 속에서 붉은 섬광이 플래시처럼 터져 나왔다. 앞장서서 해적들에게 달려들던 몇몇 분신들은 해적들에게 가까이 가기도 전에 붉은빛 앞에 부서졌다.

하지만 또 다른 수많은 세티의 분신들이 실이 되어 흐트러지는 분신들을 뛰어넘었다. 그들은 나비처럼 날아 벌처럼 해적들을 처치하고 있었다. 맨손으로 무기를 부수고 제트팩을 주먹으로 꿰뚫어 폭파했다. 때문에 해적들은 뼈가 부러지고 근육이 뒤틀리는 고통 속을 헤엄치고 있었다. 끔찍한 비명을 지르는 이도 상당수 있었다. 그럴 때마다 세티는 해적들의 머리를 날려버림으로써 자비를 베풀었다.

체린은 경이로운 표정으로 세티를 올려다보았다. 사이보그가 지닌 압도적인 신체적 우위를 가감 없이 과시하면서 세티는 빠르게 허공을 날아다니고 있었다. 그 모습은 마치 제트기가 곡예 비행을 하는 것만 같았다. 체린이 감탄사를 터뜨리자, 미티가 말했다.

"나는 탈출 포트를 작동시킬게. 넌 계속 방어벽을 보수하고 있어. 알았지?"

체린은 고개를 끄덕였다.

하지만 딱히 역장을 유지할 필요는 없어 보였다. 벌써 몇 분 지나지 않았는데도 해적들은 반수 이상 줄어든 상태였다. 이미 제공권은 세티의 차지였고, 지상에도 산 사람보다 죽은 사람들이 더 많았다. 때문에 체린은 애써 죽은 사람들에게서 눈을 돌려 하늘을 올려다보며 긴장을 풀었다.

아무리 자신을 죽이려고 했던 이들이라고 해도 불타거나 잘린 시체가 되어 떨어지는 모습을 보고 있으니 구토가 일어나려 했다. 만약에 레이저가 빗발치고 폭발음이 곳곳에서 들려오지 않았다면 그녀는 당장 기절했을 것이다.

하지만 모든 일은 끝날 때까지 끝난 것이 아니었다. 그녀가 잠시 한눈을 파는 사이, 서너 명의 해적들이 두 사람에게 다가왔다. 그들은 역장을 둘러친 두 사람을 향해 작은 깡통처럼 생긴 물건을 던졌다. 그것은 역장을 때리고 바닥으로 떨어졌다. 다음 순간, 허공을 향해 강력한 전자기장이 뻗어 나왔다. 전자기장은 순식간에 역장을 태워버렸다.

갑작스런 상황에 당황한 체린은 두 눈을 휘둥그렇게 뜨고서 주위를 살폈다. 해적들의 얼굴이 눈에 들어오자 체린은 비명을 질렀다. 하지만 잠시 생각해 보니 비명을 지를 필요는 없었다. 이미 총을 들고 있지 않은가?

체린은 액션 배우처럼 험상궂은 얼굴로 손에 들고 있던 레이저 총을 고쳐 잡았다. 그녀는 TV에서 보았던 사격 자세를 취하고서 해적들에게 방아쇠를 당겼다. 하지만 총탄은 나가지 않았다. 체린은 휘둥그런 눈으로 총구를 들여다보며 방아쇠를 까딱거렸다. 다행히 총은 작동하지 않았다. 그녀가 자의적이지 않은 자살을 실천에 옮길 동안 해적들의 총구에서는 불빛이 번적거렸다.

두 손으로 얼굴을 가린 체린은 새된 비명을 질렀다.

'아, 이렇게 죽는구나.'

체린은 생각했다. 하지만 아프지는 않았다. 어쩌면 레이저는 31세기에서 가장 인도주의적인 무기일지도 모른다는 생각이 들었다.

하지만 죽었다기에는 너무 아무렇지도 않았던 터라, 체린은 실눈을 떴다. 그러자 이미 해적들을 때려눕힌 세티의 분신들이 해적들을 집어 던지고 있었다. 남은 분신 하나가 해적의 바짓단을 잡아 올려 한 바퀴 돌려서 투포환을 던지는 선수처럼 집어 던졌다.

마지막 해적이 바닥에 처박혀 허리가 뒤로 꺾인 채 쓰러졌다. 하늘을 날고 있던 분신들은 초록색 실이 되어 녹아내렸나. 세티는 겁에 질린 비티와 체린을 꼭 안아 주었나. 그녀는 고개를 쳐들고서 두 사람의 얼굴을 바라보면서 말했다.

"너희, 다친 데는 없어? 왜 아직도 탈출을 안 한 거야?"

미티는 어깨를 으쓱거리면서 아리송한 얼굴로 말했다.

"그게, 어디가 망가졌는지 모르겠어. 포트가 작동을 안 해."

"그걸 바로 재밍이 걸렸다고 하는 거다."

어디선가 낯선 웃음소리가 흘러나왔다. 세 사람은 웃음소리가 난 곳을 향해 시선을 던졌다.

# 5

## 마담 세스콰치 ────────────────

놈을 제일 처음 발견한 사람은 세티였다. 세티는 천장을 올려다보았다. 그녀는 허공을 노려보다 잽싸게 체린과 미티를 옆구리에 끼고 자리를 박차고 날아올랐다. 그녀가 잽싸게 자리를 피하기 무섭게 거대한 무언가가 천장에서 떨어졌다. 그것은 탈출 포트를 찍어 눌렀다. 순식간에 휴지 조각처럼 구겨진 탈출 포트는 거대한 폭발을 일으켰다.

이글거리는 풍압에 세티는 휘청거렸다. 그녀는 곧장 미티와 체린을 멀찍이 집어 던졌다. 바닥으로 곤두박질친 미티와 체린은 앓는 소리를 내면서 몸을 추슬렀다. 바닥에 대자로 드러누운 채 고개를 들었지만 세티가 보이지 않았다.

체린은 지끈거리는 머리를 움켜쥐다 이글거리는 포트를 바라보았다. 매캐한 연기와 이글거리는 화염 속에서 무언가가 꿈틀거리고 있었다. 그것은 전체적인 윤곽도 없었고 크기도 알 수 없었다. 체린이 볼 수 있었던 것은 불길 속에서 번뜩거리는 안광뿐이었다. 하지만 그마저도 희미한 유령처럼 불길 속으로 사라졌다.

"으아, 대체 뭐야?"

미티가 머리를 문지르면서 자리에서 일어나던 때였다. 불길 속에서 무언가가 총알처럼 빠르게 튀어나왔다. 체린은 처음에 그것이 탈출 포트의 잔해 같은 것일 거라 여겼다. 하지만 연기를 뚫고서 나타난 것은 다름 아닌 세티였다.

방금 전까지만 해도 기세 좋게 해적들을 쓰러뜨리던 세티는 힘없이 바닥에 처박혔다. 다시 몸을 일으킨 세티는 찢어지고 불이 붙은 옷을 초록색 실로 기우면서 말했다.

"둘 다 벽에 붙어! 방어막 치고……."

"늦었다."

어디선가 수많은 깡통 캔이 바닥을 굴러다니는 듯한 소리가 흘러나왔다. 세 사람은 소리에 집중했지만, 소리가 나는 곳에는 아무것도 없었다. 체린은 아리송한 얼굴로 고개를 두리번거렸다.

그때였다. 무언가가 체린의 발을 때렸다. 체린은 자신의 발을 때리고 멈춘 무언가를 노려보았다. 그러자 서서히 눈앞에서 원근감이 사라졌다. 바닥이 일그러져 보였고, 초점을 잃은 시야가 오른쪽으로 축 늘어지는 것만 같았다. 하지만 잠시 눈을 깜빡이자 체린은 자신의 발등을 때린 물건을 제대로 바라볼 수 있었다.

전체적으로 그것은 음료수 캔이랑 다를 게 없었다. 수많은 배터리와 차폐되지 않은 코일, 그리고 날카로운 끝을 마주 보고 서 있는 뾰족한 피뢰침 같은 게 달렸다는 것 외에는.

'어디서 나타난 거지?'

체린은 아리송한 얼굴로 고개를 돌렸다. 그러자 셀 수 없이 많은 쇳덩이들이 투명 망토를 벗어던지고 바닥에서 모습을 드러냈다. 세티는 낭패 어린 얼굴로 체린을 바라보았다. 마침내, 피뢰침 사이에 전류가 흘러넘쳤다. 전자기펄스가 사방을 뒤흔든 것이다.

사방에 펄스가 휘몰아치자 체린과 미티가 세운 역장은 순식간에 무너져 내렸다. 체린은 손끝에 흐르는 긴장감이 사라져가는 것을 느꼈다. 감각 자체가 손끝을 따라 끊기는 것만 같았다.

체린은 따끔거리는 양손을 겨드랑이 속에 찔러 넣었다. 그녀가 식은땀을 흘리기 시작할 때, 눈앞에 작은 홀로그램 쪽지가 나타났다. 그녀는 홀로그램 쪽지를 집어 들었다.

'예금의 80% 손실. 주의 요망.'

체린은 망연자실한 얼굴로 고개를 들었다.

온몸에 스파크를 튀기면서 서 있는 세티의 모습이 눈에 들어왔다. 그녀는 가쁘게 숨을 몰아쉬면서 몸을 일으키고 있었다. 마치 숨을 쉬기 힘든 사람처럼 그녀는 가슴을 움켜쥐고서 천천히 몸을 일으켰다.

그러자 세티의 코앞에서 거대한 무언가가 모습을 드러냈다. 원근감이 서서히 사라지면서 투명하게 감춰져 있던 거대한 무언가가 머리를 내밀었다.

전체적으로 고릴라를 닮은 사이보그였다. 신장은 못해도 3m는 족히 넘어 보였고, 휑하니 깐 머리를 번들거리고 있었다. 그것은 자신의 육체미를 뽐내듯 가슴을 활짝 폈다. 그러자 단단해 보이는 장갑판이 거대한 근육처럼 늘어났다. 장갑판 양쪽에 달린 팔은 사람의 팔이라고 하기에는 너무나 비대했다. 팔뚝에는 해적들의 표식이 그려져 있었다. 해골 모양 뒤로 YP란 글자가 적힌 로고가 조명 아래 번들거렸다.

놈은 거대하다 못해 비대한 주먹으로 땅바닥을 짚으면서 세티에게 다가갔다.

"싸우는 모습이 인상적이더군. 내 부하들을 맨손으로 찢어 버리다니. 이 가게는 재미 좀 보러 온 손님들을 이런 식으로 다루나?"

"손님도 손님 나름이지. 이런 식으로 난동을 부리는 걸 손님이라고 불러 줄 생각은 없다."

세티가 소리치자 해적은 날카로운 티타늄 이빨을 드러내면서 웃었다.

"하하! 하긴 네놈들에게 우리 같은 가난한 놈들은 손님도 아니긴 하지.”

“하지만 가난한 것치고는 꽤 고급 기술을 사용하는군.”

“너 같은 조무래기가 알아서 뭐하게?”

사이보그 고릴라는 코웃음을 치면서 말했다.

“네놈들이 음식을 독점하고 온 은하에 존재하는 식재료를 독점한 뒤로 우리는 언제나 굶주렸다. 하다못해 가난한 이들이 잡초를 먹기 시작하니까 네놈들은 식용 잡초까지 독점한 뒤에 우리에게 돈을 내고 사먹으라 요구했지. 그런 네놈들을 우리가 가만히 둘 것 같나? 우린 혁명가다. 지금은 고작 해적의 탈을 쓰고 있지만, 우리는 네놈들을 부순 뒤 정부에게 책임을 물을 거다. 우리는 그때까지 멈추지 않을 거다.”

“그렇다고 무고한 사람들에게 미사일을 퍼부어? 너희들 때문에 얼마나 많은 고객들이 죽었는지 아나?”

“하, 그 작자들은 내 알 바 아니다. FTL, 너희 때문에 희생된 우리 동료들을 위해서라도 오늘 우리는 너희를 부술 거다. 우선 네놈부터 부숴 주지, 로봇.”

세티는 스파크가 튀기는 몸을 비척비척 일으켰다. 그녀는 손가락을 튕겨 곧장 놈의 장갑판과 비대한 양팔을 실로 바꾸려 했다. 장갑판의 절반은 순식간에 실이 되어 녹아내렸다. 하지만 딱 절반뿐이었다. 세티는 눈앞에 떠오른 문구를 바라보았다.

'분해 불가. 사유 : 나노 경질유체 재질. 추가 금액이 필요합니다. 잔고가 부족합니다.'

인상을 찡그린 세티는 분해 작업을 취소했다. 대신 그녀는 초록색 실을 뽑어 순식간에 5명의 분신을 만들어 냈다.

분신들은 EMP를 뒤집어쓰고 힘겨워하는 세티 대신 고릴라에게 달려들었다. 그들은 다른 해적들에게 했던 것처럼 고릴라에게 주먹을 날렸다. 그러나 주먹질은 단단한 장갑판에 조금 흠집을 낼 뿐 조금의 유효타도 주지 못했다. 오히려 사이보그 고릴라는 간지러운 듯 늘어져라 하품까지 했다.

세티가 인상을 찡그리자, 놈은 날아다니던 세티의 분신 중 하나를 잡아챘다. 날아다니는 모기를 맨손으로 잡은 사람처럼 고릴라는 세티의 분신을 거꾸로 들고 으스댔다. 그러더니 그것을 몽둥이처럼 휘둘러 주먹을 내지르는 다른 분신들을 날파리 쫓듯 쫓았다.

놈은 한 마리의 짐승처럼 싸웠다. 날아다니는 세티의 다리를 물어뜯거나, 한 손에 쥔 분신을 몽둥이처럼 휘둘러 다른 분신을 바닥에 패대기쳤다. 남은 분신들이 고릴라에게 달려들어 공격을 이어갔지만, 불행히도 분신들은 고릴라의 발에 밟혀 초록색 실이 되어 사방으로 흩어지고 말았다.

고릴라는 마지막 남은 세티의 분신을 손에 들고 거만하게 으스댔다. 손에 쥔 분신이 발버둥을 치며 저항하자 고릴라는 보란 듯이 들고 있던 분신의 머리를 티타늄 이빨로 물어뜯었다. 머리가 뽑혀 나온 세티의 분신은 줄이 끊긴 마리오네트처럼 축 늘어지더니 이내 실이 되어 사라져 버렸다. 고릴라는 비열하게 낄낄거리면서 웃었다.

"꼭두각시 장난질은 이제 다 끝났나?"

"아직이야!"

세티는 변형시킨 오른팔을 내보였다. 뒤틀리는 손가락 사이에 별빛이 깃들었다. 그녀가 에너지 탄을 쏘자, 사이보그는 바닥에 처박힌 세티의 분신을 집어 들어 에너지 탄을 후려쳤다. 거대한 폭발과 함께 놈은 시뻘겋게 달아올라 녹아내리는 자신의 오른손을 바라보았다. 비대한 손이 바닥에 떨어지기 무섭게 고릴라는 인상을 찡그렸다. 고릴라는 녹아내린 팔뚝을 왼손으로 잡아 뜯어 세티에게 집어 던졌다.

세티가 잔해를 피해 몸을 날리자, 놈은 곧장 등에 달린 안테나를 작동시켰다. 안테나 위로 스파크가 튀기 무섭게 고릴라의 주위로 새하얀 섬광이 터졌다. 체린과 미티는 눈을 가렸다. 잠시 후 빛이 잦아들자 세 사람의 눈앞에 수많은 해적들이 나타났다. 놈들은 고릴라 옆에 서서 레이저 총을 장전하고 있었다.

"사격 준비!"

해적 하나가 소리치자 사이보그가 소리쳤다.

"너희들은 사격하지 마라. 저놈은 내 전리품이다."

"네, 마담 세스콰치."

해적이 깍듯이 고개를 숙이자, 세티가 분하다는 듯 입술을 깨물었다.

"휴대용 순간 이동 장치까지 가지고 있을 줄은 몰랐군."

"네 놈들을 쳐부수기 위해서 투자를 꽤 했지."

세스콰치는 으스대며 말했다.

체린은 조마조마한 심정으로 세스콰치와 세티의 모습을 바라보았다. 이건 체린에게 감당이 안 되는 싸움이었다. 도저히 그녀가 끼어들 틈은 없어 보였다.

때문에 체린은 숨을 죽이고서 이곳을 빠져나갈 궁리를 했다. 가느다랗게 뜬 실눈으로 우주선과 로봇, 그리고 레이저를 떠올리던 그녀는 눈을 휘둥그렇게 떴다.

그랬다. 탈출 포트에 매달리는 바람에 간과한 것이 있었다. 그것을 떠올린 체린은 문득 한 가지 꾀를 냈다. 그녀는 슬쩍 미티에게 곁눈질을 하며 입으로 쉿소리를 냈다. 조마조마한 눈으로 세티를 바라보던 미티가 체린에게 고개를 돌렸다. 체린은 고장 난 총을 거꾸로 들고서 미티에게 말했다.

"미티, 혹시 워프 통로 열 수 있어?"

"응? 열 수 있는데 왜……? 아, 그렇구나!"

체린의 의중을 알아챈 걸까? 미티는 활짝 웃으면서 목청을 높였다. 그 바람에 해적들의 시선이 미티와 체린에게 달려들었다. 그들은 뒤늦게 체린과 미티를 발견하고서 그들을 향해 총구를 겨눴다. 그러자 세티는 몸을 날려 체린과 미티를 감쌌다.

어디선가 날아온 레이저가 바닥에 꽂히자 미티와 체린은 새된 비명을 질렀다. 으르렁거리던 세스콰치는 레이저를 쏜 해적을 잡아챘다. 거대한 쇳덩이에 붙잡힌 닭 머리를 한 해적이 괴로운 듯 몸부림을 쳤다. 세스콰치는 놈의 면상에다 대고 소리쳤다.

"사격하지 말라고 내가 말했냐, 안 했냐!"

"죄송합니다, 마담 세스콰치. 시정하겠습니다."

해적이 깍듯이 사과하자 세스콰치는 손에 쥔 해적을 옆으로 집어 던졌다. 단말마의 비명은 곧이어 둔탁한 소리와 함께 끊어지고 말았다.

'세상에! 자기 부하를 죽였잖아?'

경악한 체린과 미티는 입을 쩍 벌렸다.

놀라기는 세티 역시 마찬가지였다. 그녀는 슬쩍 체린과 미티를 바라보다 세스콰치와 해적들을 바라보았다. 이대로 시간을 끌면 불리했다. 무엇보다 세스콰치와 다른 해적들을 한꺼번에 다 상대할 수 있을지 확신이 서지 않았다. 그렇다면 다른 사람을 불러오지 못하도록 저 고릴라 같은 놈 등에 달린 성가신 장치부터 파괴하는 편이 나았다. 세티가 머리를 굴릴 동안, 놈은 원상 복구된 오른 주먹을 쥐었다 펴면서 말했다.

"내 부하의 무례에 대해 사과하마. 네놈, 제법 잘 싸우는 녀석이구나. 이 몸의 오른팔을 날려버린 것도 모자라 여기까지 버티다니. 하지만 이 싸움은 네가 졌다. 그러게 날 죽이고 싶었으면 진작에 내 머리부터 노렸어야지!"

놈은 장갑과 돌멩이에 환장한 미치광이처럼 말했다.

세티는 곧장 오른손을 뻗어 에너지 탄을 짧은 간격으로 빠르게 쏘아댔다. 하지만 충전율이 너무 낮았던 탓에 그녀가 쏜 일격은 마담 세스콰치의 장갑을 긁어대고, 주위에 서 있던 해적들이 펼쳐 든 역장에 가로막혀 섬광을 터뜨렸다.

세티가 계속 저항하자 마담 세스콰치는 왼손을 내밀었다. 그 왼손은 곧장 체린과 미티를 가리키고 있었다. 왼손등이 열리기 무섭게 큼지막한 포신이 튀어나왔다. 마담 세스콰치의 손에 매달린 대포가 시뻘겋게 달아오르기 시작하자, 세티는 그의 무기를 분석했다.

그것은 대인용 플라즈마 투사기였다. 못 해도 출시된 지 10년은 족히 된, 역장에 초고압축 플라즈마를 쏘는 장치였다. 하지만 저 장치의 화력을 무시할 순 없었다. 터지면 반경 1m 안의 모든 것을 태워버릴 물건이었으니까.

세티는 투사기가 서서히 역장을 자아내는 순간을 바라보면서 몸을 움직였다. 그녀는 심장 근처에 달린 세 번째 인공두뇌로 탄속과 질량, 플라즈마 탄을 감싸고 있는 역장을 분석했다. 만일 그녀가 에너지 탄을 쏘아 플라즈마 탄을 맞춘다고 해도 역장은 풍선처럼 출렁거리면서 에너지 탄을 밀어낼 게 분명했다. 물론 중력장 때문에 궤적이 약간은 바뀌겠지만, 그게 다였다. 체린은 피하지 못할 것이고, 어쩌면 미티까지 휘말릴지도 몰랐다.

세티가 마른침을 삼키기 무섭게 플라즈마 탄은 총구를 떠났다. 이젠 시간이 없었다. 세티는 손가락을 튕겼다. 맑은 소리가 방안을 감돌다 사라지기도 전에 총알처럼 손가락 사이에서 튕겨 나간 초록 실이 플라즈마 탄을 향해 날아들었다.

한 가닥의 초록색 실은 플라즈마 탄에 닿기 무섭게 수천 갈래 가닥으로 갈라져 플라즈마 탄을 휘감았다. 플라즈마 탄을 감싼 실들은 촘촘하게 짠 직물처럼 역장을 휘감았다. 대부분의 실들이 초록색 빛을 털어내고 투명한 역장으로 변했다. 개중에 역장에서 삐져나온 몇 가닥의 실들은 역장 위에 모여들더니 순식간에 자그마한 추진기로 변했다.

추진기가 불을 뿜자, 세티에게 날아들던 플라즈마 탄은 쏜살같이 천장을 향해 날아올랐다. 플라즈마 탄은 천장에서 폭발했다. 천장이 시꺼멓게 그을리자 고릴라는 얼굴을 일그러뜨렸다.

고릴라는 세티에게 플라즈마 탄을 한 번 더 발사했다. 세티는 이번에도 손가락을 튕겼다. 실이 날아들었고, 플라즈마 탄 위에 역장을 둘러치려 했다. 하지만 눈속임은 처음 선보였을 때만 신선한 법이었다. 세티의 역장이 완성되기도 전에 고릴라는 비열한 미소를 지었다.

세티가 뭔가 이상하다고 생각한 순간 플라즈마 탄이 폭발했다. 뜨거운 열기와 함께 홀로사이트는 사방으로 흩어졌다. 맹렬하게 달려드는 플라즈마의 열기에 세티의 인공 피부는 시꺼멓게 타올랐다. 세티는 뒤늦게 등에 달린 추진기를 작동시켰지만 추진기의 출력을 높이기도 전에 마담 세스콰치가 바닥을 박차고 뛰어올랐다.

세티가 거리를 벌리기 위해 등을 보인 순간, 세스콰치의 날카로운 손톱이 세티의 등을 찢어발겼다. 추진기가 폭발을 일으키자 1m도 날아오르지 못한 세티는 땅바닥으로 곤두박질쳤다.

세티는 만신창이가 된 몸을 일으켰다. 그러자 마담 세스콰치는 바닥에 쓰러져 벌벌 떨고 있는 체린과 미티를 바라보면서 말했다.

"오, 같은 여자로서 그 느낌이 어떤지 알아. 하지만 잘 보렴. 너희도 곧 저렇게 될 테니까. 물론 미티, 너는 무사할 거다. 흐흐흐, 걱정 마.”

마담 세스콰치는 자리에서 일어서는 세티에게 총구를 겨눴다. 숨을 가쁘게 몰아쉬던 세티가 비척비척 일어나 손을 뻗자, 세스콰치는 또다시 플라즈마 탄을 쏘았다. 플라즈마 탄은 순식간에 세티의 오른팔을 통째로 집어삼켰다.

시뻘겋게 달궈진 쇳조각과 녹은 나사가 사방에 튀었다.

“지루하군. 한주먹거리도 안 되는 녀석 때문에 시간만 잡아먹었군.”

마담 세스콰치는 한쪽 팔을 잃고 간신히 서 있는 세티를 바라보면서 중얼거렸다. 세티는 그런 놈을 바라보면서 몸을 움직이려 했다. 그러나 해적들의 레이저가 곳곳에서 날아들었다. 총구에서 뻗어 나온 시뻘건 광채가 노을처럼 주변을 환히 밝힐 정도였다. 결국 새까맣게 그을린 그녀의 다리는 자그마한 폭발을 일으켰다. 세티는 그 자리에 주저앉았다.

“언니!”

미티가 소리쳤다. 비명에 가까운 목소리가 창고 안을 가로지르자 체린은 숨을 집어삼켰다. 체린은 연신 양손의 검지를 까딱이면서 세티를 바라보고는 미티에게 소리쳤다.

“미티, 지금이야! 워프 통로를 열어!”

검지를 까딱거리던 체린은 두 손을 뻗었다. 그녀의 계획은 간단했다. 미티가 워프 통로를 열면 세티를 홀로사이트로 휘감아 끌어당긴다. 그러고는 다친 그녀와 함께 통로 속으로 사라지는 것이다. 완벽한 계획은 아니었지만 적어도 해적들로부터 도망칠 수는 있었다.

하지만 그녀의 계획은 처음부터 꼬이고 말았다. 워프 통로가 열리지 않은 것이다. 미티가 아무리 바닥을 손으로 두드려 보아도 통로는 열릴 생각도 하지 않았다. 거기다 체린의 홀로사이트도 문제였다. 하얀 실은 힘없이 허공을 가로지르다 세티 근처에도 가보지 못하고 바닥에 곤두박질쳤다. 다 죽어가는 문어처럼 바닥에서 꿈틀거리던 홀로사이트는 흔적도 없이 사라졌다.

체린은 떨리는 눈으로 세티를 바라보았다. 그러자 티타늄 이빨을 손으로 긁적이던 세스콰치가 말했다.

"흠, 대체 뭘 하려던 거였는지는 모르겠다만, 이제 끝을 봐야겠군."

세스콰치가 육중한 몸을 끌고 유유히 걸음을 옮기자 세티는 고개를 들었다. 세티는 초점 잃은 눈으로 체린과 미티를 바라보았다. 체린은 그녀의 눈에 서린 안도감을 엿보았다. 하지만 그것도 잠시뿐이었다. 세티는 자신에게 드리운 그림자를 등지고서 왼손을 들어 올렸다.

세티가 손가락을 튕기기 무섭게 초록색 실은 체린과 미티를 휘감았다. 실은 두 사람을 잡아채더니 해적들과 멀찍이 떨어진 벽으로 끌어당겼다. 두 사람이 벽에 바싹 등을 붙이고 서자 허공 속으로 녹아든 실은 두 사람 주위로 역장을 만들어 냈다.

하지만 세티는 역장이 완성되는 것을 볼 수 없었다. 머리 위에서 나타난 마담 세스콰치의 거대한 무쇠 주먹이 세티의 몸을 무너뜨린 탓이었다. 묵직한 일격에 세티는 바닥에 처박혔다. 양다리가 휘어버렸고, 등을 휘감은 단단한 프레임에는 주먹 자국이 새겨졌다.

하지만 그 정도로는 성이 차지 않았던 걸까? 거대한 주먹을 들어 올린 놈은 쓰러진 세티를 향해 보이지 않을 만큼 빠르게 다시 주먹을 내리꽂았다. 놈의 일격이 계속될 때마다 바닥은 운석을 맞은 것처럼 움푹 파였다. 곳곳에는 쇳조각과 지칠 대로 지친 비명이 비산했다. 체린이 자리에서 굳어 있는 동안 미티는 파르르 떨리는 어깨를 움츠리면서 고개를 돌렸다.

마담 세스콰치는 두 손으로 깍지를 끼고서 몸을 움직이려는 세티를 다시 내려쳤다. 묵직한 주먹을 세티에게 연달아 꽂아 넣은 고릴라는 미동도 없이 축 늘어진 세티의 팔뚝을 잡아 올렸다. 마치 장난감을 다루듯 세티를 흔들어대던 놈은 해적들에게 괴로워하는 세티를 내보였다. 해적은 세티를 향해 야유를 퍼부었다. 몇몇 해적들은 목청을 높여 소리치기 바빴다.

“고철행! 고철행! 고철행!”

해적들이 천장을 향해 레이저 총을 쏘면서 소리쳤다. 포효하던 마담 세스콰치는 축 늘어진 세티의 상체와 골반을 움켜쥐었다.

‘뭘 하려는 거지?’

체린은 초록색 역장 안에서 새파랗게 질린 얼굴로 세티의 모습을 바라보았다. 세티가 고통스럽게 울부짖을 동안, 고릴라는 손아귀에 힘을 주었다. 세티의 프레임이 뒤틀리고 다리가 기묘한 각도로 휘었다. 세티의 목소리마저 갈라져 기계음과 목소리가 섞인 기괴한 비명이 흘러내렸다.

“그만둬! 그만두라고! 제에발!”

미티가 역장을 손바닥으로 내리치면서 절규하던 그때였다. 마담 세스콰치는 울부짖는 미티를 흘깃 바라보았다. 놈은 콧소리를 내면서 말했다.

“헤헤. 조금만 기다리라고, 미티. 그 역장을 때려 부수고 옆에 있는 녀석도 죽인 뒤에 너는 암시장에 팔아주지.”

“그, 그렇게는…….”

세티가 고개를 쳐들었다. 오른쪽 눈자위의 인공 피부가 벗겨져 기계 프레임이 훤히 드러나 있었다. 그런데도 그녀는 거대한 손가락 사이에 붙잡힌 몸을 일으켰다. 시선이 사이보

그의 번들거리는 머리에 닿기 무섭게 세티의 눈에서는 가느 다란 레이저가 뿜어져 나왔다.

레이저는 마담 세스콰치의 목덜미를 따라 내려와 등에 달 린 순간 이동 장치를 태워 버렸다. 마담 세스콰치는 고철이 되어 불꽃을 토해내는 순간 이동 장치를 노려보았다. 그러더 니 놈은 인상을 구기면서 잔뜩 성이 난 듯 소리쳤다.

"이 자식이!"

험악하게 인상을 구긴 마담 세스콰치는 손아귀에 힘을 주 었다. 프레임이 휘면서 세티의 목덜미에서는 스파크가 터져 나왔다. 세티의 눈에서 뿜어져 나오던 레이저가 사라지자, 마담 세스콰치는 다시 한번 자랑스럽게 세티의 몸을 높이 들 어 올렸다.

몇 차례 터져 나오는 환호성 속에서 해적은 손가락을 까딱 거렸다. 그러더니 완전히 축 늘어진 세티의 몸을 다 쓴 치약 을 짜듯 비틀기 시작했다. 고릴라의 손아귀에 붙들린 세티의 하반신이 순식간에 180도 가까이 뒤틀리면서 부속품을 쏟아 냈다.

그녀의 허리에서 자그마한 폭발이 터져 나오자, 소리를 지 르던 미티는 새하얗게 질린 얼굴로 숨을 죽였다. 구슬만큼이 나 커진 그녀의 눈에서 투명한 액체가 흘러내렸다. 반쯤 입 을 벌린 세티가 감당하지 못할 고통 속에서 사경을 헤맬 동안, 해적은 세티의 몸을 반대 방향으로 비틀어 양쪽으로 잡아당겼다.

쇳덩이가 휘어지는 소리와 무언가가 끊어지는 소리가 연달아 들린 다음 순간, 마담 세스콰치의 손아귀 안에서 세티의 몸은 반 동강이 났다. 전선이 끊어지고 부속품들이 너덜너덜하게 흘러내렸다. 세티의 인공 척추는 아직도 골반을 찾아 꿈틀거렸고, 감당 못할 고통에 굳어 버린 세티의 얼굴에서 서서히 표정이 사라졌다.

미티는 사라지는 초록색 역장을 붙들고서 절규했다. 그녀가 눈물로 얼룩진 얼굴을 붉히고서 해적에게 달려들려고 하자, 체린이 그녀의 팔을 붙잡았다. 미티가 놓으라고 소리치던 순간, 마담 세스콰치는 세티의 상체를 하늘로 번쩍 들어 올렸다.

그러자 해적들은 박장대소를 하면서 만세를 불렀다. 곳곳에서 레이저 총이 화려하게 빗발쳤다. 심지어 놈들은 세티에게 죽음을 맞이한 다른 해적들의 팔을 흔들어대면서 환호하기 시작했다.

이쯤 되자 체린은 할 말을 잃고 말았다. 오로지 날카롭게 울려 퍼지는 미티의 절규만이 이 미쳐버린 세상을 부정하고 있을 뿐이었다.

"그만둬! 당장 그만둬! 그만두라고! 제발!"

미티는 금방이라도 핏덩이를 토할 것처럼 거칠게 소리쳤다. 그러자 해적 놈들은 고통 속에서 간헐적으로 꿈틀거리는 세티의 기계 팔을 흔들어댔다. 놈들은 세티를 마치 인형처럼 다뤘다.

체린은 당장 뭐라도 해야 한다 여겼다. 홀로사이트라는 막강한 도구를 가졌으니 어쩌면 저 해적들을 이길 수 있을지도 몰랐다. 하지만 매우 불행히도 그녀의 다리는 태풍 앞에 놓인 갈대처럼 후들후들 떨렸다. 그녀가 머뭇거리는 사이, 세스콰치는 세티를 흔들면서 말했다.

"좋아. 이 건방진 안드로이드는 우주선에다 매달아야겠군. 그리고 이게 누구야? 미티! 은하계 역사상 가장 잘나가는 아이돌 아냐!"

거대한 기계 팔로 세티를 두 동강 낸 사이보그 해적은 티타늄 이빨을 핥으면서 말했다.

"세상에! 미티 네가 암시장에서 얼마에 팔릴지 벌써부터 기대되는걸. 버러지들아! 정지장 캡슐 가지고 있는 놈 없냐? 빨리 정지장 가져와!"

세스콰치가 소리치자, 해적들은 시시덕거리면서 커다란 원통을 가져왔다. 원통형 장치의 뚜껑을 열자 희미한 썩은 내와 함께 먼지가 낀 무언가가 달그락거리면서 바닥으로 떨어졌다.

체린은 숨을 죽이고 바닥에 떨어진 것을 바라보았다. 그것은 눈구멍이 하나 달린 오래된 해골이었다. 정지장 안에는 기괴하게 생긴 뼈다귀들이 검은 자국이 눌어붙은 시트 위에 매달려 있었다. 해적들은 뼈를 바닥에 쏟아버리고서 미티에게 손짓했다.

"순순히 들어갈래, 아니면 우리가 집어넣어 드릴까?"

해적들이 시시덕거리면서 다가왔다. 체린은 자기도 모르게 미티와 해적들 사이를 막아섰다. 그녀는 손에 들고 있던 고장 난 레이저 총을 쳐들었다.

"가까이 다가오지 마."

체린은 단호하게 말했다. 그녀는 거꾸로 든 레이저 총의 개머리판을 쳐들었다. 그러자 어디선가 날아든 레이저가 레이저 총을 정확히 맞추었다. 순식간에 레이저 총의 중간 부분이 녹아내렸다. 시뻘건 쇳물과 함께 반 동강이 난 레이저 총의 개머리판 부분이 바닥으로 떨어졌다.

체린이 반토막 난 레이저 총의 남은 부분을 버리자 수많은 총구들이 체린에게 다가왔다. 체린은 후들거리는 다리를 주체할 수 없었다. 그럼에도 그녀는 물러서지 않았다.

그녀는 자신이 왜 이런 짓을 하고 있는지 알지 못했다. 등 뒤에 서 있는 파란 머리 여자애는 오늘 처음 만난 아이였다. 목숨을 걸 이유가 없었다. 무엇보다 그녀가 나선다고 해서 감당할 수 있는 문제도 아니었다. 그녀와는 비교도 안 될 만큼 강한 세티조차 두 동강이 나버린 터였다. 홀로사이트조차 제대로 다루지 못하는 체린은 그냥 만화 속 엑스트라처럼 쓸려나갈 게 분명했다.

그럼에도 그녀는 물러나지 않았다. 오로지 치기 어린 정의감, 더도 말고 덜도 말고 10대만이 가질 수 있는 눈먼 정의감이 그녀를 일으켜 세웠다. 그녀는 해적들에게 후들거리는 주먹을 내보이면서 말했다.

"더, 더는 다가오지 마. 다가오면…… 다가오면…….."

"다가가면 어쩔 건데?"

축 늘어진 네 개의 가슴을 훤히 드러낸 해적 하나가 조소를 흘리면서 말했다. 그러자 다른 해적들도 너나 할 것 없이 웃음을 터뜨렸다. 보다 못해 사이보그 고릴라도 손가락으로 체린의 몸을 신기하다는 듯 툭툭 건드렸다.

"오호호, 이 흐물흐물한 건 또 뭐야?"

"미티는 절대……. 억!"

체린이 입을 열기 무섭게 마담 세스콰치는 손가락 세 개로 체린을 움켜쥐었다. 체린은 금방이라도 바스러질 것 같은 낙엽처럼 신음했다.

"네놈은 필요 없어."

뜨겁게 달궈진 관절 엔진이 가슴을 데우자, 체린은 숨을 집어삼켰다. 점점 더 심하게 옥죄어 오는 거대한 손가락이 온몸을 죄어 오자 체린은 신음을 터뜨렸다. 그녀는 그만두라고 소리치려 했다. 하지만 금방이라도 뭉개질 것처럼 몸이 파르르 떨리는 바람에 체린은 신음조차 제대로 내질 못했다. 마담 세스콰치가 체린의 몸을 서서히 거칠게 감아쥐기 시작하자, 보다 못한 미티는 천천히 자리에서 일어났다.

"알았어! 알았다고! 들어갈 테니까 제발, 그 아이는 놓아줘!"

"그래 준다면 뭐, 이런 쥐새끼는 놓아주마. 들어가라, 미티. 안 그러면 이 흐물흐물한 물 풍선 같은 녀석을 터뜨려 버리는 수가 있어. 흐흐흐."

"알았으니까, 걔를 놔줘. 들어갈 테니까……."

미티의 약속을 받아낸 마담 세스콰치는 체린의 몸을 놓아주었다. 그녀는 마치 쓸모없는 잡동사니를 길바닥에 버리듯 체린을 아무렇게나 던졌다. 진땀을 흘리며 바닥에 떨어진 체린은 가슴을 두 팔로 움켜쥐고서 몸을 웅크렸다.

얼어붙은 채 서 있던 미티는 쭈뼛쭈뼛 천천히 체린에게 다가갔다. 그녀는 주저앉아 바닥에 쓰러진 체린의 상태를 살폈다. 체린은 가늘게 뜬 눈으로 미티를 올려다보았다. 의지가 꺾인 미티는 닭똥 같은 눈물을 조용히 흘렸다. 마담 세스콰치는 흡족한 듯 손을 들어 올렸다.

"하, 너희는 미티를 들고 함선으로 돌아가라. 난 다른 매장을 부수러 가겠다."

"저 옆에 있는 녀석은 어떻게 할까요?"

"미티가 저항하면 쏴버려."

세스콰치가 안광을 흘리면서 해적들 사이로 걸음을 옮기자, 해적들은 하나둘 으스대면서 자리를 뜨기 시작했다. 씁쓸한 미소를 흘리던 미티가 천천히 자리에서 일어났다.

그녀가 천천히 걸음을 옮기자, 체린은 미티를 붙잡기 위해 비척비척 몸을 일으켰다. 가지 마. 체린이 힘겹게 중얼거리자 멀찍이서 그녀를 바라보던 여자 해적이 레이저 총 위에 달린 버튼을 눌렀다. 레이저가 바닥을 때리고 사라졌다. 숨을 죽인 체린이 자리에 얼어붙자 다른 해적들도 하나둘 총을 작동시켰다. 순식간에 놈들이 들고 있던 총 위에 떠오른 홀로그램 조준경의 조준점들이 바닥에 쓰러진 체린의 이마를 향해 모여들었다.

걸음을 옮기던 미티는 천천히 총구 앞을 막아섰다. 그녀는 금방이라도 울음을 터뜨릴 것처럼 큼지막한 눈망울을 붉혔다. 그러고는 천천히 몸을 돌려 다시 체린에게 다가갔다. 미티는 몸을 일으키는 체린의 등 위로 살포시 손바닥을 얹고는 체린을 바닥에 천천히 앉혔다. 레이저 포인트가 하나둘 체린의 머리에서 물러났다. 미티는 떨리는 목소리로 말했다.

“미안해. 정말로 미안해. 내가 싸울 수 있었으면 이렇게까지 되지는 않았을 텐데…….”

그녀가 다시 천천히 정지장 쪽으로 걸음을 옮기던 때.

갑자기 쇳덩이 하나가 천장을 뚫고 날아들었다. 그것은 곧장 정지장을 짓밟고서 바닥에 착륙했다. 체린과 미티는 휘둥그레진 눈으로 하늘에서 떨어진 쇳덩이를 바라보았다.

그것은 거대한 종 모양의 우주선이었다. 유리창도, 하다못해 출입문도 없는 그 우주선은 거대한 돔 모양의 역장을 뚫고 내려와 체린 일행과 해적 사이를 가로막았다. 체린은 우주선이 일으키는 먼지를 피해 손으로 얼굴을 가렸다.

‘뭐지? 이번에는 또 무슨 일이야?’

체린은 잔뜩 굳은 얼굴로 우주선을 바라보았다. 그러자 우주선은 순식간에 붉은 실이 되어 녹아내렸다. 허공으로 흩어지는 실무더기 속에서 낯익은 얼굴이 나타났다.

“릭!”

체린과 미티는 동시에 소리쳤다. 그러자 릭은 해적들을 노려보면서 슬쩍 고개를 돌려 두 사람에게 말을 건넸다.

“미안하다. EMP 때문에 워프 통로가 불안정해서 늦었어. 누구 다친 사람?”

“우린 괜찮은데, 세티가…….”

릭은 체린이 가리키는 곳을 바라보았다. 두 동강이 난 채

의식을 잃은 세티는 거대한 사이보그 해적의 손 위에 축 늘어져 있었다. 릭은 집채만 한 사이보그 해적이 들고 있는 세티를 손으로 가리키면서 소리쳤다.

"어이, 그 녀석 내려놔라. 안 그러면 네 잘난 대머리가 땅바닥에 굴러다닐 거야."

릭이 소리치자 해적들은 껄껄 웃어댔다. 그중에 해골을 머리에 얹은 여자 해적이 말했다.

"어이, 오빠. 너무 열 내지는 말라고. 저딴 쇳덩어리보다는 내가 더 따뜻하게……."

체린에게 위협 사격을 했던 여자 해적은 더 이상 말을 할 수 없었다. 그녀의 입 안에 작은 칼이 날아들어 목구멍을 꿰뚫은 것이다. 그녀가 목을 감싸 쥐고 쓰러지자, 해적들은 너나 할 것 없이 죽은 해적을 바라보았다. 릭은 손목을 돌리면서 죽은 해적에게 말했다.

"사양하지. 지금은 업무 중이거든. 어디서 개뼈다귀 같은 자식들이 쳐들어와서 잠도 못 자고 나왔거든. 흠, 근데 다들 왜 그딴 표정들이야? 쳐들어와 놓고서 처맞을 생각은 안 하고 왔나 보지? 잘나빠진 고철덩이 몇 개 끌고 와서 불 지르고 강습하면 아무도 안 뒈질 줄 알았냐? 엉?"

릭이 삐딱하게 웃으면서 말하자, 해적들은 너나 할 것 없이 릭에게 레이저 총을 겨눴다. 놈들이 동시에 방아쇠를 당기자, 총구에서 번쩍이는 섬광이 빠르게 릭에게 달려들었다. 체린은 왕구슬만 한 눈을 부릅떴다. 새파랗게 질린 그녀의 얼굴 위로 서서히 절망이 내려앉던 그때였다.

릭은 자신을 향해 일제히 날아드는 레이저를 향해 손을 뻗었다. 그의 손끝에서 레이저는 무해한 실이 되어 중력을 거스르고 허공으로 날아올랐다. 릭은 실로 변한 레이저를 왼손으로 감아쥐었다. 그는 당황하는 해적들을 노려보면서 입을 열었다.

"네놈들 중 누구도 이곳에서 살아나갈 생각은 마라. 알겠냐?"

기세 좋게 소리친 릭은 자신만만하게 빛으로 된 붉은 실을 잡아당겼다. 해적들이 들고 있던 레이저 총들은 순식간에 실밥이 풀린 스웨터처럼 붉은 실이 되어 바닥으로 쏟아져 내렸다. 한순간에 모든 무기를 잃은 해적들이 우왕좌왕하던 그때, 릭은 해적들을 바라보면서 곧장 붉은 실로 뒤덮인 손을 쳐들었다.

그의 오른손에는 직사각형 형태의 물체가 들려 있었다. 얼핏 보면 작은 석판처럼 보이는 물건이었다. 어디에도 방아쇠나 손잡이 같은 건 없었다. 거기다 릭의 손바닥 위에 살짝 떠 있었기 때문에, 체린은 그가 꺼내 든 물건이 뭔지 가늠조차 할 수 없었다. 하지만 다음 순간, 릭이 검지를 까딱이자 석판은 무채색의 죽음을 사방에 흩뿌렸다.

석판에서 쏟아져 나온 쌀알 같은 에너지 탄환이 순식간에 제일 앞줄에 서 있던 해적들을 그 자리에서 증발시켜 버렸다. 해적들이 입고 있던 옷가지들이 바닥에 떨어졌고, 회색 가루가 바닥에 널브러졌다.

해적들은 레이저 포격을 피해 허둥지둥 도망치기 바빴다. 어떤 이들은 천장으로 날아오르려 했고 또 어떤 이들은 바닥에 넘어진 채 두 손으로 머리를 감싸고 울음을 터뜨리기도 했다.

사이보그 고릴라는 무쇠 팔과 두꺼운 장갑판으로 포격을 막아냈다. 놈이 비대한 몸뚱이를 앞세워 천천히 다가오자 릭은 손을 흔들었다. 석판이 그의 손짓에 따라 180도 뒤집혔다. 릭이 검지를 까딱거리자, 카메라 플래시처럼 강렬한 섬광이 터졌다. 그것은 마치 보이지 않는 대포알을 쏜 것처럼 마담 세스콰치의 몸뚱이를 후려쳤다.

장갑판이 시뻘겋게 달아오르기 무섭게 마담 세스콰치의 몸뚱이가 뒤로 밀려나 넘어졌다. 한 손으로 바닥을 짚은 마담 세스콰치는 바닥에서 울고 있는 해적을 릭에게 집어 던졌다. 릭은 침착하게 총을 돌려 날아오는 해적을 잿가루로 바꾸고서, 칼을 들고 달려드는 해적 둘의 머리를 날려버렸다.

그는 천천히 레이저 총을 마담 세스콰치에게로 돌렸다. 시뻘건 총열이 모락모락 김을 뿜어대고 있었지만, 그는 신경 쓰지 않았다. 그는 쉬지 않고 침착하게 마담 세스콰치의 동체를 긁어댔다. 하지만 그것도 잠시, 릭이 들고 있던 레이저는 작동을 멈췄다. 방아쇠를 서너 번 더 당기던 릭은 퍼진 레이저 총을 내려다보았다. 총 위에는 작은 홀로그램 창이 떠올라 있었다.

'예금 잔고가 부족합니다.'

글귀를 읽은 릭은 레이저 총을 집어 던졌다. 그 바람에 허둥지둥 도망가던 대머리 해적 하나가 레이저 총에 머리를 맞고 쓰러졌다. 레이저 포격이 멈추기 무섭게 곳곳에 흩어져 있던 해적들이 잔해와 시체 더미 속에서 몸을 일으켰다. 그들은 당장에 릭을 찢어 죽이겠노라 으르렁거리고 있었다.

그런데도 릭은 눈 하나 깜짝하지 않았다. 그는 바닥에 떨어진 실들을 향해 손을 뻗었다. 스멀스멀 바닥을 기어오른 붉은 실들이 손을 휘감자, 릭의 손에서는 기다란 검이 자라났다. 그것은 수수한 검이었다. 길이는 150cm가 조금 넘어 보였고, 30cm가량 되는 손잡이 위에 곁가지처럼 크로스가드가 단단하게 뻗어나간 서양 검이었다.

릭은 몸을 낮추고 칼끝을 바싹 세웠다. 그는 달려오는 해적을 향해 칼끝을 겨누고서 놈들이 가까이 다가올 때까지 기다렸다. 배불뚝이 해적이 손도끼를 들고 다가오자 그는 곧장 검을 들어 올렸다. 칼날이 해적의 몸 주위를 크게 휘감아 돌 더니 빠르게 해적을 올려 베며 놈의 배를 갈랐다.

칼날은 깔끔하게 가른 핏자국을 바닥에 흩뿌리며 릭의 등 뒤로 넘어갔다. 도끼를 쥔 손이 바닥에 떨어졌다. 해적은 자 신의 배에서 쏟아져 나온 핏물에 얼굴을 처박았다. 오른발에 중심을 실은 릭은 빠르게 등을 내보였다. 그러곤 그는 왼발 을 앞으로 뻗으면서 검을 어깨 위로 올렸다. 그는 뒤이어 다 가오는 세 명의 해적들을 향해 검을 휘둘렀다. 예리한 칼끝 이 살과 뼈를 가르고 지나갔다. 해적 하나는 얼굴을 붙잡고 쓰러졌고, 다른 놈은 목을 손으로 붙잡고 고꾸라졌다.

하지만 다른 놈은 달랐다. 놈은 기계 팔로 릭의 검을 막아 냈다. 릭이 왼발을 내려놓기 무섭게 해적놈은 허리춤에서 단 검을 꺼내 들었다. 놈은 거꾸로 든 단검을 머리 위로 추켜올 렸다. 칼날이 얼굴을 향해 날아들자 릭은 순간적으로 오른손 을 떼어 장검의 손잡이 윗부분 칼날을 잡았다. 그는 곧장 손 잡이를 머리 위로 쳐들어 놈의 손목과 단검 사이로 손잡이를 밀어 올렸다.

손잡이가 놈의 손목을 때렸다. 릭은 칼자루를 비틀어 단검 을 든 손을 쳐냈다. 손잡이로 손등을 얻어맞은 놈은 단검을 놓쳤다. 단검이 바닥에 떨어지기도 전에 릭은 곧장 손잡이 끝에 매달린 큼지막한 무게추로 해적의 얼굴을 후려쳤다.

검을 고쳐 잡은 릭은 뒤따라 다가오는 해적을 베어 넘겼다. 순식간에 고글을 쓴 해적의 가슴을 벤 그는 옆에서 달려드는 나이 든 해적의 배를 가른 뒤 마체테를 든 해적에게 달려들었다. 릭은 능숙하게 검을 비틀어 돌려 마체테의 칼날을 흘린 뒤 곧장 놈의 정수리에 칼날을 꽂았다. 그러곤 칼을 버리고서 등 뒤에서 코피를 흘리면서 다가오는 해적에게 주먹을 날렸다. 코뼈가 부러진 해적은 그대로 뒤로 넘어가 바닥에 머리를 짓이긴 뒤 뻗어버렸다.

릭이 마체테를 들고 덤비던 해적의 머리에 꽂았던 장검을 빼들자, 해적들은 엉거주춤 뒤로 물러섰다. 이미 릭의 주변에는 7명의 해적들이 쓰러져 있었다.

하지만 릭에게 자비란 없었다. 그는 남은 해적들에게 다시 달려들었다. 그가 춤을 추듯 해적들을 베어 넘기고 있을 때, 어디선가 커다란 쇳덩이가 날아들었다. 릭은 잽싸게 몸을 던져 바닥을 굴렀다. 릭의 옷깃도 스치지 못한 쇳덩이는 바닥을 때리고 도망칠 궁리를 하던 해적들을 덮쳤다.

릭은 곧장 쇳덩이가 날아온 방향을 향해 고개를 돌렸다. 그러자 잔뜩 성이 난 마담 세스콰치가 릭에게 다시 한번 쇳덩이를 집어 던졌다. 쇳덩이가 프리스비처럼 빙글빙글 돌면서 허공을 가로지르자 릭은 잔해를 피해 바닥을 굴렀다.

"쥐새끼처럼 기어 다니기를 좋아하는군. 왜? 아까처럼 실

장난이라도 해보지 그래? 엉?”

릭은 말없이 마담 세스콰치를 노려보았다. 그러면서 검에 들러붙은 피와 기름을 붉은 실로 바꾸어 바닥에 흩뿌렸다. 잠시 실이 되어 바닥에 흘러내리던 핏물은 바닥에 닿기 무섭게 검붉은 액체로 변했다.

릭은 말없이 자세를 가다듬었다. 그가 칼끝으로 자신을 겨누자 마담 세스콰치는 어깨 위에 매달린 줄을 잡아당겨 등 뒤에 매달린 엔진을 작동시켰다. 엔진이 불을 뿜어대자 입에서 불똥을 흘리던 마담 세스콰치가 입을 열었다.

“제법이군. 역시, 이래야 FTL이지. 이래야 내가 부수는 맛이 있지.”

“하! 뭐가 이래야 FTL이라는 거냐? 여긴 음식점이야. 얌전히 밥 먹고 값이나 치르면 되는 곳이야, 멍청아.”

“흐흐. 우리가 치를 값은 총알 값밖엔 없어. 그리고 우린 밥을 먹기 위해 이곳에 온 게 아니야. 우린 FTL의 죽음을 원한다! 네놈들 때문에 얼마나 많은 이들이 굶주렸는지 아나? 네놈들 때문에 입실론 프라임이 얼마나 황폐화된 줄 아나?”

“흥, 그거야 내 알 바 아니지. 내가 아는 건 네놈이 내 친구를 두 동강 냈다는 것뿐이야. 그러니까 닥쳐라, 고릴라 자식아.”

“뭐가 알 바 아니라는 거냐! 모르는 척한다고 너희가 지은 죄가 사라질 성싶으냐!"

마담 세스콰치의 말에 릭은 어이없다는 듯 입을 열었다.

"이봐, 우리 회사 모토가 뭔 줄 알아?"

"흥! 내가 너희 회사 모토를 왜 알아야 하지?"

"나 원, 어떻게 이 회사가 망하는 걸 보고 싶다는 놈이 아무것도 모르고 오냐? '적을 알고 나를 알면 존나 짱짱 세진다.'라는 속담도 몰라? 쯧쯧."

괴상한 속담을 지껄이던 릭은 혀를 차면서 말했다.

"귓구멍 열고 잘 들어, 해적 나부랭이 놈아. 우리 회사의 모토는 '내일 잃어버릴 걸 어제 되찾는다.'야. 우린 절대로 우리가 가진 걸 잃어버리지 않아. 그리고 네가 우리 회사 모토에 관심이 없는 만큼 나도 네 녀석이 이곳에 쳐들어온 이유 따윈 듣고 싶지도 않고. 그러니까 닥치고 덤비기나 해, 고릴라."

릭이 도발하기 무섭게 마담 세스콰치가 자리를 박차고 올랐다. 릭도 물러서지 않고 빠르게 그녀에게 달려들었다. 두 사람 간의 거리가 빠르게 좁혀지기 무섭게 해적의 강철로 된 오른팔이 먼저 움직였다. 육중한 쇳덩이가 허공을 가르면서 상대적으로 가느다란 릭의 몸을 향해 날아들었다.

그런데도 릭은 조금도 동요하지 않았다. 그는 쇳가루와 불똥을 흩뿌리면서 지나가는 인공 근육과 조잡한 쇳덩이를 피해 오른쪽으로 몸을 날렸다. 오른발이 바닥에 내려앉기 무섭게 오른손으로 칼날의 중간 부분을 쥔 그는 칼끝을 마담 세스콰치의 팔뚝에 찔러 넣었다. 칼끝이 팔뚝을 뚫고 튀어나오자 마담 세스콰치는 성난 괴성을 터뜨리면서 오른손을 휘둘렀다.

그 바람에 릭은 구겨진 종잇장처럼 멀찍이 날아갔다. 팔뚝에 박혀 낭창거리던 칼날이 청명한 소리와 함께 뚝 부러졌다. 잔해 위에 처박혀 먼지를 뒤집어쓴 릭은 부러진 칼날을 바라보면서 몸을 일으켰다.

세스콰치는 그 틈을 놓치지 않았다. 놈은 힘차게 자리를 박차고 올랐다. 장갑판 밑에 숨겨둔 추진기가 불을 뿜었다. 한순간에 놈은 거대한 미사일이 되어 릭에게 날아갔다. 체린과 미티는 놈의 주먹이 바닥에 꽂히는 것을 역장 안에서 조마조마하게 바라보았다. 곧이어 자욱한 연기를 뚫고서 릭이 얼굴을 내밀자, 두 사람은 안도의 한숨을 쉬었다.

하지만 곧 육중한 주먹이 연기를 가르고 나타났다. 그것은 당장 릭을 으스러뜨릴 기세로 허공을 움켜쥐었다.

그러나 마담 세스콰치는 릭에게 달려들지 못했다. 바닥에 깊숙이 박힌 오른 주먹이 빠지지 않은 탓이었다. 놈은 왼손으로 땅바닥을 짚으면서 오른손을 빼내려 안간힘을 썼다. 그 사이 붉은 실은 놈의 팔뚝을 타고 올라 놈의 목을 단단히 휘감았다.

릭은 부러진 검을 들고서 잠시 숨을 고른 뒤 마담 세스콰치에게 다가갔다. 그가 성큼성큼 다가가자, 마담 세스콰치는 성난 함성을 터뜨리면서 왼팔을 릭에게 겨눴다. 순식간에 놈의 왼손이 갈라지더니 큼지막한 총구가 튀어나왔다. 총구가 시뻘겋게 달아오르기 무섭게 플라즈마 덩어리가 빠르게 허공을 가로질렀다.

릭은 플라즈마 덩어리를 향해 손가락을 튕겼다. 플라즈마 덩어리의 반쪽이 실로 변해 바닥에 흘러내렸다. 반으로 갈라진 역장 속에서 터져 나온 불길이 폭발을 일으켰다. 매캐한 연기가 천장을 향해 달음박질쳤다.

놈이 왼팔을 이빨로 물어뜯으면서 장전 버튼을 누르자, 릭은 열기 속으로 뛰어들었다. 릭은 바닥을 향해 손을 뻗어 플라즈마 구체에서 뿜어 나온 실을 움켜쥐었다. 그러곤 플라즈마 덩어리였던 실을 머리 위로 휘둘러 놈의 면상을 향해 채찍질을 했다.

마담 세스콰치의 머리를 향해 실이 아음속으로 날아들었다. 붉은 실은 릭의 손을 빠져나가 마치 불붙은 다이너마이트의 심지처럼 빠르게 줄어들었다. 그러더니 마담 세스콰치의 얼굴 옆에서 붉은 점으로 변했다. 붉은 점이 반짝이는 순간, 광채를 털어낸 그것은 세스콰치가 쏜 반쪽짜리 플라즈마 덩어리로 변해 세스콰치의 얼굴에 날아들었다.

순식간에 뜨거운 플라즈마에 얼굴을 담근 그녀는 새된 비명을 터뜨렸다. 연기 속에서 시력을 잃은 놈의 오른쪽 눈은 주황색 안광을 흘리면서 허공을 응시하고 있었다. 놈이 손바닥으로 자신의 얼굴을 가리기 무섭게 릭은 곧장 놈의 품속을 파고들었다.

릭은 바닥에 흩어진 실들을 집어 들었다. 한때는 레이저와 레이저 총이었던 실들이었다. 그는 빠르게 붉은 실들을 손에 휘감았다. 붉게 빛나는 실뭉치를 큼지막한 매듭을 지어 묶은 뒤 당황하는 고릴라의 장갑판 안에 찔러 넣었다. 마치 선심깨나 쓰는 사람처럼 릭은 마담 세스콰치의 가슴을 손으로 두어 번 두드리고서 뒤로 물러섰다. 그가 잽싸게 걸음을 옮기자 폭발과 함께 시뻘건 쇳조각이 사방으로 비산했다.

마담 세스콰치가 내지른 괴성이 방 안을 휘감았다. 비산하는 쇳덩이가 불똥과 함께 바닥을 때리자 릭은 한 마리의 승냥이처럼 휘청거리는 그녀를 향해 달려들었다. 부러진 장검이 연기 속에서 번득이기 무섭게 릭은 구멍이 뚫린 마담 세스콰치의 장갑판 사이로 장검을 찔러 넣었다.

칼끝은 어깨 관절을 지나 마담 세스콰치의 가슴 안쪽 깊숙이 박혔다. 일그러지는 쇳소리와 함께 놈의 가슴에서 왈칵 푸른 액체가 터져 나왔다. 마담 세스콰치는 괴성을 지르며 릭을 잡아채려는 듯 왼쪽 팔을 움직였다. 그러자 그녀의 어깨 관절은 릭의 장검을 씹어 먹었다. 칼날이 종잇장처럼 휘어지자, 세스콰치의 왼팔은 더 이상 움직이지 못했다.

릭은 붉은 실로 변해 그녀의 관절 속으로 흘러드는 자신의 장검을 바라보면서 세스콰치의 눈앞에서 알짱거렸다. 유유히 산책을 하듯 자신의 주위를 거니는 구둣발 소리를 들은 걸까? 티타늄 이빨을 부러뜨릴 듯이 갈아대던 마담 세스콰치는 오른발에 힘을 주었다. 마침내 오른손을 바닥에서 빼낸 마담 세스콰치는 릭을 향해 거대한 주먹을 쳐들었다.

그때였다. 끼익. 쇳소리가 놈의 몸뚱이 곳곳에서 울렸다. 이상한 낌새를 느끼기라도 한 듯 놈은 멀어버린 눈을 부라리면서 주먹에 힘을 주었다. 하지만 놈의 주먹은 릭을 덮치지 못했다. 마담 세스콰치는 포효하면서 몸을 움찔거렸다. 자리에서 동상처럼 굳어버린 마담 세스콰치가 허공을 응시하면서 이를 갈았다.

"네 이놈, 내 몸에다 무슨 짓을 한 거냐?"

"음, 별건 아냐. 그냥 실 장난을 좀 쳤지. 홀로사이트를 네 놈 관절에 흘려보냈어. 그리고 관절을 용접해 버렸지. 이제 걱정깨나 해야 할 거야. 냉각수가 줄줄 새고 있는데, 네 배터리가 얼마나 버텨 줄까? 엉? 그럼, 잘 뒈지길 바란다, 개자식아."

“비겁한 놈! 이, 비겁한 놈아!”

해적은 머리에 핏대를 세워가며 소리쳤다. 그는 금방이라도 릭에게 달려들 것처럼 몸을 움찔거렸다. 옴짝달싹하지 못하는 해적을 노려보던 릭은 사이보그에게 가운뎃손가락을 들어 보였다. 해적이 욕지거리를 내뱉는 동안 릭은 바닥에 널브러진 세티에게 다가갔다.

이미 세티의 몸을 안아 든 미티가 유리구슬만 한 눈물을 뚝뚝 떨어뜨리고 있었다. 릭은 바닥에 쪼그려 앉아 미티의 어깨에 손을 올렸다. 그러자 미티는 반밖에 남지 않은 세티를 껴안은 채 릭의 어깨에 얼굴을 파묻었다.

“쉬쉬. 괜찮아. 미티, 괜찮아.”

## 6

## 정지장 속의 세티 ———————

릭은 미티를 달래면서 세티의 상태를 살폈다. 무식하게 일그러뜨린 동체와 찢겨나간 인조 피부. 그 아래로 장기와 끊어진 신경이 흘러내렸다. 신경이 바닥에 닿자 상체밖에 남지 않은 몸은 가늘게 꿈틀거렸다.

릭은 세티의 가슴 위에 손을 얹었다. 그녀의 가슴 위에서 홀로그램 제어판이 떠올랐다. 하지만 영사 장치가 망가진 탓인지 화면은 심하게 흔들렸다. 릭은 홀로사이트로 어떻게든 영사 장치를 고쳐보려고 했다.

자리에서 일어난 미티가 말했다.

"리키, 설마, 아니지? 잘못된 건 아니지? 그렇지?"

릭은 대답을 하지 않고서 홀로그램 제어판을 노려보았다. 서너 번 붉은 실로 만들어 낸 부품을 갈아 끼운 뒤에야 홀로그램 화면 위로 그나마 알아볼 수 있는 그림이 떠올랐다. 화면을 노려보던 릭은 홀로그램을 손가락으로 이리저리 눌렀다. 7개의 화면이 연달아 떠오르면서 손상 부위를 진단하기 시작했다.

체린은 릭의 등 뒤에 서서 알 수 없는 글귀들을 바라보았다. 그녀의 지식으로는 세티의 상태가 어떤지 정확히 알 수는 없었다. 하지만 대부분 노란색이나 붉은색으로 표시되는 것으로 보아 세티의 상황은 그리 좋아 보이지 않았다.

릭은 화면 중 하나를 손으로 잡았다. 유일하게 파란색을 띠는 화면이었다. 하지만 그 화면조차도 노란색과 파란색이 신호등처럼 번갈아 반짝이고 있었다. 릭은 한 손에 세티를 안아 들고서 자리에서 일어났다. 그는 핏물이 뚝뚝 떨어지는 얼굴을 손으로 쓸어내리면서 고개를 두리번거렸다. 릭은 체린과 미티를 번갈아 바라보면서 말했다.

"너, 그리고 미티, 이리 와. 정지장을 만들어야겠어."

미티는 황망한 얼굴로 입을 열었다.

"잠깐! 여기 어딘가에 정지장이 있었는데……."

체린이 고개를 저으며 말했다.

"지금은 없어. 아까 릭이 타고 온 우주선이 깔아뭉갰어."

릭은 입술을 깨물었다.

"젠장. 하필이면……. 좋아, 일단 내가 디자인을 구할 테니까 너희는 돈을 좀 대. 알겠지?"

미티는 망설이지 않고 릭의 손을 잡았다. 그녀가 동의서에 확인 버튼을 누르기 무섭게 미티의 손에서 푸른색 홀로사이트가 흘러나왔다. 미티의 홀로사이트가 릭의 오른손을 파고들기 무섭게 릭은 왼손으로 붉은 실을 뿜어냈다.

실이 부드럽게 세티의 몸을 휘감자 순식간에 그녀의 몸 주위에 기계 장치가 나타나기 시작했다. 체린이 알아볼 수 있는 부품이라고 해봐야 두꺼운 유리로 만든 관처럼 생긴 용기뿐이었다. 복잡한 회로 위로 동체가 서서히 피부처럼 뒤덮여갈 즈음, 기계 장치는 온전히 완성되지 못했다. 세티의 몸을 감싼 장치 위로 보푸라기처럼 붉은 실이 뭉쳐지다 풀리길 반복했다. 릭은 미티를 바라보았다.

"돈 더 없어? 이걸로는 부족해. 못해도 250우주달러는 더 있어야 해."

릭이 말하자 미티는 식은땀을 흘렸다.

"잠깐만. 어디 보자, 이쪽 계좌도 아니고 이쪽도……."

수십 개의 홀로그램 창을 띄우던 미티는 울상을 지었다. 그녀는 텅 빈 잔고를 보여주면서 말했다.

"그게 다야. 더 이상 돈이 없어."

"아니, 잠깐만. 너 돈 많았잖아!"

"하지만 요즘에 돈 쓸 일이 많았다고. 콘서트 투어 준비도 해야 했고, 본사에다 이번 달 수익금 80%를 송금했고, 또 세티 생일 선물도 사야 했고……."

"젠장. 하는 수 없지."

릭은 고개를 돌려 멀뚱히 서 있던 체린을 바라보았다.

"신입, 너 계좌에 얼마 있냐?"

갑작스런 질문에 놀란 체린은 허둥지둥 미티와 릭의 얼굴을 번갈아 바라보았다. 어떻게 확인하더라? 어떻게 했지? 체린은 마른침을 삼키면서 손바닥을 펼쳤다. 하지만 그녀의 손 위에는 홀로그램이 나타나지 않았다. 그녀가 당황하자, 릭은 손바닥을 펼치면서 말했다.

"먼저 띄우고 싶은 화면을 생각해."

"아, 아는데……. 잠깐만."

체린은 다시 한번 정신을 집중했다. 그리고 손바닥을 펼치자 그녀의 손 안에는 최신 영화가 떠올랐다. 처음 보는 외계인 배우가 양복을 입고 거들먹거리자 릭과 미티는 괴상한 얼굴로 체린을 바라보았다.

"미안. 처음이라……."

체린은 화면을 구겨 어깨 너머로 던져 버렸다. 그러자 릭은 손을 흔들면서 말했다.

"됐어. 일단 잡아. 잔고는 내가 확인할 테니까. 너는 언제 한번 날 잡고 홀로사이트 사용법을 다시 배워야겠어."

체린은 씁쓸한 얼굴로 핏물이 잔뜩 묻은 릭의 손을 잡았다. 굳은살이 잔뜩 박인 차가운 손은 단단하다 못해 돌덩어리 같았다. 릭의 손을 잡고 2초쯤 시간이 흐르자 체린의 손등 위로 동의서 하나가 떠올랐다. 계좌의 접근 권한을 넘기겠느냐는 동의서였다.

체린은 잠시 릭의 얼굴을 바라보았다. 돈이 없으면 그녀는 집으로 돌아갈 수 없었다. 그리고 지금 그녀는 돈을 벌기는 고사하고 메인 홀과 주차장을 날려 먹은 상태였다. 자칫 잘 못하다가는 이곳에 영원히 버려질 수도 있다는 생각이 들었다. 하루라도 빨리 이 지옥 같은 곳을 벗어나고 싶었다. 당장 코끝에 맴돌고 있는 비릿한 탄내는 그녀가 감당할 수 있는 것이 아니었다.

그녀는 손가락을 꼼지락거리면서 릭과 미티의 얼굴을 바라보았다. 두 사람의 입술이 천천히 움직였다. 머뭇거리는 날 비난하는 걸까? 체린은 숨을 죽이면서 생각에 잠겼다. 어떻게 해야 하지? 혼란스러운 머릿속은 아무런 대답을 내놓지 못했다.

아니, 사실 그녀는 이미 답을 알고 있었다. 고통스러워하던 사이보그 해적이 폭발을 일으키자 답은 더더욱 명확하게 그녀의 머릿속을 채웠다.

체린은 동의 버튼을 눌렀다. 붉은 홀로사이트는 빠르게 정지장이라는 기계 장치를 자아내기 시작했다. 수많은 탱크가 관처럼 생긴 기다란 장치 곳곳에 달렸고, 얇고 단단한 유리가 세티의 몸을 감싸기 시작했다.

그러나 여전히 장치는 완성되지 않았다. 입술을 깨문 릭은 욕설을 내뱉었다. 미티는 걱정스러운 듯 두 손을 감싸 쥐고서 말했다.

"왜, 왜 그래, 리키? 빨리 완성해야지!"

릭은 고개를 저으면서 말했다.

"돈이 아직도 부족해. 젠장! 아직 220우주달러가 더 필요하다고. 젠장. 어디 돈 될 만한 게……."

"내 땀이나 눈물 같은 걸 팔아치우면……?"

"네 건 안 돼. 경매 붙이고 뭐하고 나면 아마 돈으로 환전하는 데 며칠은 걸릴 거야. 빨리 처분할 수 있어야 한다고. 이대로 뇌 손상이 심해지면……."

옷소매로 식은땀을 닦아낸 릭은 루비색 눈동자를 게걸스럽게 번득이면서 주위를 둘러보았다. 그가 조용히 욕지거리를 내뱉자, 미티는 결국 참았던 울음을 터뜨리고 말았다.

"무슨 벌써부터 초상집 분위기를 내고 있냐! 울지 마, 미티. 아직 방법 있어!"

"하지만 언니가……."

미티는 새빨갛게 달아오른 코를 훌쩍거리며 금방이라도 쓰러질 것처럼 몸을 휘청거렸다. 체린은 그녀의 옆에 다가가 그녀를 부축했다. 릭은 왼손으로 그녀의 머리를 쓰다듬으며 담담하게 말했다.

"너무 걱정하지 마. 괜찮을 거야, 미티. 괜찮을 거야."

미티가 눈물범벅인 얼굴을 들어 올렸다. 릭은 미티의 눈물을 엄지손가락으로 지웠다. 슬쩍 웃어 보인 릭은 다시 한번 심호흡을 하고서 자신의 왼손을 들어 올렸다.

뭘 하려는 거지? 체린은 불안한 얼굴로 그를 바라보았다. 릭은 자기 왼손 등에 가벼운 키스를 남겼다. 마치 헤어지는 연인에게 남기는 마지막 인사처럼.

"사랑한다, 왼팔아. 다음 달에나 보자."

들릴 듯 말 듯 작게 중얼거린 릭은 오른손을 까딱거렸다. 손끝으로 붉은 실을 자아낸 그는 빠르게 왼손 등을 감아쥐었다. 그의 손길이 지그시 왼손을 누르자, 릭의 왼손은 순식간에 가느다란 실이 되어 허공으로 흩어지고 말았다. 실은 팔뚝을 분해하고 팔꿈치 바로 윗부분까지 먹어 치운 뒤에야 세티의 정지장 속으로 들어갔다.

스멀스멀 일렁이는 붉은 실이 정지장의 마지막 부품을 자아내기 무섭게 정지장에는 말끔한 홀로그램 화면이 떠올랐다. 정지장이 활성화되었다는 문구가 떠오르기 무섭게 릭은 뭉뚝하게 잘린 왼팔을 품에 감추고 뒤로 물러났다.

"됐어. 이제 세티는 한동안 괜찮을 거야."

릭은 멋쩍게 웃었다.

하지만 체린은 괜찮지가 않았다. 머릿속이 복잡하다 못해 무언가가 끊어질 것만 같았다. 산처럼 쌓여 있는 시체들과 텅 빈 계좌, 릭의 왼팔까지 모두 부담스럽게 그녀를 옥죄어 왔다. 체린은 고개를 저으면서 릭의 어깨를 붙들었다.

"너, 뭐 하는 거야?"

"뭘 하기는. 돈 좀 당겨썼지."

"네 팔이……. 세상에! 팔을 어떻게 한 거야?"

"분해해서 돈으로 바꿨다니까."

릭은 어깨를 으쓱이면서 태연하게 말했다.

"이 방법밖엔 없어. 지금 우리 셋 다 빈털터리잖아."

"하지만 분해할 때는 돈이 든다고……."

"자기 신체를 분해하는 건 돈이 안 들어. 일종의 자살 비슷한 거니까. 다다음 달에 열릴 카니발 전까지만 다시 매입하면 어떻게든 되겠지."

"세상에, 뭐?!"

"젠장! 너희들한테 신체를 포기하라고 할 순 없잖아."

"아무리 그래도 그렇지, 어떻게 이런 짓을……!"

체린이 혀를 내두를 때 릭이 잽싸게 체린을 향해 달려들었다. 에? 체린이 얼빠진 소리를 내기 무섭게 검은 무언가가 사뿐히 체린이 있던 자리에 착지했다. 곧이어 그것은 바닥에 꽂힌 검을 빼들고서 자리에서 일어섰다.

검은 투구를 쓴 거구의 괴한은 천천히 릭과 체린을 돌아보았다. 릭이 일어나면서 장검을 만들어 냈다. 릭이 검을 들어 올리기 무섭게 놈은 장검을 한 손으로 빙그르 돌리면서 릭에게 다가갔다.

잠시 두 사람 사이에 침묵이 감돌더니 검은 괴한은 릭을 향해 장검을 휘둘렀다. 장검과 장검이 만나 탁한 쇳소리를 냈다. 소리가 방 안 곳곳으로 뻗어나가기 무섭게 괴한 쪽이 먼저 날렵하게 거리를 좁혔다.

놈은 곧장 자신과 칼날을 섞고 있는 릭의 칼끝을 손으로 잡아챘다. 릭이 다른 동작을 취하기도 전에 검을 반대쪽으로 넘긴 괴한은 크로스가드 윗부분을 릭이 들고 있던 장검 손잡이 뒷부분에 찔러 넣었다. 크로스가드와 크로스가드가 서로의 몸을 엮을 동안, 놈은 손잡이를 머리 위로 들어 올렸다.

그러자 순식간에 장검은 릭의 손을 떠나 괴한의 손에 넘어갔다. 괴한은 릭의 검을 바닥에 아무렇지도 않게 내던졌다. 검은 바닥을 뒹굴다 붉은 실이 되어 사라졌다. 릭은 분하다는 듯 미간을 구겼다. 그런 그를 바라보던 검은 투구 속에서 조소와 함께 낯익은 목소리가 흘러나왔다.

"리키, 고작 한 손으로 날 상대하려는 생각은 아니겠지?"

"흥! 이 상황에 칼싸움이나 하는 게 제정신이냐, 요한나?"

릭이 경악한 표정을 짓는 동안, 괴한은 투구를 손가락으로 두드렸다. 투구는 순식간에 황금 실이 되어 허공으로 사라졌다. 그러자 투구 속에 숨겨져 있던 무료한 얼굴이 드러났다. 땀방울이 송골송골 맺힌 검은 단발머리를 찰랑거리던 요한나는 뒷머리를 한 손으로 쓸어 올리고는 들고 있던 장검을 버렸다. 바닥에 떨어져 미끄러진 장검이 황금 실로 흩어지기 무섭게 그녀는 기지개를 켜면서 말했다.

"리키. 네 녀석이 여기서 놀고 있는 동안 내가 매장을 돌아다니면서 해적 나부랭이들을 보이는 족족 다 때려 부쉈어."

"허, 아주 잘나셨네. 근데, 여긴 어떻게 온 거야? 워프 통로가 먹통이던데."

"체플을 닦달해서 워프 통로도 안정화 시켰지. 그 녀석이 너보다 훨씬 쓸모 있어. 알긴 아냐? 그런고로 네 녀석 이번 달 급여는……."

게슴츠레한 눈초리로 릭을 못마땅하게 노려보던 요한나는 말꼬리를 흐렸다. 마치 지금껏 발견하지 못한 영화 속 옥에 티를 발견한 관객 같은 눈빛이었다. 그녀는 릭의 팔뚝을 가리키면서 말했다.

"리키, 네 팔이……."

릭은 슬쩍 팔뚝을 감추고서 툴툴거렸다.

"별거 아냐. 조금 긁힌 것뿐이야."

체린은 학을 뗐다.

"긁히기는! 얘, 자기 팔을 실로 분해했다고요!"

“왜 그랬는데?”

요한나가 묻자 릭은 말없이 고개를 돌렸다. 하지만 말은 필요 없었다. 요한나는 울고 있는 미티와 릭의 발치에 놓인 정지장을 바라보았다. 콧방귀를 뀌던 요한나는 머리카락을 쓸어 넘기면서 중얼거렸다.

“흥, 잘했다고 이야기하지는 않을 거야. 리키, 네가 선택한 일이니까 책임도 네가 져. 알겠냐?”

차갑게 입을 연 요한나는 갑옷을 손가락으로 두드려 평소 입고 다니던 양복으로 돌려놓았다. 옷매무새를 단정하게 다듬던 그녀는 릭을 바라보았다.

“알겠냐, 모르겠냐?”

요한나가 두 눈을 치켜뜨고서 말하자 릭은 천천히 고개를 끄덕였다. 요한나는 한심하다는 듯 혀를 끌끌 차면서 릭의 다리를 하이힐로 툭 걷어찼다. 요한나는 살짝 입술을 실룩이다 다시 무표정한 표정을 지으면서 혀를 찼다.

“바보 같은 놈.”

“바보는 무슨. 다짜고짜 사람한테 칼을 휘두르던 녀석이 누구더러 바보래? 어쨌든 이제 다 끝난 건가? 해적들은 다 조진 거야?”

“아직. 해적선들이 남아 있다. 드라이버 리가 혼자 출격해서 막고 있지.”

"영감님 혼자 괜찮을까?"

"흥. 누구처럼 제 팔은 안 팔아먹겠지."

그녀가 릭을 바라보며 혀를 차기 무섭게 그녀의 눈앞에 홀로그램 하나가 떠올랐다. 까만 직사각형 상자가 양옆으로 바들바들 떨기 시작하자 요한나는 홀로그램을 손으로 눌렀다. 홀로그램 속에는 노년으로 접어드는 남자의 얼굴이 비쳤다. 둥그스름한 광택이 나는 바이저가 달린 헬멧을 쓴 그는 덥수룩한 수염 아래 가려진 입술을 찡그리면서 말했다.

"여기는 드라이버 리. 해적들의 전투기를 상대 중이네. 그런데 탄약이 부족해! 내 계좌의 방어용 예산을 몽땅 쏟아부었는데……."

드라이버 리가 소리치기 무섭게 그가 타고 있던 기체가 심하게 흔들렸다. 욕설을 퍼붓던 드라이버 리는 오른팔을 쳐들고서 소리쳤다.

"하하! 날파리들이 감히 어딜 덤벼들고 있나!"

하지만 호승심이 넘쳐흐르는 목소리와는 달리 통신 화면에서는 폭발음이 연달아 터져 나왔다. 방어막이 경고 수준으로 떨어지자 드라이버 리는 화면에다 대고 소리쳤다.

"크윽! 어쨌든 지원을 부탁하네! 날파리들이 너무 많아!"

드라이버 리는 절규하면서 통신을 끊어버렸다. 요한나는 심드렁한 얼굴로 홀로그램 화면을 손으로 구겨버렸다. 릭이 말했다.

"요한나, 이제 어쩔 셈이야? 우리한테는 우주선도 없다고. 그렇다고 고객들 우주선을 훔칠, 수도 있지만, 대 함선용 무기가 있는 것도 아니잖아."

"그래. 없지. 하지만 우리에게는 비밀병기가 있잖냐."

릭은 어처구니없다는 얼굴로 입을 열었다.

"설마하니, 또 그 난리를 피울 생각은 아니겠지?"

"피울 생각이야."

요한나가 단호하게 말하자 릭은 지겹다는 듯 인상을 구겼다. 그는 무언가 더 쏘아붙이고 싶었는지 요한나에게 손가락을 들이밀었다. 하지만 릭은 요한나에게 한마디 말도 하지 못했다. 이미 그녀의 두 눈에 철옹성 같은 의지가 굳건히 들어차 있었던 탓이다.

결국 릭은 두 팔을 벌리고서 어깨를 으쓱거렸다.

"그래 그래, 알아서 해봐. 난 세티 데리고 가볼 테니까. 난 안 돕는다."

"퍽이나."

요한나는 워프 통로 속으로 사라지는 릭을 향해 콧방귀를 뀌었다.

"미티, 네가 좀 나서 줘야겠다."

그녀는 두 눈이 통통 부은 미티의 어깨를 잡으면서 말했다. 그러자 미티는 순진무구한 두 눈을 깜빡이면서 요한나의 얼굴을 올려다보았다. 체린은 미티와 요한나의 얼굴을 번갈아 바라보았다.

'대체 미티를 데리고 뭘 어쩌려는 걸까?'

체린은 기대 반 걱정 반이 섞인 채 미티를 바라보았다.


*****


일주일 뒤, 체린은 반쯤 나사 빠진 얼굴로 해롱거리다 천천히 식탁 앞에 주저앉았다. 다리가 아픈 탓이었지만 반중력 의자는 쌀쌀맞게 말했다.

'인증되지 않은 고객입니다. 꺼지세요.'

의자가 경멸하듯 말하면서 엉덩이에 전류를 흘리자, 체린은 자리에서 펄쩍 뛰었다. 그 모습이 빨간 모자를 쓴 배관공 아저씨와 비슷했기에 수많은 고객들은 펄쩍 뛰는 체린의 모습을 홀로그램으로 찍었다.

체린은 싸늘한 31세기의 한복판에서 죄송하다는 말을 연신 내뱉으면서 쪼르르 식탁 사이로 사라졌다. 그녀는 자신보다 키가 훨씬 커다란 외계인들 사이에 숨어 한숨을 쉬었다.

그녀는 일주일 전 세티를 데리고 사라진 릭의 경고를 뼈저리게 실감하고 있었다. 세상에! 4파섹에 걸친 열렬한 우주선들의 몽환적인 줄서기가 시작될 줄이야. 꿈에도 생각하지 못했다. 체린은 거대한 우주선처럼 공중에 떠오른 반중력 의자 밑에 앉아 한숨을 내쉬었다.

그녀는 피로에 찌든 얼굴로 일주일 전 상황을 떠올렸다. 일주일 전, 세티가 초주검이 되고, 릭이 고릴라처럼 생긴 해적을 때려잡은 그날. 체린은 거대한 식당으로 변해 버린 탈출 포트 보관실에 있었다. 그리고 그곳에서 그녀는 기대에 찬 눈으로 미티와 요한나의 모습을 바라보고 있었다.

요한나는 미티를 비밀병기라 불렀고, 그 말은 딱히 틀린 말은 아니었다. 하지만 체린이 생각한 방식의 비밀병기는 아니었다. 체린은 황금빛 홀로사이트로 초장거리 통신기를 찍어내는 요한나를 바라보았다.

실들이 황금빛을 털어내기 무섭게 앙상한 가지를 내보인 나무 묘목처럼 생긴 초장거리 통신기에 불이 들어왔다. 통신기는 앙상한 가지를 까딱이면서 수많은 홀로그램 화면들을 요한나 앞에 가져왔다. 요한나는 포격으로 간간이 흔들리는 매장 안에서 수많은 홀로그램 화면을 바라보았다. 그러다 화면을 손가락으로 누르면서 입을 열었다.

"흠흠. 안녕들 하신가, 제군들? 나는 FTL 31세기 지점장 요한나다. 지금부터 우리 매장에서 미티의 단독 게릴라 콘서트를 열 예정이었다. 그런데 하필 오늘 같은 날, 어디서 굴러

먹었는지도 모를 해적 나부랭이 놈들이 우리 매장을 공격하고 있다. 따라서 정말로 미티를 사랑하고 응원할 생각이 있는 제군들이 있다면 대 함선 공격 및 백병전이 가능한 우주선을 끌고 와주기를 바란다. 함선 선주들과 일행 3명까지는 콘서트와 디너쇼까지 전액 무료다.”

요한나는 가슴을 펼치고 당당하게 말했다. 물론 그녀의 말은 여기서 끝나지 않았다. 그녀는 아주 작은 소리로 빠르게 ‘해당 무료 요건은 함선의 크기에 따라 차등 지급되며, 차후 추가 금액이 발생할 수 있습니다.’라는 말을 들릴 듯 말 듯 흘려보냈다. 그러곤 두 눈이 퉁퉁 부은 미티에게 자리를 양보했다. 통신기 앞에 선 미티는 딱 한마디만 했다.

“도와줘요, 오빠들~!”

가느다랗고 여린 짧은 외침은 청아한 목소리와 함께 온 우주로 퍼져 나갔다. 하지만 저런 메시지를 받고 올 사람이 있을까? 체린은 의심이 어린 눈초리로 두 사람을 바라보았다.

하지만 그녀가 어떻게 보든 상관없이, 요한나는 천천히 기지개를 켠 뒤 손가락을 튕겼다. 황금빛 실 가닥이 화려하게 공간을 가로지르자, 방 안은 순식간에 원상 복구가 되었다. 불타던 탈출 포트도, 산산이 부서진 바닥과 천장도 그녀의 손길에서 원래 모습을 되찾았다. 하지만 요한나는 작은 홀로그램 화면을 손바닥 위에 띄우고서 입을 열었다.

"체플, 지금부터 가게 수리를 할 거다. 듣고 있냐?"

화면 속에서는 머리가 있는 대로 뻗친 여자 한 명이 갈색 안경을 쓴 채 놀란 듯 소리쳤다.

"하지만, 벌써 3일째 쉬지 못했는데……."

"청소다. 알겠냐?"

요한나가 강압적으로 말하자, 체플은 풀이 죽은 얼굴로 알겠노라 말했다. 그녀가 화면과 함께 사라지자, 멀뚱히 서 있던 체린은 요한나와 미티의 눈치를 보았다. 특히 미티의 얼굴을 보기는 힘들었다. 엄밀히 말하자면 세티는 그녀를 감싸다가 그렇게 된 거나 다름없었으니까.

요한나가 체린을 보더니 콧방귀를 뀌면서 입을 열었다.

"용케도 안 죽었구나, 신입."

"네……. 세티랑 릭이 절 구해줬어요."

그녀가 숙연하게 입을 열자, 요한나는 체린을 바라보았다. 매섭게 노려보는 시선이 목을 조이는 듯했다. 잔뜩 주눅이 든 체린은 몸을 움츠렸다. 분명 이대로 귀싸대기를 맞아도 이상할 게 없는 분위기였다.

하지만 요한나의 손바닥은 날아들지 않았다. 그녀는 팔짱을 낀 채 콧방귀를 뀌었다.

"흥, 그저 운이 없었을 뿐이다. 너무 풀 죽지 마라. 그리고 첫날이니까 네놈의 무능함을 문제 삼지는 않겠다. 하지만 앞으로는 좀 더 쓸모 있는 사람이 되길 바란다. 알겠냐?"

요한나는 지그시 체린의 어깨를 누르면서 말했다. 체린이 고개를 끄덕이자, 요한나는 그녀의 옷깃을 당겼다. 순식간에 체린의 잠옷은 그녀의 체형에 꼭 맞는 고딕스타일의 드레스가 되어 있었다. 온갖 종류의 프릴과 리본이 드레스 위에 매달렸다. 거기다 풍성한 속바지와 속치마를 몇 겹이나 입고 있었다. 그 위로는 스커트를 한층 더 풍성하게 보이도록 드레스 지지대가 치맛단을 올려 주었다.

체린은 거추장스럽게 겹겹이 싸인 치마를 들어 올렸다. 검은 치마 안에 또 다른 치마가 5겹이나 겹쳐 있었다. 벌써부터 온몸에 땀이 흐르는 것 같았다. 거기다 머리 위로는 '어서 와요, 미팅이들.'이라고 적힌 글귀가 네온사인 불빛처럼 반짝거리자, 부끄러움이 주춤주춤 고개를 들었다. 체린이 프릴과 리본 속에 파묻혀 있을 때 요한나가 입을 열었다.

"흠, 생각보다 잘 어울리는군."

"그런데 이 옷은 대체 뭐예요?"

"뭐긴? 드레스다. 그걸 입고 서빙이나 해라. 알겠냐?"

"서빙이요?"

체린은 헛기침을 하면서 말했다.

"저기요, 그, 릭이 테스트 결과지를……."

"결과지는 봤다. 네놈은 정말이지 서빙에 재능이 없더구

나. 하지만 지금은 재능을 따질 때가 아니다. 사람들이 더럽게 많이 모일 테니까 말이다.”

체린이 입술을 모으고서 그게 무슨 소리냐고 묻자, 요한나는 콧방귀를 뀌었다. 그녀는 곧 알게 될 거라고 말하면서 실들을 지휘했다.

요한나의 손길에 탈출 포트 보관소는 3배나 넓어졌다. 턱을 쓸어내리던 요한나가 천장을 가리키자, 칙칙한 천장이 사라지고 그 자리에 투명한 역장이 자리했다. 투명한 역장을 통해 밤하늘이 가감 없이 눈앞에 펼쳐졌다.

우주를 올려다본 체린은 역장 위로 쏟아지는 미사일과 레이저를 바라보았다. 그것들은 역장을 때리고 찌그러져 우주공간을 날아다녔다. 그 광경을 바라보던 체린의 머릿속에는 이제 죽었다는 생각뿐이었다.

하지만 체린의 생각은 완전히 빗나갔다. 일렁이는 중첩공간 너머로 ‘팟’ 하는 섬광과 함께 수십 척에 달하는 전함이 모습을 드러낸 것이다. 그것들은 하나같이 직육면체의 몸을 뒤틀면서 매장을 향해 다가왔다. 그림자 때문에 제대로 보이지는 않았지만, 우주선의 갑판 위에는 지구와 로켓이 그려진 문양이 찍혀 있었다.

초장거리 통신기 위로 화면 하나가 떠올랐다. 전함에서 날아온 메시지였다. 홀로그램 화면 속에는 왼쪽 눈을 기계로 교체한 선원이 시뻘건 눈을 번뜩이고 있었다.

"FTL. FTL. 여기는 은하 1사분면에 주둔 중인 성간연합 우주해군 소속 초계정찰대다. 정말 공짜인가?"

체린이 멍하니 해군을 바라보았다. 그들은 벌써부터 제복 대신 발랄하게 노래를 부르면서 빙그르 돌고 있는 미티의 모습이 영상으로 새겨진 티셔츠를 입고 있었다. 그들은 요한나의 입을 바라보고 있었다. 요한나는 황금 실을 까딱이면서 통신기를 가까이 가져와 짧게 말했다.

"공짜다. 해적만 털어라."

그녀의 한마디에 초계선 안에서 함성이 터져 나왔다.

"끼야호! 역시 탈영하길 잘했어!"

초계함과의 통신이 끊어지기 무섭게 FTL 상공 위로 수많은 함선들이 모습을 드러냈다. 함선들은 저마다 각기 다른 형태를 지니고 있었다. 어떤 것은 도넛 모양의 거대한 원반처럼 생긴 함선도 있었고, 그냥 대포 뒤에다가 엔진을 달아놓은 것처럼 생긴 함선도 있었다.

그러나 그들이 묻는 것은 하나였다. 그들은 모두 FTL에서 미티의 노래를 들으면서 디너쇼를 공짜로 볼 수 있느냐고 물었다. 수많은 사람들에게 질린 요한나는 모든 응대를 미티에게 떠넘겼다.

그것은 정말이지 탁월한 선택이었다. 사람들은 열광했고,

요한나는 황금 실에 둘러싸여 매장을 새로 단장하는 데 몰두할 수 있었다. 그녀의 손길에서 뻗어 나온 실이 수많은 테이블과 반중력 의자를 찍어냈다. 크기가 다양한 테이블과 의자들이 곳곳에 배치되었고, 마지막으로 미티가 설 무대가 만들어졌다.

반물질 기타가 역장 속에서 떠올랐고, 불꽃과 폭죽, 그리고 만약을 대비해서 달아놓은 통제 장치가 군중들을 통제할 준비를 마쳤다. 요한나가 무대 점검과 조명 하나하나에 신경을 기울이는 동안, 미티는 요한나의 눈치를 보면서 홀로그램 통신기를 잠시 꺼버렸다. 그녀는 쪼르르 체린에게 다가와 그녀의 얼굴을 올려다보았다.

"있지, 이런 말을 좀 더 일찍 해야 했는데 말이지……."

손가락을 꼼지락거리던 미티는 조심스럽게 말했다.

"정말 고마워. 네가 우리 언니를 위해서 네 돈을 선뜻 내줄 줄은 몰랐어."

"아니, 뭐……."

사실은 돈을 낼지 말지를 놓고 조금 고민했다는 점 때문에 가슴이 불편했던 체린은 뒷머리를 긁적이면서 미티를 바라보았다. 그녀의 얼굴 어디에도 원망은 보이지 않았다. 오히려 서 있기도 힘들 만큼 진이 빠진 얼굴로 마른침을 삼킨 체린이 말했다.

“미안해. 나도 뭔가 도움이 될 수 있었더라면…….”

“아니. 미안해하지 않아도 돼. 언니는 언니가 해야 할 일을 했을 뿐이니까. 게다가 어차피 네가 없었어도 내가 언니 발목을 잡았을 거야.”

멋쩍게 웃어 보인 미티는 눈물을 닦아내고 머뭇머뭇 체린에게 다가왔다. 그러더니 체린의 두 어깨를 붙잡았다.

처음에 체린은 그녀가 무슨 짓을 하는지 감도 잡지 못했다. 하지만 미티의 숨소리가 가까워지고 마침내 부드러운 촉감이 뺨 위에 가볍게 착지했다가 떠나가자 체린은 얼떨떨한 표정을 감출 수 없었다. 수줍은 키스에 놀란 체린이 자리에서 굳어버리자, 미티는 멋쩍은 웃음을 흘리면서 말했다.

“이건 내 선물이야. 헤헤. 조금 쑥스럽지만, 그 감각을 갈무리해서 데이터로 뽑아 팔면 100우주달러는 금방 모을 거야. 돈 받으면 리키 팔도 달아줘. 알았지?”

체린이 말없이 고개를 끄덕이는 사이, 그녀의 등 뒤로 수많은 미사일들이 푸르스름한 워프광을 흘리면서 날아갔다. 레이저들이 빗발쳤고 반물질 탄이 순양함의 역장에 처박혔다. 새하얀 작은 섬광이 터졌다.

체린이 새하얀 섬광 속에서 눈을 깜빡이던 그때, 마침내 수많은 쇳조각들을 대충 용접해 놓은 해적선 위로 워프 어뢰가 박혔다. 그것은 빛의 속도로 날아들어 해적선을 갈가리

찢어놓았다.

침몰하는 해적선 위로 붉은 우주선 하나가 빠르게 날아가 탈출하는 해적들의 뒤를 쫓을 동안, 미티는 손을 흔들면서 말했다.

"그럼 난 콘서트 준비를 좀 하고 올게. 세티도 좀 보고, 또 배도 채워야 할 거 같아. 식욕은 없지만 그래도 먹어야 노래를 부를 테니까. 그럼, 나중에 봐. 아, 그리고 통신기 좀 대신 봐줄래?"

체린은 머리를 끄덕였다. 그러고는 미티의 뒷모습을 바라보았다. 살며시 뺨을 스치넌 입술의 촉촉한 감촉이 사라지기도 전에 미티는 워프 통로를 따라 사라졌다.

통신기 속에서 비명과 환호가 교차할 동안, 그녀는 정신없이 홀로그램 화면 속을 들여다보았다. 드라이버 리가 초계함과 차원 잠수정을 이끌고 해적선을 침몰시킬 동안 그녀는 자신의 정체성에 대해 곰곰이 생각해 보았다.


체린은 뺨을 향해 날아드는 알 수 없는 감촉에 놀라 눈을 떴다. 그러자 뺨을 찌르는 손가락 하나가 눈에 들어왔다. 체린은 눈물과 하품으로 가득 찬 얼굴을 실룩거렸다. 그녀가 고개를 돌리자, 자신을 내려다보는 낯익은 얼굴이 떡하니 허공에 떠 있었다. 향신료를 가득 머금은 술 냄새가 진동할 것 같은 하얀 뺨과 환한 금발 머리.

릭이었다. 그는 손가락이 매달린 막대기로 체린의 뺨을 툭 툭 찌르면서 말했다.

"일어나, 인마. 설마 벌써 죽었냐? 엉?"

"릭? 잠깐만. 야! 그만 찔러. 저리 치워!"

"워, 살아 있네? 난 또, 그 불편해 보이는 옷이 일주일 만에 널 죽인 줄 알았지 뭐야."

릭은 실실 웃어가면서 막대기를 붉은 실로 바꾸었다. 그가 손을 내밀자, 체린은 거추장스럽다 못해 무거운 옷을 끌고서 자리에서 일어났다. 체린은 그의 왼팔을 바라보았다. 그는 팔뚝 대신 강철 의수를 끼우고 있었다. 체린은 천천히 입을 열었다.

"네가 여긴 어쩐 일이야?"

"어쩐 일은. 윗동네에서 고객님들 주문 받고 있었지. 그런데 고객이 식기를 떨어뜨려서 내려와 보니까 여기서 네가 자고 있더라. 혹시나 해서 건드려 본 거야."

체린이 고개를 끄덕이던 그때였다. 체린은 무언가 이상한 낌새를 느끼고서 고개를 들어 올렸다. 거대한 하얀 덩어리가 두 사람의 머리 위로 떨어지고 있었다. 그것은 거대한 콜리플라워였다. 체린이 멍하니 그 콜리플라워를 바라보고 서 있는 동안, 릭은 손가락을 튕겼다. 하얀 콜리플라워는 순식간에 붉은 실이 되어 사방으로 흩어졌다.

"어떻게 안 거야?"

"네 얼굴 보면 다 알아. 쯧쯧, 넌 아직도 뭔 일이 벌어질 때마다 놀라고 앉아 있냐? 손가락 뒀다 뭐해?"

릭이 혀를 차기 무섭게 한 무더기의 붉은 실들이 릭의 머리 위로 쏟아져 내렸다. 릭은 머리 위에 들러붙은 실오라기를 천천히 걷어냈다. 그 모습에 피식 웃음을 터뜨린 체린은 그의 왼팔을 바라보면서 말했다.

"저기, 왼팔은 어때? 아프지는 않아?"

"이거?"

릭은 강철 팔을 내보였다. 손가락은 제대로 접히지도 않았고 구식 모터가 덜덜거리는 팔이었다. 그나마 미티의 키스를 경매에 붙여 팔아치운 덕에 얻은 팔이었다. 하지만 150우주달러가 부족한 바람에 그는 온전한 팔 대신 모터가 달린 팔을 움찔거리고 있었다.

릭은 강철 팔을 툭툭 때리면서 대수롭지 않게 괜찮다고 말했다. 하지만 체린은 여전히 불편한 마음을 감추지 못했다.

'내가 조금이라도 두 사람에게 힘이 됐더라면…….'

그런 생각이 들자 체린은 씁쓸한 시선을 바닥에 내리깔았다. 벌써 일주일이나 지났지만 해적들이 저지른 만행과 무력했던 자신의 모습을 잊을 수 없었다. 오히려 나날이 기억은 선명해졌고 죄책감만 늘어갔다. 잔뜩 주눅이 든 체린이 한숨을 내쉬자 릭은 체린의 어깨를 툭 건드리며 말했다.

"나 원, 왜 그렇게 풀이 죽어 있어? 한숨으로 싱크홀 만들기 챌린지라도 하는 거야?"

"아니, 그냥……."

체린이 대충 얼버무리자 릭은 싱겁다고 중얼거렸다.

"흠, 보아하니 아직도 해적놈들 생각을 하는 모양이군. 그깟 일은 그냥 잊어버려, 친구. 이곳에서 일하다 보면 꽤 자주 일어나는 일이라고."

"그, 그게, 저기……."

다시 짙은 한숨을 쉬던 체린은 릭을 올려다보았다. 그는 괴상한 표정을 지으면서 체린을 바라보았다. 그의 표정은 정확히 '무슨 말을 하는데 1분씩이나 뜸을 들이냐'는 표정이었다. 체린은 또다시 한숨을 쉬었다. 이제 릭의 얼굴은 '무슨 놈의 말을 하는데 1분씩이나 뜸을 들이다가 한숨을 세 번이나 쉬고 있냐'는 표정으로 바뀌었다.

체린은 일주일 동안 묵혀 놓았던 말을 꺼냈다.

"저기, 있잖아. 할 말이 있어."

"뭔데?"

"그게, 그때, 그때 나랑 미티를 구해줘서고, 마……워……."

빠르게 중얼거린 체린은 늘어지는 목소리를 흘리다 잽싸

게 입을 다물었다. 부끄러움이 커다란 제면 기계처럼 체린의 목소리를 가늘게 뽑아냈다. 살면서 고맙다는 말을 그리 많이 하고 살지 않았던 터라 어딘지 모르게 얼굴이 간지러웠다.

하지만 부끄러워하는 체린과 달리 릭의 얼굴은 그리 좋지는 않았다. 그는 턱을 쓸어내리면서 심각한 표정을 지었다.

"허, 대체 뭘 말하고 싶은 거야? 그러니까, '고, 마~ 워~.'라고 말한 거야? 그거 안드로메다 방언으로 '개자식, 나가 죽어!'란 뜻인 건 알고 있냐? 지금 나더러 개자식이라고 한 거야?"

"아냐, 아냐! 난 그냥 고맙다고……."

체린은 두 손을 내저으며 그런 뜻이 아니라고 소리쳤다. 그러자 잔뜩 인상을 찡그리던 릭은 체린을 손가락으로 가리키면서 소리 내 웃기 시작했다. 무슨 상황인가 싶어 잠시 입술을 삐죽 내밀자, 릭은 넉살 좋게 말했다.

"장난이야. 안드로메다 방언은 개뿔. 하하! 네가 네 얼굴을 봤어야 하는데."

"하하, 정말 재밌네."

체린이 콧방귀를 뀌면서 못마땅한 표정을 짓자 릭은 어깨를 으쓱이면서 말했다.

"그나저나 미티가 너한테 딱 두 번만 더 키스를 했으면 좋았을 텐데, 그건 좀 아쉽군."

릭이 구시렁거리자, 체린은 떨떠름한 얼굴로 자리에서 일어나 그의 팔뚝을 주먹으로 때렸다. 체린이 다시 자리에 앉자 릭은 어깨를 손으로 문지르면서 말했다.

"흠, 내 말은 그런 뜻이 아니야. 너무 이상하게 생각하지는 마. 걔는 조금만 잘해주면 아무나 잡고 키스부터 한다고. 그날도 구해줘서 고맙다고 나한테 일곱 번이나 했던 말이야. 젠장. 그걸 다 팔았으면 대박인데."

"그럼 다 팔지 왜 안 팔고 그래? 설마, 너 미티를……."

체린은 너구리처럼 능글맞게 릭을 바라보았다. 그러자 릭은 입술을 실룩이면서 못마땅한 얼굴로 고개를 저었다.

"그런 거 아냐. 그냥, 미티 팬들이 내가 내놓은 키스 감각 데이터는 더럽다고 안 산단 말이야. 어디 그뿐인 줄 알아? 일주일 전부터 그 자식들이 나한테 결투 신청만 해댔어. 물론 전부 다 내가 이겼지만, 어쨌든……."

"릭 더 리키?"

두 사람은 등 뒤에서 들려오는 목소리를 향해 고개를 돌렸다. 그러자 미티의 얼굴이 그려진 티셔츠를 입은 인간이 어설프게 손날을 내보였다. 놈은 뚱뚱하다 못해 비대한 몸을 뒤뚱거리면서 말했다.

"네가 미티한테 일곱 번이나 키스를 받았다던 놈이구나! 결투다, 이 거지 깽깽이야!"

릭이 지겹다는 얼굴로 심드렁하게 대답하려던 때였다. 뚱뚱한 남자의 등 뒤로 누군가가 사뿐히 내려앉았다. 검은 단발머리의 여자가 고개를 들자, 릭과 체린은 그녀의 얼굴을 알아보았다. 요한나였다.

요한나는 손날을 들어 올려 놈을 후려치려고 했다. 하지만 그의 목덜미에 줄줄 흐르는 땀과 기름에 질린 나머지 입술을 씰룩이더니 잠시 멈칫했다. 그러더니 손가락을 튕겨 큼지막한 판자를 만들어 냈다.

남자가 어리둥절한 얼굴로 고개를 돌리자, 요한나는 판자로 뚱뚱한 남자의 머리를 후려쳤다. 판자가 부서지도록 세게 얻어맞은 미티의 팬은 비명 한번 지르지 못하고 바닥에 쓰러졌다. 요한나가 혀를 차면서 판자를 바닥에 버리자 릭이 그녀에게 말했다.

"넌 요새 맨날 왜 천장에서 나타나냐?"

요한나는 까만 머리를 쓸어 넘기면서 말했다.

"흥, 어쩌다 보니 그렇게 됐어. 우리 매장 아르바이트생 하나가 매장에서 서빙하다 말고 퍼질러 자고 있다기에 와봤는데, 보아하니 이제는 자다 말고 잡담이나 나누고 있구나."

요한나는 릭과 함께 노닥거리던 체린을 바라보면서 말했다. 체린이 풍성한 프릴과 리본 속으로 조금씩 몸을 숨겼다. 그녀는 기어드는 목소리로 죄송하다고 말했다. 요한나는 어깨를 으쓱이면서 입을 열었다.

"죄송하면 말이 아닌 행동으로 보여라. 알겠냐? 그럼, 노
닥거린 벌금이랑 근무 중 수면에 대해 벌금을 징수해 가마."

요한나의 한마디에 체린의 눈앞에는 홀로그램 화면 하나
가 떠올랐다. 체린은 숨을 삼키면서 홀로그램 화면을 손으로
집어 들었다. '벌금, 20우주달러 차감.'이라는 글귀가 떠올
랐다. 순식간에 빈털터리가 된 체린은 자리에 털썩 주저앉았
다. 손님에게서 팁으로 받은 20우주달러를 이렇게 빼앗기다
니! 새하얗게 타버린 체린을 노려보던 요한나는 손가락을 팅
기면서 말했다.

"아, 맞다. 이제야 하는 말인데, 일주일 전 즈음에 본사에
서 명령이 떨어졌다."

체린은 눈을 껌뻑이면서 요한나를 올려다보았다. 요한나
는 대수롭지 않게 말했다.

"신입, 윗분들이 네 직무 평가를 보더니 넌 절대로 매장 안
에서 근무시키면 안 되니까 릭이랑 같이 배달부나 하라더구
나. 더 이상 서빙은 안 해도 좋다. 지금부터는 배달부 일에나
전념해라. 알겠냐?"

요한나는 획 하니 뒤를 돌았다. 그러자 릭이 소리쳤다.

"잠깐! 야, 인마! 이건 너무하잖아! 이 녀석을 어떻게 가르
치라는 거야?"

"어떻게 가르치기는, 잘 가르쳐야지. 너무 빼지 마, 리키. 이 가게에서 가장 잘나가는 배달부가 고작 후임 하나 교육 못해서 쩔쩔매면 쓰겠냐? 그럼 일단 통보는 했으니 두 사람 다 그런 줄 알아라."

두 사람은 손을 흔들며 멀어져 가는 요한나를 바라보았다. 릭은 참담한 얼굴로 입을 벌렸고, 체린은 두 손을 번쩍 들어 올렸다. 그녀의 눈에 고였던 노동 해방의 기쁨이 뺨 위로 흘러내리고 있었다. 그녀는 너무나도 기쁜 나머지 릭을 와락 껴안았다. 그녀가 눈가에 맺힌 눈물을 릭의 후줄근한 레인코트 위에 문질러 닦을 동안, 릭은 지끈거리는 미간을 손가락으로 눌렀다. 그는 모든 것을 하얗게 불태운 사람처럼 숙연하게 고개를 떨어뜨렸다.

"망했군."

그는 입에 붉은 실을 물었다. 실 가닥이 꼼지락거리면서 원기둥 형태를 취하면서 붉은 빛을 털어냈다. 이제 자그마한 담배 한 개비를 입에 문 릭은 한숨만큼이나 뿌연 연기를 토해냈다. 입에 매달린 담배는 생으로 타올랐다.

CHAPTER 03

# 배달부

# 7



배달부로 임명된 체린의 하루는 단조롭기 짝이 없었다.

한 시간쯤 피로 제거기에서 눈을 붙이고 나오면, 나오자마자 홀로사이트가 그녀의 청결 수치를 조절했다. 그러고 나면 피로 제거기 앞에서 기다리고 있던 릭이 바로 얼굴을 들이밀었다.

그녀는 아직 잠에서 깨어나지 못해 비몽사몽 상태인데도 릭은 체린을 끌고 중첩공간 어딘가에 박혀 있는 훈련장으로 향했다. 그 뒤로는 간단한 운동복으로 갈아입고 23시간에 달하는 스파르타식(아니, 스파르타인도 울고 갈) 훈련이 시작되었다.

훈련 내용은 간단했다. 11.5시간 동안 칼을 휘두르고 던지는 것이 전부였다. 그리고 남은 11.5시간 동안 주야장천 연습용 레이저 총으로 표적을 쏘거나 체력 단련을 했다. 하지만 또래에 비해 기초 체력이 한없이 바닥을 기는 체린의 몸은 릭의 훈련을 따라가지 못했다.

배달부로 배정된 첫날, 휴게실에서 훈련을 제의한 릭에게 체린은 대수롭지 않게 말했다.

"훈련? 뭐, 총이야 그냥 방아쇠만 당기면 되는 거 아냐? 칼은 그냥 찌르면 되고."

체린이 장난스럽게 허공을 찌르는 시늉을 하자 릭은 고개를 저었다.

"절대 아니야. 특히 검술은 그냥 찌르기만 있는 게 아니라고, 친구."

"그럼 뭐가 있는데?"

"베기, 그어 베기, 돌려 베기, 뒷날 베기도 있지. 거기다 칼날을 잡고 싸우는 하프소딩에 검을 거꾸로 들고 싸우는 모트슐락, 레슬링까지 배워야 해. 추가로 맨손 격투도 배워 두면 좋지. 암, 좋고말고."

릭의 말이 끝나기 무섭게 체린은 이수 과목을 잘못 선택한 대학생처럼 억울한 표정을 지었다.

"음, 뭐가 뭔지는 모르겠지만, 좀 이상한데? 있지, 나 배달부지?"

"요한나의 말에 따르면 그렇지."

"너도 배달부고."

"명실공히 FTL에서 가장 잘나가는 배달부지."

릭은 거드름을 피우듯 후줄근한 레인코트의 옷깃을 펴면서 말했다. 체린은 거드름을 피우는 릭을 바라보면서 입술을 실룩거렸다.

'고작해야 배달부인데 잘나가 봐야 얼마나 잘나가겠어?'

체린은 한숨을 쉬면서 입을 열었다.

"그런데 왜 배달부가 이런 훈련을 받아야 하는 거야? 그냥 물건 가져다주고 오면 되는 거잖아."

"간단해. 우주는 피에 굶주렸고, 배달부는 항상 표적이 되거든. 특히 우리 가게의 위상을 생각하면 더더욱 그렇지."

"위상은 무슨……. 널리고 널린 게 음식점인데, 이곳이 뭐가 그리 특별해?"

"특별해, 친구. 왜냐면 전 우주에서 유일하게 합법적인 음식을 판매하는 가게는 FTL뿐이거든."

에? 체린이 놀란 듯 두 눈을 껌뻑이자 릭은 어깨를 으쓱이면서 말했다.

"우리 가게는 전 우주의 모든 조리법과 식용 가능한 식재료를 독점하고 있지. 그래서 우리 허락 없이는 빵 한 조각 못 팔아. 그리고 정식 라이선스를 사지 않은 이들은 집에서 요리조차 못해. 그래서 우리를 곱게 보지 않는 족속들도 많아."

"독점이라고? 그럼 맥도날드나 버거킹 같은 건……."

"전부 우리 회사가 인수했지. 27세기인가, 28세기쯤에 말이야. 버거킹뿐만 아니야. 전 우주에 존재하는 모든 음식점들을 우리가 인수했어."

눈알을 굴리던 체린은 입술을 오므렸다. 전 우주라니. 감이 잡히지 않았다. 마치 어릴 적에 보던 마법 소녀 만화나 로봇 만화 속에 나오는 악당이나 할 법한 말이었다. 때문에 체린은 생각나는 대로 몇 가지 질문을 던져보았다.

"중국집까지?"

릭은 고개를 끄덕였다.

"음, 편의점은?"

"FTL 간편 스토어만 남았지."

"설마 KFC는 아니지?"

"커널 샌더스 아저씨의 치킨이랑 그레이비소스도 이제는 우리 거야. 몇 세기 전 즈음에 아예 커널 아저씨가 우리 가게 주방에서 일한 적이 있었거든. 그때 요한나랑 나랑 그 아저씨랑 이렇게 셋이서 치킨 뜯으면서 살짝 대화를 나눴었지. 그 아저씨, 술 취하니까 레시피를 줄줄 불더군."

체린은 두 눈을 휘둥그렇게 떴다.

"어떻게 음식을 독점하게 된 거야? 사람들이 그냥 순순히 '독점하세요.' 하고 물러났을 리가 없는데……."

릭은 입술을 삐죽 내밀고서 잠시 눈을 굴렸다. 그러더니 이내 못마땅한 얼굴로 콧소리를 흘리면서 체린에게 말했다.

"뭐, 대략적으로 말하자면 타임머신 공작과 약간의 뒷조사랑 선동으로 얻어낸 권력이라고 할 수 있지. 근데 우리가 지금 역사 수업을 하러 여기 온 게 아니잖아, 친구. 정신 차려. 나는 네 머리가 땅바닥에 떨어지는 불상사를 막기 위해서 일부러 자는 시간까지 쪼개서 나온 거라고.”

“거참, 고맙네. 그런데 그 훈련이라는 거, 여기서 해?”

체린은 손가락을 빙글빙글 돌리면서 휴게실 풍경을 손으로 가리켰다. 그러자 릭은 당연히 아니라고 답하며 손가락을 추켜올렸다. 허공에 붉은 홀로그램 화면이 나타나자 릭은 화면을 쓸어 넘겼다. 그러자 푸근한 휴게실의 풍경 대신, 나무 바닥과 잡동사니가 널린 공간이 두 사람을 휘감았다.

의자가 사라지는 바람에 체린은 곧장 뒤로 넘어가 바닥에 대자로 뻗어버렸다. 체린이 허리를 붙잡고 끙끙거리면서 어처구니없다는 표정으로 머리를 쳐들었다. 그녀는 무신경한 얼굴로 주위를 둘러보는 릭에게 소리쳤다.

“세상에! 사람이 앉아 있는데 말도 없이 의자를 없애 버리면 어떡해?”

“쯧쯧, 그렇게 운동 신경이 없어서야 무슨 배달부 노릇을 하겠냐?”

혀를 차던 릭은 어깨를 으쓱이면서 말했다.

“빨리 일어나서 칼자루 집어 들어. 지금부터 훈련을 시작할 거니까.”

“지금부터라고?”

“그래. 지금부터.”

릭은 쓰러진 체린을 홀로사이트로 일으켜 세웠다. 마치 마리오네트 인형처럼 실에 매달려 몸이 붕 떠오른 체린은 릭의 홀로사이트를 뿌리쳤다. 그녀가 털썩 바닥에 내려앉자, 릭은 손끝으로 가느다란 장검 두 자루를 만들어 냈다.

그는 장검 하나를 체린에게 던졌다. 검은 낭창거리는 칼날을 출렁이면서 바닥을 나뒹굴었다. 체린은 얼떨결에 바닥에 떨어진 검을 집어 들었다. 칼자루를 손에 쥐자 묘한 균형감이 느껴졌다. 살짝 아래로 휘어진 낭창거리는 칼날과 손잡이 끝에 달린 무게 추가 중심을 잡아주는 듯했다. 거기다 손잡이 양옆으로 뻗어나간 곁가지 같은 쇠막대가 어딘지 모르게 어린애 장난감처럼 보였다.

릭은 체린이 주워 든 검을 가리키면서 말했다.

“그건 연습용 검이야. 피더 슈비어트라고 부르는 검이지. 날이 없어. 사람을 세게 찌르지만 않으면 다칠 일은 없으니까 찌르지만 마라. 알겠어?”

고개를 끄덕인 체린은 검을 쥐고서 장난스럽게 허공에 휘둘렀다. 쉭. 칼날이 허공을 가르자 마치 방울뱀이 낼 법한 소리가 흘러나왔다.

그녀는 신기하다는 얼굴로 다시 한번 검을 휘둘렀다. 마치

야구선수가 타격 폼을 잡듯 그녀는 검을 휘둘러 보았다.

그러자 곧장 그녀의 머리 위로 날이 없는 검이 내려앉았다. 체린은 눈을 치켜뜨고서 검을 휘두르는 장본인을 바라보았다. 그녀의 시선이 닿기 무섭게 릭은 검을 거두고서 곁가지처럼 생긴 쇠막대를 어깨 위에 얹었다. 그는 혀를 차면서 말했다.

"우선 중간치고는 너무 높게 잡았어. 좀 더 검을 낮춰. 그리고 칼을 휘두를 때 다리도 같이 움직여. 왼쪽에서 오른쪽으로 휘두를 때는 왼발을 떼서 앞으로 움직이고, 오른쪽에서 왼쪽으로 휘두를 때는 오른발을 움직여."

"이렇게?"

체린이 쥐고 있는 칼날을 손으로 누른 릭은 체린의 어깨를 잡아 흔들면서 말했다.

"아니. 어깨에 너무 힘이 들어갔어. 손목에는 좀 더 힘을 줘. 검에 힘이 하나도 없잖아."

릭이 칼끝을 집어 내리면서 말하자, 체린은 퉁명스럽게 말했다.

"야! 지금은 그냥 한번 휘둘러 본 거야."

"그래, 그래. 실전에서 적에게 '야! 그냥 한번 휘둘러 본 거야.'라고 말할 생각이냐? 다시 휘둘러. 그리고 검을 거둬들이는 법은 아냐?"

갑작스런 검술 강의에 체린은 잠시 눈을 껌뻑이면서 고개를 저었다. 오, 이런. 릭은 혼잣말치고는 큰 소리로 한숨을 쉬었다. 그는 절망적인 눈으로 체린을 바라보다 현실을 받아들인 듯 고개를 끄덕였다. 그녀가 릭의 얼굴을 바라보면서 잠시 머뭇거리는 사이, 릭은 시범을 보였다.

"좋아. 그럼 생초보 코스부터 가자. 우선 자세부터 간다. 제일 기본자세 중 하나인 옥스라는 자세야. 일단, 발 간격은 적당히 벌려. 그리고 상체를 조금 낮추고 칼자루를 양손으로 잡고서 어깨 위까지 올리고 칼끝을 상대 가슴을 향하게 겨눠. 한번 해 봐."

체린은 릭의 몸동작을 따라 했다. 상체를 낮추었고, 두 손으로 잡은 칼자루를 어깨 위로 올렸다. 뒤로 넘어간 칼날이 거추장스럽게 그녀의 몸을 휘청거리게 만들었다. 하지만 릭은 거기서 멈추지 않았다.

"다리 간격 더 벌려. 그리고 손도 문제야. 두 손을 살짝 떨어뜨려서 잡아. 안 그러면 검을 회전시킬 때 각도가 안 나온다. 다시!"

우레 같은 목소리가 훈련장에 울려 퍼지자, 자리에서 펄쩍 뛰던 체린은 자세를 다시 잡았다. 다리를 조금 더 벌리고서 어깨 위로 손잡이를 잡아 올렸다. 릭은 그제야 만족한 얼굴로 고개를 끄덕였다.

“그래. 그 상태로 전면을 향해 베기를 할 거야. 내가 하는 거 잘 보고 따라 해.”

릭은 몸소 시범을 보였다. 그는 검으로 허공을 빠르게 베었다. 뒤로 빠져 있던 오른발이 앞으로 착지하기 무섭게 오른쪽 위에서 왼쪽 아래로 떨어진 검은 순식간에 등 뒤로 넘어갔다. 곧이어 서로 교차한 손목과 함께 칼자루가 릭의 어깨 위로 올라왔다.

“봤지? 이제 해봐.”

릭이 말하자, 체린은 엉거주춤 검을 어깨 위로 들어 올렸다. 그녀는 엉성하게 허공을 그어 벴다. 하지만 손목을 제대로 돌리지 않은 바람에 그녀의 검은 바닥에 머리를 처박고 말았다. 릭은 혀를 차면서 말했다.

“손목 스냅을 이용해. 다시!”

릭은 손뼉을 치면서 소리쳤다.

“멋대로 뒷날 베기 하지 마! 다시!”

다시! 다시! 다시! 그 저주 받을 말이 귓가를 날카롭게 쑤셔댔다.

그렇게 사흘이란 시간이 순식간에 지나갔다. 오늘도 체린은 힘겹게 검을 들어 올렸다. 땀이 비 오듯 쏟아졌고, 거친 숨이 마치 사포질 안 한 나무 조각처럼 목구멍을 긁어댔다.

그녀는 앞머리에 송골송골 맺힌 땀방울을 노려보았다. 그녀는 아직도 기본적인 베기를 연습하고 있었다. 이제 자세는 많이 좋아졌지만, 여전히 그녀의 손목은 지푸라기 인형조차 제대로 자르질 못했다. 때문에 지칠 대로 지친 체린은 눈물과 땀으로 얼룩진 얼굴을 찡그리면서 소리쳤다.

"젠장! 망할! 검술! 짜증! 진짜! 많이! 난다! 아야!"

체린이 투덜거리자 릭은 칼등으로 체린의 정수리를 톡 때렸다. 계란조차 깨지지 않을 정도였지만, 지칠 대로 지친 체린은 자리에서 무너져 내렸다. 11시간에 달하는 과격한 운동과 검술 연습은 그녀를 푹 삶은 가지처럼 흐물거리는 단백질 덩어리로 바꾸어 놓았다.

릭은 쓰러진 체린에게 손을 내밀었다. 체린이 앓는 소리를 내면서 손을 붙잡자, 릭은 그녀에게 한소리를 했다.

"이봐, 농땡이 피울 시간 없어. 빨리 일어나."

"농땡이 좀 피우면 어때서!"

"농땡이 좀 피우면 어떠냐고? 흠, 생각해 보니까 맞는 말이야. 농땡이 좀 부리면 어때? 훈련이나 체력 단련쯤은 그냥 쉬엄쉬엄하면 되지. 암."

릭이 어깨를 으쓱이면서 말하자, 체린은 활짝 웃으면서 이마에 송골송골 맺힌 땀을 닦았다. 아, 드디어 땀을 씻고 배를 든든하게 채울 수 있겠군. 그녀는 산더미처럼 쌓인 스파게티와 아이스크림선디를 떠올렸다. 벌써부터 다디달고 고소하면서도 새콤한 냄새가 코를 찌르는 것만 같았다. 그녀가 황홀한 표정을 짓기 무섭게 릭은 험상궂은 얼굴로 소리쳤다.

"첫 배달에서 바로 머리가 잘리고 싶어? 당장 그딴 생각은 머릿속에서 지워! 안 그랬다가는 정말 영원히 쉬게 되는 수가 있어. 알겠어? 다시 베기 연습 간다!"

"뭐어?!"

"내 말 못 들었어? 칼 들어."

릭은 손을 뻗어 반절만 잘린 지푸라기 인형을 원래대로 복구했다.

"다시 잘라. 자세 제대로 잡고 베. 알겠냐?"

릭은 단호하게 말했다. 하지만 그에게 돌아온 것은 체린의 가느다란 콧방귀뿐이었다. 체린은 땀에 전 상기된 얼굴로 검을 바닥에 찍어 박고 기대어 서서 씩씩거렸다.

"안 해! 못 해! 안 할 거야. 절대로!"

체린은 심통이 덕지덕지 붙은 얼굴로 소리쳤다.

"또 베라느니 어쩌니 하면 나, 진짜 너랑 말도 안 할 거야!"

"이봐, 고작 사흘 연습했어."

고작 사흘? 이 파렴치한 배달부의 한마디에 체린은 경악한 얼굴로 숨을 집어삼켰다.

체린은 자기 상태가 심장마비에 걸린 환자가 양반다리를 하고 앉아 있는 것 같은 상태라고 여겼다. 그래서 무식하기 짝이 없는 교관인 릭조차도 그녀에게 동정심을 품을 수밖에 는 없을 거라고 생각했다. 그녀의 기대에 부응하기라도 하듯 릭은 어깨를 으쓱이면서 말했다.

"좋아. 오늘 연습은 끝이야."

말린 미역처럼 굳어버린 체린의 얼굴이 물에 불린 미역처럼 조금 풀렸다. 다시금 그녀의 코끝에 고소하고 다디단 음식 냄새가 걸렸다. 그녀는 곧장 홀로사이트로 등짝에 나비 날개를 만들어 달고서 휴게실로 날아가고만 싶었다. 하지만 그녀가 가까이서 보면 징그럽게 생긴 절지동물의 날개를 만들어 날아오르기 전에 릭은 그녀에게 검을 겨누면서 말했다.

"마네킹 연습 끝나면 조금 쉬게 해줄게. 그러니까 일어나."

"뭐?"

체린이 다시 말해 보라는 듯 중얼거리자, 릭은 무뚝뚝하게 말했다.

"마네킹 연습하면 쉬게 해준다고."

이쯤 되자 체린은 서글픈 생각마저 들었다. 그녀는 머릿속에 떠오르는 단어를 아무렇게나 조합해서 릭에게 툭 던졌다.

"너, 나한테 뭐 서운한 거 있어? 설마 세티 때문이야? 세티가 그렇게 된 걸 나 때문이라고……."

"어. 세티 때문이야."

체린이 두 눈을 휘둥그렇게 뜨자, 릭은 단호하게 말했다.

"하지만 반은 맞고 반은 틀려. 세티는 정말로 강한 녀석이야. 걔 혼자서 경순양함을 침몰시킨 적도 있었지. 그런데 지금 어떻게 됐지? 지금은 거의 시체처럼 정지장에 누워 있잖아."

릭이 중얼거리자 체린은 고개를 푹 숙였다. 지독한 무력감이 그녀의 목을 서서히 죄는 것만 같았다.

체린은 아직도 회복실에서 나오지 못하고 있는 세티를 떠올렸다. 너무 많은 부품이 파손되는 바람에 그녀는 아직도 사경을 헤매고 있었다. 그녀의 몸을 구성하고 있는 부품들은 홀로사이트로 찍어내기에는 너무나도 비쌌다.

그나마 위안을 삼을 만한 점은 미티가 은하계에서 유명한 아이돌로서 돈이란 돈은 죄다 쓸어 담고 있다는 점뿐이었다. 요한나는 미티가 벌어들이는 막대한 돈이 모든 것을 해결해 줄 것이라고 말했다. 하지만 부품값이 천정부지로 오르는 바람에 미티도 허리가 휘는 모양이었다.

체린이 고개를 들지 못하자, 릭은 체린의 어깨에 손을 얹었다.

"이봐, 너무 자책하지는 마. 네 잘못이라기보다는 그냥, 운이 없었던 거야. 그리고 너 같은 경우는 걔보단 운이 좋았을 뿐이고."

"아직도 가끔 세티의 얼굴이 떠올라."

"처음에는 다들 그래. 자책할 필요는 없어. 그냥 일이 그렇게 된 것뿐이야. 하지만 다음에는 그런 일이 벌어져선 안 돼. 다음에는 세티만이 아니라 너랑 미티의 목숨도 위험해질 수 있어. 그러니까 빨리 일어나, 친구."

손짓하는 릭을 바라보던 체린은 신음을 흘리면서 다시 장검을 들어 올렸다. 벌써 어깨가 떨어질 것 같았고 폐가 당장이라도 입 밖으로 튀어나올 것만 같았다. 하지만 그녀는 뒤로 물러설 수 없었다. 당장에 세티의 얼굴이 눈앞에 아른거리는 터라 금방이라도 녹아내릴 것 같은 팔에 힘을 주었다.

잠시 숨을 고른 체린은 앓는 소리를 내며 릭에게 말했다.

"으으, 있잖아. 한 가지 물어봐도 될까?"

"뭔데?"

"음, 이럴 거 없이 그냥 손가락부터 튕기면 어때? 사람도 분해할 수 있잖아. 그러니까 머리를 그냥 날려 버리면……."

릭은 고개를 끄덕였다.

"좋은 질문이야, 친구. 하지만 유감스럽게도 홀로사이트는 무기가 아냐. 그래서 사람의 몸도 실로 분해했으면 다시 원상 복구해야 해. 안 그러면 분해 비용도 돌려받지 못하고, 보관 비용까지 더 물어야 한다고."

체린이 미간을 찌푸리자 릭은 자신의 목과 가슴을 가리키면서 말했다.

"특히 목이나 심장 같은 중요 장기들은 프리미엄이 120% 정도 더 붙어. 그것도 일부만 떼어내는 건 안 돼. 홀로사이트가 강제로 장기 전체를 들어낸다고. 목이면 척추랑 주변 신경계까지 다 들어내야 하고, 심장이면 주요 혈관들을 통째로 분해해야 해.

거기다 네가 신체 일부를 분해한 원본이 복구 불가능할 정도로 파손되면 실 자체가 사라져. 한마디로 돈 날리는 거지. 그럼 계산해 보자. 대충 내 팔뚝의 절반 정도만 분해해도 250우주달러가 들었어. 목이나 심장을 분해해야 사람이 죽을 테니까 최소 250의 120%면, 한 사람을 죽이는 데 최소 550우주달러가 든다는 소리지. 칼 한 자루 뽑는 데 고작 50우주달러면 충분한데 말이지."

릭은 허공에 떠오른 약관과 계산식 등을 손으로 지웠다.

"언제나 경제적으로 생각해야 해. 언제나. 그러니까 이제 시간도 좀 경제적으로 쓰자고, 친구. 일어나. 잡담 시간은 끝났어. 다시 훈련이야."

릭이 손을 내밀고서 말하자, 체린은 그의 손을 잡으면서 지치고 짜증이 난 표정을 숨기지 못하고 말했다.

"맨날 효율, 효율. 짜증 나!"

"짜증 내지 마, 친구. 네가 부자가 아니니까 몸이 고생하는 거야. 알겠어? 우리가 홀로사이트로 만들어 낸 레이저 총은 돈 없으면 그냥 바보가 된다고. 그리고 몇몇 행성에서는 총기 소지가 불법인 곳도 있어. 아예 공기 중에 나노봇들을 풀어서 사람들을 감시하는 행성도 부지기수야. 그러니까 배달부 노릇 하다 개죽음 당하지 않고 집에 빨리 가고 싶으면 근접 전투 기술을 최대한 빨리 습득하는 게 좋아."

"영화에서처럼 그냥 머리에 정보를 집어넣는 건 안 되나? 여긴 타임머신도 있는 미래잖아. 아, 맞아. 그러고 보니 학습약이란 게 있잖아! 그걸 쓰면……."

릭은 투덜거리는 체린을 바라보면서 어딘지 모르게 푸근한 미소를 지었다.

"그래. 가능은 하지. 하지만 지금 너랑 나한테 없는 게 뭐다?"

"도오오온!"

"맞았어."

고개를 끄덕이면서 릭이 오른손 엄지를 추켜올렸다.

"좋아. 이제 슬슬 마무리 짓자. 보니까 계속 지루해하는 거 같은데, 마네킹이랑 한 차례 모의 전투 치르고 사격술로 넘어갈 거야. 정신 바싹 차려."

릭의 얼굴을 노려보던 체린은 미간을 구기면서 검을 추켜올렸다.

그녀가 공격 자세를 취하자 무채색 홀로사이트가 빗발쳤

다. 훈련장에는 순식간에 젤라틴으로 만든 인형이 모습을 드러냈다. 달걀귀신처럼 밋밋한 얼굴에 둥그스름한 관절이 드러나 있는 인형은 옷가게에 있는 마네킹을 (아주 약간) 닮았다. 체린의 머릿속에 든 마네킹의 모습과 다른 점이 있다면 눈앞에 서 있는 마네킹은 날이 없는 검을 들고 있다는 점이었다.

놈은 장검을 들고서 천천히 체린에게 다가왔다. 먼저 검을 휘두른 쪽은 체린이었다. 검을 바닥에 내리고 있던 그녀는 왼쪽 아래에서 오른쪽 머리 위로 베어 올렸다. 하지만 얄밉기 짝이 없는 마네킹은 체린의 일격을 허무하게 흘려보냈다.

깜짝 놀란 체린이 자리에서 멈칫거리자, 릭이 격려하듯 박수를 치면서 소리쳤다.

"멍하니 있지 말고 다음 공격 준비해! 보폭은 조금 줄여!"

알았다고! 체린은 심통 난 얼굴로 대답도 없이 곧장 다음 공격에 나섰다. 일격 필살의 공격이 허무하게 막히자, 체린은 검을 머리 위로 추켜올리고 마네킹에게 칼끝을 겨눴다. 검을 빙그르 휘둘러 놈의 관자놀이를 후려칠 생각이었다.

하지만 마네킹은 호락호락하지 않았다. 마네킹은 검을 바싹 추켜세워 체린의 검을 막아냈다. 그러더니 곧장 검을 눕혀 체린의 가슴을 향해 다가왔다. 깜짝 놀란 체린은 뒤로 물러섰다. 하지만 발이 엉키는 바람에 그녀는 요란스럽게 휘청거리다 간신히 중심을 잡았다. 보다 못한 릭이 소리쳤다.

"허리 좀 더 꼿꼿이 펴. 팔을 더 들어 올리고, 칼날을 좀 더 바싹 세워. 안 그러면 베지 못해. 그리고 손의 시간과 다리의 시간이 다르다는 것도 염두에 두고!"

"염두에 두고 있다…… 악!"

체린은 새된 비명을 질렀다. 그녀는 고개를 들고서 믿을 수가 없다는 듯 입을 한껏 벌렸다. 그녀는 자신의 정수리를 내리친 마네킹의 장검을 바라보았다. 정말이지 비겁하기 짝이 없는 일격이었다. 체린은 연습용 장검을 땅바닥에 던져버리고서 릭에게 선언했다.

"못 해! 야, 이거 안 해!"

"안 한다고?"

"그래! 안 해!"

그녀는 손톱으로 릭의 얼굴을 찌를 기세로 릭에게 삿대질을 해가며 말했다.

"이건 뭔가 이상해. 이건 사람은 이길 수 없어. 너무 빠르고 불규칙하잖아."

체린은 한껏 성을 냈으나 릭은 어깨를 으쓱이면서 대수롭지 않게 말했다.

"저거 내가 어렸을 때부터 쓰던 녀석이야. 그리고 요한나는 저거 다섯 대랑 동시에 싸운다고. 그것도 3배나 더 빠른 버전으로 말이야.”

“웃기시네. 저건 사람이 연습하라고 만든 게 아니야.”

“연습용 맞거든?”

“아니거든!”

“맞거든!”

두 사람은 서로를 노려보면서 잠시 으르렁거렸다. 그러자 결국 보다 못한 릭이 손을 뻗어 장검을 찍어냈다. 그는 장검을 한 손으로 빙그르 휘두르면서 말했다.

“좋아. 내가 시범을 보일 테니까 잘 봐. 표적 5개 간다.”

릭은 손가락을 튕겼다. 바닥에서 스멀스멀 자라나는 마네킹들이 검을 들어 어깨 위에 올렸다. 릭은 곧장 마네킹들에게 장검을 휘둘렀다. 날렵하게 허공을 가른 칼날이 원호를 그리며 번뜩일 때마다 마네킹의 팔과 얼굴이 잘려 나갔다.

하지만 그것도 잠시뿐. 철갑을 두른 마네킹이 나타나자 릭은 크로스가드 앞부분의 칼날을 쥐고 창처럼 마네킹에게 겨눴다.

그 모습을 보고 있던 체린은 릭의 손바닥에서 피가 철철 날 거라고 생각했다. 암만 그래도 훈련인데, 저렇게 과격해야 할까? 하지만 릭은 칼날을 쥔 손 따윈 아무렇지도 않다는 듯 마네킹의 공격을 묵묵히 흘려보내곤 손잡이 끝에 달린 커다란 크로스가드로 마네킹의 머리를 찍어 내렸다. 그러자 머리에 구멍이 뚫린 마네킹은 힘없이 훈련장 바닥에 처박혔다.

쓰러진 마네킹이 바닥에서 버둥거리는 사이, 다른 마네킹들이 릭에게 검을 휘둘렀다. 릭은 잽싸게 고개를 숙여 칼을 피했다. 그는 마네킹의 목에 박힌 자신의 검을 버리고 쓰러진 마네킹이 들고 있던 검을 집어 들었다. 그러곤 마네킹이 휘두른 검을 슬며시 받아쳐 올렸다.

두 칼날은 춤을 추듯 서로 맞붙은 채 점점 위로 올라갔다. 그렇게 수차례에 걸친 신경전 끝에, 상대의 검 위에 날을 걸친 릭은 검을 눕혀 칼끝을 마네킹의 가슴에 일직선으로 겨눴다. 그리고 날을 세운 마네킹이 검을 내리긋는 순간, 릭은 순간적으로 검을 비틀어 마네킹의 칼날을 쳐냈다. 검이 왼편으로 쏠리기 무섭게 릭은 재빨리 오른쪽으로 몸을 날렸다. 그는 곧장 머리 위로 추켜올린 검으로 마네킹의 손목을 내리그어 잘라냈다.

체린은 두 눈을 질끈 감고서 바닥에 나뒹구는 손목을 바라보았다. 하지만 그것도 잠시뿐. 바닥에 쓰러져 있던 마네킹은 팔을 뻗어 검을 낚아챘다. 놈은 바닥을 한차례 굴러 잽싸게 몸을 일으키더니 예리한 칼끝을 바싹 세워 릭의 얼굴을 향해 찔러 올렸다.

하지만 릭은 눈 하나 깜빡이지 않고 몸을 살짝 뒤로 빼 마네킹의 검격을 피했다. 마네킹의 검무를 옆으로 흘려보내면서 마네킹에게 달려든 릭은 대범하게 마네킹 손목을 겨드랑이로 감싸 올려 꺾어버린 뒤, 손잡이 뒤에 달린 무게 추로 마네킹의 머리를 후려쳤다. 마네킹의 손에서 검이 떨어지기 무섭게 그는 발로 마네킹의 배를 걷어찼다. 그러고는 검을 가볍게 휘둘러 비척비척 뒷걸음질 치는 마네킹의 목을 잘라 넘겼다.

체린은 목이 등 뒤로 꺾어버린 마네킹을 역겹다는 듯 바라보았다. 하지만 그녀의 눈은 곧 경이로움으로 물들었다. 세상에, 혼자서 5개의 마네킹을 베어 넘기다니! 거기다 근육이 뒤틀리는 소리가 들릴 것처럼 격하게 움직였지만 릭은 숨 하나 몰아쉬지 않았다. 대체 얼마나 검술을 연마한 건지 짐작도 되지 않았다.

"잘 봤냐?"

자기 검을 어깨에 얹은 릭의 물음에 체린은 말없이 고개를 끄덕였다. 그러자 릭은 들고 있던 장검을 체린에게 비스듬히 던졌다. 얼떨결에 진짜 장검을 두 손으로 안아 든 체린은 몸을 움츠렸다. 릭은 휘청거리는 체린을 바라보면서 말했다.

"자, 이제 다시 마네킹으로 연습해 보자."

방금 전에 릭이 마네킹을 작살내는 광경을 봐서일까? 체린은 조금은 자신감에 찬 얼굴로 고개를 끄덕였다. 장검의 냉랭한 손잡이가 손가락에 착 감기자, 체린은 고양된 감각을 느낄 수 있었다. 묵직하고, 날렵한데다, 뭐든 한 방에 부셔 버릴 수 있을 거란 터무니없는 자신감이 솟아올랐다.

체린은 빠르게 마네킹들에게 달려들었다. 그녀는 깔끔하게 검을 내리긋고서 빠르게 검을 눕힌 채로 쳐들었다. 그러자 정수리를 향해 날아오던 마네킹의 검이 체린의 칼날에 막혔다.

체린은 그 틈을 놓치지 않았다. 그녀는 곧장 오른발을 앞세우면서 검을 머리 위로 휘둘렀다. 체린의 검이 순식간에 마네킹의 검을 쳐내자, 마네킹의 검은 힘없이 옆으로 밀려났다. 드디어 마네킹에게도 빈틈이 생긴 것이다. 그녀는 곧장 마네킹의 가슴을 향해 칼끝을 찔러 넣었다. 체린이 내지른 최후의 일격에 가슴을 찔린 마네킹은 바닥에 주저앉았다.

릭은 손가락을 튕기면서 말했다.

"그래! 잘했어! 이제 감을 믿고 휘둘러 봐."

감? 체린이 얼떨떨하게 중얼거리자, 릭이 엄지를 올렸다.

"그래. 감이야! 감대로 휘둘러. 하다 보면 다 늘어."

그는 당장이라도 '감이 그대와 함께하기를.'이라고 외칠 것처럼 소리쳤다.

그가 손가락을 튕기자 쓰러진 마네킹은 좀비처럼 자리에서 일어났다. 마네킹 사이에 방치된 체린은 오들오들 떨리는 칼끝으로 마네킹을 겨누었다.

그녀는 생애 처음으로 자신의 감만 믿고서 검을 휘둘렀다.

*****

"감이라며! 휘두르기만 하면 된다며!"

의무실의 침대에 걸터앉은 체린은 울먹이면서 운동화를 신은 채로 릭의 다리를 사정없이 걷어찼다. 주위에 미티와 요한나도 있었지만, 누구 하나 체린의 과격한 행동을 말릴 생각은 하지 않았다. 그도 그럴 것이 체린을 마네킹 소굴에 집어넣은 장본인이 바로 릭이었던 탓이다. 체린의 발길질을 온전히 받아낸 릭은 턱을 쓸어내렸다.

"흠, 희한하네. 나한테 검술을 가르쳐준 수전노 자식도 그냥 감으로 베라고만 했는데?"

"감은 무슨 개 풀 뜯어먹는 소리야? 이 나쁜 자식아! 넌 진짜 감으로 맞아봐야 해!"

체린은 손가락을 튕겨서 홍시를 찍어냈다. 하지만 그녀가 만들어 낸 홍시는 잔액 부족이란 글귀와 함께 사라졌다. 하얀 실이 허공 속으로 녹아들자 릭은 대수롭지 않게 어깨를 으쓱거렸다.

"하지만 정말이야. 내 스승이란 작자는 그것밖에는 안 가르쳐줬어."

릭이 말하자, 의무실 한편에서 콧방귀를 뀌며 앉아 있던 요한나도 턱을 쓸어내렸다.

"흠, 내 스승님도 그것밖엔 안 가르쳐줬다. 감으로 베라고 하셨지. 그건 그렇고, 진료실 사용 비용은 따로 청구하니까 그런 줄 알아라."

그녀가 말하자 체린의 옆에 앉아 있던 미티도 중얼거렸다. 그녀는 풍성한 프릴이 잔뜩 달린 웨이트리스복을 입은 채로 고개를 양옆으로 까딱거리면서 턱을 쓸어내렸다.

"이상하다? 나도 감으로 노래 불렀더니 슈퍼 아이돌이 됐는데? 정말 이상하네."

덜떨어진 세 바보들은 턱이 번들번들해질 때까지 턱을 쓸어내며 저마다의 의견을 냈다. 그 모습을 바라보다 속에서 열불이 끓어오른 체린은 시퍼렇게 멍이 든 오른쪽 눈을 가리지도 않고 방방 뛰었다. 그녀는 세 사람에게 소리쳤다.

"아, 그래요~ 아주 좋으시겠네요! 다들 감이 좋아서 아주 좋겠어요! 네에, 감 없는 제가 죄송합니다! 아주 다들 너어~ 무 대단들 하셔서 감히 미천한 저는 몸 둘 바를 모르겠네요!"

그녀가 뒤틀린 심사를 토해내자 릭과 요한나는 체린을 지그시 노려보았다. 하지만 다른 두 사람과는 달리 미티는 쑥스러운 듯 뒷머리를 긁적였다.

"데헷."

"칭찬 아냐! 그리고 데헷거리지도 마!"

버럭 소리를 지르는 체린을 섭섭하다는 듯 바라보던 미티는 어깨를 으쓱이면서 말했다.

"하지만 내 생각에는 그렇게 화낼 일은 아닌 거 같아. 그래도 며칠 연습한 거치곤 잘했잖아. 그치? 그치?"

미티가 동의를 구하듯 릭과 요한나의 얼굴을 바라보았다. 하지만 릭은 처참한 얼굴로 고개를 가로저었다.

"잘하긴. 마네킹에게 칼을 빼앗기고 구타까지 당했는데."

요한나도 옆에서 거들었다.

"마네킹에게 엎드려 빌기까지 했어."

"그것도 모자라서 마네킹에게 돈까지 뜯겼지. 그나저나 마네킹에게 돈 뜯기는 시나리오는 대체 누가 구상한 거야?"

릭이 어처구니없다는 듯 중얼거리자 팔짱을 끼고 있던 요한나가 주먹을 불끈 쥐고서 자신만만하게 말했다.

"못하면 뜯긴다, 그게 우리 가게 모토지."

"점장 주제에 아르바이트생한테서 돈 뜯는 걸 자랑스럽게 말하진 마. 그나저나 너는 지난번에 해적 놈들이 어떻게 중첩공간에 쳐들어왔는지 조사는 끝낸 거야? 이 공간에 들어올 수 있는 건 입장권이 있는 사람들뿐이잖아."

"그래서 조사 중이다. 가장 가능성이 높은 건 돈 주고 입장권을 산 거야. 아니면 어떻게 뚫었는지는 몰라도 보안을 뚫은 거지. 고객님들 워프 엔진이 해킹당했을 가능성이 제일 크지만, 워프 엔진이 달린 물건이 어디 한두 개여야 조사를 하지. 그래서 말인데, 리키, 네가 총대 메라. 그러면 진저퀴 그낙 껍질 튀김 500일치 줄게.”

“웃기시네! 그냥 조사할 생각 자체가 없지? 못해도 3000일치는 줘.”

릭과 요한나가 서로에게 으르렁거리는 사이, 생각하는 것을 그만둔 체린은 새하얗게 불타버린 고개를 떨어뜨렸다.

처음부터 이곳이 이상한 동네인 줄은 알았다. 하지만 이렇게까지 이상한 곳일 줄은 상상도 못했기에 그녀는 참담한 심경으로 한숨을 푹푹 내쉬어댔다. 다음에는 무슨 일이 벌어지는 거야? 나, 집에는 돌아갈 수 있는 거야?

체린은 입술을 내밀고서 아직도 정지장에 누워 있는 세티를 바라보았다. 어느샌가 미티가 누워 있는 세티에게 열심히 재잘재잘 말을 건넸지만, 세티는 아직도 말이 없었다. 여전히 그녀의 하반신은 수리 중이었고 뇌는 비활성화된 상태였다. 체린은 잔뜩 풀이 죽은 얼굴로 한숨을 내쉬었다.

바로 그때, 체린은 관자놀이를 가로지르는 찌릿한 감각을 강하게 느꼈다. 마치 홀로사이트를 쓸 때 느낀 감각과 비슷했지만, 강도는 비교도 할 수 없었다. 체린이 그 감각을 털어내듯 빠르게 고개를 흔들자, 릭은 인상을 찡그리면서 이마를 손바닥으로 지그시 눌렀다. 그는 한숨을 쉬면서 말했다.

"이런, 아무래도 때가 된 거 같군."

릭의 말이 끝나기도 전에 체린은 눈앞이 뿌옇게 변해가는 것을 느꼈다. 그녀가 눈을 비비자, 의무실 대신 검은 물결이 밀려오고 있었다. 침대는 사라졌다. 작은 의자 하나가 그녀의 몸을 받치고 있었다. 고개를 옆으로 돌리자, 거만하게 앉아 있는 릭의 모습이 눈에 들어왔다. 체린은 이게 무슨 일이냐고 물으려고 했다. 하지만 그녀는 말을 할 수 없었다.

"반갑습니다, 여러분."

커다란 대리석 책상 앞에 정장 차림의 여자가 있었다. 탐스러운 갈색 머리카락을 뒤로 정갈하게 묶은 여인은 커다란 반중력 의자 위에 앉아 있었다. 그녀는 코코아가 가득 담긴 머그잔을 입에 가져다 댔다. 그녀는 책상에 몸을 바싹 들이밀면서 말했다.

"오랜만이네요. 리키 군, 그리고 체린 양."

"세상에! 엘리스 씨?"

"네. 그날 이후로 처음이네요, 체린 양."

체린은 자리에서 일어났다. 릭과 엘리스가 눈을 껌뻑이면서 그녀를 바라보았다. 체린은 두 사람의 시선 따위 개의치 않고 엘리스에게 다가가 그녀를 와락 껴안았다. 엘리스는 부담스러운 듯 팔을 까딱거리다가 체린을 안아 주었다. 이제 됐다는 듯 체린의 어깨를 두드렸지만 체린은 놓아줄 생각이 없어 보였다. 엘리스는 간절한 얼굴로 릭을 바라보았다.

결국 보다 못한 릭이 붉은 실로 체린의 몸을 휘감아 허공으로 띄워 올렸다. 그제야 체린에게서 벗어난 엘리스는 옷매무새를 고쳤다. 삼각주처럼 생긴 넥타이를 다시 조인 엘리스는 머리카락을 쓸어 넘기면서 말했다.

"흠! 체린 양, 왜 그러는 줄은 알지만 자중해 주세요. 저는 지금 일 때문에 온 겁니다."

"자, 잠깐만! 어떻게 된 거예요? 어떻게 살아 있는 거예요?"

체린이 묻자 엘리스는 웃으면서 말했다.

"간단해요. 저는 제 사무실을 오랫동안 떠날 수 없거든요. 10분만 비워도 다시 사무실로 돌아가 있다니까요. 심지어 저는 본사 직원이기 때문에, 죽어도 어느새인가 다시 살아나더라고요. 전에, 사는 게 지루해서 머리에다 총을 쏜 적이 있었는데……."

엘리스가 신이 나서 중얼거리자, 릭은 심기가 불편한 듯 헛기침을 했다.

"오, 요즘은 괜찮아요. 이런저런 약을 좀 먹거든요. 어쨌든 오늘 두 사람을 이 자리로 부른 건 다름이 아니라 배달 요청이 들어와서 불렀어요. 리키, 체린 양을 내려놔 줄래요?"

릭이 고개를 끄덕이면서 체린을 의자 위에 앉히자, 엘리스는 목을 가다듬었다. 그러고는 손바닥을 펼쳐 열댓 개의 갈색 홀로그램 화면을 띄웠다.

어떤 화면에는 지도가 그려져 있었고, 또 어떤 화면에는 고객의 신상 정보가 적혀 있었다. 엘리스는 책상 구석에 떠오른 작은 화면을 체린과 릭에게 내밀었다. 화면 속에는 배달 물품과 시간이 적혀 있었다.

"두 배달부 분들은 이것을 입실론 프라임의 수도, 포트 샤울에 거주하는 차도르슈머 씨에게 가져다 드리세요. 기한은 고객님이 우리에게 배달 주문을 하기 1시간 전까지입니다."

"주문하기 한 시간 전이라고요?"

체린이 묻자 엘리스는 친절하게 답했다.

"네. 우리 가게 이름이 FTL이잖아요. 빛보다 빠르게, 고객님이 원하는 바를 떠올리기도 전에 욕구를 충족해 드려야죠. 그러니까 고객님이 주문을 넣기 한 시간 전에 모든 배달을 완료해야 합니다. 참고로 고객님은 지금으로부터 5시간 뒤에 배달 요청을 하실 예정이에요. 그러니까 빨리 움직이셔야 겠네요."

"배달하기만 하면 되는 거야? 추가 사항은?"

"추가 사항은 차도르슈머 씨를 안전한 장소로 인도하는 겁니다. 포트 샤울 밖으로만 옮겨도 차도르슈머 씨의 생존 확

률이 기하급수적으로 올라가죠."

엘리스는 홀로그램 화면을 한데 묶어 작은 사각형으로 축소시켰다. 그녀는 카드를 돌리듯 능숙한 손놀림으로 작은 상자를 릭과 체린에게 던졌다. 그 작은 홀로그램이 곧장 이마에 꽂히자, 체린은 미간이 간질거리는 듯한 감각을 느꼈다. 그 감각은 단순한 촉각이 아니었다. 촉각 너머로 공감각적인 감각들이 그녀를 스쳐 지나갔다.

그녀는 눈앞을 스쳐가는 오만 가지 이미지를 볼 수 있었다. 삭막한 사막 행성과 행성 위에 서 있는 거대한 잔해 같은 도시였다. 그녀는 그 도시가 포트 샤울이란 것을 단박에 알 수 있었다. 배달 물품이 두루뭉술하게 지나갔다.

체린은 눈이 세 개 달린 외계인을 바라보았다. 머리를 뒤덮은 더듬이와 굽은 등 위로 천 조각이 덮여 있었다. 그는 말라비틀어진 팔 네 개를 까딱거렸다. 그러자 목과 네 손에 걸린 검은 쇠사슬이 찰랑거렸다. 쇠사슬에 초록색 불빛이 반짝거리는 순간, 외계인의 아래쪽 왼손 하나가 사라졌다.

체린은 정신을 차렸다. 아찔하게 달아오른 미간을 문지르면서 천천히 고개를 저었다.

'와, 뭔지는 몰라도 머릿속에 확 그려지네.'

체린은 눈을 껌뻑이면서 생각했다. 엘리스가 말했다.

"두 분의 홀로사이트에 정보와 배달 물품을 전송했어요.

나머지 문의 사항은 여러분의 기억 속에 들어 있습니다. 그러면 행운을 빌게요. 특히 체린 양, 첫 배달이죠? 그럼 조심해서 다녀오세요. 알았죠? 머리 조심하고요.”

엘리스는 체린을 뚫어져라 바라보면서 손을 흔들었다. 체린이 얼떨떨한 얼굴로 엘리스에게 손을 흔들던 찰나, 그녀의 몸은 다시 푹신한 침대에 파묻혀 있었다. 체린이 침대에서 몸을 일으키자 릭이 잽싸게 그녀의 팔뚝을 잡아 일으켜 세웠다. 체린이 여전히 얼떨떨한 표정을 짓고 있자, 릭은 어깨를 으쓱거렸다.

“왜 그러고 서 있어? 엘리스 말 못 들었어? 빨리 와. 시간이 없어.”

“시간이 없다고?”

멀찍이서 두 사람을 바라보던 요한나가 묻자 릭은 고개를 끄덕였다.

“아, 방금 배달 주문이 들어왔거든. 이제 5시간밖에 안 남았어.”

“하지만 아직 마음의 준비가……. 그리고 아직 눈에 멍든 것도 안 나았다고.”

“이번에는 어디로 가는데?”

자신의 눈을 가리키면서 항변하던 체린에게 미티가 물었다. 체린은 얼떨결에 입을 열었다.

"그게, 음, 입실론 프라임이라는 행성의 수도인 포트 샤울에 갈 거야."

"아, 입실론 프라임에 가는구나. 한 30년 전에 거기서 공연을 했는데, 그때 거기서 사막야자에 머리를 맞았어. 시위가 너무 심해서 6시간밖에 노래를 못 불렀다고."

"아, 30년 전에……. 응? 언제?"

체린이 눈을 껌뻑이면서 미티를 바라보자, 미티는 아차 싶은 얼굴로 입술을 오므렸다. 체린이 살짝 입을 벌리기 무섭게 미티는 손가락을 튕겼다. 파란빛이 번쩍이더니 체린의 입에 큼지막한 파스 하나가 철퍼덕 들러붙었다. 미티는 입가에 요망한 미소를 가득 머금고서 입술 위에 손가락을 올렸다.

"아이돌에게 나이는 비밀이라고~. 비이~밀."

릭과 요한나가 둘이서 뭐하냐는 듯이 바라보자, 미티는 뺨을 긁적이면서 휘파람을 불었다. 그러고는 부담스러운 대답을 회피하려는 정치가처럼 헛기침을 하면서 벽을 향해 다가갔다. 미티가 벽 위에 손을 올리자 릭은 손목에 붉은 홀로그램 시계를 띄우고서 말했다.

"있지, 잡담하는 것도 좋지만 지금은……."

체린은 갑자기 눈앞에서 굳어버린 릭을 빤히 바라보았다. 릭은 미동도 없이 시큰둥한 얼굴로 홀로그램 손목시계를 가리키고 있었다. 체린은 입술을 오므린 채 슬쩍 릭의 눈앞에서 손가락을 튕겼다.

하지만 릭은 아무런 반응도 보이지 않았다. 정지된 화면처럼 그는 손을 뻗은 채 가만히 그 자리를 지키고 있었다. 이건 또 무슨 일이람. 체린이 숨을 집어삼키자, 요한나가 입을 열었다.

"네 녀석에게 따로 이야기할 게 있다."

체린은 요한나와 릭을 번갈아 바라보았다.

"잠깐! 지금 시간을 멈춘 거예요?"

요한나가 고개를 끄덕였다.

"미안하지만 너랑 말장난할 시간이 없다. 시간을 멈추는 건 제법 비싸서 말이다. 본론부터 말하마."

"음, 뭔지는 몰라도 저보다는 릭에게 말씀하시는 편이……."

"아니, 네 문제니까 너에게 말하는 거다."

요한나는 손끝에서 황금빛 실을 뽑어냈다.

뭘 만들려는 거지? 체린은 천천히 뒷걸음질 치면서 생각했다. 저 인간이 뭘 하든 그게 좋은 일은 아닐 거라고 여자의 감이 말해주고 있었다. 체린이 반 발자국 뒤로 물러났을 때, 요한나는 홀로그램 화면을 들고 체린에게 성큼 다가왔다.

"요즘 배달부들이 피격당하는 사건이 잦아지고 있다. 찰과상 정도로 끝나는 경우도 있지만, 몇몇 경우는 영 좋지 않은 모습으로 돌아왔지."

체린이 얼떨결에 어떻게 안 좋게 끝났느냐고 묻자, 요한나는 화면 하나를 체린에게 내보였다. 대체 뭘 보라는 거야? 눈을 끔쩍이던 체린은 화면 속을 들여다보곤 소스라치게 놀라 고개를 돌렸다.

아주 잠시 동안이었지만, 기묘하게 뒤틀린 사람들의 모습이 눈에 비쳤다. 목이 꺾이고, 머리는 반쯤 날아가 뇌수가 흘러나와 셔츠를 적시고 있었다. 너무나 끔찍한 광경이었다. 체린의 입에서 희미하게 구역질이 흘러나오자 요한나는 혀를 찼다.

"왜 그러냐? 죽은 사람 처음 보냐?"

입을 가린 체린은 빠르게 서너 번 고개를 끄덕였다. 그녀의 대답이 만족스럽지 않다는 듯 요한나는 혀를 끌끌 찼다.

"하여간에 요즘 애들이란……."

"갑자기 요즘 애들이 왜 나와요? 예전 애들도 죽은 사람은 안 보고 자랐을 거예요!"

코웃음을 친 요한나는 화면을 치웠다.

"어쨌든 이 녀석들은 최근 살해당한 배달부들이다. 모두 머리가 박살 나서……."

"으아아, 그만요! 그만해요. 듣고 싶지 않아요! 제발!"

결국 체린은 양쪽 귀를 틀어막고 자리에 주저앉아 온몸을 부르르 떨기 시작했다.

그러자 요한나는 체린을 매섭게 노려보았다. 잠시 한숨을 쉬던 요한나는 손바닥을 펼쳤다. 황금빛 아지랑이가 일렁이더니 그녀의 손에 자그마한 기계장치가 떠올랐다. 새까만 정육면체 컴퓨터 칩처럼 생긴 그것의 끄트머리에 달린 가느다란 촉수가 흐느적거리고 있었다.

요한나는 고압적인 얼굴로 흐느적거리는 검은 칩을 체린에게 들이밀면서 말했다.

"어쨌든 이걸 네 머릿속에 넣어주겠다."

"음, 그게 뭔데요?"

"신경 카드."

"그 신경 카드라는 게 뭔데요?"

"네 신경을 강화시켜서 지치지도 않고 불평도 안 하는 근육 바보로 만들어 주는 장치다. 뇌에다 살짝 꽂으면 나머지는 이 장치가 알아서 자아를 90%까지 억제하고 공격성을 올려주지. 일단 달아두는 게 좋을 거다. 너처럼 기본도 안 된 배달부에게는 이게 최선이다."

"음, 그거, 좀, 찝찝하네요……."

체린은 슬쩍 뒷걸음질 치면서 말했다. 요한나는 도망가는 체린을 따라갔다. 요한나가 끈질기게 따라붙자, 체린은 그녀를 피해 헐레벌떡 침대를 뛰어 넘어갔다.

하지만 너무 격하게 몸을 움직인 탓일까? 침대에 발이 걸린 체린은 바닥에 고꾸라지고 말았다. 그녀는 바닥을 네 발로 기면서 일어나 벽으로 달려갔다. 워프 통로를 열어 다른 방으로 도망치려 했다.

그러나 워프 통로는 열리지 않았다. 당황한 체린은 몸을 돌렸다. 그러자 요한나는 거대한 벽처럼 그녀를 막아섰다.

"도망가려고?"

요한나는 궁지에 몰려서 부들부들 떨고 있는 체린에게 말했다. 그 싸늘한 목소리에 체린은 어깨를 움츠렸다. 요한나의 새하얀 손길이 점점 다가오자, 결국 참다못한 체린은 새된 비명을 질렀다.

그녀의 비명이 빠르게 주위를 맴돌다 사라지자 어느새 의무실 안은 정적에 휩싸였다. 요한나는 입을 다물고 체린을 노려보았고, 체린은 두 눈을 질끈 감고서 두 손으로 머리를 감쌌다. 그 모습에 요한나는 혀를 찼다.

"한심하긴. 리키가 꽤 열심히 가르쳐 주기에 어떤 식으로 반격을 할까 기대하고 있었는데 고작 비명을 지르는 게 다냐?"

체린은 억울하다는 듯 요한나를 올려다보았다. 하지만 요한나는 심드렁한 얼굴로 콧방귀를 뀔 뿐이었다. 그녀는 팔짱을 낀 채 손가락을 튕겼다. 그러자 동상처럼 굳어버렸던 릭은 아무 일도 없었다는 듯 기지개를 켰다. 벽 위에 손을 올렸던 미티는 푸르스름한 워프 통로 속으로 사라졌다. 인상을 찡그린 릭은 입을 열었다.

"……배달부터 생각……. 어? 뭐야, 이게, 어떻게……. 너, 어떻게 거기 가 있……."

눈앞에서 갑자기 사라진 체린을 찾아 릭은 고개를 두리번거렸다. 그러다 겁에 질린 햄스터처럼 오들오들 떨고 있는 체린을 바라보았다. 그 모습을 본 릭은 팔짱을 끼고서 못마땅한 얼굴을 감추지 못하고 있는 요한나를 노려보았다.

"야, 요한나. 너, 쟤한테 뭘 한 거야?"

"아무것도."

요한나는 콧방귀를 뀌면서 쌀쌀맞게 고개를 돌렸다. 그녀는 체린이 등을 기대고 앉아 있던 벽을 손으로 톡톡 건드렸다. 푸르스름한 빛이 팟 하고 일렁이자, 요한나는 다시 한번 체린을 바라보고는 워프 통로 속으로 사라졌다.

요한나가 모습을 감추기 무섭게 릭은 체린에게 다가갔다. 그는 체린을 자리에서 일으켜 세우면서 말했다.

"야, 저 녀석이 뭔 짓을 한 거야?"

체린은 릭에게 요한나의 만행에 대해 고했다. 체린은 주눅 든 얼굴로 중얼거렸다.

"너한테서 대체 뭘 배웠냐고 막, 나한테 뭐라고 하는

데……."

"그러면 머리에다 망치질이라도 한번 해주지 그랬어?"

"하지만 점장이잖아. 거기다 여자이기도 하고. 망치 한 대 잘못 맞으면 그대로……."

체린은 세티 쪽을 바라보면서 말꼬리를 흐렸다. 체린이 쓸데없이 울적한 분위기를 자아내자 릭은 어깨를 으쓱였다.

"흥, 그 녀석은 고작 망치 한 대 맞았다고 죽을 리 없어."

릭은 홀로그램 화면을 손가락 사이에서 빙그르 돌리면서 말했다.

"어쨌거나 저 수전노 녀석 일은 나중에 이야기하자고. 지금은 배달이 우선이야. 후딱 가서 망할 고객 놈에게 물건이나 주고 오자고."

"하지만 난 아직 마음의 준비가……."

체린이 푸념을 늘어놓자, 릭은 고개를 끄덕이면서 체린에게 손을 내밀었다. 그러자 그의 손에서 붉은 실뭉치가 스멀스멀 자라나기 시작했다. 이윽고 그의 손에는 90cm가량 되는 쇠망치가 들려 있었다.

손잡이의 길이에 비해 상당히 작은 망치 머리가 조명에 반짝거렸다. 하지만 그것은 단순한 쇠망치가 아니었다. 장도리가 있어야 할 부분에 살짝 휘어진 갈고리가 살벌하게 번득거렸다. 망치 머리 윗부분에는 기다란 송곳이 꼿꼿하게 서 있었다.

"감으로 휘두르라는 거 기억하냐?"

체린이 고개를 끄덕이자 릭은 쇠망치를 건네면서 말했다.

"가지고 있다가 후려치고, 내리찍어. 눈치껏 행동하고. 그거면 돼. 질문 있어?"

"음, 우리 배달 갈 때 뭐 타고 갈 거야?"

"타고 간다니? 뭘 타고 간다는 거야?"

체린은 눈을 껌뻑이면서 말했다.

"배달이잖아. 배달이면 당연히 오토바이나 차, 아니면 우주선이라도 타고 가야지."

"흠, 앞에 말한 두 개가 뭔지는 모르겠지만 어쨌든 우주선 같은 걸 살 돈은 없어."

"그럼 어떻게 가라는 거야? 걸어서 가라는 거야, 지금?"

체린이 기가 차다는 듯 중얼거리자 릭은 고개를 저었다.

릭이 검지를 들어 올렸다. 그러자 허공에 자그마한 홀로그램 창이 떠올랐다. 명함보다 조금 작은 사이즈의 홀로그램 창이었다. 릭은 홀로그램 창을 엄지와 검지로 잡아채면서 말했다.

"똑바로 서, 친구. 지금부터 배달지 근처로 갈 거니까."

"의무실에서?"

릭은 가볍게 고개를 끄덕이더니 손가락 사이에 매달린 작은 홀로그램을 구겨버렸다. 마치 물건을 사고 받은 영수증처럼 말이다. 그 모습을 대수롭지 않게 바라보던 체린은 생각했다.

'설마 의무실 침대를 타고 날아간다거나 하는 건 아니겠지?'

상상에 젖어 있던 체린은 희미하게 미소를 지었다. 하지만 그녀의 미소는 1초 뒤, 눈앞에 펼쳐진 풍경 속에서 사라지고 말았다.

후끈 얼굴로 달려드는 열기가 발톱을 드러내자 체린은 당황한 듯 눈을 껌뻑거렸다. 잠시 눈을 비빈 그녀는 절로 벌어지는 입을 다물지 못했다. 체린은 잠시 숨을 크게 들이마신 뒤 릭을 바라보다 황량한 풍경으로 다시 눈을 돌렸다. 시선 끝에 매달린 메마른 사막이 바람결에 서서히 몸을 뒤틀고 있었다.

거대한 사구 위로 치솟는 샛노란 보름달을 바라보던 체린은 작은 재채기를 터뜨렸다. 입안으로 모래가 날아 들어오는 바람에 입안이 순식간에 쩍쩍 갈라졌다. 체린은 숨을 죽이고서 눈을 껌뻑거렸다. 그러자 어스름이 옅게 깔린 초저녁 하늘에 반짝거리는 별이 눈에 들어왔다.

눈으로 들어온 작은 모래 알갱이가 따갑게 눈을 찔렀다. 체린은 신경질적인 신음을 터뜨리면서 눈을 비볐다. 가벼운 모래바람이건만, 체린은 벌써부터 FTL 매장 안에서 서빙을 하던 순간이 그리워졌다. 적당한 온도와 음식이 넘치는 와자지껄한 공간은 그야말로 형형색색의 꽃들이 흐드러지게 핀 아름다운 정원처럼 느껴졌다.

체린이 만감이 교차하는 얼굴로 모래언덕을 바라보고 있을 무렵, 푸석푸석한 모래 위를 걸으면서 릭은 홀로그램을 켰다. 홀로그램 위로 등고선이 그려진 지도가 펼쳐졌다.

"어디 보자, 여기는 일단 입실론 프라임이야. 세 번째 달의 위치로 보건대, 아마 포트 샤울 서쪽 중앙 사구 지역이겠지."

"하지만, 방금, 침대, 그러니까……."

체린은 입술을 뻐끔거렸다. 세상에, 사막이잖아. 그녀는 놀란 얼굴로 후드가 달린 트레이닝복의 옷깃을 잡아당겼다. 그러자 트레이닝복이 스멀스멀 변하더니 순식간에 영국인 탐험가들이 입었을 법한 국방색의 주머니 많이 달린 옷으로 변했다. 운동화는 어느샌가 군화 비슷한 목이 길고 두꺼운 신발로 바뀌어 있었다.

하지만 세 걸음이나 갔을까? 체린은 입을 쩍 벌리고 뜨거운 열기를 토해냈다. 세상에, 밤인데도 이렇게 뜨거운 열기가 올라오다니. 그녀는 축축 늘어지는 몸을 힘겹게 일으켜 세웠다. 하지만 모래에서 올라오는 열기는 시시각각 그녀의 몸을 바닥으로 잡아끌었다. 거기다 너무 두껍고 무거운 옷이 어깨를 짓누르는 터라 모래 위에서 한 걸음 떼는 것마저 고역이었다.

체린은 옷 무게를 줄이려고 옷깃을 잡아당겼다. 그녀의 손짓에 가슴에 매달린 주머니들과 후덥지근하게 들러붙던 양쪽 소매가 사라졌다. 바짓단도 무릎 위 2cm까지 줄어들었다. 묵직하게 발을 휘감은 군화까지 운동화로 바꾸자 한결 몸이 가벼워졌다. 체린은 열기를 털어내려는 듯 몸을 부르르 떨면서 릭에게 물었다.

"있지, 여기도 중첩공간이야?"

"아니. 중첩공간 밖에 있는 입실론 프라임이라는 행성이야. 최대한 고객과 가까운 거리에 있는 안전한 곳으로 공간이동을 했어. 참고로 여기는 매장에서 40파섹쯤 떨어진 곳이지. 혹시라도 머릿속이 꼬인다 싶으면 말해. 독한 술 두 잔 정도 걸치면 정신이……."

"나 아직 미성년자야. 술은 못 마신다고."

체린은 학을 떼면서 말했다.

"그래서 도시는 어디 있는데?"

화면을 들여다보던 릭은 사막 언덕 너머를 손으로 가리켰다. 그러자 때마침 모래언덕 위로 아지랑이 같은 모래 먼지가 자욱하게 피어올랐다. 체린이 모래 먼지를 노려보자, 릭은 멍하니 서 있는 그녀를 끌고서 모래언덕을 기어올랐다.

체린과 릭이 모래 속에서 허우적거리는 동안, 수백 미터 앞에서 두 사람을 발견한 낯선 이들은 기수를 틀었다. 그들은 뿌연 먼지를 일으키면서 빠르게 언덕을 내려왔다. 헬멧 옆에 매달린 전등 때문에 얼굴은 자세히 보이지 않았다. 하지만 그들이 타고 있는 차량의 전체적인 윤곽은 보였다.

전체적으로 골격 구조가 훤히 들여다보이는 차량이었다. 운전석을 둘러싼 철조망이 사각틀을 이뤘고, 그 사각틀 안에 의자와 조종간 같은 것들이 오밀조밀 들어차 있었다. 탐스러운 전선 아래로는 반중력 엔진이 푸르스름한 빛을 내고 있었다. 그리고 그것의 꽁무니에는 큼지막한 제트 엔진 두 개가 이름 모를 기계 장치와 함께 달려 있었다.

체린은 언덕을 기어오르면서 확신에 차서 입을 열었다.

"저거, 쇼핑 카트지?"

"맞아. 젠장, 숨을 곳도 마땅히 없는데 하필이면…….."

릭은 한숨을 쉬었다. 그는 체린의 어깨를 잡아끌더니 천천히 붉은 실을 만들어 냈다. 릭과 체린은 모래언덕에 몸을 숨겼다. 하지만 그것도 잠시, 쇼핑 카트를 탄 이들은 언덕 아래 반쯤 파묻힌 바위를 지나 곧장 릭과 체린이 걸어 올라가는 언덕을 뛰어넘었다.

놈들은 자랑이라도 하듯 조잡한 차량의 가속 기어를 당겨 요란한 소리를 냈다. 마치 어디로도 도망칠 수 없다고 말하듯 그들은 위압적으로 체린과 릭의 주위를 빙글빙글 돌았다. 릭과 체린이 고개를 들자 쇼핑 카트에 타고 있던 두 놈이 천천히 쇼핑 카트의 전원을 끄고 내려왔다.

반중력 기술이 적용된 쇼핑 카트가 모래 위에 내려앉자, 그들은 철조망을 뛰어넘어 모래 위에 착지했다. 그러더니 붉은 레이저가 이글거리는 총을 꺼내 모래언덕 뒤에 숨은 두 사람에게 총을 겨눴다.

"흐흐흐, 처음 보는 얼굴들이시군. 여긴 어쩐 일이야? 길이라도 잃었나?"

놈들은 체린과 릭 주위를 어슬렁거렸다. 체린은 겁에 질린 얼굴로 놈들을 올려다보았다. 두 사람이 두 손을 올리고 투항의 뜻을 밝히자, 한 놈이 수갑을 두 사람에게 던졌다.

"작은놈, 큰놈에게 채워."

체린이 자기 얼굴을 가리키자, 놈은 쭈글쭈글한 입술을 뒤틀었다. 험상궂게 일그러지는 얼굴을 바라보던 체린은 순순히 수갑을 집어 들었다. 그녀는 미안하다고 말하면서 릭에게 수갑을 채웠다. 그러자 어깨를 으쓱거린 릭은 하늘을 향해 수갑을 내보이면서 소리쳤다.

"멋지군! 수갑이라니."

"닥쳐. 네놈의 턱주가리 부숴버리는 건 일도 아냐."

"오, 퍽이나. 네놈 목적은 우리를 노예로 끌고 가려는 거잖아. 근데 기껏 붙잡은 노예가 턱이 부서져서 밥도 못 먹고 비실거리면 너희 보스가 별로 안 좋아할걸?"

릭이 시니컬하게 중얼거리자, 레이저 총을 등에 짊어진 놈이 허리춤에 찬 가죽 채찍을 꺼내 들었다. 놈은 사정없이 릭을 후려쳤다. 채찍 끝에 달린 갈퀴가 팔뚝의 살점을 뭉텅이로 떼어냈다. 그러자 기세등등하게 소리치던 릭이 바닥에 주저앉아 신음했다.

반중력 쇼핑 카트 위에 앉아 있던 다른 놈은 어깨 위에 장총을 기대어 세우고서 실실 웃었다. 이 사디스트는 채찍질로 고통에 시달리는 릭을 안주 삼아 조끼 안쪽에 붙여놓은 껌을 씹었다. 단단하게 뭉친 껌이 이빨 사이에서 찌그러지자, 다디단 과일 향이 배어 나왔다. 짜악짜악. 껌을 씹을 때마다 과일 향이 강해졌다.

사디스트는 이 광경을 참으로 좋아했다. 과일 향이 나는 껌을 씹으면서 고통에 신음하는 인간을 보는 기분이란, 정말이지 황홀하기 짝이 없었다.

하지만 그는 약간의 황홀함을 맛보는 대신에 조금 더 주위에 신경을 써야 했다. 그랬다면 붉은 실로 모래를 헤치고 나오는 릭과 체린을 미리 발견할 수 있었으리라.

릭이 붉은 실로 체린의 허리를 휘감아 반중력 쇼핑 카트 위에 올려주었다. 그는 실로 망치 형상을 그린 뒤 후려치는 시늉을 하고는 다시 조용히 모래 속으로 숨어들었다.

체린은 못마땅한 얼굴로 하얀 실을 뻗어 쇠망치를 만들어 냈다. 그녀는 마치 프로골프 선수처럼 망치를 머리 위로 쳐 들었다. 달빛 아래, 날카로운 창끝이 매달린 자그마한 쇠망치가 반짝거렸다. 하지만 무지한 놈들은 자신들의 생명이 경각에 달렸음을 인지하지 못했다.

"어디서 반항이야? 노예 새끼가! 좀 더 처맞아야! 정신 차리지!"

계속 채찍질을 하던 놈은 피떡이 된 릭을 바라보다 모래 위에 엎어진 체린을 향해 시선을 던졌다. 놈이 체린에게 채찍을 휘두르려던 그때였다.

그의 등 뒤에서 가느다란 비명이 울려 퍼졌다. 그는 빠르게 비명이 들린 쪽으로 몸을 돌렸다. 헬멧에 달린 큼지막한 전등 불빛이 어둠을 내쫓자, 불빛 너머로 장총과 함께 쇼핑 카트에서 떨어지는 형상과, 쇼핑 카트 위에 서 있는 인간이 보였다. 150이 조금 넘는 키에 검은 머리를 뒤로 쓸어 넘긴 호리호리한 인간이었다.

반중력 차량 위에 선 체린의 얼굴을 바라보던 그의 머릿속이 한순간에 정지했다. 어떻게 저놈이 저기에 서 있지? 눈살을 찌푸리던 그는 반사적으로 모랫바닥에 쓰러져 있는 릭에게 고개를 돌렸다.

모랫바닥에 쓰러져 있던 릭이 몸을 일으키자, 릭의 몸이 오래된 텔레비전 화면처럼 지직거렸다. 그러자 그의 옆에서 겁에 질린 얼굴로 앉아 있던 체린의 몸도 서서히 지직거리기 시작했다.

자신이 속았다는 사실을 깨달은 놈은 채찍을 던져 버렸다. 곧장 허리춤에 찬 권총을 꺼내 체린에게 겨누려고 했다.

하지만 놈은 그녀를 해칠 수 없었다. 모래 속에서 솟아오른 단단한 팔뚝이 목을 휘감은 것이다. 놈이 비명을 지르기도 전에 기다란 칼날이 순식간에 놈의 가슴을 꿰뚫었다.

놈은 숨소리도 내지 못하고 총을 모래 속에 떨어뜨렸다. 릭은 곧장 그의 등에서 검을 뽑아 괴로워하는 그의 목을 쳤다. 깔끔한 일격에 핏물이 메마른 모래 위를 적셨다. 놈의 머리가 모래 위에 떨어지자, 체린은 기겁을 하면서 쇼핑 카트에서 뛰어내렸다. 그녀는 토끼처럼 놀란 눈으로 릭을 바라보면서 소리쳤다.

"죽일 필요는 없잖아!"

"아니, 당연히 죽일 필요 있지."

릭은 빌빌거리는 자신과 겁에 질린 체린의 홀로그램 영상을 꺼버렸다.

"이봐, 주위를 둘러보라고 친구. 여기 뭐가 있어?"

"모래."

"바로 그거야. 여기는 모래밖에 없어. 몸을 숨기기도 힘들고 도망치기도 힘들지. 뭐, 우리야 홀로사이트로 땅굴을 파고 홀로그램 눈속임이라도 하지만 그런 잔재주도 가끔은 먹통이 되곤 한다고. 그런데 이런 곳에서 불쌍하다고 적을 살려두면 어떻게 될까? 다음에 만났을 때 우리를 도와줄까? 그러면 아마 '은혜 갚은 개자식'이란 이름의 동화 한두 편쯤은 출판되고도 남았겠지."

릭은 비꼬면서 말했다. 그러더니 이번에는 체린의 발아래 쓰러져 있는 놈을 향해 칼끝을 겨눴다. 체린은 잠시만 기다려 보라고 소리쳤다.

"야! 굳이 기절한 사람을 죽일 필요는 없잖아."

"저 새끼가 깨어나면 골치 아플 거야. 지금 처리해야 해."

릭이 냉정하게 말하자 체린은 언성을 높였다.

"하지만 저 사람은 싸울 수도 없잖아! 이건 고의적인 살인이야. 알아? 이건 나쁜 거라고! 아무리 우리한테 해를 끼칠 수 있다고는 해도, 죽이는 건 너무하잖아. 그냥 총만 빼앗고 말자, 응?"

"그래, 물론 그래도 되긴 하지. 홀로사이트로 얼굴을 바꾸면 못 알아볼 테니까. 하지만 저놈은 우리가 어디서 뭘 하고 있었는지 알아. 잘못하면 고객까지 위험해질 수 있어."

"하지만 함부로 사람의 생명을 빼앗는 일은 용납 못해!"

체린이 단호하게 맞서자, 릭은 고개를 저으면서 개탄스러운 한숨을 토해냈다.

그때 체린의 등 뒤에서 휙, 하고 밤하늘을 날아오르는 소리가 들렸다. 릭이 급하게 손을 들어 올리더니 손가락을 튕겼다. '흐억!' 하는 신음 소리와 함께 뭔가가 바닥으로 떨어져 내렸다.

체린은 깜짝 놀라 뒤를 돌아보았다. 체린에게 레이저 총구를 겨눈 채, 다른 손으로는 붉게 빛나는 가느다란 실을 쥐고 쓰러진 놈의 모습이 보였다. 릭은 곧장 놈에게 다가가, 손을 내저으면서 몸부림치던 놈의 가슴에 칼날을 꽂아 넣었다.

릭은 칼날을 비틀어 빼내면서 두 눈을 질끈 감은 체린에게 말했다.

"방금 전에 죽을 뻔한 소감이 어때?"

"하지만……."

"그래, 네 말이 아주 틀린 건 아냐. 하지만 그런 도덕관념은 적어도 문명이 있는 곳에서나 내세워. 이딴 허접한 모래 행성 말고 FTL 매장 같은 곳에서 내세우라고! 안 그랬다간 너랑 나, 둘 다 죽어! 너도 배달 첫날에 머리에 구멍이 나고 싶지는 않잖아."

릭이 빤히 쳐다보자, 체린은 슬그머니 고개를 끄덕였다. 릭은 체린의 어깨를 살짝 다독였다.

"네가 틀린 건 아냐."

릭은 체린에게 한마디 한 뒤, 곧장 허리를 수그리고서 놈들의 몸을 뒤졌다. 쓸 만한 것을 챙기려는 모양이었지만 매우 불행히도 레이저 총과 전등 달린 헬멧 빼고는 딱히 쓸 만한 것은 없었다. 릭은 레이저 총 하나를 실로 분해해 주머니 속에 찔러 넣고서 헬멧을 벗겨 냈다.

헬멧의 전등불을 끄자, 전등 불빛에 가려져 있던 크롬으로 도금한 문장 하나가 떠올랐다. 두 사람은 헬멧에 찍힌 문양을 바라보았다. 해골 무늬 뒤에 YP라고 적힌 문자가 반짝이고 있었다. 먼저 반응을 보인 것은 체린이었다.

"이거 혹시…… 그놈들 문양 아니야? 전에 쳐들어왔던 해적들 말이야."

체린이 말하자, 릭은 고개를 끄덕였다.

"확실해. 지난번에 우리 가게에 쳐들어온 놈들이야."

"근데 이게 말이 돼? 그러니까, 같은 문양을 그린 해적들을 두 번이나 맞닥뜨리는 게……."

"불가능하지. 온 우주에 해적이 얼마나 많은데."

릭은 손바닥을 펼쳐 들고는 홀로그램 화면을 띄웠다. 그는 곧장 FTL의 공식 홍보 계정을 확인했다. FTL 생중계라는 작은 문구가 왼쪽 구석에 떠올랐다. 화면 속에는 검은 머리의 요한나가 서 있었다. 그녀가 새로운 메인 홀을 선보이겠다고 말하며 손가락을 튕기자, 물병자리 근처를 떠도는 다 죽어가는 별을 포획해서 거대한 전등으로 삼은 메인 홀의 전경이 화면 속에 들어왔다. 릭이 고개를 끄덕였다.

"이건 네가 오기 여섯 달 전 즈음에 찍은 광고야. 네가 왔을 때는 이미 사이트에서 내려간 지 오래였지."

"음, 상대성 이론 같은 거 때문에 조금 늦게 온 거 아냐? 우주는 넓잖아."

"우리 가게는 전 우주 어디에서나 시간이 동일하게 흘러.

광고도 마찬가지지. 전 우주 어디서나 똑같은 광고를 본다고. 그런데 6개월 전 광고가 떴다? 이건 다시 말해서……."

"우리가 6개월 전으로 시간 여행을 했다 이거야?"

릭은 고개를 끄덕였다.

"아무래도 이번 배달은 그냥 배달이 아닌 거 같아. 조심해야겠어."

릭은 짧막하게 중얼거리고서 자리에서 일어났다. 그는 죽은 해적의 헬멧을 체린에게 건넸다. 체린은 눈을 껌벅이면서 말했다.

"음, 근데 이걸 왜 나한테 주는 거야?"

릭은 체린을 바라보면서 말했다.

"그거 써."

릭이 딱딱하게 말하자 체린은 입을 벌렸다. 그녀는 모래 위에 쓰러진 해적을 바라보다 헬멧을 바라보았다. 죽은 사람이 쓰던 걸 쓰라는 거야, 지금? 체린은 기가 차다는 듯 코웃음을 쳤다. 죽은 사람이 쓰던 헬멧을 쓰는 건 상당히 찝찝했기 때문이다. 릭은 최대한 나긋나긋한 목소리로 타이르듯 그녀에게 말했다.

"찝찝해도 써. 머리에 구멍 뚫리기 싫으면 말이야. 그리고 무엇보다 저 해적 놈들이 우리를 발견해도 이것만 쓰고 있으면 같은 편으로 착각하고 그냥 넘어갈 수도 있어. 물론 드론이나 그런 기계들은 조심해야겠지만.”

“하지만 왜 하필 죽은 사람이 쓰던 헬멧이야? 그냥 만들어서 쓰면 안 되는 거야?”

체린이 투덜거리자 릭은 그게 무슨 바보 같은 질문이냐는 듯 한심한 눈으로 체린을 바라보았다. 릭의 눈빛을 노려보던 체린은 한숨을 쉬었다.

“그래, 그래, 안다고. 돈 때문이겠지. 하지만 이런 걸 쓰면…… 재수 없다고.”

“나 원, 죽은 사람 물건 좀 가져다 쓰는 게 뭐 그리 나빠? 돈도 절약하고 좋구먼.”

릭은 혀를 차다가 체린에게 건넸던 헬멧을 빼앗아 들었다. 그의 손이 닿자 헬멧은 순식간에 분해되었다. 매끈거리던 헬멧이 붉은 실이 되어 무너져 내리더니 몽환적인 궤적을 그리면서 허공으로 날아올랐다. 실들이 허공에서 널뛰기를 할 동안 릭은 손가락을 튕겼다.

그의 손짓에 실들은 잘 훈련된 뱀처럼 서로의 몸을 휘감기 시작했다. 정교한 직물처럼 서로의 몸을 휘감더니 순식간에 둥그스름한 헬멧의 윤곽을 짜냈다. 그리고 마침내 실들이 붉은빛을 털어내자 정교한 직물은 이제 매끈하다 못해 어둠 속에서도 희미하게 광택을 내뿜는 헬멧으로 변해 있었다.

릭은 YP라는 글자와 해골 무늬가 새겨진 큼지막한 헬멧을 체린에게 내보였다.

"자, 이제 괜찮지? 헬멧을 분해하고 다시 만들었잖아."

"하지만 그게⋯⋯."

처음보다 덜 찝찝하긴 했지만, 여전히 찝찝한 기분은 버릴 수 없었다. 이 때문에 체린은 얼굴을 살짝 일그러뜨리고는 고개를 천천히 가로저었다. 그런 체린을 바라보던 릭은 결국 체린의 머리에 헬멧을 뒤집어씌웠다.

그러고는 그녀를 지나쳐 검붉은 피를 머금은 모래 위에 쓰러진 해적의 헬멧을 아무렇지도 않게 벗겼다. 릭은 헬멧에 들러붙은 검붉은 모래를 손으로 탁탁 털어냈다. 손에 피가 조금 묻었지만, 그가 헬멧을 뒤집어썼을 즈음에는 핏물이 붉은 실로 변해 모래 위에 떨어졌다.

체린은 눈을 껌뻑이면서 릭을 바라보았다. 그녀의 시선에는 위생 관념과 찝찝함 따윈 강아지 사료로 줘버린 남자에 대한 경멸적인 경이로움이 뚝뚝 묻어났다.

체린의 반응에는 아랑곳없이 릭은 해적들이 타고 나타난 쇼핑 카트 쪽으로 다가갔다. 그는 홀로사이트를 이용해 쇼핑 카트를 직렬로 연결한 건전지처럼 앞뒤로 한데 붙였다. 뒤쪽 좌석의 조종간이 사라지고 철조망은 조금 더 견고해졌다.

릭은 반중력 차량 위에 올라탔다. 그가 모래 속에 살짝 파묻힌 기계의 계기판 위에 달린 버튼을 누르자, 조잡하게 생긴 차량은 허공으로 두둥실 떠올랐다. 릭이 말했다.

"좋아. 작동한다. 야, 올라타."

릭이 체린에게 손을 내밀었다. 체린은 잠시 머뭇거리다 쇼핑 카트 쪽으로 다가갔다. 그녀는 그의 손을 잡고 기계 위에 올라탔다. 체린이 자리에 앉은 걸 확인한 릭은 조종간을 당겼다. 조잡한 기계가 두둥실 날아오르기 무섭게 그는 엔진의 출력을 높였다. 그 순간 반중력 차량은 순식간에 모래언덕을 가로질렀다. 멀고 먼 사막 한가운데, 그 고요한 풍경 속에서 가느다란 엔진 소리와 함께 체린의 가냘픈 비명이 날아올라 허공 속으로 사라지고 있었다.


*****


반중력 차량은 빠르게 모래 위를 가로질렀다. 가벼운 바람과 함께 덜덜거리는 동체가 삐거덕거렸다. 의자는 딱딱했고 무엇보다 승차감이 별로였다. 쇼핑 카트의 몸체는 진동 때문에 가냘프게 떨리고 있었다. 특히 체린이 앉아 있던 자리는 유독 덜덜 떨렸다.

체린은 파르르 떨리는 자리에 앉아 다 죽어가는 사람처럼 새파랗게 질려 있었다. 결국 그녀는 릭의 등을 두드리면서 천천히 가라고 말했다. 릭이 천천히 고개를 돌리더니 엔진

출력을 낮추고서 체린을 바라보았다. 새파랗게 질린 얼굴을 바라보던 릭은 혀를 끌끌 차면서 말했다.

"세상에, 무슨 멀미를 그렇게 심하게 해?"

"다악쳐어……."

체린은 숨을 가다듬었다. 다 죽게 생긴 체린을 바라보던 릭은 붉은 실을 뿜어냈다. 그는 실로 의자와 쇼핑 카트를 묶으면서 말했다.

"조금만 참아, 친구. 곧 포트 샤울이야."

릭은 홀로그램 화면을 체린에게 내밀었다. 확실히 포트 샤울은 가까운 곳에 있었다. 적어도 지도상에 따르면 체린의 검지 한마디 정도밖에 떨어져 있지 않았다. 아이고야. 그녀는 애써 마른침을 삼키면서 말했다.

"있지, 우리 자리 바꾸면 안 될까? 앞자리면 조금 덜 어지러울 것 같은데."

"너 조종할 줄 알아?"

체린이 입을 다물자 릭은 손가락을 튕기면서 말했다.

"아, 그러면 되겠다! 내가 옆으로 조금 비킬 테니까 내 옆에 앉을래?"

체린은 눈을 껌뻑거렸다. 그러고는 의자 하나에 끼여 앉은 두 남녀를 상상해 보았다.

갈 길을 잃은 두 사람의 왼팔과 오른팔이 묘한 신경전을 벌였다. 새삼스럽게 서로의 숨소리가 가늘게 요동쳤고, 두근거리는 심장 고동이 빠르게 뛰면서, 열기로 얼굴이 후끈 달아올랐다. 거기다 비좁은 공간에서 어쩔 수 없이 닿는 허벅지를 따라 묘하게 자라나는 긴장감이란……. 상상만으로도 부끄럽기 짝이 없었다. 새파란 얼굴에 생기가 빠르게 감돌기 시작했다.

'참 대단하다, 이체린. 방금 전까지만 해도 사람 목숨을 놓고서 신경전을 벌이던 남자랑 그런 상상을 하다니…….'

그녀는 발그레 달아오른 뺨을 긁적이면서 입술을 실룩이다 고개를 저었다. 이 수많은 생각 끝에 그녀는 '됐어.'라는 짤막한 대답을 내놓았다. 릭은 됐으면 말라고 중얼거리면서 슬쩍 옆으로 비켰던 엉덩이를 다시 원래 자리로 되돌렸다.

그는 다시 조종간을 밀었다. 엔진이 불을 뿜기 무섭게 반중력 차량은 다시 모래언덕을 가로질렀다. 엔진 출력을 상당히 낮춘 덕에 아까만큼 심하게 흔들리지는 않았다. 그래도 여전히 묘한 진동이 울리는 것은 어쩔 수 없었다. 결국 포트 샤울 외곽에 도착했을 즈음, 체린은 새벽녘에 드리운 일식을 바라보면서 초주검이 되어 있었다.

반중력 차량이 멈춰서고, 릭이 이제 내리자고 말했다. 체린은 힘겹게 몸을 일으켜 세웠다. 이리저리 휘청이던 몸은 아차하는 순간에 중심을 잃었다. 그 바람에 체린은 모래 위에 얼굴부터 곤두박질쳤다. 만일 릭이 홀로사이트를 뻗어 그녀를 잡아주지 않았다면, 그녀는 모래의 맛에 대해 고찰하는 시간을 가졌을 터였다.

붉은 실들이 그녀를 모래 위에 내려주자, 축 늘어진 체린은 간신히 모래 위에 엉덩이를 깔고 앉았다.

"으으, 얼마나 더 가야 하는 거야?"

"다 왔어. 포트 샤울이야."

"다 왔다고?"

체린은 몸을 쭉 펴고서 주위를 살폈다. 그러자 거대한 장벽이 눈에 들어왔다. 장벽 위에는 외계어들이 적혀 있었다. 그녀의 홀로사이트는 순식간에 외계어들을 번역해 주었다.

"꺼져라 FTL? 음식 독재자? 하, FTL은 정말로 욕을 많이 먹는구나."

"뭐, 그런 셈이지. 온 우주에 존재하는 모든 음식들을 다 우리가 독점하고 있으니까."

릭은 어깨를 으쓱이면서 말했다.

"그래서 기분은 좀 어때? 아직도 죽을 맛이야?"

체린은 말없이 고개를 끄덕였다.

"토할 것 같은데 토는 안 나오고, 자고 싶은데 잠도 안 와……."

"그럴 거야. 홀로사이트가 우리 신체를 컨트롤하고 있거든. 조금 정신을 집중하면 나아질 거야. 10초간 눈감고 숨을 고르게 쉬어 봐."

체린은 릭이 시키는 대로 했다. 당장이라도 멀미를 떨쳐버리고 싶었기에 그녀는 반신반의하는 심정으로 숨을 고르게 내쉬었다. 그러자 홀로사이트를 사용할 때처럼 옆머리를 타고 긴장감이 자글자글하게 끓어올랐다.

체린은 자글거리는 긴장감과 함께 눈을 떴다. 숨을 몰아쉬자 상쾌한 바람결이 뺨을 어루만지는 산뜻한 기분이 들었다. 언제 멀미를 했냐는 듯, 눈은 찬물로 씻은 듯이 맑아졌고 머릿속이 개운했다. 체린이 말똥말똥한 눈을 껌뻑이자, 릭은 고개를 끄덕이면서 말했다.

"조금 편해졌지?"

"어떻게 된 거야?"

"홀로사이트가 네 뇌를 살짝 건드린 거야."

"그거 좀 꺼림칙한데."

"꺼림칙하기는. 너도 감기약 같은 건 먹어봤을 거 아냐. 그건 핏속에 녹아든 다음에 뇌에 안 들어갔을 거 같아? 빨리 일어나, 친구. 지금부터 저 안으로 들어가야 하니까 정신 차리고 바짝 붙어."

릭이 모래 위를 걷기 시작하자 체린은 투덜거리면서 그의 뒤를 따랐다. 하지만 그녀가 서너 발자국 떼기도 전에 어디선가 낮게 웅웅거리는 소리가 들려왔다.

릭은 잠시 걸음을 멈추고 소리가 들려오는 방향을 노려보았다. 그러더니 헐레벌떡 체린에게 달려와 그녀의 손을 끌고서 모래를 가로질렀다. 하지만 소리는 두 사람의 발걸음보다 빠르게 언덕을 넘고 있었다. 언덕을 오르던 릭은 홀로사이트를 뻗어 모래 위의 발자국을 지우고서 몸을 낮췄다. 그러더니 체린의 팔을 붙잡아 자신의 몸 쪽으로 끌어당겼다.

갑작스런 행동에 당황한 체린이 잠시 멈칫거리는 사이, 릭은 곧장 레인코트를 벗어 체린과 자신의 몸을 가렸다. 그러자 순식간에 탐조등과 한 무리의 드론들이 두 사람의 머리 위를 빠르게 가로질렀다. 그 바람에 체린은 하마터면 새된 소리를 흘릴 뻔했다.

그녀가 입을 틀어막자, 릭은 체린의 얼굴을 바라보았다. 그러더니 홀로사이트를 뻗어 레인코트를 조작했다. 순식간에 코트의 어깨선에 자그마한 구멍 하나를 만들어 냈다. 그러자 희미하게 반짝이는 별빛이 코트 안쪽으로 스며들었다.

릭은 곧장 코트 위에 생긴 작은 구멍을 손가락으로 잡아끌었다. 작은 구멍을 반중력 차량 쪽으로 가져간 그는 검지와 엄지를 벌렸다. 구멍이 멜론만 하게 커지자 반중력 차량 위를 맴도는 괴상하게 생긴 드론들 모습이 선명하게 보였다.

그것들은 대체로 가오리와 투구게를 적당히 섞어놓은 것처럼 생겼다. 날개에 달린 작은 엔진들이 뜨거운 열기를 뿜어 대면서 반중력 차량 주위를 돌고 있었다. 그 모습은 썩어가는 시체를 찾아낸 독수리 떼처럼 보였다. 체린은 조마조마한 얼굴로 구멍 밖을 바라보았다.

체린의 뇌가 불안 속에 익사해 가던 그때, 드론들은 하나둘 반중력 차량 위에 내려앉기 시작했다. 동체 아래에 숨겨져 있던 자그마한 여섯 개의 다리를 꺼내 몸을 지탱했다. 놈들은 화살표처럼 생긴 동체를 열고서 청소기처럼 생긴 분석기를 꺼내 이리저리 들이밀었다.

놈들은 반중력 차량에 남은 흔적들을 찾으려고 애를 썼다. 하지만 반중력 차량에서 얼마 떨어지지 않은 곳에 쪼그려 앉아 코트를 뒤집어쓴 체린과 릭 쪽에는 눈길 하나 주지 않았다. 이상한 일이었다. 고작 레인코트 하나 뒤집어쓰고 있을 뿐인데 보지 못하다니.

릭이 홀로그램 화면을 꺼내 다음과 같이 적었다.

'어차피 쟤들은 우리 못 봐. 그러니까 저 자식들이 헛다리 짚을 동안 우린 장벽 쪽으로 간다. 하나에 가는 거야. 코트에 달린 재밍 장치에 배터리가 별로 없으니까 빨리 걸어.'

드론들이 반중력 차량의 계기판을 쪼아댈 즈음, 릭은 체린에게 눈을 까딱거렸다. 그러고는 차량을 보던 구멍을 손가락으로 끌고 왔다. 구멍 너머로 장벽의 모습이 비치자 체린은 고개를 끄덕였다. 릭도 고개를 끄덕이면서 손가락을 들어 올리고서 숫자를 세었다.

3, 2, 1.

릭이 장벽을 가리키자, 두 사람은 동시에 걸음을 옮겼다. 실로 발자국을 지우면서 속보로 모래 위를 가로질렀다. 걸음을 뗄 때마다 모래 알갱이가 푸석하게 무너져 내렸고, 그 흔적을 릭의 홀로사이트가 지웠다.

두 사람이 모래 능선을 거의 다 기어올랐을 때였다. 서서히 레인코트의 옷자락이 지직거리기 시작했다. 때문에 두 사람은 너나 할 것 없이 곧장 모래언덕 너머로 몸을 던졌다. 모래가 언덕 아래로 쏟아지는 바람에 드론 몇 대가 두 사람이 숨은 언덕을 바라보다 고개를 돌렸다. 드론의 카메라에는 황량한 모래 위로 몰아치는 한 줄기 바람만 잡혔다.

그것들은 잠시 주위를 살피더니 하나둘 날아올랐다. 그러곤 까마귀 떼처럼 하늘을 뒤덮으면서 어디론가 날아가기 시작했다. 드론들이 사라지자 두 사람은 머리 위로 뒤집어쓴 레인코트를 벗어던졌다.

"어디로 가는 걸까?"

"아마 쇼핑 카트의 항적 기록을 따라가는 거겠지. 빨리 가자. 벌써 이 빌어먹을 사막에서 한 시간 반이나 낭비했어."

릭이 걸음을 옮기자 체린도 그를 따라 장벽으로 향했다.

얼마나 걸었을까? 단조로운 풍경 너머로 오래된 도로의 흔적이 드러났다. 이름 모를 조각상 하나가 모래 속에서 모습을 드러냈다가 다시 파묻히기를 반복했다. 체린은 조각상을 바라보았다. 그곳에는 머리가 날아간 조각상이 가느다란 팔 하나를 내밀고 있었다. 체린은 조각상의 작은 가슴 위에 적힌 글씨를 바라보았다. '정치가들 뒈져버려.'라는 글귀가 붉은 페인트로 적혀 있었다.

모래언덕을 넘어서기 무섭게 거대한 장벽이 한층 더 드높게 솟아 있었다. 체린은 생각보다 높은 벽을 바라보면서 혀를 내둘렀다.

"이제 어쩌지? 정문으로 들어갈 수는 없잖아."

"그렇지. 잘 봐."

릭은 홀로사이트를 벽에 찔러 박았다. 그렇게 여덟 가닥의 실들이 벽에 들러붙자, 릭은 홀로사이트에 몸을 의지했다. 홀로사이트가 가느다란 다리처럼 움직여 벽을 짚고 올라가자, 그가 순식간에 벽을 넘어 모습을 감추었다.

체린도 릭이 한 것처럼 홀로사이트를 뽑아냈다. 그녀는 실을 뻗어 벽에 찔러 넣었다. 그녀가 벽을 짚고 올라가는 상상을 머릿속에 떠올릴 무렵, 문득 한 가지 생각이 떠올랐다. 왜 벽을 기어 올라가는 거지? 그냥 부수고 들어가면 안 되나? 그녀의 생각이 머릿속을 가로지르기 무섭게, 체린의 눈앞에서 벽이 하얀 실이 되어 녹아내렸다. 그리고 벽이 조용히 무너져 내리자, 벽 뒤에 숨어 있던 수많은 형체가 퀴퀴한 냄새와 함께 일어났다.

체린은 검은 눈들을 멍하니 바라보았다. 그들은 하나같이 세 개의 검은 눈을 번뜩이면서 굽은 허리를 바싹 세워 체린을 내려다보고 있었다. 못해도 2m 정도는 되는 키에, 더듬이 같은 기관 끝에 반짝거리는 아지랑이를 일렁거리고 있었다. 그러자 체린의 눈앞에 작은 홀로그램 창이 떠올랐다.

'이건 또 뭐야? 갑자기 어디서 나타난 거지?'

체린은 숨을 죽였다. 그녀가 뒷걸음질 치자, 놈들은 하나둘 밖으로 걸어 나왔다. 개중에는 큼지막한 대못이 장전된 총을 든 이도 있었다. 그들은 주위를 경계하듯 두리번거리면서 슬그머니 뒷걸음질 치는 체린에게 다가갔다.

체린은 화들짝 놀라 헬멧을 손으로 가리켰다. 헬멧을 쓰고 있으면 같은 편인 줄 알 거라는 릭의 말이 떠오른 것이다. 하지만 입실로니안 해적들은 체린의 행동 따윈 거들떠보지도 않았다.

'이놈 혼자서 여기 왔을 리가 없어. 다른 놈은 어디 있지?'

'빨리 말해!'

입실로니안 하나가 체린의 멱살을 잡아 올렸다. 체린이 새된 비명을 터뜨리던 그때, 어디선가 날아온 레이저 광선이 체린의 멱살을 쥔 입실로니안의 가슴을 꿰뚫었다. 외계인이 노르스름하고 끈적끈적한 체액을 흘리자, 격렬하게 흔들리는 빛이 터져 나왔다.

외계인들은 헐레벌떡 총을 가지러 무기 보관대를 향해 몸을 움질거렸다. 하지만 장벽에서 쏟아지는 레이저는 살벌하게 바닥을 때렸다. 해적들이 이러지도, 저러지도 못하고 있는 그 순간, 그림자 하나가 벽을 타고 내려왔다.

릭이었다. 그는 분해되다 만 장벽을 홀로사이트로 짚고 내려왔다. 그는 홀로사이트를 기다란 다리처럼 이용해 벽을 타고 움직이면서 해적들의 엄폐물을 우회했다.

해적들이 바쁘게 몸을 움직여댔다. 하지만 그들이 조금이라도 엄폐물 속에서 몸을 내보이면, 그 순간 레이저가 그들의 몸을 꿰뚫고 지나갔다. 일곱 해적들 가운데 살아남은 해적은 고작 셋 정도였다. 릭은 남은 해적들에게 총을 쏘려고 했지만 과열된 축전기가 퍽 하는 소리와 함께 작은 폭발을 일으켰다. 릭은 한숨을 쉬더니 곧장 벽을 박차고 허공으로 뛰어올랐다.

포물선을 그리면서 떨어진 릭은 손가락을 튕겼다. 순식간에 온몸에서 자라난 붉은 실이 자그만 추진기가 되어 릭의 몸에 매달렸다. 추진기가 불을 뿜자 그는 가볍게 공중제비를 하면서 사뿐히 바닥에 내려앉았다. 릭은 들고 있던 고장 난 레이저 소총의 남은 부속들로 장검을 벼려냈다.

검을 든 그는 곧장 칼날을 휘두르면서 해적들에게 달려들었다. 겁에 질린 해적들이 더듬이를 까딱이면서 탄식 어린 아지랑이를 터뜨릴 즈음, 칼날이 그들의 머리와 몸을 떼어냈다. 릭은 옆에서 달려드는 외계인을 향해 검을 크게 휘둘러 가슴을 베어 넘겼다. 두 외계인이 피를 흘리며 쓰러지자, 그는 엄폐물에 숨어 벌벌 떨고 있는 해적에게 다가갔다.

해적은 엄폐물에서 도망치려 했다. 하지만 릭은 곧장 홀로사이트로 그의 다리를 잡아챘다. 놈이 모래 위에 고꾸라지자, 그는 홀로사이트로 해적의 다리를 휘감아 자신의 발 앞으로 끌고 왔다.

릭은 놈에게 검을 겨누더니 해적에게서 눈을 떼지 않은 채 체린에게 말했다.

"야, 신입. 벽 다시 세워라. 누가 보면 귀찮아져."

체린은 고개를 끄덕이면서 정신을 집중했다. 바닥에 떨어져 있던 하얀 실이 서서히 공중으로 날아올라 외벽을 찍어냈다. 릭은 겁에 질린 해적에게 말했다.

"자는데 깨워서 미안하군."

릭이 홀로사이트로 아지랑이를 만들어 허공에 흘렸지만 해적은 아무런 빛도 내지 않았다. 아무래도 더 할 말은 없는 모양이군. 고개를 끄덕인 릭은 조용히 그의 가슴에 칼을 찔러 넣었다. 날카로운 검이 가슴을 파고들자 외계인은 저항 한번 못하고 모래 속에 얼굴을 처박았다. 릭은 장검을 붉은 실로 바꾸면서 말했다.

"이리 와. 같이 올라가자."

체린은 릭의 손을 잡으면서 말했다.

"우리 이거, 그냥 두고 가면……."

"어차피 들켰어. 아까 벽 위에서 총을 쐈을 때 볼 만한 놈은 다 봤을 거야."

"그럼 이제 어쩌지?"

체린이 불안한 듯 발을 동동 구르자 릭은 잽싸게 체린을 잡아끌었다. 그러더니 홀로사이트로 체린의 허리와 자신의 허리를 묶었다. 체린이 얼떨떨한 얼굴로 그를 올려다볼 즈음, 릭은 홀로사이트를 뻗어 천천히 장벽을 기어올랐다.

두 사람이 장벽 위로 고개를 들이밀자 어디선가 사이렌 소리가 희미하게 울려 퍼지기 시작했다.


'아, 진짜. 누가 들어왔다고 이 난리야?'

'몰라. 주정 부리던 새끼가 레이저 불빛을 봤다나 봐.'

'이번에는 누가 쳐들어왔을까? 헤로니안 해적들? 아니면 우주 다람쥐들? 설마, FTL은 아니겠지? 그러고 보니까 조만간 걔네 매장에 쳐들어가기로 했잖아. 어쩌면 쳐들어가기 전

에 우리 모두를 죽이러 온 거 아닐까?'

'그 FTL 자식들이 온 거면 진짜 뼈를 갉아먹을 거야. 그놈들 때문에 대체 언제까지 굶어야 하는 거야? 난 말이야, 들어가자마자 FTL 직원이라고 이야기하는 자식들 허리부터 분질러 버리겠어.'

두 입실로니안이 희미한 빛을 일렁이면서 지나갔다. 희미한 빛이 사라지자, 해적 헬멧을 쓴 릭과 체린은 어둠 속에서 고개를 들었다. 해적들이 장벽 너머로 사라지자 두 사람은 곧장 걸음을 옮겼다.

체린과 릭은 빠르게 성벽을 따라 걸음을 옮겼다. 얼마나 걸었을까? 성벽 안쪽으로 이어진 조잡한 초소가 나타났다. 릭과 체린은 벽에 뚫린 총안구를 통해 초소 안을 살폈다. 안에는 아무도 없었다.

두 사람은 초소 안으로 들어가 몸을 숨겼다. 문이 닫히자 초소 안에 어둠이 내려앉았다. 릭은 곧장 홀로사이트를 뻗어 문을 벽으로 바꾸었다. 체린이 손전등을 찍어내서 주위를 비추자, 기괴하게 생긴 가구가 눈에 들어왔다. 마치 자전거를 45도쯤 기울인 뒤 서로 이어놓은 것처럼 보였다.

체린이 신기한 듯 가구를 바라보자 릭은 집중하라는 듯 손가락을 튕겼다. 그는 초소 아래로 통하는 계단을 지워버린 뒤, 녹슨 철판으로 된 바닥으로 바꾸어놓았다. 그는 벽면에 작은 유리창을 만들어내면서 말했다.

"좋아, 이제 안전해. 숨 좀 돌리자. 무기도 좀 챙기고."

"무기를 메고 다니면 의심받지 않을까?"

"그러면 홀로사이트로 분해해서 주머니 속에다 넣어."

체린은 알았다고 말하면서 무기를 집어 들었다. 그녀의 손이 닿기 무섭게 레이저 소총은 하얀 실이 되어 바닥에 흩어졌다. 아직도 적응이 되지 않는 광경이었다. 체린은 실들을 주섬주섬 모았다.

체린이 세 번째 소총을 분해하려던 때였다. 눈 위로 작은 홀로그램 창 하나가 나타났다. 예금 부족을 알리는 창이었다. 체린은 홀로그램 창을 구겨버린 뒤 잠시 생각에 잠겼다. 예금은 총 70우주달러. 그것도 해적 놈들이 쳐들어왔다가 사태가 일단락된 뒤에 미티가 조금 빌려준 금액이었다. 하지만 이제 그녀의 예금에는 5우주달러만이 남아 있었다.

체린은 한숨을 쉬면서 말했다.

"저기, 지금 나 돈이 없어서 분해할 수 없대. 조금 빌려주면 안 돼?"

"미안하지만 나도 돈이 별로 없어. 더 챙길 수 없으면 잠시 쉬고 있어."

체린은 고개를 끄덕였다. 그녀는 잠시 맨바닥에 엉덩이를 깔고 앉았다. 한 5분쯤 쉬었을까? 창가에 서리는 발그레한 여명이 깃들자 체린은 고개를 들었다. 파르스름한 광채가 돌바닥에 닿아 초록빛 광채가 되어 어둠 속을 적시고 있었다.

정말이지 기묘한 광채였다. 체린은 혀를 내둘렀다. 외계 행성에서 보는 외계 태양이 반짝이고 있는데 가만히 있을 수는 없었다. 때문에 그녀는 지친 몸을 일으켜 곧장 창가 쪽으로 다가갔다.

장벽 위에서 아래를 내려다보자 어둠 속에서 희미하게 반짝이는 도시의 모습이 보였다. 무너진 마천루와 우주를 향해 뻗어 있는 궤도 엘리베이터는 한때 찬란했던 포트 샤울의 과거를 보여주고 있었다.

하지만 지금의 포트 샤울은 반쯤 무너진 유적지처럼 변해 있었다. 크고 작은 건물들이 갈라지고 삭은 황색 외벽을 드러내고 있었다. 몇몇 건물은 아예 반쯤 무너졌건만, 곳곳마다 돌과 천으로 쌓아 올린 조잡한 건축물들이 우후죽순 서 있었다.

그 건축물들은 대부분 간판과 무너진 건물의 잔해로 만든 판잣집이었다. 위태롭게 서 있는 건물 안에서 외계인들은 무너진 건물 위로 천막 같은 것을 치고 살고 있었다. 아무래도 건설업이 장기간 휴업에 들어간 모양이었다.

그녀가 건물을 바라보고 있을 무렵, 좁다란 거리로 크고 작은 외계인들이 모습을 드러냈다. 그들의 얼굴 위로 형형색색의 아지랑이가 흘러나왔다. 체린은 수많은 너저분한 번역 글을 보다 질려 홀로그램 창을 옆으로 밀어냈다. 그러자 어느 결에 일식에서 완전히 벗어난 여명이 포트 샤울 위로 쏟아져 내렸다.

장벽 너머의 풍경이 어둠 속에서 얼굴을 드러냈다. 체린은 거꾸로 박힌 드릴 형태의 마천루들을 바라보았다. 몇몇 우주선들이 마천루 위에서 날아올라 대기권 너머로 사라졌다. 릭은 홀로그램 화면을 바라보면서 말했다.

"소감이 어때? 너, 지구 말고 다른 행성은 처음 아냐?"

"글쎄. 덥고, 건조하고, 그리고 아름답긴 한데⋯⋯."

체린은 반짝이는 햇살을 바라보았다. 외계의 태양도 지구의 태양과 딱히 다를 게 없었기에 체린은 별로 할 말이 없었다. 적어도 동쪽 하늘에서 푸르스름한 빛이 번쩍이기 전까지는 말이다.

드넓은 사막의 도시가 한순간에 바다처럼 푸르게 물들자, 체린은 놀란 듯 눈을 껌뻑거렸다.

"여긴 삼중성계야. 항성계 외곽에 가스 행성과, 마주 도는 왜소한 백색 왜성이 있어. 그래서 이곳은 해가 세 번 뜨지. 밤도 그리 어둡지 않아."

체린은 입을 다물지 못했다. 그녀는 입술을 실룩이면서 사막을 바라보았다.

"흠, 이곳이 왜 이렇게 삭막한지 알겠다. 햇빛이 너무 과해서 그렇구나."

릭은 고개를 끄덕이면서 일곱 개의 홀로그램 화면을 두드렸다.

"그런데 아까부터 뭐 하는 거야?"

체린이 묻자, 그는 화면을 체린에게 내밀었다. 그러자 열원과 자기장을 비롯한 인터넷 기록이 떠올랐다. 신호가 강한 곳부터 약한 곳까지 3차원 등고선 그래프가 그려졌다. 릭은 신호가 강한 타워 위에 작은 깃발을 꽂았다.

"중요 포인트를 잡고 있어. 탈출할 때 필요한 정보나 고객 동선 같은 거."

체린이 신기한 듯 화면을 뚫어져라 바라보자, 릭은 화면을 체린에게 내밀었다. 화면 속에는 붉은 점들이 곳곳에 찍혀 있었다.

"이게 다 뭐야?"

체린이 점을 손으로 누르자, 43#Y8k8900라는 글귀가 떠올랐다. 릭은 체린이 누른 화면을 바라보면서 말했다.

"네가 보고 있는 건 이 도시에서 폭탄 수갑을 찬 사람들의 고유 인식 번호랑 GPS 위치 기록이야. 천장에 달린 보안 인트라넷에 접속해서 얻어냈지. 저거 보여?"

릭은 천장에 달린 상자를 손으로 가리키면서 오른손에서

뻗어나간 실을 체린에게 흔들어 보였다. 릭의 오른손에서 뻗어나간 실은 상자 속에 박혀 있었다. 릭은 체린이 누른 화면을 자기 앞에 끌어다 놓고서 체린에게 말했다.

"이 GPS 기록이랑 고객님의 기록을 대조해 봤어. 그랬더니……."

릭은 화면을 이리저리 움직이더니 붉은 점 하나를 손으로 눌렀다. 그러자 식별번호가 떠올랐다. 45#R99t88089. 체린은 숫자와 기호, 그리고 알파벳으로 구성된 낯익은 문자열을 신기한 눈으로 바라보았다. 다 무너진 판잣집 구석에서 몸을 웅크리고 잠을 청하는 입실로니안이 보였다.

체린은 그의 얼굴을 한눈에 알아보았다. 머리를 뒤덮은 더듬이와 굽은 등 위의 천 조각. 그의 말라비틀어진 팔 세 개와 목을 휘감은 검은 쇠사슬이 찰랑거렸다. 거기다 외계인의 아래쪽 왼손 하나가 없었다. 체린은 확신할 수 있었다. 차도르슈머였다.

"대단하다, 릭! 여기 어디야?"

"우리가 있는 곳에서 그리 멀지 않은 곳이야. 아마 걸어서 30분이면 도착할걸?"

"그게 멀지 않은 거리야?"

체린이 푸념하자, 릭은 핀셋을 찔러 넣은 화면을 체린에게 내밀었다. 체린은 핀셋 하나를 손가락으로 눌렀다. 그러자 작은 홀로그램 창이 떠오르더니 핀셋이 찍힌 곳의 전경이 드러났다. 그곳은 쇠사슬로 문을 단단히 묶어놓은 창고 비슷한 곳이었다. 체린이 고개를 갸우뚱거리자, 릭은 화면을 전환했다. 그러자 건물의 단면이 훤히 드러났다. 릭은 건물 안에 주차된 차량들을 손으로 가리켰다.

"나중에 이걸 타고 튈 거야. 놈들이 눈치채지 못하게 하려면 최대한 동선을 맞춰야 해."

"그러니까, 우리가 빼내야 하는 사람이 저 창고 근처까지 와야 한다는 거지?"

"그래. 우선 다른 노예들이 동요를 하지 않아야 하고, 드론들 눈도 피해야 해. 어딘가에 더 있을지도 모르잖아."

"그럼 네 코트를 머리에 뒤집어쓰고 다녀야 하는 거야?"

"아니. 그럴 필요는 없어. 이 도시 지하에는 쓰지 않는 터널 같은 게 많아서 몸 숨기기에는 안성맞춤이거든. 하지만 한 가지 문제가 있어."

릭은 손을 내밀었다. 그러자 그의 손바닥 위로 차도르슈머가 차고 있던 수갑이 모습을 드러냈다. 수갑은 릭의 손 위에서 정교하게 분해되었다. 릭은 부품 중에서도 제일 안쪽에 자리 잡은 휘어진 플라스틱 막대기와 그 막대 위에 연결된 자그만 칩을 손으로 집었다.

"이건 원시적인 GPS 수신기랑 플라스틱 폭탄이야. 위력은 약하지만, 아마 우리가 조금만 실수해도 우리 고객님의 몸과 머리를 분해해 버릴 거야.”

“에이, 무슨 걱정이야? 그냥 손가락만 튕기면 죄다 실이 될 거 아냐.”

“하! 우리 신입께서 홀로사이트 만능주의에 찌드셨네.”

체린이 인상을 찡그리면서 그게 무슨 소리냐고 물었다. 릭은 혀를 차면서 광고 전단지 하나를 허공에 띄웠다. 번쩍이는 화면과 함께 폭탄 수갑 광고가 떠올랐다. 체린은 눈을 껌뻑이면서 ‘은하계 어디든 3일 내로 배송 가능’이란 광고 문구를 바라보았다. 세상에! 이런 걸 대놓고 파는 거야? 체린은 혀를 찼다. 릭은 어깨를 으쓱이면서 말했다.

“자, 이 수갑 하나당 70우주달러야. 너 얼마 있냐?”

체린은 손바닥을 펼쳐 보였다.

“5우주달러밖에는 없어. 총을 분해하느라 다 썼다고. 넌 얼마 가지고 있어?”

“대충 65우주달러 정도. 즉, 우리 둘이 합쳐서 고작 수갑 하나 없앨 수 있을 거야. 그러고 나면 다른 수갑들이 폭발하겠지. 그렇다고 함부로 폭약을 제거하고 열었다가는 바로 알아차릴 거야. 정석적으로 열쇠를 만들어서 열고 싶어도 상세 설명서를 보면 키는 ‘3자 인증 다차원 쿼드라닉스 키파일’이 있어야 열 수 있대.”

“음, 그게 뭔데?”

“나도 몰라. 하지만 확실한 건 이 수갑은 그냥 열긴 힘들 거라는 거지.”

“설마 우리 둘 중 하나가 폭탄을 쥐고서 혼자 해적들을 상대해야 하는 거야? 그러다가 마지막에는 네가 날 위해서 희생하고?”

흠흠. 릭은 불쾌한 듯 헛기침을 하면서 체린을 잠시 노려보았다. 그러자 체린은 미안하다고 중얼거렸다.

“누가 희생할 필요는 없어. 그냥 네 도움이 좀 필요한 거뿐이야.”

“어떤 도움인데?”

“지금 엘리스가 준 수갑 설계도에 따르면, 우리 고객이 차고 계신 수갑은 두 종류의 격발 조건을 갖추고 있더군. 하나는 위치에서 멋대로 벗어났을 때, 그리고 다른 하나는 허가 없이 결합부가 풀렸을 때야. 그러니까 내 계획은 이거야. 기존 결합부는 그냥 놔두고 뇌관 뒤쪽에 새로운 결합부를 만드는 거야. 새로운 결합부에는 센서가 달려 있지 않으니까 열어도 폭탄이 터지거나 하지는 않겠지.”

릭은 홀로그램을 펼쳤다. 손목 바깥쪽에 매달린 결합부 대신 그는 손목 안쪽에 길을 냈다. 폭약과 뇌관이 있었지만, 뇌관 쪽에는 센서가 없었기 때문에 릭은 뇌관을 밖으로 들어냈다. 그는 추가적인 지지대를 두 개 더 덧댄 뒤, 수갑 안쪽 손목을 감싸는 부위에 작은 홀로그램 하나를 집어넣었다. 체린이 그게 뭐냐고 묻자 릭은 좋은 질문이라며 손목과 수갑 안쪽에 찔러 넣은 작은 홀로그램을 꺼냈다.

"여기서 네가 날 좀 도와줘야 해. 이건 생체 키트야. 의료보험이 적용돼서 200장에 50우주달러쯤 하는 물건이지. 혈액의 흐름이나 체온, 심지어 피부의 구성 성분까지 복사할 수 있어. 내가 돈이 많으니까 수갑은 내가 처리할게. 너는 수갑 안쪽에 키트를 찔러 넣어서 센서를 교란시켜. 고객님이 계속 수갑을 차고 있는 것처럼 속이는 거야. 알았지? 아, 그리고 폭약 버리지 마라. 그거 나중에 써먹을 데가 있으니까."

체린이 고개를 끄덕이자, 릭은 지도를 접고서 창틀에 몸을 기대어 섰다.

"그럼 대충 계획은 섰는데, 조금 기분이 이상하네. 하하!"

"뭐가 이상한데?"

"그냥. 수십 년 동안 혼자 다녔으니까, 누구한테 계획을 털어놓는 게 조금 어색하달까."

"수십 년? 그럼 넌 나이가……?"

"나도 몰라. 50살까지는 어찌어찌 세긴 했는데, 그 뒤로는 딱히 신경 안 쓰고 살았어. 시간 이동이랑 패러독스 때문에 영 헷갈려서 말이야. 어쨌든, 고객님을 구하면 반중력 차량을 털어서 튀자. 그러면 놈들이 우리를 죽어라 쫓아올 거야."

"잠깐만 들키지 않으면 되는 거 아니었어? 그냥 몰래 나가면 되잖아."

"그래. 몰래 성벽을 빠져나간 다음에 땡볕에서 수만km에 달하는 사막을 지나야겠지. 그것도 훈련도 제대로 안 받은 너랑 고객을 데리고 물도 음식도 없이 걸어서 말이야."

으윽. 체린은 입술을 씰룩거리면서 말했다.

"그, 그럼 매장에다 전화해서 우리를 데리러 오라고 하면……."

"안 돼. 이런 대규모 노예 캠프에 감청장비가 없을 리 없거든. 외우주로 나가는 통신 같은 걸 썼다가는 우리가 어디 있는지 금방 들통날걸? 그렇게 들키면 도망도 못 치고 잡혀서 이마에 구멍이 날 거야. 그래서 내 계획은 이거야. 일단 고객님 수갑을 풀고 반중력 차량에 오를 때까지만 들키지 않게 움직이는 거지. 그리고 차를 몰고 도시를 빠져 나갈 거야. 하지만 쉽지만은 않을 거야."

릭은 포트 샤울 밖으로 통하는 정문을 바라보았다. 성문처럼 생긴 포트 샤울의 정문 앞에는 감시 초소들이 세워져 있었다. 그곳에는 노닥거리는 외계인들과 낡은 안드로이드들이 서 있었다.

릭은 그곳을 홀로그램 화면에 띄웠다. 그러자 벽 내부에 숨은 열두 개의 총구가 떠올랐다. 체린이 새파랗게 질린 얼굴로 눈을 껌뻑이자, 릭은 어깨를 으쓱이면서 말했다.

"레일건 6문이야. 초음속으로 쇳덩이를 쏘는 포대지. 거기다 감시 초소도 있어. 그러니까 일단 올라타면 들키든 말든 역장을 치고 내달려 보자고, 친구. 넌 뒤에서 고객님을 잘 지켜드려. 운전은 내가 할 테니까."

"하지만 언제까지 도망칠 수는 없어!"

"걱정 마. 도시를 빠져나가고 나면 지원군을 부를 거니까 말이야. 전에 만났었나? 드라이버 리 아저씨 말이야."

체린은 잠시 해적들과 싸우던 수염이 덥수룩한 할아버지를 떠올렸다. 붉은 우주선을 몰고 다니면서 워프 통로 속에 있던 체린과 미티, 세티를 구해준 적도 있었다. 얼굴을 대면한 적은 없었지만, 적어도 술 취한 탈영병들의 말에 따르면 워프 어뢰 하나는 예술적으로 쏘는 아저씨라고 했다. 체린이 고개를 끄덕이자 릭은 대수롭지 않게 말했다.

"그 아저씨를 부르면 돼. 어디 있든 금방 올 거야. 일단 그건 나중에 생각하고 폭탄 목걸이를 건 고객부터 구하자고."

그는 구둣발로 바닥을 두어 번 찼다. 붉은 실로 흘러내린 바닥이 순식간에 스멀스멀 계단으로 변하고 있었다.

# 9

폭탄 목걸이를 찬 고객님 ────────────

입실로니안 노예들로 가득 찬 거리에서 차도르슈머를 찾는 일은 그리 어렵지 않았다. 엘리스가 전해 준 정보가 정확했기 때문에 GPS 신호를 가려내는 것은 일도 아니었다.

하지만 노예들 가까이 다가가려던 릭은 체린을 데리고 골목 속으로 몸을 숨겨야 했다.

"하급 노예 전진!"

"중급 노예 앞으로 가라!"

"수고가 많으십니다. 상급 노예 분들은 근무 신청하세요!"

해가 비치기 무섭게 수많은 사람들이 사슬을 철렁이면서 천천히 걸음을 옮겼다. 그들 중 대부분은 등에 달린 커다란 양분 통에서 뻗어 나온 가느다란 줄을 목덜미에 꽂고 있었다. 걸음이 늦어질 때마다 뒤따라오던 은색 쇠사슬을 찬 이들이 노예들에게 채찍질을 했다. 전선으로 만든 채찍 끝에 매달린 갈고리가 휘몰아칠 때마다 노예들의 등껍질은 쩍쩍 갈라졌다. 그런데도 비명을 지르는 이들은 없었다.

그들은 자동화 기계처럼 거리를 쓸고 닦았다. 어떤 이들은 간밤에 죽은 이들을 어디론가 데려가고 있었고, 어떤 이들은 기계를 고쳤다. 하지만 조금이라도 실수하거나 기계를 다루는 데 서투른 이들이 보일라치면 옥상에 대기 중이던 황금 수갑을 찬 노예들이 나섰다. 그들은 총신을 따라 전기가 좔좔 흐르는 조잡한 총으로 일이 서투르거나 늙고 지친 노예들을 쏘았다.

번쩍이는 전기 한줄기가 채찍처럼 날아들어 노예의 목덜미는 작은 폭발을 일으켰다. 실시간으로 머리와 몸이 분리되어 바닥에 떨어지자, 체린은 경악을 금치 못했다. 하지만 릭은 대수롭지 않게 중얼거렸다.

"흠, 노예들이 노예들을 관리하는군. 생각보다 효율적인데?"

"효율적이라고? 세상에! 저게 지금 사람 사는 꼴이야?"

"그럼! 사람들은 항상 저렇게 살아. 적당한 공포와 약간의 권력만 쥐여 주면 사람들은 알아서 자유를 반납하거든."

"하! 누가 그래?"

"역사가 그러지."

홀로그램 화면을 들여다보던 릭은 화면을 구겨 버린 뒤, 골목을 빠져나갔다.

체린은 허둥지둥 그의 뒤를 따랐다. 그러자 입실로니안의 퀴퀴하고 시큼한 체취가 콧속으로 밀려들었다. 체린은 생전 맡아보지도 못한 악취에 기겁했다.

앞서 가던 릭은 잽싸게 그 자리에서 움찔거리는 체린을 챙겼다. 그는 곧장 체린의 어깨를 한 팔로 휘감고서 빠르게 거리를 가로질렀다. 그는 거의 기절하기 일보 직전인 체린에게 말했다.

"정신 차려! 이제 다 왔어. 고작 악취 때문에 기절하지는 말라고."

"하지만, 이건 너무 심해……. 마치 고양이가 김치 위에다가 똥을 싸놓은 것 같다고……."

"그게 무슨 냄새인지는 모르겠지만 빨리 걷기나 해. 거의 다 왔어."

릭은 헛구역질하는 체린을 달래가면서 걸음을 옮겼다.

그는 조심스럽게 손을 펼쳐 들고 조그만 홀로그램 화면을 노려보았다. 두 사람이 걸음을 옮길 때마다 입실로니안 노예들의 외마디 비명이 홀로그램 해석본이 되어 눈앞으로 날아들었다.

체린은 식은땀을 질질 흘리면서 몸서리쳤다. 어찜 같은 동족에게 저렇게 잔인할 수 있는 걸까? 그녀가 이를 갈던 즈음, 릭은 걸음을 멈추더니 갑자기 체린의 팔을 골목 안으로 잡아끌었다. 체린이 궁금한 눈으로 쳐다보자 릭은 말없이 손가락으로 하늘을 가리켰다.

하늘 위로 승용차만 한 탈것이 나타났다. 마치 비행접시처럼 생긴 그것은 윗면과 아랫면을 서로 반대 방향으로 빠르게 회전시켰다. 그것은 유유히 사람들 사이를 날아다니면서 광채를 번쩍거렸다. 그 광채는 다음과 같이 말하고 있었다.

'침입의 흔적이 발견되었다. 경계를 늦추지 말고 수상한 인물은 발견 즉시 보고하라.'

체린은 마른침을 삼켰다. 그녀는 식은땀으로 범벅이 된 손으로 릭의 손을 붙잡았다. 릭은 손바닥 사이에 자그만 홀로그램 창을 만들어냈다. 마치 감독관의 눈을 피해 커닝하는 학생처럼 주위를 두리번거리던 릭은 고개를 왼쪽으로 까딱거렸다. 그러더니 노예들 사이를 헤치고 지나갔다. 체린은 서둘러 그의 뒤를 따랐다.

하지만 릭이 가는 길은 험난하기 짝이 없었다. 우선 피골이 상접한 노예들이 곳곳에 널려 있었다. 목욕을 언제 마지막으로 했는지도 모를 냄새에 질린 체린은 당장이라도 졸도할 것만 같았다.

거기다 노예들의 피를 빨아먹고 사는 둥글둥글한 기생충들이 찍찍 소리를 내고 있었다. 놈들은 느릿느릿 움직이는 체린에게 더듬이를 내밀었다. 그 바람에 체린은 머리털을 쭈뼛 세우고서 거리를 빠르게 내달렸다.

그런 두 사람의 모습은 수많은 입실로니안의 눈에 띄었다. 이 장면은 노예들의 세 번째 안구 속에 박힌 카메라를 통해 우주를 가로질렀다. 이 사진 한 장이 향한 곳은 입실론 프라임에서 33파섹 거리에서 행성을 약탈하고 있던 해적 사령선이었다.

지나가던 상선에 EMP 미사일을 퍼붓던 사령선을 지휘하던 사령관은 머릿속으로 들어온 수조 개의 영상을 바라보다 세 개의 눈을 번뜩였다. 그는 수많은 영상 중에 체린과 릭의 얼굴이 담긴 화면을 멍하니 바라보았다. 그의 시선이 사진을 노려보자 우주선의 전망 창 위로 혼잡한 거리를 나란히 걷고 있는 체린과 릭의 얼굴이 떠올랐다.

그는 자신의 의자 옆에 놓아둔 낡은 스니커즈 운동화처럼 생긴 자그마한 우주선을 손으로 쓸어내렸다. 낡은 의수가 쇳소리를 내자 YP 마크가 새겨진 헬멧을 쓴 해적 하나가 고개를 돌려 그를 바라보았다. 그의 머리에 꽂힌 수많은 전선과 기계 장치 위로 낡은 신경세포가 반짝거렸다. 그의 머릿속에서 흘러나온 생각이 홀로그램 화면 위로 떠오르고 있었다.

해적들은 늙은 입실로니안의 머릿속에서 추출한 정보를 함장에게 건넸다.

"뭔데? 또 이 노땅이 뭐라고 한 거냐?"

함장 석에서 내려온 고릴라처럼 생긴 사이보그가 눈을 부라렸다. 만일 체린이 이 사이보그를 보았다면 그녀는 세티를 두 동강 내버린 그를 단번에 알아보았을 것이다.

마담 세스콰치는 고릴라처럼 비대한 기계 팔을 노인이 누워 있는 기계 장치 위에 올렸다. 당장이라도 찌그러뜨릴 수 있다는 듯 굵은 손가락을 까딱이던 사이, 입실로니안 해적은 마담 세스콰치에게 아지랑이를 흘렸다. 그가 흘린 정보는 FTL 소속으로 추정되는 인물이 근거지에 잠입했다는 소식이었다. 마담 세스콰치는 얼굴을 일그러뜨렸다.

"그랬단 말이지? 이 노땅이 FTL에서 파견 나온 저 두 놈을 정중히 모시라고 했다고? 뭐, 좋아. 최대한 정중히 모셔라. 하지만 붙잡은 다음에는 너희 마음대로 해도 좋다. 잡아먹든 고문하든 마음대로 해."

'지원을 해야 할까요? 그, FTL이지 않습니까.'

"흥, 아무리 잘난 놈들이라 해도 고작 두 놈이면 본진에 남은 녀석들만으로 충분하다. 지금은 상선을 공격한다."

해적은 고개를 끄덕였다. 그는 통신장치를 켜고서 입실론 프라임의 궤도를 돌고 있는 우주 공항에 연락을 취했다. 절대로 다치게 하지 말라는 통보가 우주 공항에 퍼져나갈 즈음, 포트 샤울을 돌아다니던 릭과 체린은 비슷비슷한 풍경 속을 지나고 있었다.

좁다란 골목과 모래를 지나, 두 사람은 마침내 홀로그램

지도가 가리키는 곳에 다다를 수 있었다. 릭과 체린이 골목 안으로 들어서기 무섭게 채찍 소리가 쩌렁쩌렁 울려 퍼졌다. 깜짝 놀란 체린이 몸을 움츠리자, 릭은 몸을 낮추었다.

두 사람은 골목 속에 몸을 숨기고서 상황을 지켜보았다. 그러자 학대당하는 네 명의 노예와 그들에게 채찍질을 하는 인간의 모습이 눈에 들어왔다. 그는 왜소한 체격에 헐벗은 몸뚱이를 비틀면서 수갑을 찬 다른 노예들의 등짝에 채찍을 휘갈겼다. 그의 손목에는 은색 수갑이 반짝거렸다.

"버러지 같은 녀석들아! 내가 그랬지? 할당량 못 채울 거면 나가 뒈지라고!"

그가 휘두른 채찍에 이름 모를 입실로니안의 더듬이가 잘려 나와 바닥에 떨어졌다. 수갑을 찬 입실로니안이 얼굴을 움켜쥐고 쓰러졌다. 채찍을 든 인간은 바닥을 구르는 입실로니안을 발로 걷어찼다. 그런데도 분이 가시지 않았는지, 인간은 쓰러진 입실로니안을 발로 밟았다.

입실로니안은 하나 남은 왼손을 흔들어댔다. 차도르슈머였다. 인간 노예가 차도르슈머에게 채찍을 휘갈기려 하자, 보다 못한 릭이 나섰다. 릭은 헛기침을 하면서 가시가 박힌 헬멧을 고쳐 썼다.

인기척에 고개를 돌린 인간 노예는 릭을 바라보았다. 릭이 쓰고 있던 헬멧에 새겨진 해골 문양이 반짝이자, 인간 노예는 자지러지듯 몸을 낮추었다. 방금 전까지만 해도 제 분을 이기지 못하고 날뛰던 이가 맞는지 의문이 들 정도였다. 그는 몸을 움츠리면서 입을 열었다.

"아, 주, 주인님. 거기 계신 줄 몰랐습니다. 그게, 이놈들 행동거지가 굼떠서요……."

인간 노예가 굽실거리자 릭은 능청맞게 입을 열었다.

"버러지 같은 자식이 인사성도 밝네. 뒤에서 똥을 싸질러도 모르겠다, 이 썩을 놈아."

"그게 아니라……."

릭은 곧장 몸을 일으키는 인간 노예의 배를 걷어찼다. 릭의 발길질에 노예는 모래 위에 처박혔다가 바닥을 기어 몸을 일으켰다. 체린은 깜짝 놀란 토끼처럼 두 눈을 휘둥그렇게 떴다. 릭은 자리에서 일어난 노예에게 윽박을 질렀다.

"자세 봐라. 퍼뜩 안 일어나? 새끼가 아주 빠졌네."

인간 노예가 연신 죄송하다고 소리쳤다. 그가 벌벌 떨면서 손바닥을 비비자, 릭은 침을 모래 위에 뱉으면서 말했다.

"됐고. 저 새끼들 몇 명 좀 빌리자."

"네? 잠시만요. 제 소속의 노예를 그런 식으로 데리고 가실 수는……."

인간 노예가 불만스럽게 말하자 릭은 눈을 부라렸다.

"허, 지금 말대꾸를 하는 거냐? 엉? 은팔찌 차니까 네가 뭐라도 된 거 같지? 이 새끼가 주제도 모르고 말이야."

"아, 아, 아닙니다. 그게, 그……."

"호오, 네놈이 나랑 동족이라고 대가리 좀 굴리고 싶은 모양이네. 주제도 모르고 기어올라? 감히? 너 모가지 뼈 바꿔 끼고 싶냐? 엉? 모가지 아래쪽은 다진 고기로 만들어 줄까?"

릭이 눈 돌아간 사람처럼 위아래를 훑으면서 말하자, 노예는 아무 말 없이 고개를 숙였다. 그의 다리에서는 오줌이 질질 흘러내렸고 백지장처럼 하얗게 질린 얼굴은 당장이라도 기절할 것만 같았다. 릭은 누더기를 입은 그를 잠시 노려보다 빠르게 손짓했다.

"다음에 내 눈에 띄면 곱게 못 뒈질 줄 알아라. 알겠냐?"

노예는 알겠다고 대답하고는 젖은 모래 위에 쓰러졌다가 거의 네 발로 기듯 골목길을 가로질렀다.

릭은 콧방귀를 뀌면서 골목길에 남은 네 명의 노예들을 바라보았다. 체린은 숨을 죽였다. 그녀는 차도르슈머와 이름 모를 노예 세 명을 바라보다 릭을 바라보았다. 릭은 그런 그녀를 바라보더니 보고 배우라는 듯 손가락을 튕겼다.

그의 손짓 한 번에 붉은 실과 모래가 솟아올라 이름 모를 노예들을 휘감았다. 순식간에 세 명의 노예들은 원기둥 모양의 모래 탑 속으로 빨려 들어갔다.

차도르슈머는 쇠사슬을 잡아끌었다. 하지만 그의 손을 단단하게 옭아맨 쇠사슬은 그를 오도 가도 못하게 만들었다. 릭은 차도르슈머를 슬쩍 바라보다 체린에게 말했다.

"젠장, 딴 놈들 입 막느라 5우주달러나 썼네."

"5우주달러? 지금 5우주달러가 중요해?"

체린은 경악한 얼굴로 입을 다물지 못했다.

"지금 다른 노예들을 죽였잖아!"

"나 원, 이제는 죽이는 것도 너한테 허락을 받아야 하는 거야?"

한숨을 쉬던 릭은 손가락을 튕겼다. 그러자 기둥 위에 자그만 숨구멍이 뚫렸다. 그는 손으로 숨구멍을 가리켰다.

"그래그래, 숨구멍 뚫어놨어. 됐지? 젠장. 적어도 우리가 도망칠 때까지 비명은 못 지르겠지. 어디 보자, 그럼 우리 고객님은……."

릭과 체린은 자리에 주저앉은 입실로니안을 바라보았다. 차도르슈머는 갈색 껍질 위로 돋아난 더듬이를 까딱거렸다. 그는 하나 남은 눈을 부라리면서 천천히 빛을 흘렸다.

'당신들, 대체 누구지?'

"우리는 FTL에서 왔습니다. 배달부죠. 저희는 당신을 구출하기 위해 왔습니다."

홀로그램 창을 통해 릭의 말이 전달되자, 늙은 입실로니안은 하나 남은 눈으로 젤리 같은 찐득한 눈물을 흘렸다. 그는 묻지도 따지지도 않고 체린과 릭을 와락 껴안으려 했다. 하지만 릭은 홀로사이트로 차도르슈머를 꽁꽁 묶어 바닥에 주저앉혔다. 그가 놀란 듯 몸을 움츠리자 릭이 말했다.

"감동적이라는 거 잘 압니다. 하지만 폭탄부터 제거하도록 하죠."

'오, 맞아요. 빨리, 빨리 벗겨주세요.'

애처롭게 손을 내미는 외계인을 바라보던 릭은 체린을 바라보았다.

체린이 하얀 홀로사이트를 꺼내 작은 생체 정보 키트를 만들어냈다. 체린이 다섯 개의 수갑 안쪽에 키트를 찔러 넣었다. 작은 종이 위로 '입실로니안 동기화 완료'라는 문구가 떠오르자 릭이 말했다.

"홀로사이트로 키트랑 수갑을 잘 묶어. 알겠지?"

체린은 고개를 끄덕이면서 손끝으로 실을 짜냈다. 옆머리가 타오르듯 찌릿거리자 그녀는 오른쪽 눈살을 찡그렸다. 그런 그녀를 바라보던 릭도 실을 뿜어내면서 수갑과 생체 키트를 묶는 것을 도왔다.

체린이 네 개의 수갑에 생체 키트를 감싸기 무섭게 릭은 손가락을 튕겼다. 붉은 실이 수갑 위에 새로운 연결부를 만들어냈다. 헐거운 연결부가 풀리자 수갑은 제 역할을 하지 못하고서 힘없이 모래 위로 떨어졌다.

릭은 뇌관과 폭약들을 조심스럽게 주머니 속에 찔러 넣었다. 자유를 찾은 차도르슈머가 손목을 매만지자, 릭은 차도르슈머의 목과 손에 은색 수갑을 채웠다. 차도르슈머가 놀란 듯 몸을 움츠리기 무섭게 릭은 그를 안심시켰다.

"은박지로 만든 수갑입니다. 최대한 비슷하게 만든 거니까 힘주지 마쇼."

'당신들은 대체……'

"배달부죠. 자세한 건 안전한 장소에 가서 말씀드리겠습니다. 일단 저 앞쪽 창고에서 차량을 훔쳐야 하니까 조용히 따라와요. 야, 너는 쇠사슬 잡고 있어. 알겠지?"

체린이 고개를 끄덕이자, 릭은 차도르슈머를 안심시키면서 빠르게 골목길을 벗어났다.

그들은 큰 거리를 피해 최대한 조심스럽게 걸음을 옮겼다. 지하로 통하는 길을 따라 걸었다. 낡은 모래 굴에는 빛이 거의 스며들지 않았다. 전체적으로 뾰족한 칼날 같은 장식들 때문에 걷기가 힘들었다. 체린이 비틀거리자 차도르슈머는 그녀를 붙잡아주었다.

그가 괜찮으냐고 물어 체린은 고맙다고 답했다. 그는 아지랑이를 일렁거렸다.

'당신네 종족은 걷기 상당히 힘들 거외다. 29년 전에 당신네 종족들이 해적선을 타고 이곳에 도착했을 때도 당신네들

은 만날 넘어지기 일쑤였지.'

"해적들이 이곳에 왔다고요?"

체린이 말하자 차도르슈머는 고개를 끄덕이며 말했다.

'그렇소. 여기 사람들은 원래 선량하고 친절한 사람들뿐이었다오. 사막 지역이어도 살기 나쁜 지역은 아니었는데 정치가들을 잘못 뽑는 바람에 이렇게 됐지. 사람들은 FTL을 반대했는데 행성 정부는 FTL과 협약을 맺었다오. 그래서 사람들이 반란을 일으켰지. 근데 그 반란을 주도한 사람들이 알고 보니까 해적과 결탁을 하고 있었다오. 그 무슨 당이었는데……. 아차차, 이곳에 반FTL 시위가 있었던 건 아나?'

체린은 고개를 저었다. 그러자 차도르슈머는 말동무가 필요한 노인처럼 주저리주저리 말을 늘어놓았다.

'이곳에서는 지독하게도 많은 시위가 열리곤 했다오. 매일같이 정치가들은 선전 문구를 퍼뜨렸지. 그러는 사이에 자주당 시장 후보가 전 시장을 축출했는데, 젠장, 그 썩은 사막수 같은 놈 이름이 뭐더라……. 미안하네. 내 나이가 벌써 40살이 넘어서 죽을 때가 다돼서 말이야.'

차도르슈머가 기억을 더듬는 사이, 릭은 터널을 틀어막은 돌덩이를 홀로사이트로 분해해서 밖으로 내던졌다. 사람이 올라올 만큼 주변을 적당히 정리한 그는 터널 안을 돌아보았다. 릭은 수다 삼매경에 빠진 두 사람에게 손짓했다.

"빨리 안 오고 뭐해?"

체린과 차도르슈머는 굼뜬 몸으로 터널을 빠져나갔다.

햇살이 비치자 차도르슈머의 눈 위로 젤리 같은 눈물이 삐져나왔다. 그는 눈에 젤리 같은 눈물을 바르면서 릭의 뒤를 바짝 따라붙었다. 그러더니 또다시 혼자 무인도에 갇혀 있다 풀려난 사람처럼 화려한 아지랑이를 늘어놓았다.

그는 경찰이 해체된 날에 대해 이야기하다가 해적들이 어떻게 거리를 점령했는지 떠벌렸다. 그러더니 자신이 FTL 반대 집회에 나간 적이 있다고 말하면서 레이저로 지진 문신 하나를 내보였다. 그는 정말 눈이 따가울 만큼 주저리주저리 말을 늘어놓았다. 체린이 토끼처럼 새빨갛게 달아오른 눈을 껌뻑이면서 눈물을 닦아내던 그때였다.

터널을 지나 골목을 돌자, 릭은 걸음을 멈췄다. 체린과 차도르슈머는 릭의 등 뒤에 바짝 붙어 걸음을 멈췄다. 왜 그래? 체린이 조심스럽게 묻자, 릭은 말없이 홀로그램 화면을 체린에게 내밀었다.

화면 안에는 붉은 점 여덟 개와 큼지막한 압정 표식이 찍혀 있었다. 압정 위로는 격납고라는 문구가 찍혀 있었다. 체린은 홀로그램 화면 위에 찍힌 세 개의 초록색 점을 바라보다 눈앞의 여닫이문을 바라보았다. 쇠사슬과 네모난 쇳덩이 같이 생긴 장치가 벽에 매달려 있었다. 릭이 말했다.

"저 네모난 녀석은 동작 감지 장치야. 저 문을 지나가려는 사람의 행동거지가 조금이라도 다르다 싶으면 전기를 내뿜어서 침입자를 산 채로 구워버리지."

"그럼 벽을 부수고 다 같이 들어가면……."

"VIP랑 같이 들어가서 8명의 해적들을 상대하자고?"

고개를 가볍게 젓던 릭은 체린의 어깨 위에 손을 올리고서 말했다.

"넌 고객이랑 여기서 기다려. 나 혼자 들어가서 보안장치랑 다른 놈들을 처리하고 올 테니까. 절대로 어디 가지 마. 다른 사람과 말 섞지도 말고."

"빨리 열어주기나 해."

체린이 말하자 릭은 엄지를 추켜올린 뒤 홀로사이트를 뻗어 건물 외벽을 기어올랐다. 곡예사처럼 건물 사이를 가로지르던 그는 격납고 벽면에 붉은 실을 찔러 넣었다. 그가 손가락을 튕기기 무섭게 벽면은 붉은 실이 되어 허공에 흩날렸다. 실들은 벽면에 작은 맨홀 뚜껑만 한 구멍을 만들어냈다.

릭은 수십 가닥의 실을 뻗어 벽을 기어올라 구멍 안쪽으로 들어갔다. 그가 모습을 감추자 허공을 날아오르던 붉은 실은 구멍을 메우더니 황토색 외벽으로 변했다. 그 어디에도 침입의 흔적은 없었고, 거리에는 소리 지르는 사람 하나 보이지 않았다.

차도르슈머는 더듬이를 까딱이면서 말했다.

'뭘 어떻게 한 거요? 실 같은 걸 뿜어대는데……. 어디서 유전자 시술이라도 받았나 보군. 저런 수술은 어디서 받았나? 나도 왼팔 좀 새로 달고 싶은데.'

"사실 저도 몰라요. 왼팔은 나중에 알아봐 드릴게요."

'그래 주면 고맙겠소. 30년 전에 경찰 드론이 쏜 레이저 때문에 이렇게 됐어.'

체린이 안됐다는 듯 차도르슈머를 바라보면서 인상을 찡그리던 때였다.

어디선가 모래가 사각거리는 소리가 귓가를 간질였다. 체린은 천천히 고개를 돌렸다. 처음에는 체린의 눈은 짙은 그림자 속에 숨은 얼굴을 보지 못했다. 하지만 그들이 서서히 몸을 움찔거리자, 그들이 지나온 터널 위로 크롬 해골 무늬가 반짝거렸다. 6개의 헬멧과 은 수갑을 찬 인간 노예가 골목을 빠르게 가로질러 체린과 차도르슈머에게 다가오고 있었다.

체린은 눈을 휘둥그렇게 뜨고 자신을 가리키는 인간 노예를 바라보았다. 방금 전까지 차도르슈머와 다른 노예들을 괴롭히던 노예였다. 일이 이상하게 돌아가고 있었다. 인간 노예에게서 무언가를 전해들은 해적 하나가 다른 해적에게 귓속말을 하더니 건장한 해적 하나가 얼굴을 들이밀었다.

체린은 그 얼굴을 한눈에 알아보았다. 탈출 포트를 타려할 때 세티의 앞을 막아서고 도발하던 해적이었다. 그녀는 아직도 그가 세티를 도발하면서 레이저 소총을 작동시키던 모습이 선했다. 그는 이번에도 레이저 소총을 작동시켰다. 집광기에서 나온 붉은 레이저가 골목길을 붉게 밝혔다.

"음, 노예가 구역을 벗어났다기에 와 봤는데, 이런 이런, 여기 우리 동료가 있네?"

체린은 굳은 얼굴을 애써 일그러뜨렸다. 그녀는 능청스럽게 거짓말을 지어내는 릭을 떠올렸다. 처음 보는 사람에게도 쌍욕을 날리던 그의 모습은 사기에 숙달된 양치기 소년을 닮아 있었다. 그래, 그 자식이 할 수 있다면 나도 할 수 있어. 체린은 헛기침을 하면서 입을 열었다.

"어, 어이. 이봐, 내가 누군지 알아? 잇, 인마!"

"몰라."

놈이 담담하게 중얼거리자 당황한 체린은 식은땀을 흘리면서 입을 열었다. 그녀는 차도르슈머를 뒤에 감추고서 뒷걸음질 쳤다.

"음, 일이 있어서 이 자식을 빼왔어. 그게 문제가 돼엣?"

살짝 혀를 깨문 체린이 말꼬리를 흐리자, 해적들은 시시덕거리면서 입을 열었다.

"나 원, 사내놈이 왜 이렇게 비실비실해? 너 같은 놈은 해적이 아니라 화장실 청소가 더 어울리겠는데. 면접은 어떻게 통과했냐? 총은 쏠 줄 알아? 신분증 좀 보자.”

그가 입을 열기 무섭게 다른 해적들도 소총을 작동시켰다. 붉은 섬광이 서서히 밝아지자 체린은 식은땀을 흘렸다. 조끼 위로 땀방울이 떨어졌지만 그녀는 애써 태연한 척 말했다.

“글쎄? 신분증은 네가 먼저 보여주지 그래?”

체린이 입술을 파르르 떨면서 되묻자, 해적은 눈살을 찌푸렸다. 그는 당장이라도 체린에게 덤벼들 것처럼 으르렁거렸다. 순식간에 의심의 눈초리가 그녀를 조여오던 그때였다.

때마침 격납고 문을 연 릭이 두꺼운 철문 밖으로 얼굴을 내밀었다. 그는 눈을 껌뻑이면서 체린을 바라보았다. 그녀는 당황하다 못해 겁에 질린 얼굴로 릭과 해적들을 번갈아 바라보고 있었다. 릭은 격납고 문을 열고 나와 격납고 주위를 둘러싼 해적들을 바라보았다.

“무슨 일이야? 왜들 그래?”

릭이 묻자, 목덜미에 괴상한 기계 장치를 단 인간 해적은 썩은 이를 내보이면서 말했다.

“별건 아니고, 웬 이상하게 생긴 놈팡이들이 노예랑 같이 도망갔다기에 한번 와봤어. 근데 너도 얼굴이 좀 낯설다? 처음 보는 얼굴 같은데, 어디 소속이지? 격납고는 정비반 전담인데. 네가 쓰고 있는 그거 정찰병 마크 아냐?”

잠시 눈알을 굴리던 릭은 고개를 까딱이면서 말했다.

"글쎄요? 전 오늘 처음 근무하는 거라 잘 모르겠는데요?"

"처음이라고? 우리는 초짜한테 정찰 같은 건 안 시켜."

"하지만 시키던걸요. 위에서요. 머릿수가 부족하다고 하던데……."

릭이 말을 내뱉기 무섭게 해적들은 소총을 들어올렸다. 총구를 바라보던 릭은 한숨을 쉬면서 말했다.

"있죠, 총은 겨누지 않는 게 좋을 거예요."

"겨누면 어쩔 건데?"

"글쎄? 일생일대 최악의 실수를 저지르는 셈이라고나 할까?"

릭이 중얼거리기 무섭게 그들은 목덜미에 두르고 있던 통신기 겸 통역기를 손으로 눌렀다. 그러나 그들은 누구와도 통화할 수 없었다. 통신기의 전원이 꺼진 것이다. 그들은 전원이 끊긴 통신기를 노려보았다. 그러다 여유롭게 건물 밖으로 걸어 나오는 릭을 바라보았다. 그의 손에는 150cm가량 되는 장검이 들려 있었다. 그는 피 묻은 검을 실로 분해했다. 접착 면을 잃어버린 핏방울이 바닥에 우수수 떨어졌다.

해적들은 놀란 얼굴로 붉은 실에 둘러싸인 릭을 바라보더니 망설이지 않고 방아쇠를 당겼다. 하지만 그들의 손가락은 어떤 것도 당길 수 없었다. 방아쇠가 있어야 할 자리에 붉은 실이 흘러내리고 있었다. 해적들이 놀라서 입을 헤 벌리자 릭은 바닥을 손으로 가리키면서 말했다.

"내가 말했잖아. 우리한테 총을 겨누는 건 실수라고."

그의 말이 끝나기 무섭게 해적들의 몸이 모래 속으로 빨려 들어갔다. 붉은 실로 된 구덩이 속에 처박힌 해적들이 몸부림을 치자 릭은 손가락을 튕겼다. 그러자 수십kg에 달하는 모래가 해적들 위로 쏟아져 내렸다. 해적들은 비명 한 번 못 지르고서 모래 속에 산 채로 묻히고 말았다.

체린이 깜짝 놀란 얼굴로 입을 벌리자 릭은 대수롭지 않다는 듯 말했다.

"잘 봤지? 총을 꺼내면 일단 총구랑 방아쇠부터 봐둬. 돈이 충분하면 총구부터 실로 바꿔도 되지만, 돈 없으면 방아쇠만 없애버려도 웬만한 불상사는 막을 수 있어."

"그게 아니라……."

체린은 큰 길 쪽을 손으로 가리키면서 우물쭈물 입을 열었다. 릭은 큰길을 바라보았다. 수많은 노예들이 역삼각형으로 배열된 세 개의 눈을 번뜩이고 있었다. 그들은 아지랑이를 일으키면서 릭과 체린을 바라보고 있었다. 망할. 릭은 입술을 실룩거리다가 별일 아니라는 듯 소리쳤다.

"뭘 보고 있냐? 인마! 빨리 가서 일 안 해? 숙청하는 거 처음 보냐?! 너희들도 숙청당하고 싶어?"

릭이 허공에 손을 흔들어대면서 소리치자 노예들은 다시 하던 일을 했다. 체린은 조심스럽게 릭에게 말했다.

"안 들켰을까?"

"당연히 들켰지. 빨리 이쪽으로 와. 쓸 만한 차량을 발견했어."

체린과 차도르슈머는 조심스럽게 격납고 안으로 들어갔다. 릭이 문간 옆으로 비켜서자, 바닥에 피를 토하며 쓰러진 여덟 명의 인간들이 보였다. 방수포로 덮인 물체 위에 얼굴을 처박고 죽은 이도 있었고, 천장을 바라보며 죽은 이들도 있었다.

체린은 바들바들 떨면서 시체를 멀찍이 돌아 지나갔다. 그녀가 사색이 되어 바들바들 떨고 있는 사이, 릭은 격납고 문을 닫은 뒤에 문 위에 손을 올렸다. 그의 손에서 흘러나온 실들은 문을 통째로 용접해 버렸다.

문이 단단히 고정된 것을 확인한 릭은 손을 비비면서 뒤를 돌아보았다. 그는 기절하기 일보직전인 체린과 알루미늄 수갑을 풀어버린 차도르슈머에게 말했다.

"오래 기다리셨군요, 고객님. 불편한 점은 없었나요?"

'여기 있는 거 자체가 불편하다오.'

그는 잘린 왼팔을 내밀어 보이면서 말했다. 체린은 금붕어처럼 입을 뻐끔거렸다. 릭은 됐으니까 말 안 해도 된다는 듯 그녀에게 손바닥을 내보였다. 그러더니 방수포로 덮인 물체 앞으로 다가갔다.

"이 정비공 말에 따르면 이 녀석 하나밖에 고친 게 없대."

그는 죽은 정비공의 시체를 바닥에 밀어 던지면서 말했다.

릭이 물체 위에 덮여 있던 방수포를 벗겨 내자 살짝 녹이 슨 차량이 모습을 드러냈다. 그것은 전체적으로 유선형의 동체를 가지고 있었다. 곳곳마다 칠이 벗겨져 있었지만, 고급스러운 분위기가 물씬 풍겼다.

분명한 것은 해적들이 타고 있던 반중력 차량보다는 조금 더 컸고, 쇼핑 카트처럼 생기지도 않았다. 차량의 뒤에는 널찍한 화물칸도 달려 있었다. 운전석 아래에는 큼지막한 반중력 엔진과 추진기가 좌석을 떠받들고 있었다. 마치 거대한 엔진 위에 의자를 박아놓은 것 같은 모습이었다.

세 사람은 서둘러 반중력 차량 위에 올라탔다. 릭이 시동을 걸자 반중력 차량은 요란한 소리를 내면서 공중으로 떠올랐다. 엔진이 뜨거운 열기를 내뿜었다. 붉은 불꽃이 서서히 오렌지 빛으로 달아오를 즈음, 누군가가 격납고 문을 두드렸다. 곧이어 용접된 문 사이로 시뻘겋게 달궈진 총검이 비집고 들어왔다.

총검이 문을 녹이던 순간, 릭은 곧장 조종간을 당겼다. 반중력 차량은 순식간에 벽을 향해 달려들었다. 체린이 새된 비명을 지르는 것과 동시에 차량은 실로 변한 벽을 뚫고 쏜살같이 거리를 내달렸다.

거리를 가득 채운 노예들이 화들짝 놀라 자리에 쓰러졌다. 개중에 몇몇은 반중력 차량의 추진기가 뿜어내는 엄청난 열기에 날아가는 바람에 목에 찬 폭탄이 터지면서 자그만 불꽃으로 변했다.

그런 소동에는 아랑곳하지 않고 릭은 조종간을 바싹 당겼다. 반중력 차량이 빠르게 거리를 가로지르자, 도미노처럼 쓰러지는 인파 속에서 레이저와 전자총이 빗발쳤다. 릭은 손가락을 튕겨 쏟아지는 레이저들을 보이지 않는 역장으로 바꾸었다.

그러자 건물 사이사이에서 수많은 해적들이 얼굴을 내밀었다. 그들은 잡동사니 같은 무기들로 역장을 긁어댔다. 마치 붉은 비가 폭풍우에 휩쓸려 가로로 내리는 것만 같았다.

폭발과 비명이 이어지자 체린은 주머니 속에 넣어두었던 하얀 실을 꺼냈다. 그녀는 실을 레이저 소총으로 돌려놓았다. 하지만 그녀가 소총을 들어 올리기 무섭게 수십 발의 레이저 총이 체린이 숨은 화물칸을 향해 집중적으로 빗발쳤다.

결국 그녀는 레이저 한 발 쏴보지도 못하고서 화물칸 아래 머리를 감싼 채 죽은 듯이 쓰러졌다. 릭이 소리쳤다.

"다 왔어! 이제 정문이야! 머리나 숙이고 있어!"

“이미 그러고 있어!”

“고객님 머리는 잘 붙어 있냐?”

체린은 바로 옆에 쓰러진 차도르슈머를 바라보았다. 체린의 손이 닿자, 그는 몸을 움찔거리면서 더듬이를 까딱거렸다. 체린은 릭에게 소리쳤다.

“머리 잘 붙어 있어!”

릭은 마른 입술을 핥으면서 멀찍이서 달려오는 포트 샤울의 정문을 바라보았다. 모래 속에 파묻혀 있던 도개교가 서서히 성문을 틀어막기 위해 올라오고 있었다. 그러자 쇠사슬과 기어를 드러내면서 살벌한 여섯 개의 포탑이 머리를 드러냈다. 12개의 총구 위로 스파크가 일자, 릭은 전속력으로 도개교를 향해 내달렸다.

릭은 조종간을 바싹 당겼다. 반중력 차량의 추진기가 시퍼런 불꽃을 뿜어대자 도개교 양옆에 달린 레일건이 불을 뿜어댔다. 12개의 총구에서 전자기로 가속된 쇳덩이가 쏟아졌다.

쇳덩이는 릭이 만든 역장을 시뻘겋게 꿰뚫고 지나갔다. 그 바람에 릭과 체린이 탄 반중력 차량은 앞머리를 하늘로 쳐들어 올렸다가 모래 위에 머리를 살짝 처박았다. 차량은 금방이라도 뒤집힐 듯 급속도로 평형을 잃어갔다. 차량이 심하게 흔들리자 릭은 조끼 주머니 속에 찔러 넣은 플라스틱 폭탄을 꺼냈다.

그는 폭탄을 어깨 너머로 던졌다. 기다렸다는 듯이 화물칸 뒤에서 자라난 붉은 실이 폭탄을 잡아채 화물칸 양옆에 폭탄을 붙였다. 붉은 실이 폭탄을 훑고 지나가자 폭탄 위로 복잡한 기계가 나타났다. 그러자 조종간 위로 홀로그램 계기판 하나가 나타났다. 그것은 평형을 나타내는 계기판이었다. 계기판의 바늘이 빠르게 흔들리자 릭은 계기판 아래 '자동 수평 평형 수정' 버튼을 눌렀다.

화물칸에 있던 작은 고체연료 엔진이 차례로 불을 뿜어 흔들리는 차량의 평형을 잡아주었다. 흔들리는 화물칸 안에서 체린이 비명을 질렀고 차도르슈머가 머리를 움켜쥐었다. 재장전 된 레일건이 다시 스파크를 일으키면서 반중력 차량을 겨눴다.

어느 정도 평형이 잡히자, 릭은 손가락을 튕겼다. 작은 손짓 한 번에 양옆에서 평형을 잡아주던 고체연료 엔진 네 개가 동시에 뒤로 누웠다. 다섯 개의 엔진이 동시에 불을 뿜자 차량은 당장이라도 뒤로 넘어갈 것처럼 앞머리를 들어 올렸다. 화물칸 뒤에서 위태롭게 매달린 체린과 차도르슈머는 서로를 얼싸안고서 비명을 질렀다.

릭은 꽉 잡으라고 소리쳤다. 반중력 차량은 12m의 공간 속을 미끄러지듯 가로질렀다. 모래 속에서 튀어나온 삼각뿔 모양의 벙커를 피해 기수를 돌렸다. 그는 지그재그로 반중력 차량을 몰면서 도개교를 향해 다가갔다. 그러자 감시 초소에서 레이저를 쏘던 로봇이 화물칸 위로 달려들었다. 로봇의 단단한 오른팔이 화물칸을 붙들고 늘어지자, 깜짝 놀란 체린은 새된 비명을 질렀다.

먼저 행동에 나선 것은 차도르슈머였다. 그는 바닥에 떨어진 레이저 총을 집어 들었다. 레이저 옆에 달린 다이얼을 돌려 속사로 맞추고는 로봇의 가슴을 향해 총구를 겨눴다. 그가 방아쇠를 당기자 붉은 섬광이 로봇의 조잡한 외골격을 녹이고 들어갔다. 관절과 배터리가 녹아 작은 폭발을 일으키자 로봇은 힘없이 모래 구덩이 속으로 사라졌다.

의기양양하게 서 있던 차도르슈머의 오른쪽 어깨 위로 레이저 한발이 날아들었다. 차도르슈머가 비명을 지르면서 쓰러지자 체린은 그의 상태를 살폈다. 그을린 껍질 위로 노르스름한 체액이 흘러내렸다.

체린은 지혈을 하면서 릭을 불렀다. 하지만 그녀의 목소리는 수많은 총성과 엔진 속에 사라졌다. 그러자 차도르슈머는 아지랑이를 흘리면서 체린을 밀어냈다. 그가 급소는 피했다고 중얼거리던 때였다.

릭이 몰던 반중력 차량은 붉은 실이 되어 흐트러지는 도개교 속을 빠르게 통과했다. 세 사람이 탄 반중력 차량이 빠르게 모래 위를 가로지르자, 몇몇 해적들이 성문 밖으로 쫓아

나왔다. 그들은 일행이 탄 반중력 차량 쪽으로 총질을 했다.

그러나 그들의 화망은 릭이 손가락을 튕기기 무섭게 끝이 났다. 그 손짓 한 번에 실로 변했던 15cm 두께의 콘크리트 구조물은 다시 원래 모습을 되찾았다. 그 바람에 체린 일행이 탄 반중력 차량을 쫓아오던 몇몇 드론들이 콘크리트 벽에 부딪혔다. 도개교를 지탱하던 쇠사슬도 끊어지는 바람에 도개교는 사막 위에 비대한 몸을 뉘었다. 자욱한 먼지가 거대한 생명체처럼 허공에서 몸을 뒤틀었다.

거대한 진동이 세상을 찢어버릴 듯이 울려 퍼졌다. 체린은 화물칸에서 천천히 고개를 들어 올렸다. 그녀는 차도르슈머의 냄새나는 몸뚱이를 바라보았다. 몸을 웅크리고 있던 차도르슈머는 체린의 시선을 마주보면서 천천히 세 개의 팔을 까딱거렸다. 그의 뾰족한 주둥이 위로 아지랑이가 피어올랐다.

'고맙소. 당신들이 왜 날 구했는지는 몰라도 이 은혜는 잊지 않겠소.'

체린이 알겠다고 짤막하게 말하면서 릭에게 고개를 돌리던 때였다. 어디선가 시끄러운 소리가 울려 퍼졌다. 그 소리는 마치 거대한 폭풍처럼 모래 위를 가로지르고 있었다. 체린은 소리가 나는 곳을 향해 고개를 돌렸다.

처음에는 솟아오르는 모래 먼지와 먼지 속에 흐릿해진 포트 샤울의 장벽밖에 보이지 않았다. 그녀는 잠시 모래 먼지 속에서 흐릿하게 보이는 장벽을 바라보았다. 거의 1km는 날아왔으니 이제 괜찮을 거라고 안도의 한숨을 쉬었다.

하지만 안도도 잠시, 먼지 속에서 팟 하고 불빛 하나가 나타났다. 체린은 뻑뻑한 눈을 깜빡이면서 빛을 노려보았다. 하나였던 불빛은 순식간에 세 개로 불어났다. 세 개는 일곱 개가 되었고, 이제는 열댓 개로 늘어났다. 헤드라이트였다.

"음, 릭. 좀 더 빨리 갈 수는 없을까?"

체린은 불안한 듯 말했다. 릭은 짧게 말했다.

"이 이상 더 빨리는 못 가!"

릭은 고개를 돌려 슬쩍 헤드라이트의 이글거리는 불빛을 바라보았다. 그러더니 곧장 홀로그램을 펼쳤다. 그는 비상 탈출 버튼을 눌렀다. 붉은 느낌표가 화면 가득 떠올랐다.

잠시 뒤, 큼지막한 노란 투구와 바이저를 쓴 할아버지 한 분이 화면 위로 얼굴을 드러냈다. 드라이버 리였다.

"뭔가, 리키? 오늘도 무슨 사고를 쳤나 보군."

"사고는 무슨. 아저씨, 도움이 좀 필요해요. 지금 적대적인 원주민들에게 쫓기고 있어요."

"적대적이라……. 얼마나 적대적이지? 지난번에 쳐들어온 해적 놈들만큼 적대적인가?"

릭은 눈살을 찌푸리면서 화면을 바라보면서 입을 열었다.

"음, 지난번이 언제를 말하는 거죠?"

"두 달 전인가? 해적놈들이 우주 전함 끌고 와서 매장에 대대적으로 강습해서 요한나가 그거 수습하느라 탈출 포트 다 치우고 콘서트를 열었잖나. 기억 안 나나?"

"딱 그 수준이에요! 그러니까 빨리 와서 지원 좀 해줘요! 그리고 지금 제가 있는 시간대가 아저씨 시간대에서 대충 8달 전이에요. 제 신호 추적해서 와요! 알았죠?! 입실론 프라임 근처 사막이에요!"

릭이 소리치자 드라이버 리는 엄지를 번쩍 치켜올린 뒤 통신을 끊었다. 릭은 화면 위로 1분이 걸린다는 카운트다운을 바라보면서 조종간을 바짝 당겼다. 붉은 비바람이 모래 폭풍을 뚫고 나와 역장과 모래언덕을 긁어댔다.

릭은 한숨을 쉬면서 체린에게 소리쳤다.

"조금만 참아, 친구! 조금 있으면 드라이버 리 아저씨가 올 거야."

"그 조금이 언제인데?"

"곧 올 거야! 그러니까 따라붙는 애들 보이면 쏴버려!"

릭은 언덕 위로 기수를 틀면서 말했다. 그러자 수십 대의 반중력 차량과 드론들이 따라붙었다. 못해도 서른 척이 넘는 반중력 차량들이 요란스러운 소리를 내면서 따라붙었다. 반중력 차량 위에 올라탄 해적들이 하늘을 향해 총을 쏘고 있었다. 모래 입자에 산란된 레이저가 천둥처럼 번쩍거렸다.

그 광경을 바라보던 차도르슈머는 욕지거리를 퍼부으면서 자리에서 일어났다. 그는 반중력 차량의 뒷좌석을 뒤적이더니 작은 레이저 총을 꺼냈다. 그는 곧장 뒤따라오는 해적들에게 가느다란 붉은 섬광을 퍼부었다.

하지만 형편없는 사격 실력과 흔들리는 차체의 환상적인 콜라보로 인해 그가 쏜 레이저는 허공으로 산란되었다. 그 모습을 보다 못한 체린은 조끼 주머니 속에 찔러 넣은 하얀 실을 다시 꺼냈다.

체린은 온 신경을 집중해서 실을 손에 쥐었다. 레이저 소총의 질감과 무게를 떠올리고 붉은 광선을 뿜어내던 총을 떠올렸다. 그러자 실들은 체린의 손에서 꿈틀거리기 시작했다. 빨리빨리. 그녀가 덜덜 떨리는 이를 악물면서 광선총을 점점 디테일하게 떠올리자, 하얀 실은 자신의 몸을 옭아매더니 순식간에 조잡한 레이저 총이 되어 바닥에 떨어졌다.

됐다! 체린은 활짝 웃으면서 릭을 바라보았다. 꼭 생전 처음 그림을 그린 아이가 자신의 조잡한 그림을 자랑하듯 그녀는 어깨를 쫙 펼쳤다. 하지만 그것도 잠시. 모래 먼지를 뚫고서 함성과 붉은 광선이 튀어나와 화물칸을 때렸다.

자리에서 펄쩍 뛴 체린은 총을 집어 들었다. 그녀는 며칠 동안 받은 사격술을 머릿속에 떠올리면서 방아쇠를 당겼다. 붉은 광선이 모래 먼지 사이로 서너 발 파고들자, 모래 먼지

뒤편으로 불길이 치솟기 시작했다. 그 광경에 화들짝 놀란 체린은 잠시 몸을 움츠리다가 어깨를 한껏 으쓱거리면서 해맑은 얼굴로 릭을 바라보았다. 그러자 옆에서 몸을 수그리고 있던 차도르슈머가 말했다.

'손짓 발짓할 시간 있으면 빨리 쏘기나 해!'

그가 레이저 소총을 쏘면서 말하자, 체린은 알겠다고 신경질적으로 항변하면서 레이저 총을 쏘았다. 하지만 두 사람의 저항에도 불구하고 이미 서른 대 가까운 반중력 차량이 세 사람의 꽁무니를 바싹 따라붙었다. 그들은 레이저와 EMP 폭탄을 던지면서 세 사람을 멈추려 들었다.

체린은 손을 내밀어 역장을 만들어냈다. 관자놀이가 타오를 듯이 달아오르자, 투명한 장벽이 체린과 차도르슈머를 휘감았다. 하지만 역장 위로 빗발치는 광자들이 살벌하게 장벽을 긁어대면서 사라졌다. 체린이 만들어낸 역장은 순식간에 종잇장처럼 너덜거리기 시작했다.

체린은 차도르슈머에게 소리쳤다.

"뒤로 가요! 빨리 뒤로 가라고요!"

그녀가 소리치기 무섭게 차도르슈머는 방전된 레이저 권총을 집어 던졌다. 그는 화물칸을 기어 뒷좌석에 몸을 날렸다. 좌석이 하나뿐인 뒷좌석에 몸을 구겨 넣은 그가 머리를 감추자, 체린은 힘겹게 역장을 유지하면서 뒷걸음질 쳤다.

그때였다. 어디선가 큼지막한 쇳덩이가 날아와 화물칸 바닥에 박혔다. 수 초 동안 정적이 흘렀다. 체린의 눈은 그것을 인식하는 데 상당히 오랜 시간이 걸렸다. 때문에 그 안에 들어 있던 뇌관이 5분의 4 이상 타버릴 때까지 그녀는 움직이지도 못했다. 릭은 욕지거리를 하면서 홀로사이트로 체린의 허리를 잡아챘다.

붉은 실이 그녀의 허리를 휘감은 다음 순간, 화물칸에서 거대한 폭발이 일었다. 릭은 오른손을 어깨 위로 살짝 들어 올려 손가락을 튕겼다. 그러자 붉은 실이 손바닥에서 흘러나왔다. 검붉은 역장이 햇살에 반짝거리자, 곧이어 파편들이 소나기처럼 쏟아졌다.

모래를 뒤집어쓴 릭은 레이저 총을 껴안고서 울먹이는 체린에게 소리쳤다.

"야, 뒤에 오는 놈들 쏴!"

우물쭈물하던 체린이 해적들에게 총구를 겨눴다. 하지만 모래가 튀어서 조준은 고사하고 제대로 총을 받쳐 올리지도 못했다. 때문에 그녀는 조준이고 뭐고 신경 쓰지 않고 방아쇠만 당겼다.

그 사이 릭은 검게 그을려 반으로 갈라진 채 너덜거리는 화물칸을 홀로사이트를 사용해 통째로 분해했다. 붉은 실이 반중력 차량 뒤로 흩날리자, 릭은 그 실을 잡아챘다. 그는 붉은 실을 모아 딱 화물칸의 에너지 양만큼의 축전지들을 만들어냈다.

체린을 운전석까지 끌고 온 릭은 그녀에게 축전기를 던졌다. 아이스하키를 할 때 쓰는 퍽처럼 생긴 축전지가 날아들자 겁에 질린 체린은 덜덜 떨리는 손을 뻗었다. 하지만 체린의 덜덜 떨리는 손이 축전기를 잡아채기도 전에 너덜거리는 역장의 구멍 사이로 레이저가 날아들었다. 그것은 곧장 축전기를 태우고 지나갔다.

검게 그을린 축전기가 날아들자 체린은 자기도 모르게 손을 움츠렸다. 그것은 지금까지 그녀가 내린 판단 중 가장 현명한 판단이었다. 그녀의 몸을 지나친 축전지는 모래 위에 떨어지자마자 폭발을 일으켰다. 체린이 모래를 옴팡 뒤집어쓰자, 모래바람 너머에서 확성기 소리가 천둥처럼 울렸다.

“젠장! 가느다란 놈은 맞추지 말라니까! 엔진을 노려라, 엔진! 생포 작전이다! 개자식들아!”

걸걸한 목소리에 놀란 체린은 눈을 껌뻑이면서 자기 얼굴을 가리켰다.

“가느다란 놈? 지금, 설마, 나 말하는 거야?”

“글쎄다. 이거 받기나 해!”

릭은 두 번째 축전지를 던졌다. 축전지를 받아 챙긴 체린은 하얀 실을 뽑았다. 그녀는 곧장 반중력 차량 위로 올랐다.

그녀는 아예 차량 뒷좌석에 거꾸로 앉아 차도르슈머를 등 뒤에 감췄다. 그녀는 차량 뒷면을 역장으로 감싸고서 해적들에게 총을 쏘았다. 빗발치는 포격 속에서 쇼핑 카트 몇 대는 폭발을 일으키며 사라졌다.

그러자 이번에는 드론 몇 대가 빠르게 릭이 모는 차량 앞을 가로질렀다. 드론들이 가느다란 레이저를 쏘기 시작했다. 레이저가 순식간에 반중력 차량의 엔진을 때리자 엔진에서는 연기가 올라왔다.

운전대를 잡은 릭은 욕지거리를 흘리면서 손가락을 튕겼다. 순식간에 드론들의 카메라 렌즈는 붉은 실이 되어 녹아내렸다. 눈을 잃은 드론들은 자기들끼리 부딪혀 폭발했다.

드론들의 잔해가 모래 위로 쏟아져 내리자, 릭은 연기를 내뿜는 차량 엔진을 살폈다. 엔진의 외장이 손상되면서 압축 공기가 외부로 새고 있었다. 거기다 엔진 내부의 터빈 날 두 개도 녹아내린 뒤였다.

'젠장. 다리가 안 날아간 게 다행이군.'

릭은 혀를 차면서 엔진의 외장 위에 두꺼운 철판을 만들어 붙였다. 그는 남은 돈으로 역장을 보수하면서 홀로그램을 펼쳐 들고 드라이버 리와 연락을 취했다.

"젠장! 영감, 아직이야?! 우리 다 죽게 생겼어!"

"다 왔네. 조금만 버티게나."

릭은 알겠다고 말하고는 화면을 꺼버렸다. 그는 날아오는 EMP 수류탄을 분해했다. EMP 수류탄에 든 에너지 양만큼의 질량으로 조그마한 부품 몇 개를 만들어낸 그는 너덜거리는 반중력 엔진을 고쳤다. 하지만 엔진을 고칠 때마다 해적들은 하이에나 떼처럼 끈질기게 추진기와 반중력 엔진을 노렸다. 체린은 흔들리는 붉은 실을 붙들고서 비명을 질렀다.

"악! 지원군! 지원군은 어디 있어?! 지원군!!"

"나도 몰라! 20파섹 밖에 있어도 다 왔다는 아저씨니 원, 믿을 수가 있어야지!"

툴툴거리던 릭이 체린에게 레이저 총 좀 건네 달라고 소리를 치던 때였다. 하늘에서 갑자기 거대한 천둥소리 비슷한 것이 날아들었다.

체린은 자기도 모르게 몸을 움츠렸다. 그 바람에 레이저 총은 체린의 손아귀를 벗어나 모래 속으로 사라졌다. 릭은 어처구니가 없다는 듯 그녀를 빤히 쳐다보았다. 체린은 토라진 표정을 지었다. 누구도 감히 그녀에게 책임을 묻지 못하면서 동시에 어떤 악감정도 가지지 않을 정도로 툴툴거렸다.

"너무 놀라서 어쩔 수 없었다고!"

체린은 항변했다. 하지만 체린의 항변을 듣는 이는 아무도 없었다. 그녀는 릭과 차도르슈머를 번갈아 바라보았다. 그러다 문득 두 사람의 시선이 향한 곳을 바라보았다. 그러자 하늘 위로 불타는 우주선 하나가 빠르게 지상을 향해 내려오고 있는 모습이 보였다.

그것은 마치 하늘을 찢고 태어난 거대한 불새처럼 세상에 화염을 흩뿌리고 있었다. 체린과 차도르슈머는 넋을 놓고 그 광경을 바라보았다. 우주선은 좌현으로 기수를 틀고서 거무스름한 불꽃을 깨고 나와 넓적한 배면을 드러냈다.

체린은 우주선의 배면 위로 황록색 홀로사이트가 일렁거리는 것을 보았다. 번득이는 섬광과 함께 대나무처럼 자라난 거대한 집광기 8개가 녹색 눈을 부라렸다. 레이저 사이에는 둥그스름한 구체가 머리를 쳐들었다.

다음 순간. 불그스름한 사막 위로 황록색 비가 세차게 퍼붓기 시작하자 비를 머금은 사막 위로 불과 죽음이 싹을 틔웠다. 고출력 레이저에 정통으로 맞은 차량은 거대한 폭발과 함께 모래 먼지 속으로 사라졌다.

해적들은 우왕좌왕 흩어지기 바빴다. 뒤늦게 드론들이 산개하려 했지만 레이저 사이에 매달린 둥근 구형의 총구에서 뿜어져 나온 충격파가 드론들을 덮쳤다. 충격파에 휘말린 대부분의 드론들 엔진은 순식간에 파동으로 변해 사라졌다. 엔진을 잃은 드론들은 항력을 유지하지 못하고 모래 속에 머리를 처박아야 했다.

갑작스런 우주선의 습격에 뒤늦게나마 해적들은 화망을 펼치려 했다. 대 함선용 플라즈마 탄과 EMP 미사일이 우주선으로 달려들었다.

하지만 홀로사이트의 압도적인 우위에 해적들의 저항은 무의미했다. 우주선을 격추하려던 EMP 미사일들은 홀로사이트로 분해된 뒤, 미사일의 질량이 전자기력으로 바뀌었다. 그나마 플라즈마 탄이 역장을 긁어댔지만 역장을 뚫고 들어가지는 못했다.

그것은 일방적인 학살이었다. 우주선 없는 해적들이 할 수 있는 것은 그리 많지 않았다. 결국 해적들은 우주선의 포격을 피해 기수를 돌릴 수밖에는 없었다. 해적들이 먼지를 일으키며 도망가기 시작하자 우주선은 도망치는 해적들에게 레이저를 쏘았다. 빗발치는 황록색 광선이 모래 먼지를 꿰뚫고 해적들의 궤적을 따라 움직였다.

해적들이 빠르게 사막을 가로지르면서 멀어져 갔다. 우주선은 유유히 릭 일행이 타고 있는 반중력 차량을 앞지른 뒤 모래 위를 낮게 날았다. 엔진의 출력을 낮추면서 모래 위를 미끄러지듯 가로지르자, 우주선 비스듬히 경사진 후미에서 화물칸 문이 스르륵 열렸다. 유압프레스에 매달려 내려온 문이 모래 위를 살짝 때렸다. 가느다란 모래 알갱이가 물보라처럼 뛰어올랐다.

릭은 반중력 차량을 통째로 집어삼킬 듯 넘실거리던 모래

들을 피해 기수를 돌렸다. 쇼핑 카트와 오래된 트럭을 개조해서 만든 너덜거리는 반중력 차량은 파도치는 모래를 벗어나 언덕 쪽으로 올라갔다. 매캐한 연기를 뿜어대던 엔진의 출력을 높였다. 그러곤 입을 벌린 붉은 우주선의 화물칸을 향해 릭은 곧장 기수를 돌렸다.

반중력 차량이 모래 언덕을 뛰어넘어 날아오르는 순간, 세 사람이 탄 반중력 차량은 비스듬히 허공을 갈랐다. 그러더니 화물칸 격벽을 긁고서 우주선 안으로 날아들었다. 우주선 화물칸 바닥에 부딪힌 반중력 엔진이 작은 폭발을 일으켰다.

릭은 어떻게든 중심을 잡아보려 기수를 돌렸다. 하지만 이미 중심을 잃은 반중력 차량은 빗길에 미끄러진 오토바이처럼 휙 돌기 시작했다. 그렇게 평형을 잃은 반중력 차량은 벽을 타고 올랐다가 거꾸로 뒤집혔다. 세 사람은 곧장 반중력 차량에서 떨어져 바닥에 처박혔다. 뒤이어 수 톤에 달하는 반중력 차량이 세 사람을 덮쳤다.

새된 비명을 지른 체린은 반사적으로 손을 뻗었다. 그러자 이번에는 하얀 홀로사이트가 제 몫을 다했다. 하얀 실이 반중력 차량을 허공에서 잡아챈 것이다. 바닥에 쓰러져 있던 릭과 차도르슈머는 놀란 듯이 체린을 바라보았다.

두 사람은 해맑게 웃으면서 체린의 어깨를 다독거렸다. 릭은 아예 체린에게 엄지까지 추켜올렸다. 그러더니 붉은 실로 만든 거대한 손을 이용해서 반중력 차량을 우주선 밖으로 던져버렸다.

우주선 밖으로 내던져진 반중력 차량은 모래 먼지를 일으키면서 사막에 처박혀 사라졌다. 릭은 폭발하는 반중력 차량을 바라보면서 화물칸 벽면을 손가락으로 두드렸다. 화물칸 출입구 개폐용 홀로그램 화면이 떠오르자, 그는 화물칸을 닫았다. 웅웅거리는 소리와 함께 화물칸 문이 올라오기 시작했다. 체린이 후들거리는 다리를 추스를 동안, 차도르슈머는 누더기를 벗어던지고서 몸을 일으켰다.

'그럼 이제 다 끝난 건가?!'

차도르슈머는 더듬이를 신명 나게 흔들어댔다. 체린이 그렇다고 말하자, 그는 서서히 닫히는 화물칸 문 쪽으로 다가갔다. 그러고는 사막에 대고 욕설을 퍼붓기 시작했다. 대부분은 붉은색으로 번뜩이는 심한 욕설이었다. 릭은 혀를 차면서 입을 열었다.

"제발 뒤로 가 있어요. 그렇게 앞으로 나와 있으면……."

그때였다. 체린과 릭은 경악한 얼굴로 차도르슈머를 바라보았다.

사막에서 뻗어 나온 탄환이 그의 가슴을 꿰뚫었다. 차도르슈머는 자리에 풀썩 쓰러졌다. 헐레벌떡 일어난 체린은 무너지는 차도르슈머의 몸을 뒤에서 잡아챘다. 화물칸이 완전히 닫히자, 화물칸 입구를 긁는 소리가 서너 번 들렸다. 릭은 허공에다 욕설을 퍼부으면서 차도르슈머의 가슴을 손으로 짓눌렀다.

분수처럼 쏟아져 나오는 노르스름한 체액이 우주선의 바닥을 적셨다. 릭은 차도르슈머의 가슴 속으로 홀로사이트를 흘려 넣었다. 어쩌면 심장을 만들 수 있을지도 모른다는 생각에서였다.

하지만 심장이 10%도 만들어지기 전에 차도르슈머의 손은 바닥으로 떨어졌다. 체린은 차도르슈머의 이름을 불렀다. 그러나 이미 뿌옇게 흐려진 눈은 초점을 잃은 뒤였다.

# 10

내일 잃어버릴 것을 어제 되찾는다 ————————

릭과 체린은 망연자실한 얼굴로 바닥에 쓰러진 노예를 바라보았다. 그의 가슴에는 큼지막한 구멍이 뚫려 있었고 옆으로 돌아간 얼굴에는 이미 생기가 사라져 있었다. 릭이 계속 심장이 사라진 차도르슈머의 몸속으로 홀로사이트를 찔러넣었지만, 불행히도 그의 눈앞에는 자금 부족이란 글귀가 떠올랐다 사라졌다.

뒤늦게 조종실에서 뛰쳐나온 드라이버 리가 소리쳤다.

"자네들, 조심 좀 하게! 선내에서 총 쏘고 그러면 확 우주 밖으로 던져버릴 거야."

릭과 체린은 드라이버 리를 올려다보았다. 그제야 드라이버 리는 바닥에 쓰러진 고객을 발견하고서 천천히 바이저를 머리 위로 올렸다.

그는 희끗한 턱수염을 쓸어내리면서 말했다.

"세상에! 어쩌다가 이렇게 된 건가?"

"젠장, 화물칸이 닫히기 전에 어떤 놈이 저격했어. 젠장!"

"그럴 리가! 방어막이 작동 중이었는데?!"

릭은 입술을 실룩이면서 쓰러진 차도르슈머의 몸뚱이를 바닥에 내려놓았다.

"죽었어. 뇌사야."

"그러면 이제 어쩌지? 배달은 어떻게 되는 거야?"

"어쩌기는, 망했지."

릭은 망연자실한 얼굴로 중얼거렸다. 그는 드라이버 리에게 말했다.

"그나저나 지금 우리 위치가 어디야?"

"입실론 프라임의 대기권을 벗어나고 있네. 궤도상이지."

"그럼 이 항성계를 벗어나기 전에 결단을 내려야겠군."

"지금이라도 정지장을 만들어서 보관하면 되지 않을까? 세티처럼 말이야."

체린이 묻자 릭은 고개를 저었다.

"치료비랑 정지장 값은 누가 댈 거야? 그리고 이미 늦었어. 정지장에 넣으려면 아까 저격당하는 순간에 넣었어야 했다고. 그리고 세티는 뇌 자체가 기계라서 살아남은 거야. 물론 언제 깨어날지 모르지만."

"세티? 세티가 깨어나다니, 그게 무슨 소린가?"

드라이버 리가 묻자 릭은 그의 얼굴을 노려보았다.

"무슨 소리긴요. 걔, 아직 정지장에 누워 있……는 거 아니에요?"

릭은 눈을 부릅뜨고서 드라이버 리를 바라보았다. 그러자 릭의 얼빠진 얼굴을 바라보던 드라이버 리는 고개를 저었다. 그는 유감이란 말을 흘리면서 릭의 어깨에 손을 얹었다. 드라이버 리는 천천히 입을 열었다.

"미안하네만, 릭. 세티는 명을 달리했다네. 보름 전부터 상태가 악화되었지. 내가 기계에 대해서는 자세히 모르네만, 들리는 바에 따르면 세티의 메인보드가 너무 심하게 타버렸다더군. 그래서 인격 칩 대부분을 살릴 수가 없었다고 들었네. 유감이네."

드라이버 리는 릭의 어깨 위에 손을 얹으면서 말했다. 체린과 릭은 망연자실한 얼굴로 서로를 바라보았다. 체린은 이해가 되지 않는다는 듯 고개를 저었다.

"하지만 아까 사막에서 그랬잖아. 우리, 과거로 왔다며."

릭은 웃음기 없이 말했다.

"그리고 내가 시간 이동이랑 패러독스 때문에 나이 세는 걸 집어치웠다고도 했잖아. 우리 가게는 시간이 일정하지 않아. 연락이 닿았다고 해서 반드시 같은 시간대에 존재하는 게 아니야."

갈라진 입술을 깨문 릭은 강철로 된 의수를 오른손으로 꼭 쥐고서 입을 열었다.

"미티는? 걔는 지금 뭐하고 있어?"

"방에 틀어박혀서 나오질 않는다네. 엘리스 말에 따르면 살아는 있다고 하더군. 하지만 그 아이가 없으니 매장 전체가 너무 조용하다네. 마치 텅 빈 것 같아."

릭은 입술을 실룩거렸다. 그는 피곤한 듯 눈을 감았다. 잠시 검지와 엄지로 미간을 움켜쥐고 있던 그는 천천히 눈을 떴다. 그러더니 손가락을 튕기면서 입을 열었다.

"그래, 대충 알겠어. 이번 배달 목적 말이야."

릭은 차도르슈머의 시체를 바라보면서 입을 열었다.

"세티가 죽는 바람에 우리 매장에서 가장 숙련된 웨이트리스가 사라진 데다가 미티가 방에서 나오질 않고 있어. 그 말은 이번에 준비하던 미티 콘서트는 쫄딱 망했다는 뜻일 거야. 그러니까 손해를 막기 위해서 요한나가 우리를 이곳으로 보낸 거지."

"하지만 어떻게 해적이 쳐들어오는 걸 막는다는 거야? 고작 한 사람이잖아."

"그래, 고작 한 사람이긴 하지. 근데 시간 여행에서는 고작 한 사람 때문에 많은 게 바뀌거든. 이를테면 1차 세계대전 때 히틀러를 쏘지 않은 영국 군인처럼 말이야. 만약에 그 사람이 총을 쐈으면, 히틀러가 세계대전을 일으키는 역사 따윈 존재하지도 않았겠지."

"그럼 우리가 차도르슈머를 구했다면……."

"의병이라도 일으켰을지도 모르겠군."

드라이버 리가 중얼거리자, 릭은 두 사람에게 사뭇 진지한 얼굴로 입을 열었다.

릭이 즉석에서 세운 계획을 이야기하자, 드라이버 리는 조금은 꺼림칙한 얼굴로 고개를 저었다. 체린은 떨떠름한 얼굴로 고개를 끄덕이다가, 그게 되겠나 싶어 턱을 손으로 쓸어내렸다.

릭은 그런 두 사람을 바라보면서 조끼를 잡아당겼다. 조끼가 레인코트로 변하고, 금발 머리를 가려주던 헬멧이 녹아내려 후줄근한 셔츠로 변했다. 릭은 옷매무새를 다듬으면서 말했다.

"일단은 부딪혀 보는 수밖에는 없어. 딱히 반대하는 사람은 없지?"

오른손을 어깨 위로 들어 올린 릭이 묻자, 두 사람은 침묵을 지켰다. 릭은 고개를 끄덕이면서 천천히 붉은 화면을 띄웠다. 그가 화면을 손으로 누르자, 화면 속에는 머리를 가지런히 묶은 심드렁한 얼굴이 떠올랐다. 요한나였다.

요한나는 잠시 릭을 노려보았다. 그러더니 화면 밖을 응시하다가, 잠시 뒤 다른 데 정신 팔린 사람처럼 살짝 신경질적인 목소리로 말했다.

"리키, 무슨 일이야? 지금은 조금 바빠. 나중에……."

"아, 별일은 아냐. 그냥 잘 있나……."

그때, 쾅! 멀리서 폭발음이 들렸다. 폭발음이 잦아들자 비명 소리가 울려 퍼졌다.

릭은 미간을 찡그리면서 입을 열었다.

"잠깐만. 지금 폭탄 터지는 소리 아냐?"

화면이 흔들리자 요한나는 주위를 두리번거리다 화면을 얼굴 가까이 바싹 당겼다. 홀로그램 화면 전체가 요한나의 얼굴로 가득 차자 릭은 한쪽 눈썹을 추켜세웠다. 그가 의심스러운 눈으로 그녀를 바라보자, 요한나는 릭을 쏘아보면서 입을 열었다.

"방금 그건 미티가 한 짓이다."

"흠, 걔가 무슨 짓을 했는데?"

요한나는 잠시 침묵을 지켰다. 그 사이 곳곳에서 'FTL은 물러가라! FTL이 테러를 저질렀다!'라는 아우성이 터져 나오고 있었다.

릭은 범인을 잡은 형사처럼 왼쪽 눈썹을 치켜뜨고서 요한나를 바라보았다. 요한나는 릭을 노려보면서 말했다.

"흠, 그러는 너는 무슨 바람이 불어서 배달 중에 전화를 한 거지? 설마하니 고객님에게 중대한 상황이 발생한 건 아니겠지?"

릭은 눈을 휘둥그렇게 뜨면서 입을 뻐끔거렸다. 릭을 바라보던 요한나는 눈을 가늘게 떴다.

"적어도 고객 머리에 구멍이 났다던가, 가슴에 구멍이 나지는 않았을 거라 믿는다. 왼팔을 세티에게 주긴 했어도 너는 그나마 우리 가게 최고의 배달부니까 말이야."

"당연…하지. 그럼. 내가 누군데."

"그래. 만에 하나라도 고객님이 잘못됐다면 너랑 체린이랑 드라이버 리에게 책임을 물을 거야. 해적들을 조지느라 네 녀석들 통장 잔고가 조금 많이 빈곤하다는 건 잘 안다만. 흠, 다음 달까지 너희가 위약금 5,000우주달러를 지불할 수 있으려나?"

요한나의 한마디에 드라이버 리는 쓰고 있던 헬멧까지 벗었다. 그의 머리 위에 봉긋 솟아오른 기름진 상투가 드러났다. 그는 길 가다가 다리를 걷어차인 사람처럼 붉으락푸르락하는 얼굴을 애써 감추었다. 그러더니 점잖은 양반처럼 턱수염을 쓸어내리면서 호통쳤다.

"어허! 이보시게, 점장. 나는 대체 무슨 죄란 말인가?"

"당신 우주선 안에서 일어난 일이니까 당연히 선장도 책임을 져야지. 선장은 배와 운명을 함께해야 하는 건 당연한 상식이잖아."

화면 속에서 전자파처럼 쏟아져 나오는 매서운 눈빛에 세 사람은 서로의 얼굴을 번갈아 바라보았다. 릭은 화면을 잽싸게 잡아채서 레인코트 옷자락 속에 감추었다. 옷자락 안에서 요한나의 무뚝뚝한 목소리가 흘러나왔다.

"어이, 화면 왜 가려? 어이."

릭은 요한나의 목소리를 애써 무시하면서 두 사람을 번갈아 바라보았다. 체린과 드라이버 리도 서로의 얼굴과 릭의 얼굴을 바라보았다. 이제 어쩐단 말인가? 드라이버 리가 홀로그램 화면 위에 글자를 적었다. 릭은 바닥에 쓰러진 고객을 바라보았다. 체린이 말했다.

"그러면 이건 어때? 죽……."

쉿! 드라이버 리와 릭은 동시에 검지를 쳐들었다. 제발 입 다물고 홀로그램 화면에다 글자를 적으라는 무언의 압박이었다. 체린은 구시렁거리면서 입을 다물었다. 살짝 삐진 체린이 입술을 실룩이자, 릭은 홀로그램 화면을 띄우고서 글씨를 적었다.

'좋아, 이제 어쩌지? 누구 좋은 생각 있는 사람?'

턱을 쓸어내리던 체린은 손을 들었다. 그녀는 홀로그램 화면에 집중했다. 그러자 머리를 감돌던 긴장감이 서서히 글자가 되어 화면 위에 떠올랐다. 체린은 화면에 글자를 적었다.

'그냥 저 아저씨가 살아 있는 것처럼 연기하면 되는 거 아냐? 화장실 갔다든지.'

'내 우주선에는 화장실이 없다네.'

드라이버 리의 한마디에 체린이 난감한 듯 뺨을 긁적이자, 릭은 손가락을 튕겼다. 그는 자신의 유치한 계획을 말했다. 생각할 시간이 그리 많지 않은 지금 같은 상황에서 그의 계획은 나름 신선해 보였다. 때문에 체린은 엄지를 추켜올렸고, 드라이버 리는 조심스럽게 홀로사이트를 뽑어냈다. 황록색 실이 스멀스멀 싸늘하게 식은 시체를 휘감아 우주복을 만들어 내던 때였다. 요한나의 목소리가 릭의 레인코트를 뚫고 나왔다.

"설마하니 리키, 전처럼 죽은 고객님을 우주 밖에 내던져 놓고서 고객님이 우주 유영을 하고 싶어 해서 어쩔 수 없었다고 이야기할 생각은 아니지? 그렇지?"

릭은 마른침을 삼켰다.

"당연히 아니지. 그게, 고객님이 어……."

릭은 마른침을 삼키면서 체린과 드라이버 리를 바라보았다. 하는 수 없군. 체린은 시체에게 달려들었다. 그러더니 시체의 손을 자신의 목에 가져다 댔다. 그녀는 자신의 목을 조르면서 소리쳤다.

"켁켁! 으엑! 죄송해요! 하지만 그렇다고 목을 조를 필요는 없잖아요!"

릭과 드라이버 리는 서로의 얼굴을 쳐다보다 고개를 끄덕였다. 드라이버 리는 곧장 시체의 몸 속으로 실을 흘려 넣었다. 근육 사이를 파고든 실들은 시체를 마리오네트로 바꾸어 놓았다. 드라이버 리는 손가락을 까딱이면서 시체의 어깨를 붙잡았다.

"세상에, 내 우주선에서 무슨 짓인가? 이거 놓게나!"

릭은 두 사람과 한 구의 시체가 버둥거릴 동안 슬쩍 화면을 코트 자락 속에서 꺼냈다. 그는 한숨을 내쉬면서 중얼거렸다.

"봤지? 내가 저래서 화면을 숨긴 거야. 저걸 보라고! 완전 개판이잖아."

"흠, 정말 개판이군."

요한나는 고개를 끄덕이면서 말했다. 그러더니 체린의 가슴 위로 쏟아져 내리는 액체를 가리켰다.

"음, 근데, 그거 피 아냐? 저 노란 거 말이야."

"아냐, 아냐. 그게……."

릭이 머뭇거리자 체린은 가슴에 들러붙은 액체를 닦으면서 소리쳤다.

"으! 땀 냄새가 너무 심해! 땀 냄새……. 우웩!"

누가 봐도 어색한 연기였다. 하지만 드라이버 리는 최선을 다해 연기에 동참했다. 그는 힘없이 축 늘어진 시체의 팔뚝을 붙잡고서 취객을 말리는 경찰처럼 굴었다.

"이보시게, 아무리 화가 나도 그렇지, 사람 목을 그렇게 조르면 쓰나!"

릭은 어깨를 으쓱이면서 말했다.

"세상에! 고객님이 얼마나 신입을 싫어하는지 몰라. 내가 그래서 종교적인 거랑 정치적인 부분은 건들지 말라고 했는데……."

"흥, 그래서 나한테 뭘 원하는 거냐, 리키?"

요한나가 눈썹을 까딱거리자, 릭은 손가락을 돌리면서 말했다.

"타임머신 사용권을 좀 줬으면 해. 시간대는 내가 정할게. 그냥 고객님 기분이 나빠지기 전으로 돌아가서 달래고 올게. 그건 괜찮지? 응?"

요한나는 말없이 릭과 체린을 노려보았다. 그러더니 번쩍거리는 불빛들을 바라보면서 소리쳤다.

"알았다. 허가하마. 가져가서 배달이나 잘해! 그리고 타임머신 사용 비용은 나중에 홀로사이트 사용 비용이랑 같이 청구할 테니까 그런 줄 알아라."

화면이 사라지자 곧이어 자그마한 홀로그램 하나가 릭의 눈앞에 나타났다. 릭은 주먹을 추켜올린 뒤, 홀로그램 창을 조심스럽게 집어 들었다. 시간대가 기입되지 않은 시간 여행 티켓이었다. 체린은 진저리를 치면서 식어가는 시체의 손을 뿌리쳤다. 그녀는 옷에 달라붙은 핏물을 실오라기로 바꾸면서 말했다.

"그럼 이제 된 거야?"

"응. 이제 과거로 돌아가는 거지."

"하지만 그냥 몇 시간 전으로 돌아갔다가 또 해적들을 상대해야 할지도 몰라."

"몇 시간 전은 무슨. 이 작자 기억 속에서 제일 안전했던 시간대로 가는 거야. 그러면 돼."

"그게 언제인데?"

체린이 묻자 릭은 어깨를 으쓱이면서 말했다.

"나야 모르지. 하지만 이 시체는 알고 있을걸? 여기 큼지막한 데이터베이스가 있잖아."

체린은 고개를 갸우뚱거렸다. 데이터베이스라니, 도무지 감도 잡히지 않는 말이었다. 보통은 컴퓨터나 물건에 쓰는 말이었기에 와 닿지 않았다.

하지만 곧이어 릭이 차도르슈머의 머리 크기를 손으로 재기 시작하자, 그녀는 릭이 말하던 데이터베이스의 뜻을 알아차렸다.

"잠깐만! 그러니까 죽은 사람 머리를……."

"분해해서 정보를 취합하는 거지. 문제는 돈이 없다는 건데……."

릭은 슬그머니 드라이버 리의 얼굴을 올려다보았다. 드라이버 리는 고개를 저었다.

"이보게, 릭. 자네에게 감정이 있는 건 아니지만……."

"리 아저씨, 이번 한 번만 좀 도와주세요. 그러니까, 아저씨는 이 시대의 유일무이한 인정의 아이콘 아니십니까. 항상 서로 상부상조하는 게 좋은 거라고 말씀하셨잖아요. 거, 뭐라고 했더라? 맞아요. 뭉치면…… 뭉치면……."

릭은 잠시 턱을 손가락으로 긁적이다가 이윽고 어깨를 으쓱거렸다.

"어쨌든 뭉치면 엄청 세진다면서요. 지금이 바로 뭉칠 때예요. 이러다가 고객이 죽은 걸 알면 요한나가 우리한테 무슨 짓을 할지 생각해 봤어요? 아마 우리 셋 다 몇 년간은 다른 음식은 거들떠보지도 못할 거예요. 그 빌어먹을 분홍색 페이스트만 먹어야 할 거라고요. 나중에 술 한 번 사드릴게요. 네? 한번 부탁드려요."

술 이야기가 나오자 드라이버 리는 슬쩍 릭을 노려보았다. 그러더니 그는 마지못해 황록색 홀로사이트를 꺼내고서 릭을 노려보았다. 그는 릭에게 단단히 일렀다.

"이번 일은 반드시 성공시켜야 하네. 알겠나? 난 자네가 성공할 줄 아니까 이 돈을 빌려주는 거네."

"알았어요, 알았어. 뭐, 이런 일을 한두 번 하는 것도 아니고, 너무 걱정 말아요. 배달 잘 끝내서 아저씨 돈이랑 세티도 되돌려 놓을게요."

릭이 엄지손가락을 추켜올리고서 말하자, 드라이버 리는 차도르슈머의 시체 쪽으로 손을 내밀었다. 황록색 홀로사이트가 스멀스멀 그의 머리 쪽으로 다가가고 있었다.

# FTL

CHAPTER 04

## 배달의 끝

# 11



자그마한 시간 여행 티켓이 릭의 손 안에서 구겨지자, 릭과 체린은 우주 공항에 버려졌다.

두 사람은 소란스러운 공항 내부를 두리번거리다 날아오는 화염병을 피해 몸을 숙였다. 불붙은 병은 두 사람의 머리 위를 가로지른 뒤 바닥에 떨어져 펑 하고 폭발을 일으켰다. 곳곳에서 시위대와 경찰들이 충돌하고 있었다. 몇몇 이들은 홀로그램으로 만든 구호 문구를 화려한 영상과 함께 머리 위에 틀고 있었다. 거대한 입실로니안 홀로그램 위로 자그마한 제트 엔진을 단 드론들이 빠르게 날아다녔다.

몇몇 이들은 드론들을 떨어뜨리기 위해 화염병을 드론에게 던지기도 했다. 하지만 드론들은 공중제비를 돌며 사뿐히 화염병을 피했다. 그 바람에 화염병은 포물선을 그리며 무고한 이들의 머리 위로 떨어졌다.

불이 붙은 끈적한 가연성 액체가 유리 조각과 함께 사방으로 튀자 순식간에 공항은 지옥도로 돌변했다. 온몸이 불길에 휩싸인 수많은 이들이 정처 없이 로비를 뛰어다녔다. 등에 불이 붙은 입실로니안 하나가 네 개의 팔을 벌리고서 어디론가 뛰어가다 바닥에 고꾸라졌다. 불을 끄기 위해 바닥에 뒹구는 이들도 있었다.

체린은 겁에 질린 얼굴로 불길에 휩싸인 입실로니안들과 드론들을 바라보았다. 드론들은 입실로니안들에게 아지랑이를 반복적으로 번뜩거렸다. 해산하라는 경고성 메시지였다. 하지만 시위가 격해지자 드론들은 시민들을 향해 총구를 들이밀었다.

릭은 겁먹은 체린을 이끌고 빠르게 공항을 빠져나갔다. 체린은 후들거리는 다리를 옮기면서 말했다.

"우, 우, 우리, 시간 이동 잘못한 거 아냐? 분명 지금이 제일 좋았던 때라면서!"

"적어도 차도르슈머 씨에게 있어서는 가장 좋았던 시기였나 보지. 나한테 따지지는 말라고."

"그럼 누구한테 따져?"

"당연히 차도르슈머의 머리랑 리 아저씨한테 따져야지. 고객님 머리를 분해한 게 바로 리 아저씨잖아."

릭이 말하자 체린은 금방이라도 토할 것처럼 불쾌한 표정을 감추지 못했다. 차도르슈머의 머리를 황록색 실로 분해하던 드라이버 리의 모습과, 머리를 분해한 실 속에서 정보를 뽑아내던 릭의 모습은 공포영화 속에 나오는 살인마라고 불러도 딱히 위화감이 없었다. 물론 체린도 그다지 고인에게 예를 갖추지는 못했다. 이 모든 일이 5,000우주달러에 달하는 위약금 때문에 벌어진 일이었다.

'그건 어쩔 수 없는 일이었어. 자그마치 5,000이라고.'

한숨을 쉬던 체린은 머리를 가늘게 떨었다. 빌어먹을 윤리적인 문제 따윈 그냥 잊고 싶었다. 당장 어디 드러누워서 한잠 푹 자고 싶었다. 그러나 불행히도 서라운드 스피커처럼 사방에서 몰아치는 폭발음과 비명 때문에 그녀의 신경은 잔뜩 곤두섰다.

릭은 체린의 팔뚝을 붙들고서 홀로그램을 내보였다.

"자, 봐봐. 우리는 지금 포트 샤울 외곽에 있는 우주 공항에 있어. 그리고 차도르슈머의 기억에 따르면, 차도르슈머는 지금 도심 중심부의 시청 앞에서 노숙 중이지. 그러니까 우리는 차도르슈머에게 물건을 전해 주고 오면 돼."

"이걸로 정말 세티를 되살릴 수 있는 거야?"

"분명 그럴 거야. 그래, 그러길 빌어야지. 아마도."

"확실한 건 아니구나. 그렇지?"

체린이 묻자 릭은 체린의 오른팔을 붙잡았다.

"지금은 우리 걱정부터 하자고."

릭이 체린을 잡아끌었을 때, 어디선가 날아든 유탄이 체린이 서 있던 자리로 떨어졌다. 유탄은 바닥에서 튀어 오르더니 시위를 하던 시위대를 향해 추진기를 켜고 날아들었다.

순식간에 시위대의 머리 위로 날아간 유탄이 작은 폭발을 일으켰다. 유탄 속에 든 하얀 연기가 시위 중인 입실로니안들의 머리 위로 쏟아져 내렸다. 입실로니안들은 아지랑이 한 번 일렁이지 못하고서 이글거리는 잿가루로 변했다.

체린은 그 자리에서 새파랗게 질려버리고 말았다. 살점이 타는 냄새가 코를 찌르는 바람에 당장이라도 구역질이 치밀어오를 것만 같았다. 릭은 새파랗게 질린 그녀를 데리고 거리로 나갔다. 그러자 수많은 드론들이 시위대를 흩어놓고 있었다. 문제는 그들이 뿜어대는 강렬한 빛과 폭탄이 입실로니안들의 몸뚱이까지 흩어놓았다는 점이다.

체린이 당장이라도 기절할 사람처럼 온몸을 벌벌 떨자, 릭은 그녀의 어깨를 왼팔로 휘감았다. 차가운 의수가 어깨에 닿자 체린은 흠칫 놀라 머리털을 세웠다. 릭은 그런 그녀에게 조용히 말했다.

"저쪽 보지 말고 고개 숙여. 천천히 따라와. 알겠지?"

체린이 동전만큼 커다란 눈을 내리깔자, 릭은 천천히 그녀의 몸을 잡아끌었다. 후들거리는 다리가 천천히 우주 공항 로비를 지나 역장으로 둘러싸인 출입구를 향해 다가갔다. 그러자 어디선가 날아온 원통형 드론 하나가 두 사람을 막아섰다. 그것은 세로로 길쭉하게 몸을 세우고서 홀로그램 안내문을 두 사람에게 내보였다.

"현재 공항은 폐쇄되었습니다. 관광객 여러분은 지정된 안내 장소로 돌아가 주십시오. 그리고 미티 투어 콘서트에 참여하실 분은 17번 도크로 가주시기 바랍니다."

홀로그램을 바라보던 체린이 눈을 껌뻑거리기 무섭게 릭이 먼저 입을 열었다.

"우린 도심으로 가려고 하는데, 길 안내……."

"도심은 현재 봉쇄되었습니다. 안전 구역에만 머물러 주십시오. 안전 구역은 입실론 프라임 우주 공항, 우주 공항 라운지, 입실론 프라임 전체 궤도상입니다."

릭은 고개를 끄덕이면서 손을 흔들었다.

"안내 고마워요. 그럼 우리는 라운지로 가볼게요. 경관님, 수고하십시오."

두 사람이 몸을 돌려 공항 안으로 들어가려 하자 드론은 두 사람 앞을 가로막았다.

"잠시만요. 잠시 신분증 검사를 하겠습니다. 증빙 서류 및 입국 심사 때 받은 인증서를 제시해 주시기 바랍니다."

드론이 막대기 형태의 몸을 틀자, 릭과 체린은 눈을 껌뻑거렸다. 인증서라……. 릭은 잠시 레인코트를 뒤지는 척을 했다. 그는 레인코트 안으로 손을 집어넣고서는 슬쩍 천장을 바라보았다. 체린도 그의 시선을 따라 눈을 슬쩍 올렸다. 천장 위로 붉은 실이 일렁이자, 체린은 얼른 드론을 바라보면서 희미하게 웃었다.

"잠시만요. 제가 이걸 어디에 뒀는지 살짝 아리송하네요. 아마 시차 때문인가 봐요. 그나저나 경관님, 카르노 엔진을 새로 다셨나요? 소리가 아주 말끔하고 좋은데요?"

"네. 오늘 새로 뽑았어요. 2년 동안 기다려서 간신히 받은 엔진이에요."

"와, 대단하네요. 오늘 기분 좋으시겠네."

"그렇죠. 오늘 아주 기분 째지는 날이라고요. 아마 그쪽이 합법적인 증빙 서류만 군말 없이 내밀어 주시면 조금 더 기쁜 하루가 될 거 같아요. 그러니까 인증서를 제시해 주시겠……."

드론은 더 이상 말을 이어갈 수 없었다. 큼지막한 돌덩어리가 드론의 머리 위로 쏜살같이 떨어진 것이다. 드론이 작은 폭발을 일으키면서 돌덩이에 깔리자 시위대를 정리하던 드론 중 몇몇 드론들이 돌덩이 주변으로 날아들었다. 그 사이에 릭과 체린은 놀란 관광객 행세를 하면서 비명을 질렀다. 드론들이 돌덩어리 밑에 깔린 경찰 드론에 시선을 주고 있는 동안 두 사람은 출입구로 향했다.

사람들의 시선이 혼란 속으로 떠내려갈 동안 두 사람은 유리문을 가뿐하게 통과했다. 하얀 실이 다시 문으로 변하자, 이제 그들이 공항에 있었다는 사실을 아는 이는 없었다.

그러나 경관과 이야기를 나누던 그들의 얼굴은 클라우드 네트워크를 떠다녔다. 누구도 이들에게서 용의점을 찾아내지 못했다. 적어도 이 도시에 살고 있던 누군가가 드론들의 보고서 속에서 체린의 얼굴을 알아보기 전에는 그랬다.

그는 홀로그램 화면 위로 떠오른 체린과 릭의 얼굴을 확대해서 바라보았다. 희미한 불빛 아래서 그는 눈을 번뜩이다 천천히 홀로그램 메시지를 부하들에게 돌렸다. 그는 릭과 체린의 얼굴에 큼지막한 동그라미를 치고서 이렇게 적었다.

'이 인간들은 FTL 소속이다. 절대로 다치게 하지 말 것. 최대한 정중히 모셔라.'

메시지는 빗물처럼 도시를 적셨다. 수많은 외계인과 인간들이 그 메시지를 받아들었다. 몇 초 되지 않아 몇몇 이들이 도심 안으로 걸어 들어가는 체린과 릭을 발견했다. 그들 중 두 사람은 천천히 배달부들의 뒤를 밟았다.

배달부들이 큰길을 피해 골목으로 숨어들 때, 그들 또한 마천루의 그림자 속으로 숨어들었다. 배달부들이 홀로그램을 살피려고 잠시 걸음을 멈추면 그들도 걸음을 멈췄다. 그들은 골목 속에 몸을 숨긴 채 릭과 체린의 동태를 살폈다.

그들 중 검은 스포츠머리를 한 사람이 고개를 내밀자, 키가 큰 뚱뚱한 인간이 그의 뒤통수를 잡아 고개를 앞으로 돌렸다. 배달부들은 곧장 그림자 속으로 몸을 숨겼다. 들켰나? 뒤를 쫓던 인간들은 숨을 죽이고서 생각에 잠겼다.

하지만 들켜도 상관은 없었다. 품속에서 권총을 빼들었다. 레이저 출력을 낮추고서 속사 버튼을 눌렀다. 아마 이 정도면 살짝 데는 선에서 끝날 터였다. 레이저 권총 위로 조준선이 떠올랐다.

그들은 FTL에서 파견된 두 사람을 향해 다시 시선을 던졌다. 하지만 골목 어디에도 두 사람의 모습은 보이지 않았다. 배달부를 추격하던 이들이 당황하고 있던 그때, 검은 레인코트가 유유히 하늘에서 떨어졌다.

릭은 아직 정신을 차리지 못하고 있는 이들에게 작은 곤봉을 휘둘렀다. 순식간에 날아든 가죽 곤봉이 콧잔등이를 때리자 하나는 얼굴을 붙들고 쓰러졌다. 또 다른 인간은 곧장 릭에게 총구를 겨눴다.

하지만 그가 방아쇠를 당기기도 전에 가죽 곤봉이 그의 오른손을 후려쳤다. 둔탁한 소리와 함께 권총은 골목으로 날아갔다. 릭은 놈의 멱살을 잡아 올렸다.

바닥에 쓰러졌던 뚱뚱한 남자가 코를 붙들고 엉거주춤 일어서자 릭은 다시 한번 곤봉을 휘둘렀다. 곤봉 머리가 측두부를 때리자 그는 힘없이 자리에 쓰러졌다.

“누구냐? 넌 뭐 하는 녀석이야?”

그가 심문을 시작할 즈음, 하늘에서 조심스럽게 내려온 체린은 릭이 잡고 있는 남자를 바라보았다. 그는 뻘겋게 달아오른 오른손을 붙들고서 벌벌 떨고 있었다. 릭은 멱살을 조금 더 바싹 조여 올렸다.

“이번 배달은 정말 묘하네. 가는 곳마다 우리 뒤를 밟는 놈이 하나씩은 꼭 있어. 무슨 일이지? 대체 넌 누구야? 왜 우리 뒤를 밟는 거지? 우리가 누군지 알아?”

그는 겁에 질린 얼굴로 침묵을 지켰다. 릭은 체린에게 곁눈질을 했다. 빨리 와서 뒤져보라는 소리였다.

체린은 고개를 끄덕이고서 남자에게 다가가 그의 셔츠를 뒤졌다. 그러자 얇은 카드 하나가 주머니 속에서 흘러나왔다. 체린은 릭에게 카드를 내보였다. 홀로그램 화면이 물 흐르듯 흐르는 카드 윗면으로 큼지막한 별이 그려져 있었다. 릭은 별을 슬쩍 쳐다보고서 입을 열었다.

“형사? 형사가 우리한테 무슨 볼일이지? 아니지, 여긴 입실론 프라임이잖아. 입실로니안 형사도 아니고 인간 형사가 여기 왜 있는 거지?”

“릭.”

배지의 홀로그램 화면을 이리저리 훑어보던 체린은 카드 뒷면을 내보였다. 카드 뒷면에는 크롬으로 된 해골 문양이 그려져 있었다. 릭은 한숨을 쉬면서 입을 열었다.

"미안. 넌 형사도 아니었구나. 해적 나부랭이지."

"난, 해적이, 아니야."

"해적도 아니면서 왜 해적 표식을 가지고 있는 거지?"

"해적 표식이 아니다, 이 개자식아. 그건 상징 부호야. 입실론 프라임이 죽어가고 있다는 시위 부호다."

체린과 릭은 잠시 서로의 얼굴을 쳐다보다 사내를 쳐다보았다. 그는 비쩍 마른 몸을 뒤틀면서 입을 열었다.

"네놈들은 결국 잡히게 돼 있어. 우린, 어디에나 있다."

"뭐, 그럴지도 모르지. 하지만 네 친구들은 지금 네놈이 누구랑 같이 있는지 모를걸?"

"아니. 이제 곧 알게 될 거야."

남자는 입안을 혀로 핥았다.

당황한 릭은 오른손에 들고 있던 가죽 곤봉을 집어 던졌다. 오른손으로 멱살을 쥐고 들어 올린 그는 강철로 된 왼손가락을 뻗어 놈의 입안에 손가락을 찔러 넣었다.

하지만 이미 남자의 얼굴은 굳어 있었다. 눈물과 콧물이 흘렀고, 마비된 턱을 따라 침이 떨어졌다. 릭은 곧장 놈을 놓아주었다. 그러고는 꺼림칙하다는 얼굴로 왼손에 들러붙은 거품을 실로 분해했다.

"세상에! 저 사람 지금……."

새파랗게 질린 체린이 중얼거렸다. 릭은 손가락 사이에 들러붙은 실을 털어냈다. 그가 실 위에 손을 올리자, 구성 성분이 홀로그램 화면으로 떠올랐다. 아밀라아제와 물, 그리고 수많은 세균들 속에서 신경작용제가 떠올랐다. 릭은 체린을 등 뒤에 감추고서 죽어가는 형사에게서 떨어졌다.

"미친놈, 자살했잖아?"

"뭐가 어떻게 된 거야? 어떻게 가는 곳마다 우리 얼굴을 알아보는 거지? 우리, 시간 이동했잖아. 그러면 보통은 아무도 우리 얼굴을 몰라야 하는 거 아냐?"

"그래. 보통은 그렇지. 나도 모르겠어. 일단은 뛰면서 생각하자. 곧 드론들이 몰려올 거야."

말을 마치자마자 하늘 위로 날카로운 소음이 일었다.


두 사람은 유리창 너머로 날아다니는 드론들을 바라보았다. 형사가 죽은 채로 발견되었다는 소식이 곳곳에 퍼져나가면서, 드론들의 숫자는 점점 불어나고 있었다. 놈들은 상업 광고를 앞세우고 순찰을 돌기 시작했다. 그들은 FTL을 홍보하는 광고와 공익광고, 그리고 새로 나온 자동차 광고들을 차례로 띄웠다. 광고가 흘러나올 때마다 거리의 사람들은 건물 속으로 숨기 바빴다.

릭과 체린도 드론들을 피해 근처 건물 속으로 뛰어 들어갔다. 아직 차도르슈머 근처에도 못 갔건만 체린은 체력이 방전되어 자그만 창가에 쪼그려 앉아 축 늘어져 있었다. 릭은 홀로그램 화면을 열댓 개 띄우면서 자료를 분석하고 있었다.

체린은 릭을 바라보았다. 피곤한 기색도 없이 홀로그램을 바라보는 릭의 모습은, 뭐랄까, 금발 양아치에서 조금은 학구적인 양아치로 변해 있었다. 그녀가 지그시 릭을 쳐다보자, 그녀의 시선을 느낀 릭이 슬쩍 체린을 돌아봤다.

체린은 잽싸게 시선을 돌리고는 머쓱하게 중얼거렸다.

"세상에⋯⋯. 경찰들이 광고를 보여주고 있어⋯⋯."

"민영화돼서 그래. 먹고살려면 광고 수익이 필요해서."

"경찰들이 민간 기업이 됐다고?!"

"응. 그래서 재들도 광고 조회 수 늘리고, 용의자 체포 건수도 늘려야 해. 못 늘리면 잘려. 그리고 모자란 수익은 물건 강매로 충당하지."

"어쩌다 그렇게 됐는데?"

"은하계 정부가 망했거든. 과도한 복지비 지출과 확장 정책, 그리고 국립 공원 문제 때문에 파산을 할 수밖에 없었어. 총생산량의 3배가 넘는 지출을 누가 감당하겠어?"

그렇구나. 체린은 별 감흥 없이 중얼거렸다. 무릎 위에 얼굴을 파묻은 그녀는 천천히 릭을 올려다보았다. 그녀는 보안 문구가 그려진 홀로그램을 바라보면서 입을 열었다.

"넌 아까부터 뭘 보는 거야?"

"뉴스 보는 거야. 흥미로운 점이 있어서."

릭은 화면 하나를 잡아다 체린에게 내밀었다. 체린은 릭이 내민 화면 속을 들여다보았다. 그러자 화면 속에는 해골 무늬가 떠올랐다.

체린은 기사를 읽어 내려갔다. 기사에는 반FTL 진영이 정치계의 큰 세력이 되어가고 있다는 내용이 적혀 있었다. 그중 군소 정당이었던 자주연합당의 지지율이 40%대를 넘고 있다는 기사가 눈에 띄었다.

"이 자주연합당이란 곳에서 처음으로 이 해골 문양을 만들었다는군. 입실론 프라임이 죽어간다는 뜻이고, 지금 시내에서 시위하고 있는 주최측도 자주연합당이야."

"근데 왜 이 사람들이⋯⋯?"

"모르지. 왜 30년 뒤에 그런 짓을 하게 됐는지는⋯⋯."

릭은 다른 화면을 보더니 혀를 내두르고는 체린에게 내밀었다. 그것은 자주연합당의 자금 내역이었다.

"이건 또 어떻게 구한 거야?"

"행성 자치 정부에서 의무적으로 공개하는 정보야. 보이지? 모금액이 창당 이후로 별로 늘어나지 않았어. 하지만 창당한 뒤로 수많은 행사를 가지면서 자주연합당이 세를 넓히고 있어. 문제는 대규모 정당 행사 규모가 해마다 두세 배씩

뛰고 있는데, 정치 자금은……."

"거의 늘지 않았네. 무슨 돈으로 행사를 하는 거지?"

릭은 북적이는 사람들 사이를 노려보면서 말했다.

"그뿐만이 아니야. 정치 자금의 3분의 1은 행성 밖에서 조달됐어. 그래서 중앙정부에서 회계 자료 부실로 조사까지 했지만 별다른 혐의점이 없었나 봐. 오히려 당 총수가 자기 사비까지 털어서 행사를 진행했다고 선전까지 했지. 엄청 청렴한 것처럼 자랑질을 해댔어. 하지만 청렴한 것과는 별개로 사람들에게 과격한 방식을 주입해 논란이 생기고 있다는 논평이 있는데……. 쯧쯧."

릭은 혀를 차면서 고개를 저었다. 체린이 무슨 일이냐고 묻자, 그는 천천히 홀로그램 화면 하나를 더 내보였다. 그곳에는 사망 사고 소식이 실려 있었다. 체린은 눈살을 찌푸리면서 입을 열었다.

"설마, 그 논평 쓴 사람이 이 사람이라는 건 아니지?"

"논평 쓴 사람 맞아. 혼자 사막으로 가서 사구 속에 다이빙했대. 친척이나 친구들에게도 아무 말도 안 하는 바람에 누구 하나 몰랐다나 봐. 이걸로 대충 윤곽이 보이는 거 같아. 형사, 시위대, 정치가, 그리고 낡아 빠진 최첨단 무기를 휘두르던 해적들. 진부해 빠진 이야기였군."

"무슨 소리야?"

“뻔하지. 부패한 정치가들이 해적과 결탁한 거야. 그리고 우리 얼굴을 알아보는 걸로 봐서는 나랑 연이 깊은 놈일 가능성이 커. 놈들이 이런 시국에 우리 뒤를 쫓는 이유는 안 봐도 뻔해. 희생양이 필요한 거지. 아마 우리를 붙잡아 십자가 같은 데 매달아 놓고 산 채로 태워버리려고 들걸?”

체린은 혀를 차면서 말했다.

“있지, 우리 얼굴을 다 알고 있다면 여기서도…….”

“그럴 수도 있지. 하지만 지금 당장 우릴 죽일 생각은 아닌 모양이야. 아니면 우리가 여기 있는지 모르거나.”

“어째서?”

릭은 입을 다물고서 주위를 둘러보았다. 체린도 릭의 시선을 따라 고개를 돌렸다. 그러자 도시의 소요 사태를 피해 건물 안으로 모여든 사람들이 눈에 들어왔다. 수군거리는 목소리들이 천장까지 차올랐다. 그 난잡한 소음 속에서 딱 세 글자만은 체린의 귓속에 콕 박혔다.

그랬다. 그들은 하나같이 FTL을 죽어라 욕하고 있었다. 주린 배와 텅 빈 지갑을 안고서, 그들은 반FTL 시위에 참여하지 못한 것을 한탄했다. 과격한 이들은 FTL 직원들을 죄다 총살해야 한다고 입을 모아 험담하고 있었다.

체린은 마른침을 삼키다 천천히 자리에서 일어났다. 바닥에서 솟아오른 가시방석이 엉덩이를 찌르는 것 같았다. 그녀는 창틀에 기대어 서서 말했다.

"있지, 만약에 내가 21세기로 돌아간다면 말이야, 밥솥은 반드시 땅바닥에 내려놓을 거야. 절대로 싱크대 위에 올려놓지 않겠어. 그리고 자나 깨나 머리에 오토바이 헬멧 같은 걸 반드시 쓰고 다닐 거고, 또, 스파게티를 산더미처럼 쌓아놓고 먹을 거야. 돈가스도."

"방금 말한 그거 죄다 사망 플래그야. 알지?"

릭은 희미하게 웃으면서 지적했다. 그 퇴폐적인 미소를 바라보던 체린은 이 상황에 농담이 나오냐고 중얼거리면서 릭의 오른팔을 주먹으로 때렸다.

그녀는 소나기 오는 것을 구경하는 아이처럼 창밖을 내다보았다. 시꺼먼 하늘 위로 경찰 드론들은 오와 열을 맞춰 거리를 순찰하고 있었다. 곳곳에서 경보가 울렸고, 길거리에 나와 있는 사람들은 무작위로 드론에게 둘러싸여 심문을 당했다.

경찰 드론들은 대체로 죽은 형사에 대해 묻고는 상업 광고와 광고에 나온 제품을 사용하는지 물었다. 사람들은 대부분 새로 나온 제품을 사겠다고 약속하고 제품 판매가의 절반에 해당하는 금액을 드론에게 지불하고서 풀려났다.

하지만 한 이름 모를 노숙자는 달랐다. 찢어진 옷을 걸친 입실로니안은 경찰 드론 앞에서 천천히 네 손을 올렸다. 그는 돈이 없다는 아지랑이를 계속 흘렸다. 그럼에도 불구하고 무정하기 짝이 없는 드론이 말했다.

"돈이 없다고요? 그럼 이런 시기엔 나오지 말았어야죠."

거리에 앉아 있던 노숙자는 배를 움켜쥐었다. 배가 고픈 모양이었다. 하지만 자비 없는 경찰 드론은 새로 나온 나노 샴푸 광고를 보여주면서 노숙자에게 샴푸를 살 것을 강요했다. 노숙자는 고개를 숙였다. 그의 얼굴에는 쓸쓸한 체념이 떠올랐다. 그는 손을 내리고서 아까부터 돈이 없다고 이야기하지 않았느냐고 경찰 드론에게 푸념했다. 그러자 경찰 드론은 한 치의 망설임도 없이 노숙자에게 레이저를 쏘았다.

그렇게 노숙자는 재가 되어 바람을 따라 흩어졌다. 경찰 드론은 상업 광고를 틀면서 하늘 위로 올라갔다. 찰랑이는 머릿결을 경험해 보라는 해맑은 광고였다. 체린은 역겹다는 얼굴로 창문을 가리키며 말했다.

"저기, 죽은 거야? 아니지? 설마 거리에서……."

"죽은 거야. 상업 광고 수익이랑 강매 때문에 죽은 거지."

"하지만…… 살아 있는 생명체잖아. 어떻게……."

"존엄성의 문제지."

릭은 불안에 떠는 사람들 사이를 가로지르면서 말했다.

"27세기였던가? 인공지능이 인권에 대해서 생각을 했어. 그러다가 '샴푸도 못 사는 이들을 살려 둔다고 그들이 행복

한 삶을 살까?'라는 질문이 튀어나왔지."

"왜 하필 샴푸야? 다른 건 살 수 있을지도 모르잖아."

"그게, '스네이크 스타 알파'라는 별에서 샴푸를 너무 많이 만들었거든. 그래서 한때 온 은하계가 샴푸 인플레이션에 빠진 적이 있었어. 그냥 길 가다가 잘생겼다고 샴푸를 주고 그랬지. 어쨌든 인공지능의 요지는 이거였어. 이렇게 흔하디흔한 샴푸도 못 살 정도면 인권에서 주장하는 행복 척도에 미치지 못할 것이고, 이들을 돕는답시고 무작정 자본을 나누다가는 다른 사람들도 불행해질 거라는 거지."

"어째서?"

"간단해. 한 달에 200우주달러를 초과해 버는 사람들에게는 기존 세금의 30%를 더 징수한다고 치자. 그러면 201우주달러를 버는 사람들은 200우주달러를 버는 사람들보다 세금을 훨씬 더 많이 내야 하는 불상사가 벌어지지. 그 때문에 불만이 폭주하다 보니까 결국 인공지능은 점수를 매겨서 행복 척도가 떨어지는 사람들은 제거하자는 결과를 내놓았어.

거기다 사법기관의 통계에 따르면 경범죄를 저지른 자들 대다수는 가난한 이들이었고, 심지어 1인당 생산성도 떨어졌지. 결국에는 그렇게 만장일치로 가난소거법이 통과됐어."

릭의 설명을 들은 체린은 기가 찬 듯 헛웃음을 터뜨렸다. 그녀는 산비탈 위에 올라서 있던 자신의 집을 떠올렸다. 아버지의 사업이 망하고 가족들이 간신히 얻은 좁다란 집이었다. 잠을 잘 때면 구린내가 올라와 구역질이 나곤 했다. 바퀴벌레와 개미가 서로 싸우는 모습을 지켜볼 수 있을 만큼 그녀의 집은 찢어지게 가난했다.

하지만 체린과 그녀의 가족들은 남들만큼 착하게 살았다. 누구한테 못할 일을 시킨 적도 없었고 양심의 가책이 남을 일은 하지도 않았다. 그녀는 릭에게 따졌다.

"대체 어디 사는 누가 그래? 가난하면 다 범죄를 저지른다고 누가 그래?"

"인공지능과 통계가 그렇게 말했지."

"세상에, 그런 게 어디 있어? 인권운동가들은 어디 있어? 이렇게 막 죽여도 뭐라 하는 사람 하나 없어?"

"없어. 걔들은 수백 년 전에 합법적으로 유통되던 영화랑 만화에서만 인권을 찾는 놈들이니까 신경 꺼."

체린이 기가 차서 입을 뻐끔거릴 동안, 릭은 창밖의 드론들을 살피면서 말했다.

"있지, 인권 이야기가 나와서 말인데, 너도 인권 자격증 하나 따둬. 요즘은 모든 인간들이 범죄 가능성이 있기 때문에 자격증이 필수야."

"자격증?!"

"어. 인권 의식을 증명할 수 있으면, 누구라도 인권 의식이 없는 사람을 죽일 수 있어. 참고로 난 인권 등급 2등급이다."

그때 릭이 갑자기 조용히 하란 듯이 손가락을 입가에 가져다 댔다. 근처에서 인기척이 느껴졌기 때문이다.

체린과 릭이 있던 곳에서는 보이지 않던 어두운 공간에 누군가 있었다. 릭이 인기척이 난 쪽을 바라보자, 어두운 구석에 숨어 있던 여자의 얼굴이 일그러졌다. 그녀는 원통형 수조에 담긴 아이를 품에 숨기고서 소리쳤다.

"하, 듣자 듣자 하니까, 당신들 뭐야? 저런 쥐새끼 몇 놈 죽은 일로, 왜 남의 집에서 쑥덕거리고 있는 건데?"

체린은 아이 엄마를 바라보았다. 인공 자궁을 품에 안은 여인은 죽일 듯이 체린과 릭을 노려보고 있었다. 그러자 릭은 슬쩍 웃으면서 말했다.

"오, 이거 실례했어요. 우린 지나가던 길이니까 신경 쓰지 마세요. 자, 가자."

릭은 체린의 손을 잡아끌었고 곧장 뒷문으로 빠져나가려고 했다. 하지만 어둠 속에서 나타난 사람들 중 두 남자가 뒷문을 막아섰다. 릭은 남자들을 노려보다 심상치 않은 분위기로 가득 찬 집안을 둘러보았다. 그는 속으로 혀를 찼다.

"우리는 싸우고 싶지 않아요."

"흥, 싸우고 싶지 않다고? 가난뱅이의 끄나풀들이 입만 살아서는."

릭과 체린은 사람들에게 둘러싸였다. 그들은 하나같이 피에 굶주린 동물처럼 어깨를 으쓱이면서 두 사람을 몰아세웠다. 그러자 릭은 손바닥을 펼치면서 말했다.

"진심이에요. 우린 지나가는 중입니다. 지금 나갈게요."

"가난뱅이 새끼들이 입만 살았군."

홀로그램 초콜릿을 담배처럼 입에 문 여자가 말했다. 그녀의 목소리가 울리기 무섭게 사람들은 하나둘 칼을 꺼냈다. 대부분 작은 식칼이 전부였지만, 몇몇 이들은 막대기 끝에 식칼을 단단히 묶어 만든 창을 들고 있었다.

창이 턱밑까지 다가오자 릭은 입술을 씰룩거리면서 체린을 슬쩍 바라보았다.

"내가 뭐랬어? 말은 항상 조심하랬지?"

체린은 토라진 얼굴로 릭을 바라보았다. 항변하고 싶었지만 서서히 밀려드는 따가운 시선과 날카로운 날붙이에 그녀는 입을 다물었다. 릭은 사람들을 둘러보면서 말했다.

"워워, 진정들 해요. 거, 칼은 왜 꺼내고 그래요? 말로 합시다. 다들 밖에 날아다니는 경찰 드론 때문에 여기 와 있는 거잖아요. 이렇게 싸워 봐야 좋을 게 없을 텐데요."

"말로 하자고? 왜? 그 작은 조동아리라도 팔아 치울 생각인가 보지?"

"그건 아니고."

릭은 점점 조여 오는 포위망을 노려보았다. 문을 막아선 두 남자가 조금 움찔거리자, 릭은 순식간에 실로 총을 만들고 총구가 자라나기 무섭게 레이저 총으로 천장을 쏘았다. 그러자 사람들은 비명을 지르며 자리에 쪼그려 앉았다.

“꼭 총을 빼 들어야 말을 듣나? 엉?”

“빌어먹을 범죄자 새끼들 같으니!”

콧수염 기른 남자가 말하자, 릭은 그에게 총구를 겨눴다. 그러자 그는 고개를 떨어뜨린 채 바닥에서 벌벌 떨었다. 릭은 체린의 어깨를 툭툭 건드리면서 말했다.

“야, 가서 뒷문 열어.”

체린은 말없이 쪼르르 문 쪽으로 다가갔다. 그녀가 문 앞에 멈춰 서자 세눈박이 외계인이 험악한 표정으로 다가왔다. 체린은 손을 뻗었다. 하얀 실이 손바닥에서 자라나더니 그녀의 손에 망치 하나가 나타났다. 체린은 망치를 거머쥐고서 외계인의 머리를 치고는 잽싸게 문을 열었다.

하지만 자동문이 순순히 그녀의 말을 들을 리 만무했다. 문이 굳건하게 자리를 지키고 체린의 앞길을 막아섰다. 문을 두어 번 잡아당겨 본 체린은 손가락을 튕기면서 자신이 가장 잘하는 일을 했다. 자동문을 실로 분해한 것이다.

하얀 실이 바닥에 흘러내리기 무섭게 릭은 그녀의 등을 떠밀고서 거리로 빠져나갔다. 두 사람을 쫓아 나오려는 사람들을 바라보던 체린은 손가락을 튕겼다. 그러자 하얀 실은 살아 있는 생물처럼 문간으로 뛰어올라 문을 만들어냈다.

문이 성난 사람들을 막아주자, 이번에는 날카로운 소음이 도시에 메아리쳤다. 두 사람은 빠르게 골목길을 내달렸다. 아직 차도르슈머의 근처에도 못 갔건만 드론들은 건물 위를 날아올라 빠르게 두 사람의 숨통을 조여 왔다. 놈들은 릭과 체린이 숨은 골목 위를 날아다니면서 사람들에게 광고를 들이밀고 있었다.

릭은 한숨을 쉬면서 경찰 드론들을 노려보았다. 이미 드론 몇 개는 골목 안으로 서서히 들어서고 있었다. 때문에 그는 이따금씩 손가락을 튕기면서 실을 흘렸다. 실이 거미줄처럼 골목길 곳곳을 휘감았다. 그러자 거미줄에 걸린 드론들은 순식간에 붉은 실이 되어 바닥으로 흘러내렸다.

하지만 불행히도 드론 석 대를 분해하자 릭의 눈앞에 자금 부족이라 적힌 글귀가 떠올랐다. 릭은 한숨을 쉬면서 실이 된 드론들을 멀찍이 떨어진 곳에다 내던지면서 원래대로 복구시켰다.

그러자 되살아난 드론들은 카르노 엔진의 고출력 추진기를 뿜어댔다. 놈들은 마치 성난 벌 떼처럼 하늘로 날아올라 편대를 이뤄 골목을 빠르게 가로질러 체린과 릭의 앞을 막아섰다. 놈들은 곧장 두 사람에게 총구를 들이밀려고 했다.

그러나 놈들이 총구를 내밀기도 전에, 릭이 석궁을 들어올렸다. 석궁에서 발사된 작은 볼트가 빠르게 허공을 가로질러 드론의 카메라에 박혔다. 다음 순간, 번득이는 섬광과 함께 드론 편대는 순식간에 중심을 잃고 바닥에 처박혔다.

릭은 볼트가 박힌 드론을 실로 잡아챘다.

"젠장, 에너지 값으로 10우주달러씩이나 받아먹네. EMP 좀 달렸다고 볼트 하나에 이딴 식으로 받아먹다니."

"그래도 목숨을 구했잖아. 이제 어디로 가야 하는 거야?"

릭은 골목 밖에서 소란스럽게 행진하는 시위대를 턱으로 가리켰다.

"저쪽으로."

"하지만 저건 우리를 죽이려고 하는 놈들이잖아……."

"지금은 방법이 없어. 드론한테 총 맞는 것보단 나아."

릭은 쏜살같이 거리를 가로질렀다. 체린도 마지못해 그의 뒤를 따랐다. 그는 돈이 없어서 조잡하게 만든 석궁을 분해했다. 붉은 실이 수천 마리의 뱀처럼 흐느적거리면서 그의 어깨 위로 오르더니 목과 머리를 휘감았다. 마침내 그의 머리 위로 두꺼운 쇳덩이로 만든 두건이 생겨났다. 릭은 두건을 고쳐 쓰고서 체린을 바라보았다.

"너도 납으로 된 두건부터 만들어, 빨리."

"왜 그래야 하는데?"

"저 드론들이 지금쯤 너랑 내 얼굴과 행동거지를 분석했을 테니까. 거기다 뇌파까지 분석했을 거야. 하지만 납으로 만든 두건을 쓰면 뇌파 분석기가 헛다리를 짚을 가능성이 높아져. 그리고 걸음도 구부정하게 걸으면 행동 양식으로 우리를 찾기도 힘들 거야."

"세상에! 31세기에는 사생활이란 게 없는 거야?"

"하, 행동거지 판별법은 이미 21세기에 발명됐거든?"

릭은 머리에 큼지막한 납덩이를 뒤집어쓴 채 벌써부터 허리를 굽히고 서 있었다. 체린은 한숨을 쉬면서 납덩이를 뒤집어썼다. 납덩이가 묵직하게 머리를 짓누르자, 허리가 절로 굽었다. 그녀는 비척비척 걸으면서 말했다.

"이렇게 걸으면 효과가 있을까?"

"있기를 빌어야지. 아니면 혹시 모르니까 우리, 갈빗대를 조금 바꿔 낄래?"

체린은 무뚝뚝한 얼굴로 고개를 저었다.

"그렇게까지 할 필요는 없을 거 같아."

"그럼 빨리 와. 시위대가 떠나기 전에 빨리 숨어들자."

두 사람은 빠르게 시위대 쪽으로 다가갔다. 두 사람은 곧장 두꺼운 지방질 외피를 두르고, 대나무처럼 생긴 길쭉한 머리를 쳐든 외계인 뒤에 바싹 붙어 인파 속에 몸을 숨겼다. 경찰 드론의 날카로운 엔진 소리가 다가오자, 릭은 체린을 끌고 시위대 속으로 더 깊숙이 들어갔다. 수많은 다리를 까딱이며 움직이는 절지동물을 지나, 온몸에 돌기가 난 거대한 원형질의 외계인을 지나쳤다. 마침내 릭은 체린보다 머리 하나 작은, 이름 모를 외계인 뒤에서 걸음을 멈췄다.

그곳은 거대한 시위대 물결의 딱 중간쯤 되는 곳이었다. 그 때문인지 드론들은 두 사람 머리 위를 유유히 지나다닐 뿐이었다. 릭이 하늘을 살피는 사이, 체린은 당장이라도 토악질을 할 것처럼 새하얗게 질려가고 있었다.

우선 그녀는 수많은 인파가 내뿜는 악취를 견딜 수가 없었다. 톡 쏘는 냄새부터 흐릿한 구린내와 향신료 냄새 비슷한 것들이 그녀의 정수리까지 올라왔다.

체린의 앞에 서 있는 외계인은 더 가관이었다. 그것은 마치 털이 난 물고기처럼 생긴 종족이었다. 비늘과 털이 조그만 몸뚱이 위를 흘러내리고 있었다. 때문에 얼핏 보면 다리만 남은 닭이 서 있는 기분이 들 정도였다.

땅바닥까지 내려오는 덥수룩한 검은 털 위로 자그마한 벌레들이 머리를 내밀었다. 못해도 체린의 엄지손가락만 한 벌레들이었다. 놈들은 홀로그램 팻말을 들었다. 체린이 헛구역질을 하자, 릭은 그녀의 팔뚝을 꼭 붙잡았다.

"토하지 마. 토하지 마. 내가 사막에서 알려준 대로 심호흡해. 심호흡."

체린이 가쁘게 숨을 내쉬자, 옆에 서 있던 입실로니안이 불쾌한 듯 릭과 체린을 쏘아보았다. 릭은 주위의 눈치를 살폈다. 그는 불쾌해하는 입실로니안에게 미소를 지어 보이면서 아지랑이를 내보였다.

'죄송한데 말입니다, 여기 무슨 시위하는 거예요?'

'무슨 시위냐고요?'

입실로니안이 어이없다는 듯 중얼거리자, 릭의 옆에 앉아 있던 외계인 하나가 뾰족한 머리를 들어 올렸다. 결정질로 된 몸을 뒤튼 외계인은 어처구니없다는 듯 다섯 개의 팔뚝을 들어 올렸다.

그가 가리키는 곳에는 거대한 홀로그램 화면이 떠 있었다. 체린은 그 화면을 바라보다 입을 벌렸다. 화면에는 다음과 같이 적혀 있었다.

'FTL 꺼져라. 음식 독재자는 물러가라!'

결정질 외계인은 뾰족한 머리를 까딱이면서 말했다.

"아니, 뭐 하는 작자들이기에 시위 팻말도 안 보고 참가를 해요? 설마……."

외계인이 의심스럽다는 얼굴로 중얼거리자, 릭은 체린의 팔을 슬쩍 휘감았다.

"워워, 친구. 그냥 공항에서부터 여기저기 시위를 많이 하다 보니까 헷갈려서 그래요. 그리고 우리 자기는 사람 많은 곳을 싫어하거든요."

릭의 말 한마디에 체린은 금붕어처럼 입을 뻐끔거렸다. 그
녀는 '이 새끼가 미쳤나?' 하는 눈빛으로 릭을 바라보았다.
하지만 릭은 그녀의 눈빛 따위 신경 쓰지 않았다. 그는 능청
스럽게 사람들에게 말했다.

"있죠, 저희는 이런 시위를 별로 안 좋아했어요. 시끄럽고,
뭐랄까? 보기 불편했죠. 근데 말이죠, FTL? 그깟 자식들이
뭔데 우리가 주방에서 음식 만드는 것까지 규제한다고 나선
답니까? 자기들이 뭔데 골목에 있는 음식점까지 집어삼키고
난리죠? 전 우리 자식들이 음식 가지고 타박받는 사회가 오
면 안 된다고 생각합니다. 음식마저도 계급적인 차별의 대상
이 되면 안 돼요! 그렇죠, 여러분?"

릭이 손을 들고 말하자, 시위하던 사람들은 손을 번쩍 들
어 올리고서 옳다고 소리쳤다. 그는 딱정벌레처럼 생긴 외계
인과 하이파이브를 한 뒤 입가에 7개의 다리를 까딱이고 있
던 절지동물과 어깨를 얼싸안고서 사진을 찍었다.

시위 주최자들은 반중력 엔진을 단 채 하늘에 떠 있는 무
대 위에 서 있었다. 시위대 한쪽에서 소란스런 함성이 일어
나자, 그들은 릭과 체린을 바라보았다. 그들은 두 사람이 어
떤 이들인지는 몰랐다. 하지만 적어도 그들이 관중들을 휘어
잡을 수 있을 만한 이들이란 건 알 수 있었다.

두 사람 때문에 그들은 자신들이 하던 연설을 잠시 멈췄다. 그러고는 체린과 릭에게 조명을 비췄다. 사회를 맡은 로봇이 두 사람을 가리키며 입을 열었다.

"흠! 여러분, 주목해 주십시오. 저기 좌익 쪽에 계신 남녀 커플이 시위대에 파란을 일으키고 있군요! 한번 무대 위로 모셔보도록 하겠습니다."

로봇의 한마디에 무대 위에 달려 있던 견인 광선이 빛을 뿜었다. 광선은 보이지 않는 거대한 핀셋처럼 릭과 체린을 개미 떼같이 모인 시위대 속에서 집어 올렸다. 체린이 허공에서 버둥거리자, 릭은 그녀의 귓가에 속삭였다.

"버둥거리지 말고 자연스럽게 행동해. 알았지?"

"하하. 그건 또 어떻게 해야 하는 건데?! 저놈들이 우리를 죽일 거야. 저놈들, 해적이잖아!"

"일단 소리 지르지 말고 발도 버둥거리지 마. 어차피 이렇게 사람 많은 곳에서는 저놈들도 허튼짓 못해. 그리고 여차하면……."

릭은 손가락을 튕기는 시늉을 했다. 체린은 릭이 시키는 대로 최대한 자연스럽게 행동하려고 했다. 하지만 허공에 떠 있는 감각은 괴상하기 짝이 없었다. 체린은 릭의 팔을 꼭 붙들고서 입을 열었다.

"으으, 이제 어떻게 할 거야? 무슨 계획 있어?"

“어. 일단 이 바보들, 아니, 시위대를 가로질러서 무대에 오른 다음에 대충 ‘FTL 나빠요.’라고 외치고 나서 무대 뒤로 넘어가는 거야. 그다음에 무대에서 뛰어내려서 곧장 인파 속에 다시 숨는 거지. 그리고 시내로 가서 배달 끝내면 돼.”

“그러다가 드론이라도 만나면? 아니, 그것보다 우리 뒤를 쫓고 있는 놈들은 어쩔 거야?”

“경찰이든 뭐든 방해한다 싶으면 그냥 경찰이 시위대를 탄압한다고 소리치기만 하면 돼. 그러면 나머지는 시위대가……..”

자신만만하게 말하던 릭이 잠시 말꼬리를 흐렸다. 그가 불만 어린 표정을 짓자, 체린은 그의 시선을 따라 고개를 돌렸다. 그러자 해골 무늬가 눈에 번뜩거렸다. 해골 뒤로 YP라는 글귀가 번들거렸다.

체린은 주눅 든 얼굴을 숙였다. 비명을 지르던 세티의 얼굴을 떠올린 그녀는 천천히 숨을 가다듬었다.

마침내 릭은 환하게 웃으면서 불빛을 향해 손을 흔들었다. 시위대의 함성이 세상을 찢어놓을 듯이 울려 퍼졌다. 두 사람이 무대 위로 올라서자, 사회자 로봇은 두 사람에게 마이크를 들이밀었다.

“두 분 소개 좀 해주시겠어요?”

릭은 고개를 끄덕이면서 말했다.

"음, 저희는 어, 백조자리 근처에서 왔어요. 그 근처의 우주선 공장에서 왔죠. 저는 닉이에요. 그리고 제 옆에 있는 우리 자기는……."

릭은 체린을 바라보면서 눈을 찡끗거렸다. 체린은 마지못해 입을 열었다.

"음, 저는 이…가 아니라, 유체리라고 해요."

"우리 자기랑 저, 둘 다 조선소에서 일을 하는데, 어느 날부터인가 우리 음식을 FTL이 독점하기 시작했죠. 처음에는 별 생각이 없었는데, 갑자기 음식 가격이 5배가 뛰는 거예요. 그래서 이건 아니다 싶었죠. 세상에, 어디 할 짓이 없어서 31세기에 음식 가지고 장난질이랍니까? 하지만 우리는 이미 알고 있어요. 독재자들과 우리를 억압하고 탄압하는 폭군들의 횡포는 언젠가 끝나게 되어 있다는 것을요!"

릭이 손을 처들고 소리치자, 수많은 관중들은 환호성을 터뜨리면서 자리에서 일어났다.

그때, 릭과 체린을 바라보던 누군가가 천천히 자리에서 일어났다. 단상을 내려가던 그는 잠시 발을 멈추고 자신의 측근들에게 두 사람을 정중히 모시라는 말을 남겼다. 그러고는 단상 뒤에 서 있던 큼지막한 반중력 차량에 올라타고 시위 현장을 빠져나갔다.

단상 위에 남은 그의 측근이 고개를 빳빳이 세웠다. 그녀는 왼쪽 얼굴을 감싼 기계 눈을 부라리며 몸을 일으켰다. 말쑥한 정장 차림을 한 인간 여자는 고릴라처럼 비대한 왼팔을 들어 올리고서 목덜미에 달린 통역 장치를 컸다. 그러자 머리카락처럼 늘어져 있던 전선이 떠올라 홀로그램 투사기로 변했다.

그녀는 조용히 부하들을 불러 모았다. 강화 키틴 갑옷을 입은 부하들이 일렬로 줄을 섰다. 그들은 하나같이 우락부락한 근육질의 팔 네 개를 까딱거렸다. 허리에 찬 AT&T 소총이 번들거렸다. 저격 모듈부터 제압 사격, 근거리 산탄 효과까지 갖춘 값비싼 만능 소총이었다.

그녀는 흡족한 듯 크롬색 해골이 그려진 키틴 갑옷을 입은 부하들을 바라보았다. 이런 정예 경호부대라면 두 놈팡이들을 제압하는 건 일도 아닐 터였다. 그녀는 부하들에게 상관의 명령을 전했다.

그러나 매우 불행히도 비대한 주먹을 휘두르던 인간 여자는 '정중히 모셔라.'라는 말 앞에 '지옥까지'를 덧붙였다. 이유는 간단했다. 보통 그가 정중히 모시라고 말하는 경우는, 모랫바닥을 구경시켜 주라는 말이나 다름없었던 탓이다. 거기다 잡아넣은 뒤 있는 정보, 없는 정보 다 불게 하는 것도 나쁘지 않을 터였다. 그러면 그녀는 정당의 2인자로서 자신의 지위를 공고히 할 수 있을 터였다.

　야심에 가득 찬 그녀의 명령에 경호원들은 아무런 질문도 하지 않고 곧장 명령을 받들었다. 그들은 부산히도 움직였다. 작은 제트팩을 사용해 빠르게 하늘로 날아오른 그들은 허공에 떠 있는 무대 위로 몸을 던졌다.

　그들이 하나둘 무대 뒤에 착지하자, 체린조차 이상한 낌새를 느꼈다. 수많은 발소리가 무대 위를 요란하게 메웠던 탓이다. 그녀가 돌아보자 릭은 한숨을 쉬면서 중얼거렸다.

　"젠장, 망했군."

　"망했다고?"

　그녀가 반문하기 무섭게 무대 뒤에서 뼈로 만든 갑옷처럼 생긴 의복을 걸친 이들이 올라왔다. 한 무리의 입실로니안들은 천천히 소란스러운 장내를 정리하면서 릭과 체린에게 다가왔다.

　릭은 곧장 검을 뽑아 들었다. 붉은 실이 스멀스멀 150cm짜리 장검을 자아내는 순간이었다. 어디선가 탄환이 날아들었다. 그 탄환은 단단한 껍질을 으스대고 있던 외계인 셋의 머리를 날려버렸다.

　체린은 눈을 껌뻑이면서 릭을 바라보았다. 릭은 얼떨떨한 얼굴로 잽싸게 체린의 머리를 감쌌다. 사방에서 날카로운 소리가 흘러나왔다.

　"저격이다! 저격이다!"

"저 새끼들, 첩자다! 잡아!"

첩자?! 관중들의 소란이 물결처럼 퍼져나갔다. 릭과 체린은 무대 위로 올라오는 외계인들을 바라보았다. 그들의 머리 위로 정체 모를 탄환이 놈들의 껍질을 깨부수면서 빗발쳤다. 시위대가 흩어지기 무섭게 릭은 결정을 내렸다.

# 12



기진맥진한 채 축 늘어져 있던 체린이 눈을 천천히 끔뻑이면서 떴다. 머리로 피가 쏠려서 그런지 죽을 맛이었다. 고개를 들자 쇠사슬이 찰랑거렸다. 체린은 끙끙 앓는 소리를 내다가 몸을 다시 축 늘어뜨렸다. 허리가 아팠고 가슴이 깨질 듯이 저려 왔다. 그녀는 잠시 숨을 삼키면서 마지막 기억을 떠올렸다.

성난 외계인들이 총을 쏘기 시작했다. 릭은 거대한 방패를 만들고서 체린을 끌고 무대에서 내려오려 했다. 하지만 경찰 드론들이 소란 속으로 날아들었다. 드론들은 총질하는 외계인들을 향해 미사일을 쏘기 시작했다. 그러자 어디선가 날아온 저격 탄환이 드론들을 격추시켰다.

드론들이 카르노 엔진의 분사구로 연기를 토해내며 추락하자, 외계인들은 허공을 향해 총을 쏘았다. 그들은 저격수를 처리하는 겸 FTL의 두 배달부를 죽일 생각이었다. 하지만 그들이 쏜 탄환들은 더 많은 경찰 드론들을 불러 모았다.

이 물고 물리는 싸움 끝에 드론들이 쏘아 올린 미사일 하나가 무대를 허공에 띄우고 있던 반중력 엔진에 명중했다. 결국 반중력 엔진이 폭발을 일으키면서 무대는 빠르게 땅바닥에 처박혔다.

릭은 빙글빙글 돌면서 추락하는 와중에도 체린을 향해 손을 내밀었다. 그는 곧장 그녀를 무대 밖으로 내던졌다. 체린은 비명을 지르면서 곧장 무대에서 떨어져 지면에 나동그라졌다. 부서질 것 같은 몸을 추스르면서 희미한 정신을 붙든 그녀는 릭을 바라보았다.

릭은 곧장 무대에서 뛰어내리려 했다. 하지만 무대 위에 매달린 견인 광선이 번쩍이더니 허공에서 릭을 낚아챘다. 릭은 허공에 매달린 개구리처럼 버둥거렸다. 그는 견인 광선을 홀로사이트로 분해하려고 했다. 그러나 그가 손가락을 튕겼을 때는 이미 늦은 뒤였다.

체린은 추락하여 거대한 화염에 휩싸인 무대를 바라보았다. 그녀는 시꺼먼 연기 속에서 정신없이 릭을 불렀다. 하지만 그러는 사이에 수많은 손들이 그녀의 몸을 휘감았다. 몇 차례 사방에서 주먹이 쏟아지자 그녀는 정신을 잃고 말았다.

체린은 아직도 입안 가득 담긴 피 냄새를 삼키면서 고개를 들었다. 여긴 어디지? 그녀는 찢어지다 못해 너덜거리는 입안을 혀로 매만졌다. 그러자 어디선가 인기척이 느껴졌다.

네댓 명이 무리 지어 움직이는 발소리였다.

체린은 손가락을 튕겼다. 그러자 이번에는 중력이 모든 일을 알아서 해주었다. 털썩. 둔탁한 소리와 함께 체린은 축축한 바닥 위에 처박혔다. 그나마 납으로 만든 두건이 그녀의 머리를 보호해 주었지만, 불행히도 허리를 보호해 주지는 못했다.

체린은 앓는 소리를 내면서 몸을 일으켰다. 우두둑거리는 허리가 비명을 질렀지만, 그녀는 인상을 찡그리면서 바닥에 흘러내린 하얀 실을 쇠사슬로 바꾸어 놓았다. 어디로든 숨어야 했다. 어디로 숨어야 할까? 그녀는 주위를 둘러보았다. 그러나 숨을 곳이 마땅히 없었다.

그녀가 놀란 다람쥐처럼 두리번거리던 때였다. 문이 위로 말려 올라가면서 외계인 4명과 비대한 강철 팔을 늘어뜨린 여자가 방 안으로 들어왔다. 그들은 바닥에 드러누운 체린을 노려보았다.

"어떻게 내려온 거지?"

강철 팔을 까딱이던 여인이 말하자, 입실로니안들은 곧장 체린에게 달려들었다. 쇠망치를 찍어낸 체린은 입실로니안들에게 망치를 휘둘렀다.

그러나 그녀의 저항은 무의미했다. 입실로니안 하나가 네 손으로 쇠망치를 든 그녀의 손을 붙들자, 12개의 주먹이 사방에서 달려들었다. 1분 만에 체린은 초주검이 되어 바닥에 널브러졌다.

"다시 매달아. 이번에는 빠져나오지 못하게 단단히 묶어."

여자는 딱딱한 어조로 말했다. 그녀의 목덜미에 달린 도넛 모양의 번역기가 번뜩이기 무섭게 입실로니안들은 체린의 발을 사슬로 묶었다. 그리고 체린을 다시 거꾸로 매달아 올렸다.

그들은 조잡하게 만든 낡은 지붕의 반자틀 위로 사슬을 넘긴 뒤 체린의 몸을 끌어올렸다. 입실로니안들은 쇠사슬을 끌고서 천천히 스니커즈 운동화를 닮은 물체 쪽으로 가져갔다. 그들이 스니커즈를 닮은 물체 아래에 달린 고정 핀에 사슬을 걸었다. 눈두덩이 부은 체린은 눈을 끔뻑거리면서 그것을 바라보았다.

체린은 한눈에 그 물체를 알아보았다. 그것은 아소플라민이 타고 간 탈출 포트였다. 숨을 집어삼킨 체린은 힘겹게 몸을 뒤틀면서 중얼거렸다.

"저게 대체……. 아소, 플라민……."

"닥쳐."

체린이 중얼거리던 모습이 아니꼬웠던 걸까? 강철 팔을 단 여자는 손가락을 쳐들고서 체린에게 조용히 윽박질렀다.

"안 그러면 네놈 이빨을 죄다 뽑아줄 테니까."

체린은 곧장 입을 다물었다. 여자는 만족스러운 얼굴로 고개를 돌렸다. 그러고는 다른 입실로니안들과 함께 희미한 빛을 흘리면서 이런저런 이야기를 나누었다. 그들이 나누는 이야기 대부분은 체린에 대한 이야기였다.

그들은 체린을 어떤 식으로 죽일지 고민하고 있었다. 고릴라 팔처럼 비대한 팔을 휘두르던 여자가 큼지막한 쇠망치를 집어 들었다. 그녀가 뼈가 부러질 때 나는 감미로운 소리에 대해 말하자, 녹색 빛을 띠는 입실로니안은 고개를 저으며 갈고리가 더 좋다고 말했다. 갈고리에 찍어서 거꾸로 매달면 하나님의 아드님도 질질 짜게 만들 수 있다고 소리쳤다.

결국 두 외계인은 서로 으르렁거리면서 말다툼을 시작했다. 그들은 약물과 칼 중에 무엇이 더 좋은지를 놓고 티격태격 싸우기 시작했다. 체린은 이대로 싸움이 격해져 외계인들이 서로를 죽이기를 바라 마지않았다. 만일 그렇다면 그녀에게 새로운 기회가 주어질 터였다.

하지만 두 외계인은 서로 죽어라 싸우지는 않았다. 어떤 방식이든 체린에게 상상도 못할 고통을 주어야 한다는 데에는 서로 동의하고 있었던 것이다.

그들이 갈고리와 쇠망치를 들고 다가오자 체린은 서럽게 울음을 터뜨렸다. 마치 지브리 애니메이션에서나 볼 법한 포도송이 같은 눈물이 눈꺼풀과 미간을 따라 흘러내렸다. 그러거나 말거나 그들은 눈을 부라리면서 체린에게 다가왔다. 그들의 눈에는 벌써부터 살기가 어려 있었다.

그러나 그들 중 누구도 체린의 몸을 털끝 하나 건드리지 못했다. 고문실의 문이 열린 것이다. 체린은 문을 열고 나타난 말쑥한 입실로니안을 바라보았다. 목덜미까지 흘러내리는 젤라틴으로 만든 두건이 머리를 휘감고 있었다. 그리고 그 아래에 총명한 세 개의 눈이 번득거렸다.

그 모습은 마치 세기말의 현자를 보는 기분이었다. 특히 그의 양어깨 위로 조붓하게 달라붙은 천이 몸을 휘감아 내린 모습과 붉은 면발처럼 생긴 바짓단이 인상적이었다. 허리춤에 달린 입실론 프라임의 고분자 모래로 만든 단단한 유리 장식이 걸을 때마다 쉿소리를 냈다.

그가 왼손을 들어 올려 가볍게 손짓을 하자 갈고리와 쇠망치를 들고 있던 두 외계인은 더듬이를 까딱이면서 옆으로 물러났다. 그들은 조용히 화려하게 차려입은 입실로니안을 바라보면서 두 오른손을 왼쪽 어깨 위에 올렸다.

'쉬어.'

그가 말하자 입실로니안들은 절도 넘치는 자세로 팔을 내렸다. 화려하게 차려입은 입실로니안은 쇠사슬에 매달린 체린을 내려다보았다. 그러더니 스멀스멀 아지랑이를 흘리면서 방 안에 서 있던 네 명의 입실로니안과 한 명의 인간을 노려보았다.

‘이 녀석, 누가 거꾸로 매달았나?’

“접니다.”

흑인 여자가 오른손을 들어 올렸다. 화려한 옷을 걸친 입실로니안은 그를 위아래로 훑어보았다. 그러더니 그녀의 어깨 위에 손을 얹고서 말했다.

‘멍은 많이 들었어도 아주 피떡으로 만들지는 않았군.’

“그렇습니다.”

그녀가 말하자, 그는 왼손으로 레이저 권총을 꺼냈다. 은장으로 된 말쑥한 총신과 손가락이 네 개뿐인 입실로니안의 손안에 착 감기는 그립, 그리고 완벽하게 차폐된 집광기가 번들거렸다. 그는 권총을 조심스럽게 내보이면서 말했다.

‘혹시 내 명령을 기억하나?’

“정중하게 모시라……고 하셨죠.”

‘그래. 나는 고문하라고 말한 적이 없어. 단 한마디도 고문이라는 단어를 입에 올리지 않았지. 그렇지?’

비대한 팔을 파르르 떨어대던 여인은 고개를 축 늘어뜨렸다. 방금 전까지만 해도 큼지막한 쇠망치를 들고서 자신만만하게 나서던 모습은 온데간데없었다. 그녀는 잠시 입술을 깨물고서 입을 열었다. 가지런한 티타늄 이빨 사이로 기어 들어가는 목소리가 흘러나왔다.

"죄송합니다. 저는 단지……."

'알아. 내게 잘 보이고 싶었겠지. 세스콰치, 자네의 충정을 의심하는 바는 아니네. 하지만 지나치면 모자란 것만 못해. 명심하게나.'

화려한 옷을 입은 입실로니안은 더듬이를 까닥거렸다. 두 사람 사이에는 묘한 침묵이 흘렀다. 팽팽한 긴장감 속에서 체린은 세스콰치란 이름을 곱씹어 보았다. 해골 문양과 세스콰치. 분명했다. 매장에 쳐들어와 패악질을 벌인 거대한 사이보그 해적의 이름이었다.

'설마, 저 여자가 나중에 고릴라처럼 생긴 사이보그가 되는 건가?'

체린은 눈을 부릅뜨고 생각했다. 지금 저 여자를 죽이면 세티가 죽는 일은 없을 터였다. 하지만 그녀는 지금 몸을 움찔거릴 수도 없었다. 만약에 일이 잘못되면 바로 그녀의 미간에 구멍이 뚫리고 말 것이다.

두려움과 고양감 사이에서 길을 잃은 체린은 가만히 두 사람을 바라만 보았다. 얼마나 지났을까? 화려하게 치장한 입실로니안은 그녀에게 수고했다고 말했다. 그러더니 체린을 내리라고 명령했다.

입실로니안들은 놀란 듯 노란 아지랑이를 흘렸다.

'그러다가 저놈이 달려들기라도 하면 어쩌시려고요, 시장

님?'

 '이게 있는데 어떻게 달려들겠나?'

 왼손으로 자그만 권총을 까딱거리던 입실로니안은 아지랑이를 흘렸다.

 '그리고 시장이라니. 아직은 후보라네. 말은 안에서든 밖에서든 가려 하도록. 그리고 난 이 자와 단둘이 할 이야기가 있으니 모두 나가 보게나.'

 그의 명령이 떨어지자, 입실로니안들과 사이보그 여인은 서둘러 체린을 내려주었다. 그들은 비틀거리는 체린을 작은 의자에 앉히고서 뒤로 물러났다. 걱정스런 시선들이 교차하는 가운데, 고문실의 문이 천천히 닫혔다.

 홀로 남은 입실로니안은 훌쩍이고 있는 체린의 얼굴을 빤히 바라보았다. 그녀가 멍든 얼굴을 홀로사이트로 치료하자, 입실로니안이 먼저 말했다.

 '미안하군. 급하게 준비하느라 이런 창고밖에는 구할 수 없었어. 내가 예전부터 쓰던 창고인데 잡동사니가 조금 많아도 이해해 주게. 그리고 내 부하들의 무례에 대해서도 사과하지. 혹시 배가 고픈가? 아니지, 자네는 FTL 소속이니까 배곯을 일은 없겠군.'

 더듬이가 서로 교차하면서 까딱거리자 체린은 조금은 누그러진 얼굴로 눈물을 닦아냈다.

“어떻게 내가 FTL에서 온 사람인 걸 알았죠? 릭은 어디 있어요?”

홀로사이트가 만들어낸 아지랑이를 바라보던 입실로니안은 더듬이를 까딱거렸다.

‘다른 인간은 어디 있는지 모른다네. 잔해를 뒤졌지만 인간 시체는 나오지 않았어.’

입실로니안이 말하자, 체린은 소리 없이 안도의 한숨을 쉬었다. 그녀는 경계심 어린 눈으로 입실로니안을 바라보았다. 그러자 입실로니안은 역삼각형 눈을 껌뻑이더니 얼굴에 달린 알 수 없는 기관들을 움찔거리면서 아지랑이를 흘렸다.

‘혹시, 날 기억하나?’

희미한 불빛이 번적이기 무섭게 체린은 외계인을 유심히 보았다.

그녀는 그의 눈동자를 바라보았다. 세 개의 까만 눈과 뾰족한 주둥이를 바라보았다. 그는 여타 다른 외계인들과 다를 바 없었다. 설령 다른 점이 있다고 한들 체린은 그 차이점을 구별하지 못했다. 이유는 간단했다. 그녀에게 (인종 차별적인 성향 때문이 아니라) 외계인을 구별할 인지 능력이 없었던 탓이다.

그녀가 잠시 머뭇거리자 외계인은 젤라틴으로 된 두건을 벗었다. 그는 희미한 빛을 흘렸다.

'난 널 기억해. 10년 전에 FTL 매장에서 널 본 적이 있지. 넌 정말로 하나도 변한 게 없구나. 하여간에 그 빌어먹을 기업은 대단하다니까.'

"10년 전?"

'그래. 그때 난 네 다리 정도밖에 안 되는 꼬맹이였지. 너와 네 친구들은 날 살려준답시고 나를 억지로 우주선 속에 밀어 넣었어. 레이저 총 하나가 계기판을 박살 내지 않았다면 이야기는 조금 달라졌을지도 모르지.'

체린은 눈을 껌뻑이면서 입을 열었다. 그녀는 단박에 그의 이름을 떠올릴 수 있었다.

"아소플라민!"

그녀의 홀로사이트가 허탈하게 반짝이는 빛을 흩뿌리자, 아소플라민은 목덜미에 달린 숨구멍을 열었다. 그러자 묘한 냄새가 그의 숨구멍을 타고 흘러내렸다. 체린은 눈을 껌뻑이면서 아소플라민에게 말을 걸었다.

"대체 이게 어떻게 된 거야? 아소플라민 넌……."

'나도 확실히 이야기할 수는 없어. 하지만 한 가지 확실한 건, 너희들이 탈출하라고 태운 비행선이 시간을 거슬러 올라가서 내가 태어나기 27년 전에 내려줬다는 거지. 그것도 내가 태어난 곳과는 다른 행성에.'

아소플라민의 말을 들은 체린은 경악한 표정으로 입만 뻐끔거렸다.

'그런 일은 예상 못했나 보군. 하지만 아무래도 좋아. 너랑 네 친구들이 날 구해준 건 사실이니까. 그 점에는 감사 인사를 하고 싶었어.'

아소플라민은 정중히 더듬이를 까딱거렸다. 그러나 그는 곧 음울한 푸른빛을 내비치면서 아지랑이를 흘렸다.

'하지만 네 호의 덕에 살아남은 내 인생은 완전히 엉망이 되어 버렸지. 난 네가 부모님을 찾아주겠다는 약속을 지킬 줄 알았어. 적어도 10년 전까지만 해도 네 약속을 믿었지.'

체린은 홀로그램 창 위에 떠오른 번역본을 바라보았다. 믿었다는 글귀가 유독 눈에 밟혔다.

하지만 그녀는 아직도 혼란스러웠다. 그녀는 아소플라민이 입고 있는 옷을 바라보았다. 가슴 오른쪽에 크롬으로 새겨진 해골 무늬가 눈에 띄었다. 체린이 상상하고 싶지 않은 일을 떠올리는 동안, 아소플라민이 말했다.

'그래도 걱정하지는 마. 넌 이곳을 걸어서 나갈 거야. 지금 내 부하들이 사면권과 시민권을 작성 중이니까 서류 작업만 끝나면 보내줄게. 그동안 대화나 좀 나누자고.'

체린은 고맙다고 말하고서 천천히 고개를 들었다. 그녀는 아소플라민의 까만 눈을 올려다보면서 말했다.

"있지, 난 네 가슴에 그려진 문양이 뭘 뜻하는지 알아."

체린이 말하자, 아소플라민은 흥미롭다는 듯 더듬이를 흔들었다. 체린은 계속해서 말했다.

"하지만 아니라고 믿고 싶어."

'뭘 믿고 싶다는 거지?'

체린은 조용히 말했다.

"그놈들은 네 부모님을……."

'알아. 난 일부러 이 해적들과 손을 잡은 거야. 놈들의 자금과 군사력이 필요했거든. 그리고 지금은 내가 태어나기 17년 전이야. 내 부모님은 아직 FTL에 방문조차 하지 않았어. 그 말은 아직은 기회가 있다는 뜻이지.'

체린이 경악한 채 숨을 집어삼키자 아소플라민이 말했다.

'네 말도 맞아. 부모님을 생각하면 이건 정말 못 할 짓이지. 하지만 저 해적들이 내 손아귀에 있는 한, 저놈들은 결코 FTL로 쳐들어가지 않을 거야.'

아소플라민은 자신만만하게 말했다. 그러자 체린은 고개를 저으면서 입을 열었다.

"하지만 난 봤어. 여기 오기 전에. 30년 후의 포트 샤울을 보고 왔다고. 30년 뒤에 이 도시의 시민들은 노예가 되고, 해적들이 도시를 장악하게 돼. 넌 보지 못했지만……."

'거짓말!'

아소플라민은 고개를 저으면서 아지랑이를 흘렸다.

‘난 이 도시를 그런 곳으로 만들지 않아. 난 이곳을 조금 더 나은 곳으로 바꾸어 놓을 거라고. 모든 입실로니안들이 마음 놓고 살 수 있는 곳으로 말이야.’

“FTL에서 일하는 사람들을 희생양으로 삼아서?”

‘희생양은 얼마든지 있어! 굳이 FTL이 아니라도 얼마든지 희생시킬 외계인은 널리고 널렸다고! 그딴 사소한 걸 걸고넘어지지 말란 말이야!’

그가 붉은 아지랑이를 흘리자 체린은 서글픈 얼굴로 그를 바라보았다. 그 조그만 아이의 모습은 어디에도 찾아볼 수 없었다. 이제 그는 정치가가 되어 있었다. 모든 것이 그에게는 정략적인 수단에 지나지 않았다. 적어도 체린의 눈에는 그렇게 비쳤다.

체린이 조금 씁쓸한 표정을 짓자, 아소플라민은 머리를 살짝 숙였다.

‘넌 이해하지 못할 거야. 넌 이 행성의 정치가가 아니니까.’

그는 오른쪽 아래팔을 내밀었다. 왼쪽 위팔로 오른쪽 아래팔을 잡아 빼자, 팔이 쑥 하고 빠졌다. 체린이 깜짝 놀라 눈을 껌뻑이면서 입을 열었다.

“대체 어쩌다가……?”

‘내가 10년 전에 이곳에 떨어졌을 때 말이야, 그때 수많은 입실로니안들이 나랑 같이 이 행성에 떨어졌지. 그때 시장은 우리를 FTL의 끄나풀로 매도했어. 그 바람에 난 허물을 벗자마자 오른쪽 아래팔을 잃고 말았지. 그 사람은 평생 다른 이들을 매도하면서 살았어. 그런데도 사람들은 그를 찬양했지. 지금 그놈이 어디 있는 줄 알아?'

체린이 고개를 젓자, 아소플라민은 오른팔을 위팔 아래에 꽂아 넣고서 손목을 돌렸다. 의수의 손바닥 위로 홀로그램 투사기가 삐져나왔다. 아소플라민은 조잡하게 흔들리는 홀로그램 화면 위로 시청이라는 아지랑이를 흘려보냈다. 그러자 그의 얼굴에서 흘러나온 음발광을 확인한 홀로그램은 체린에게 웅장한 건물을 보여주었다.

체린은 거꾸로 박힌 원뿔 모양의 세 마천루를 바라보았다. 서로 마주 보고 있는 마천루의 표면에는 물 흐르듯 매끄럽게 내려가는 나선형 물결이 돋보였다. 아소플라민은 화면을 돌렸다. 그러자 마천루의 정상 위에 새겨진 거대한 얼굴이 비쳤다.

그 얼굴은 전형적인 입실로니안의 모습을 띠고 있었다. 얼굴 아래에는 홀로그램이 자아내는 아지랑이가 흘러내렸다. '모두의 사랑을 받던 위대한 시장, 이곳에 잠들다.'라는 문구였다. 아소플라민은 화면을 들여다보던 체린에게 더듬이를 까딱거렸다.

'전 시장은 여전히 수많은 이들의 사랑을 받고 있어. 모두

가 전 시장을 부러워하고 존경하지.'

"아소플라민……."

체린이 그의 손을 잡고서 운을 떼자, 아소플라민은 더듬이를 까딱거렸다.

'그거 알아? 이제는 나도 전 시장을 사랑해. 왜냐면 이자가 날 박해한 덕에 난 야망을 품었거든. 그래서 내 신분을 속이고 시장 밑에 들어갔지. 허드렛일부터 시작해서 보좌관이 된 다음에 공천까지 받았어. 그의 더러운 뒷구멍을 닦아준 덕이었지.

물론, 나 혼자서 가능했던 건 아냐. 나처럼 박해받던 입실로니안들과 해적들과 함께 이룬 거야. 그리고 이제는 시장 선거만 남았어. 이번에 내가 시장이 된다면 전 시장의 측근들을 쓸어버리고 입실론 프라임을 내 것으로 만들 거야. 그러면 해적들은 입실론 프라임에 발이 묶일 거고, 내 부모님이 돌아가실 일도 없겠지.'

아소플라민은 천천히 고압적으로 세 개의 눈을 번뜩거리며 체린에게 손을 내밀었다.

'그리고 네가 내 편이 되어서 FTL을 비난하면 사람들을 좀 더 빨리 모을 수 있을지 몰라. 그러면 사람들은 더 이상 내 영향력에 의문을 표하지 못할 테지.'

아소플라민은 체린에게 손을 내밀고서 입을 열었다.

‘자, 선택은 네 몫이야. 돈은 얼마든지 줄게. 네가 이번에 FTL을 비난하는 연설 한 번만 해주기만 하면…….’

"거, 이쯤에서 그만하지."

체린은 고개를 돌렸다. 그러자 아소플라민도 고개를 돌렸다. 시선 끝에 금발 머리 남자가 루비색 눈을 껌뻑이면서 서 있었다. 릭이었다. 그는 지루해 죽겠다는 얼굴로 체린과 아소플라민에게 걸어왔다.

"대체 언제까지 저 헛소리를 듣고 앉아 있을 거야?"

릭이 툴툴거리면서 말하자 체린은 입을 뻐끔거렸다. 그러더니 곧장 자리를 박차고 일어나 그를 와락 껴안았다.

살짝 미간을 찡그린 릭은 떨떠름한 얼굴로 ‘나도 다시 만나서 기뻐.’라고 말한 뒤 체린을 옆으로 밀어냈다. 그는 곧장 칼자루를 빼 들었다. 붉은 실이 칼날이 되어 자라나자, 아소플라민은 숨을 가다듬었다.

‘그래서 날 죽이기라도 할 셈인가, FTL?’

"글쎄?"

릭이 으르렁거리면서 말하자, 체린은 고개를 저었다.

"릭, 잠깐만. 그럴 필요 없어. 그러니까, 좋아, 처음부터 이야기할게. 얘는 아소플라민이야. 아소플라민, 이쪽은 릭이야. 음, 지난번에 해적들이 습격했을 때 내가 구해준 애인데, 어쩌다 보니까 탈출 포트를 타고……."

"탈출 포트를 타고 탈출하다가 우연히 태어나기 27년 전의 입실론 프라임에 떨어져서 해적과 한패가 됐다?"

릭이 빠르게 요약정리를 마치자 체린은 미간을 찡그렸다.

"넌 어떻게 알았어?"

"저 자식이 본명 깔 때부터 벽에 기대고 서 있었거든. 세상에, 넌 무슨 애가 사람이 바닥을 뚫고 올라오는데도 못 보냐?"

투덜거리던 릭은 어깨를 으쓱이면서 입을 열었다.

"있지, 간략하게 세 가지만 이야기하지. 우선, 우리한테 회사 비방을 강요하면 안 돼. 왜냐면, 우리는 말 한마디 때문에 징계를 받을 수도 있거든. 그리고 준다고 했던 사면권을 빨리 줬으면 좋겠어. 우리도 시간이 별로 없거든. 그리고 마지막으로 네 뒤에 있는 저 탈출 포트, 내가 처리하도록 하지."

릭이 말하자, 아소플라민은 천천히 더듬이를 들어 올렸다. 그는 릭이 내민 장검을 더듬이로 건드려 보다가 천천히 목덜미에 달린 숨구멍을 벌렁거렸다. 그는 단념한 듯 고개를 숙였다.

'알았네. 사면권을 주지. 옷 안에……'

"어이, 옷 안에 있는 건 사면권이 아니잖아. 신입이 네 이름 까고 난 다음에 네가 사면권을 준비하고 있다고 이야기한 거 기억 안 나냐?"

검을 들어 올린 릭은 아소플라민의 축 늘어진 옷자락을 칼 끝으로 툭툭 건드렸다. 그러자 칼날에서 자라난 붉은 실이, 아소플라민이 옷 속에 숨긴 것을 끄집어냈다. 레이저 권총이었다.

아소플라민은 단념하듯 실오라기에 얽힌 레이저 권총을 바라보았다. 실이 권총을 바닥에 떨어뜨리자, 릭은 권총을 차서 보내라고 말했다. 아소플라민은 시키는 대로 했다.

권총이 도르르 바닥을 미끄러져 릭의 구둣발을 때렸다. 권총의 촉감을 느끼기라도 한 걸까? 릭의 구두를 삐져나온 붉은 실이 권총을 집어 들었다. 그것은 릭의 구둣발을 지나 바지를 기어올라 그의 왼쪽 어깨 위로 올랐다. 왼팔을 가로질러 손목을 돌아 자신의 손에 착 감기는 권총을 거머쥔 릭은 권총으로 아소플라민을 겨누고서 방아쇠를 당겼다.

체린이 새된 비명을 질렀을 때, 붉은 섬광은 아소플라민을 지나쳐 그의 뒤에 있던 탈출 포트 위에 박혔다. 고출력 레이저에 달궈진 쇳덩이가 시뻘건 불꽃을 터뜨리며 작은 폭발을 일으켰다.

그러자 철창문이 말려 올라가더니 한 입실로니안이 얼굴을 들이밀었다. 그는 더듬이를 까딱이면서 방 안에 서 있는 셋을 바라보았다. 그가 동료들을 부르려는 듯 뒷걸음질 치자, 아소플라민은 차분하게 더듬이를 까딱거렸다.

'괜찮아. 손님이다. 사면권 드리고 보내드려. 다른 놈들한 테도 건드리지 말라고 전해.'

아소플라민의 명령이 떨어지자, 이름 모를 입실로니안은 천천히 고문실로 들어왔다. 그는 작은 카드 하나를 체린에게 내밀었다. 회색 카드였다. 체린이 밋밋한 카드를 받아들자, 아소플라민이 말했다.

'시민권과 사면권이 그 안에 들어 있어. 입실론 프라임 어 딜 가든 누구도 귀찮게 하지 않을 거야.'

"고마워, 아소플라민."

체린이 조용히 말했다. 하지만 아소플라민은 대꾸도 하지 않았다.

아소플라민은 천천히 릭과 함께 고문실을 빠져나가는 체린 을 바라보았다. 생명의 은인이면서 지독한 거짓말쟁이가 입 실론 프라임의 빛 속으로 사라지자, 아소플라민은 씁쓸하게 두 사람의 뒷모습을 바라보았다.

곧이어 창고의 문이 관처럼 닫혔다. 오직 메마른 바람만이 모래 알갱이 몇 알을 실어 나를 뿐이었다.


배달 가는 길은 한결 수월해졌다. 경찰 드론도, 시위대도 릭과 체린을 신경 쓰지 않았다. 때문에 화염병과 폭탄이 난 무하는 도시에서 두 사람은 산책을 하듯 천천히 걸음을 옮길 수 있었다.

그러나 체린의 마음은 너덜너덜해진 뒤였다. 그녀는 자신의 가슴속에 깃든 실망감을 추스르고 싶었다. 그녀는 아소플라민을 구하던 순간을 떠올렸다. 그녀는 아이를 구했지만 결국 시간 속에서 아이를 잃어버리고 말았다. 그리고 아이는 해적과 손잡은 타락한 정치가가 되어 그녀의 앞에 나타났다.

체린은 자신의 손으로 구해낸 아이가 만든 혼돈 속을 걷고 있었다. 하지만 홀로 이 행성에서 아이가 견뎠을 모진 시간을 생각하면, 체린은 아소플라민에게 아무런 말도 할 수가 없었다.

화염과 시체의 언덕을 넘어 두 사람이 다다른 곳은 어느 이름 모를 고가도로 밑의 허름한 천막이었다. 체린이 지쳐서 한숨을 쉬자, 릭은 그녀를 물끄러미 쳐다보면서 차도르슈머의 기억을 꺼냈다. 그는 차도르슈머의 기억과 주변 환경을 대조해 보면서 말했다.

"어이, 괜찮아? 안색이 별로네."

괜찮을 리가 있겠냐? 체린은 입술을 실룩이면서 화제를 돌렸다.

"그나저나 탈출 포트는 두고 떠나도 괜찮은 거야?"

"회로를 지졌으니까 괜찮아. 들고 가고 싶어도 돈도 별로 없어. 배달이 다 끝난 것도 아닌데, 고철 덩어리 옮기려고 예금을 탈탈 털 수는 없다고.”

고개를 끄덕인 체린은 천천히 손을 내저었다. 견디기 힘든 냄새가 뇌리를 찌르고 올라온 데다 아소플라민의 일이 마음에 걸린 탓에 그녀는 신경을 바싹 곤두세웠다.

릭은 말없이 허리를 반쯤 숙이고 있는 체린을 바라보았다. 그는 더 이상 그녀에게 말을 걸지 않았다. 보통 여자들이 일부러 화제를 돌리거나 조용하다는 건 기분이 별로 좋지 않다는 징조였다. 그리고 기분 좋지 않은 여자는 건드려 봐야 좋을 게 없었다. 때문에 그는 차도르슈머의 기억을 재구성한 화면만 노려보았다. 얼마 지나지 않아 이곳이 약간의 쓰레기와 죽은 쥐를 빼고는 차도르슈머의 기억과 약 80%가량 일치하는 장소라는 결과가 나왔다.

“계십니까?”

릭이 소리쳤다. 인기척은 없었다. 릭은 어깨를 으쓱이더니, 쓰레기장이나 다름없는 수라장을 바라보다 체린을 보았다. 그는 오만상을 다 찌푸린 체린을 바라보면서 말했다.

“야, 고객님 앞에서 인상 찡그리지 마. 마취약 좀 줄까? 후각이 마비될 텐데.”

됐어. 그녀가 고개를 젓자, 어깨를 으쓱이던 릭은 막대기를 만들어 텐트를 들추었다. 그러자 텐트 속에서는 총구가 튀어나왔다. 릭은 두 손을 내보였다. 그러자 천막 속에 숨어 있던 입실로니안이 말했다.

'저리 가시오. 난 정치 따윈 관심도 없소.'

"워워. 진정해요, 진정."

"저희는 차도르슈머 씨를 찾고 있어요. 왼쪽 팔 하나가 없으신 분인데……."

체린이 입을 열자, 천막을 들추고 나온 입실로니안은 불쾌한 얼굴로 입을 열었다.

'내가 차도르슈머요. 왼팔이 없기는 무슨, 내 왼팔은 잘 붙어…….'

그가 왼쪽 팔 두 개를 내보이던 그때였다. 찢어지는 소리와 함께 어디선가 날아든 레이저가 그의 왼쪽 아래팔을 태워버렸다. 그가 비명을 지르면서 쓰러지자, 릭은 곧장 차도르슈머를 챙겼다. 또다시 시간 여행을 하게 생긴 체린은 눈을 부라리면서 주위를 두리번거렸다. 그러자 등 뒤에 서 있는 드론 한 대가 눈에 들어왔다.

매끈한 가오리처럼 생긴 드론이었다. 매끈한 동체에는 큼지막한 별 표시가 그려져 있었다. 그녀는 허공에 두둥실 떠 있는 경찰 드론에게 다가갔다. 경찰 드론은 몸을 까딱이면서 체린에게 말을 건넸다.

"좋은 하루죠? 다치신 곳은……."

"좋은 하루 좋아하시네! 이 빌어먹을 깡통 자식아!"

체린은 성난 얼굴로 드론의 카메라를 노려보았다. 이상한 낌새를 느낀 걸까? 드론은 몸을 갸우뚱거리면서 말했다.

"어, 뭔가 안 좋은 일이 있으신가요?"

"허, 눈치도 겁나게 빠르시군."

차도르슈머의 팔을 지혈해 주던 릭이 말했다.

"그쪽이 우리 고객님을 공격한 바람에 우리 둘 다 상당히 곤란해지게 생겼어. 알아?"

드론은 잠시 침묵을 지켰다. 상황을 파악한 그는 천천히 몸을 틀면서 변명을 늘어놓았다.

"저는, 그게, 저 노숙자가 총을……."

"노숙자가 총을 들면 일단 쏘고 봐야 하나요?"

"네. 규정상 머리를 맞춰야 하는데……."

체린이 죽일 듯 노려보자, 말꼬리를 흐리던 드론은 마침내 입을 열었다.

"죄송합니다. 두 분을 방해하지는 않을게요. 사면권이 있으신 분들이니 제가 나설 필요는 없겠죠. 수고하십시오."

드론은 바닥에 쓰러져 고통스러워하는 차도르슈머에게 죄송하다고 인사를 한 뒤 고가도로를 빠져나갔다. 체린은 그 광경을 못마땅한 얼굴로 바라보았다. 놈이 마천루 위로 사라지자, 릭은 차도르슈머를 일으켜 세웠다.

"이제 됐어요. 아프진 않을 거예요."

‘더럽게 아프구먼…….’

“환상통이에요. 출혈도 없잖아요.”

차도르슈머는 역삼각형으로 배열된 세 개의 눈을 부라리면서 릭과 체린을 바라보았다.

‘뭐, 고맙수다. 요즘은 가난하다고 총을 쏴대는 세상이라 며칠째 텐트 밖을 나가지도 못했다오. 근데, 나는 왜 찾았수?’

릭과 체린은 차도르슈머에게 자초지종을 설명했다. FTL이 자신에게 줄 배달물이 있다는 이야기를 들은 차도르슈머는 더듬이를 머리 위로 바싹 세웠다. 그는 음발광 기관을 떨어대면서 긴장한 얼굴로 아지랑이를 흘렸다.

‘무슨 물건이지? 먹을 건가? 지금 먹을 수 있어?’

체린이 입술을 오므리자, 릭은 그런 그녀를 바라보다 대신 입을 열었다.

“네. 이건 본사 특전으로 언제 어디서든 원하는 음식을 드실 수 있는 초대권입니다. 이 초대권을 사용하시면 언제 어디서든 음식을 맛보실 수 있죠. 메뉴는 메인 1개와 사이드 1개로, 하루에 한 번 메뉴를 바꾸실 수 있습니다. 참고하세요.”

릭이 말하자 차도르슈머는 어안이 벙벙한 듯 세 개 남은 손을 내밀었다. 그가 어서 달라는 듯 손을 흔들어대자, 릭은 체린을 바라보았다. 그녀는 릭을 바라보면서 입술을 실룩거렸다.

"왜 날 보고 그래?"

"첫 배달이잖아. 물건은 네가 드려."

"나, 물건 없는데?"

"있어. 곰곰이 생각해 봐. 엘리스가 우리 머리에 넣어준 조그만 홀로그램 기억해?"

체린은 고개를 끄덕이면서 홀로그램을 머릿속으로 그려 보았다. 그러자 그녀의 머릿속에는 시원한 감각이 일었다. 마치 무언가가 뇌리를 주무르기라도 하듯 그녀는 복잡한 문양이 그려진 박판 하나를 떠올렸다. 박판에 담긴 수많은 정보들이 그녀의 갈색 눈동자를 스친 뒤 손바닥 위에서 까딱이는 하얀 실이 되어 날아올랐다.

체린은 자신의 손바닥 위에 떠오른 세련된 디자인의 파란색 카드를 바라보았다.

"자요, 초대권 받으세요. 손에 쥐기만 하면 초대권이 알아서 차도르슈머 씨의 몸속에 FTL과의 연동 네트워크를 설치할 겁니다. 설치가 완료되면 언제든 원하는 만큼 음식을 드실 수 있어요."

릭이 말하기 무섭게 차도르슈머는 떨리는 손으로 입장권을 붙잡았다. 우악스러운 손아귀에 구겨진 초대권은 무채색 실이 되어 차도르슈머의 손목 속으로 스며들었다. 차도르슈머가 곧장 큼지막한 접시에 담긴 사막수 조림을 만들어내던 그때였다. 어디선가 날아든 레이저 조준점이 또다시 차도르슈머의 머리를 향해 모였다.

체린과 릭은 너나 할 것 없이 레이저 포인트를 쏴대는 드론을 바라보았다. 결국 참지 못한 체린은 바닥에 떨어진 레이저 총을 발등에 걸어 허공으로 차올렸다. 총이 허리춤까지 날아오르자 체린은 조잡한 소총을 잡아챘다. 소총을 옆구리에 착 붙인 그녀는 드론을 향해 방아쇠를 당겼다. 시뻘건 섬광이 수차례 허공을 가르자 드론은 불덩이를 토해내면서 추락했다.

체린이 험상궂은 얼굴로 눈살을 찌푸렸다. 입술을 실룩거리던 체린이 천천히 고개를 돌리자 릭과 차도르슈머의 시선이 다가왔다. 체린은 두 사람에게 뭘 보냐고 물었다. 차도르슈머는 곧바로 시선을 돌려 손바닥 위에 스멀스멀 자라나는 허연 덩어리에 뾰족한 주둥이를 찔러 넣었다. 반면에 릭은 흡족한 얼굴로 엄지를 추켜올렸다.

"나이스 샷! 어떻게 조준도 안 하고 쏘냐."

"화나니까 그렇지! 여기서 또 시간 여행하면 다음에는 해적 할아버지까지 만나게 생겼잖아! 이젠 싫어. 당장 돌아가서 쉬고 싶다고! 그리고 머릿속으로 정리할 것도 있고."

"그래, 이제 쉴 때도 됐어. 넌 쉴 자격이 있지. 암, 그렇고 말고. 그런데 우리 배달 조건 기억하지?"

체린은 눈살을 찌푸리며 곰곰이 생각해 보았다. 확실히 배달하는 것 말고도 한 가지 조건이 더 있었다. 차도르슈머를 안전한 곳까지 옮기는 일이 문제였다. 이런 쓰레기장에 뒀다가는 분명 도처에 널린 드론들이 차도르슈머를 잡아먹지 못해 안달을 낼 터였다.

하지만 또 이 양반을 어디로 옮긴단 말인가? 이번에도 드라이버 리 아저씨를 불러야 하나 싶어 한숨을 내쉬던 체린에게 릭이 말했다.

"이봐, 너무 깊게 생각하지 마. 우리가 가진 것 중에서 FTL 매장으로 돌아가면 쓸모없어질 게 뭐지?"

릭이 스무고개 하듯 말하자, 체린은 살짝 눈을 찌푸렸다. 당장 말하라는 뜻이었지만, 릭은 계속 '사, 사, 사······.'라고만 반복적으로 중얼거렸다. 체린은 잠시 한숨을 쉬었다. 하지만 얼마 지나지 않아 그녀는 '사' 자로 시작하는 문서 하나를 떠올렸다.

손가락을 튕긴 체린은 입고 있던 조끼 안주머니를 뒤졌다. 그녀가 아소플라민이 준 사면권과 시민권이 담긴 작은 카드를 꺼내자, 릭은 카드를 가로챘다. 붉은 실이 한 차례 카드의 겉 표면 위로 일렁거리자, 릭은 카드를 차도르슈머에게 내밀었다. 게걸스럽게 음식을 먹던 차도르슈머는 눈을 껌뻑이면서 카드를 받아들었다.

차도르슈머가 이게 뭐냐고 묻기가 무섭게 날카로운 소리가 빠르게 허공을 갈랐다.

"안 봐도 뻔하네. 또 멍청한 드론이겠지? 그렇겠지."

체린이 지치다 못해 악에 받쳐 중얼거리자 고가도로 밑으로 밀려든 드론 세 대가 체린과 릭의 머리 위로 붉은 점을 찍어댔다.

"너희는 포위됐다. 무기를 버리고 투항하라! 그나마 예비 시장님이 봐줘서 이 정도인 줄 알아!"

"포위? 웃기시네."

체린은 콧방귀를 뀌었다. 드론 서너 대쯤은 홀로사이트로 가볍게 날려 버릴 수 있을 거란 생각에서였다. 하지만 기다렸다는 듯 수십 대의 드론들이 꼬리에 꼬리를 물고 나타났다. 새까맣게 모여든 드론들을 바라보던 체린은 혀를 찼다. 드론들은 거리 전체를 틀어막고서 살벌한 총구를 들이밀고 있었다. 그 광경에 세 사람은 각기 다른 반응을 보였다.

릭은 이마를 문지르면서 한숨을 쉬었다. 체린은 주위를 두리번거리다 입을 쩍하고 벌렸다. 허름한 차림의 차도르슈머는 잽싸게 손들을 머리 위로 번쩍 들어 올렸다. 그러자 드론들이 말했다.

"괜찮습니다, 차도르슈머 씨. 당신은 사면받았어요. 이 두 범죄자가 문제죠."

드론이 카메라 렌즈를 번득이면서 말하자, 릭이 손을 들고서 말했다.

"엄밀히 말해서 여기 범죄자는 없어요. 저는 인권 등급 2등급이라고요. 그리고 2급부터는 같이 다니는 일행까지는 커버가 가능한 걸로 압니다만?"

"저쪽 작은 인간이 쓰러뜨린 경관은 인권 등급 1급의 인공지능이었소."

오. 릭은 입술을 삐쭉 내밀고서 그런 줄은 몰랐다고 중얼거렸다. 체린은 어깨를 으쓱이는 릭을 바라보았다. 그녀는 못마땅하다 못해 잔뜩 성난 얼굴로 말했다.

"만약에 이게 소설이나 만화였다면 말이야, 정말 거지같이도 만들었다고 사람들한테 샌드백처럼 까였을 게 분명해. 드론들만 대체 몇 번 나오는 거야? 아무리 현실이라고 해도 정말 성의가 없잖아! 몇 시간 동안 계속 레이저 총만 나오고, 이게 뭐야!"

"세상에. 정신 차려, 인마. 왜 갑자기 헛소리야?"

잡담을 나누는 두 사람을 못마땅하게 바라보던 드론이 소리쳤다.

"조용! 너희는 경관 살해 혐의로 현장에서 기소되었다. 살해 무기를 내려놓고 투항하라. 적어도 상업 광고가 끝나기 전까지는 투항을 고려하기 바란다."

날이 선 기계음과 함께 고가도로 위로 FTL 광고가 떠올랐다. 수많은 음식이 허공에 나타나자 짜증이 치민 체린은 팔짱을 끼고 소리쳤다.

"어쩌라고! 나도 쏘고 싶어 쏜 게 아니란 말이야! 너희가 계속 우리한테 총을 쏴댔잖아!"

"인권 등급 1급이 하는 모든 행위는 선이다! 그것도 모르나!"

드론은 총구를 까딱이더니 체린이 들고 있던 레이저 총을 쏘았다. 축전지가 작은 폭발을 일으키자, 체린은 총을 바닥에 버렸다. 그녀는 곧장 두 손을 하늘 위로 번쩍 들어 올리고서 (항복이 아니라) 항의를 했다.

하지만 그 모습은 우주선을 막아선 한 마리의 사마귀처럼 보였기에 누구도 체린의 항의는 신경 쓰지 않았다. 혀를 끌끌 차던 릭은 그녀를 바라보다 드론들에게 입을 열었다.

"잠깐만. 이봐, 친구들. 어, 난 너희에게 별 감정은 없어. 그래서 말인데, 사형 집행 전에 너희에게 사과를 하고 싶군. 내가 5분짜리 스킵 기능 없는 광고를 봐도 될까? 사과의 뜻으로 너희에게 광고 수당 하나는 제대로 챙겨 줄게. 어때? 괜찮지?"

“흥. 그럼 특별히 스킵 기능 없는 10분짜리 광고를 보여주마.”

드론이 고압적으로 말하자, 릭은 고맙다고 말하면서 홀로그램 화면을 띄웠다. 그의 손가락이 리드미컬하게 화면 위를 오갔다. 그러자 화면 위로 큼지막한 안경을 낀 게슴츠레한 얼굴이 떠올랐다. 다 죽어가는 얼굴이 말했다.

“희망과 정성을 다하는 FTL 공간 설계 담당, 체플 더 채플입니다. 무엇을 도와드릴까요?”

구청 직원이나 할 법한 멘트를 날린 체플이 꾸벅꾸벅 졸면서 말했다. 체린은 화면 속에 나타난 체플에게 손을 흔들어 보였다. 하지만 이미 반쯤 잠에 취한 그녀는 목을 빙그르 돌릴 뿐이었다. 릭은 조금 서운해하는 체린을 옆으로 밀어내고서 입을 열었다.

“여, 체플이냐? 배달 완료했어. 매장으로 보내줘.”

“나, 매장, 지금, 청소, 검댕이를, 하는데…….”

“지금 당장 소환 버튼을 눌러줬으면 하는데.”

“지금? 하지만, 이거 규칙 위반인데, 거기다, 많아서, 너무, 검댕이가…….”

“요한나가 빨리 우리더러 매장으로 돌아오라고 했어. 만약에 우리가 제시간에 도착하지 않으면, 요한나가 블랙홀 근처에 있는 네 사무실로 손수 찾아가서 무슨 짓을 할지 알고는 있겠지?"

눈 밑으로 흘러내린 다크서클을 바싹 집어 올린 그녀는 눈을 번쩍 떴다. 그러더니 잽싸게 화면 밖으로 사라졌다. 홀로그램 화면을 구겨 바닥에 버린 릭은 어깨를 으쓱거렸다. 광고의 절반이 지나자, 체린은 이마에 식은땀을 흘렸다. 그녀는 릭에게 말했다.

"있지, 우리 풀려날 수 있지 않을까? 그러니까 우리, FTL 직원이잖아. 입장권이 있는 거나 다름없지 않아? 그러니까 잘만 이야기하면……."

릭은 말없이 고개를 저었다.

광고는 이제 윙크를 날리는 미티의 산뜻한 얼굴을 마지막으로 서서히 어두워지고 있었다. 이쯤 되자 체린은 씁쓸한 얼굴로 드론들을 바라보았다. 웅웅거리는 소리가 하늘을 뒤덮었다. 저놈들이 광선을 뿌리고 나면, 모르긴 몰라도 체린과 릭은 뼈도 못 추릴 게 분명했다. 거기다 돈도 없어서 홀로 사이트를 사용하기도 힘들었다.

체린은 윗입술을 가늘게 떨었다. 떨리는 윗입술을 아랫입술로 감쳐물자, 이번에는 양쪽 콧망울이 떨렸다. 결국 미간이 일그러지면서 체린은 울먹거리기 시작했다. 릭은 말없이 그녀의 어깨 위에 손을 얹었다.

"사격 준비!"

드론들이 일제히 두 사람에게 총구를 겨누자 차도르슈머는 잽싸게 텐트 속으로 숨어 버렸다. 차디찬 외계의 도시에서 쓸쓸하게 죽게 생긴 체린은 한숨을 쉬었다. 그녀는 매서운 총구를 바라보면서 눈물을 훔쳤다. 그러더니 담담하게 입을 열었다.

"뭐, 다들 언젠가 죽으니까. 그래도, 지금이라도 땅을 파서 숨으면……."

"글쎄. 손가락 까딱이자마자 총 맞을걸? 그리고 아까 추락할 때 돈을 거의 다 썼어."

릭이 어깨를 으쓱이면서 말하자, 체린은 고개를 끄덕이면서 말했다.

"어쩔 수 없지. 그런데, 두 번 죽는 건데도 죽는다고 생각하니까 적응이 되질 않네."

"죽어? 누가 죽어?"

릭이 인상을 찡그리기 무섭게 체린은 그의 루비색 눈동자를 노려보았다.

다음 순간. 일렁이는 회색빛과 함께 FTL의 두 배달부는 입실론 프라임에서 완전히 사라져 버렸다. 그 바람에 드론들이 쏜 레이저는 낡은 상자와 쓰레기 더미 몇 개를 태우고 사라졌다. 수백 대의 드론들은 아쉬운 듯 주변의 쓰레기 더미 위를 날아다니면서 체린과 릭을 찾았다. 그러나 장장 48시간에 달하는 수색에도 불구하고, 그들이 찾아낸 것은 겁에 질린 차도르슈머뿐이었다.

"뭐, 그래도 광고 수익료는 벌었으니까. 돌아들 가자고."

그렇게 경찰 드론들은 다시 도시 곳곳에 광고를 퍼 나르기 위해 사라졌다.

홀로 남은 차도르슈머는 고가도로 아래 만들어놓은 자신의 은신처 속으로 몸을 숨겼다. 밤이 찾아오고, 그는 다시 다른 이들의 시선에서 멀어졌다. 그러는 사이 차도르슈머의 몸은 홀로사이트로 가득 찼다. 자신도 모르는 사이에 그의 다리에는 서보 엔진이 달렸고, 몸에는 인공 근육들이 자라났다. 왼팔이 다시 자랐고, 그의 내장과 머릿속에도 자그마한 장치가 자라났다.

그렇게 5년 동안 FTL의 홀로사이트로 만든 음식을 먹은 결과, 그의 내면에서는 몇 가지 전자기 신호가 작동을 시작했다. 그것은 차도르슈머의 통제권을 빼앗았다. 차도르슈머는 자신의 의지와는 상관없이 천천히 걸음을 옮겼다. 그가 향한 곳은 재선에 나선 아소플라민 시장의 연설 회장이었다.


*****


릭은 황량한 돌덩이 위를 걸었다. 체린도 그의 뒤를 따랐다. 소행성 표면을 조금 거닐자, 멀지 않은 곳에서 큼지막한 간판이 회색빛을 내쫓고 있었다.

체린은 'FTL'이란 친근한 간판을 바라보았다. 안도감이 밀려오자, 체린은 눈물을 닦으면서 터벅터벅 걸었다. 앞서 걸어가던 릭이 말했다.

"넌 아직도 우냐?"

"시끄러워!"

체린이 눈물을 닦으면서 코를 훌쩍이자, 릭은 어깨를 으쓱이면서 말했다.

"앞으로도 죽을 뻔할 일은 산처럼 쌓였어. 겨우 이 정도로 울거나 하면 안 되지."

"그런 거 아냐!"

체린은 새빨갛게 달아오른 콧잔등이를 실룩이면서 릭에게 작은 눈 뭉치를 집어 던졌다. 릭은 머리를 때린 하얀 얼음 결정을 손으로 쓸어내리다 어깨를 으쓱이면서 말했다.

"고작 화풀이하느라 1우주달러를 쓴다고?"

체린은 곧장 두 번째 눈 뭉치를 집어 던졌다. 그러자 릭은 그녀가 던진 눈 뭉치를 붉은 실로 분해한 뒤 실을 가볍게 잡아챘다. 그러고는 세 번째 눈 뭉치를 던지려던 체린에게 실을 집어 던졌다.

실뭉치가 순식간에 뭉그러지더니 허공에서 큼지막한 눈덩

이가 되어 체린의 왼쪽 어깨를 때렸다. 그 바람에 깜짝 놀란 체린은 오른손으로 던지려던 눈덩이를 놓치고 말았다. 야구 선수가 던진 빈 볼처럼 헛바퀴를 돌면서 손가락 위로 빙그르 돌아 빠져나간 눈덩이는 체린의 오른쪽 어깨 위로 떨어졌다.

결국 양쪽 어깨에 눈가루를 뒤집어쓴 체린은 시무룩한 얼굴로 릭에게 다가갔다.

"나빴어. 사람이 기분이 나쁘면 좀 져줄 수도 있잖아."

"이기고 싶었으면 속임수라도 썼어야지."

"이렇게?"

체린이 중얼거리자, 릭이 고개를 갸우뚱거렸다. 그가 눈을 껌뻑이는 사이, 순식간에 그의 정수리 위로 볼링공만 한 눈덩이가 떨어지더니, 눈가루가 되어 와르르 부서져 내렸다. 부스스한 금발 머리에 들러붙은 눈가루를 매만지던 릭은 체린의 얼굴을 아주 잠시 노려보았다. 그러더니 릭은 이내 호탕하게 웃었다.

"그래도 같이 다닌 보람은 있었네. 이제 홀로사이트는 좀 익숙해졌냐?"

체린이 고개를 끄덕이자, 릭은 눈을 털어내면서 회색빛 하늘을 따라 걸음을 옮겼다. 체린은 두 팔을 벌려 기지개를 켜면서 천천히 입을 열었다.

"그래서 여기는 또 어디야?"

“중첩공간 안이야. 아직 매장을 만들지 않은 여분의 공간이지. 다행히도 산소가 들어오는 모양이야. 안 그랬으면 눈싸움을 하려다 금방 질식해서 기절했겠지.”

“매번 이렇게 돌아와야 하는 거야?”

“당연히 아니지. 보통 때는 가까운 FTL 매장으로 들어가는 걸 추천해. 매장 안에만 들어가면 중첩공간 속으로 들어간 거나 마찬가지니까. 오늘은 급해서 특별히 체플에게 부탁한 거야.”

릭은 천천히 삭막한 회색빛 황무지 위를 거닐었다. 언덕을 기어오른 그는 뒤따라오는 체린에게 손을 내밀었다. 그녀는 릭의 손을 잡고 천천히 비탈면을 올랐다. 그러자 오두막처럼 생긴 FTL 매장의 외벽이 눈에 들어왔다. 친근한 나무 외장재가 희미하게 참나무 냄새를 흘리고 있었다. 거기다 주위에서 울려 퍼지는 새소리가 체린의 마음을 진정시켰다.

릭과 체린은 천천히 계단을 올랐다. 그는 거대한 나무 문 앞으로 다가갔다. 문 위에는 ‘직원 전용’이란 팻말이 적혀 있었다. 릭이 손을 올리기 무섭게 문은 저절로 열렸다. 그러자 눈에서 30cm 떨어진 곳에 자그만 화면 하나가 나타났다. 체린과 릭은 동시에 화면을 따라 시선을 옮겼다.

“하, 이제야 입금이 됐군.”

그는 화면을 손으로 잡아챘다. 이리저리 화면을 둘러보던 릭은 혀를 차면서 못마땅하게 말했다.

"620우주달러라. 더럽게 짜네."

릭은 화면을 손가락으로 크게 키웠다. 내역을 살펴보던 릭은 시간 제한 항목을 노려보았다. '시간 기록 : −30년 4개월 13일 4시간 5분'이라 적힌 항목 옆에는 '타임머신 부정 사용으로 인한 급여 일부 몰수'라는 사유가 적혀 있었다. 릭은 한숨을 쉬면서 체린에게 말을 건넸다.

"야, 넌 얼마 나왔냐?"

"620우주달러야."

"똑같이 받았네. 그래, 너도 오늘 잘했어. 요 근래, 새로 들어온 배달부가 살아남는 일은 거의 천운이나 다름없으니까 말이야."

살짝 입술을 실룩거리던 릭은 어깨를 으쓱거렸다. 그는 곧장 왼손을 들어 올렸다. 강철 의수를 뽑아 황무지에 아무렇게나 날린 그는 붉은 실로 왼팔을 휘감았다. 잘린 팔뚝 위로 실들이 모여들었다. 그러더니 순식간에 붉은 실은 뼈와 살이 되어 자라났다. 실이 손가락 끝에 매달린 손톱까지 반듯하게 자아내자 릭은 왼손을 쥐었다 펴면서 손등에 키스를 날렸다. 체린은 웃으면서 말했다.

"그 심정 이해는 하는데, 조금 유난스러워 보여."

"유난스럽기는 무슨. 자, 봐. 진짜 팔이라고, 친구! 물론 팔

따위야 잘리면 갈아 끼울 수는 있지만 아무리 좋은 기계 팔이라고 해도 내 팔보다 좋은 건 없는 법이야. 어쨌든 좀 출출하군. 넌 뭐 먹고 싶은 거 있어?”

“음, 여기 돈가스 팔지?”

“그럼, 당연하지. 요즘에는 돈가스 알약이 유행이야. 7시간 동안 돈가스 맛만 나거든.”

“됐네요. 난 전통적인 돈가스가 최고야. 그 바삭한 튀김 아래 감춰진 쫄깃한 고기와 육즙, 달짝지근하고 짭조름한 소스의 조합이 얼마나 환상적인데.”

두 사람은 FTL 안으로 걸어 들어갔다. 무거운 원목으로 만든 문을 열고 들어가자, 기쁨과 환희가 넘치는 공간이 해일처럼 밀려왔다. 천천히 퍼져가는 온기와 나지막이 웃고 있는 사람들을 바라보았다. 커다란 메기처럼 생긴 외계인은 턱살을 부풀리면서 간헐적으로 풍선 터지듯이 웃음을 터뜨렸고, 야자수처럼 생긴 거대한 뱀 같은 외계인은 단단한 몸을 비틀어대더니 천천히 조경 식물들 사이에 몸을 뉘였다.

모든 것은 동전의 양면과도 같았다. 누군가는 FTL에서 웃고 있지만, 누군가는 FTL의 손아귀에서 고통받고 있었다. 하지만 누구도 이런 점은 신경 쓰지 않는 듯 보였다. 체린이 잠시 지친 한숨을 내쉬자, 어깨너머로 나긋나긋한 목소리가 날아들었다.

"아, 체린이다."

체린은 고개를 돌렸다. 그녀의 눈 속으로 은빛 머리가 들어왔다. 눈을 껌뻑이던 체린은 눈을 비볐다. 귀신이라도 본 얼굴로 세티를 바라보았다. 그녀가 눈시울을 붉힐 동안 세티는 반가운 듯 초록색 눈을 반짝거리면서 어깨 위로 들어 올린 손을 흔들었다.

잠시 넋을 놓고 있던 체린은 울음을 터뜨리며 곧장 그녀를 와락 껴안았다. 그 바람에 세티가 입고 있던 드레스의 프릴이 잔뜩 구겨졌다. 심지어 허리춤에 매달린 리본 하나도 떨어져 나와 바닥을 굴렀다. 갑작스런 상황에 적응하지 못한 세티는 떨떠름한 얼굴로 체린을 바라보았다.

세티 옆에 앉아 있던 외계인이 머리를 들어 올렸다. 그는 좌우가 비대칭인 턱을 떨면서 불쾌한 듯 소리를 냈다. 때문에 차마 체린을 뿌리치지 못한 세티는 홀로사이트를 뿜어 식기를 집어 들었다. 그녀는 외계인이 주문한 고기 조각을 썰어 앞 접시에 옮겨 담으면서 말했다.

"음, 배달은 잘 갔다 온 거야?"

체린은 고개를 끄덕였다. 그러더니 눈물로 범벅이 된 얼굴을 쳐들고서 옹알거렸다. 그러나 눈물에 침수된 그녀의 목에서 흘러나온 기괴한 소리를 알아듣는 이는 없었다. 한 가지 다행인 점은 홀로사이트에 번역기가 장착되어 있다는 점이었다.

체린의 홀로사이트는 빠르게 그녀의 의중을 번역해서 두 사람에게 보여주었다. 화면에는 '다친 곳 없니?'라고 적혀 있었다.

"다친 데라니?"

눈을 껌뻑이던 세티는 자신의 몸을 이리저리 매만져 보는 체린을 이상한 눈으로 쳐다보았다. 세티는 자신의 옆구리에 달린 충전단자를 여는 체린의 머리를 살짝 쥐어박고서 릭을 바라보았다. 그녀는 충전단자 뚜껑을 닫으면서 말했다.

"리키, 얘 지금 뭘 잘못 먹은 거야?"

"별건 아냐. 그냥, 우리가 조금 과거를 바꿨거든. 그래서 좀 혼란스러운가 봐. 음, 이왕이면 나중에 인격 칩 백업이나 해둬. 그나저나 미티는 어디 갔냐?"

"미티? 걔는 지금 투어 콘서트 중이지. 돌아오려면 못해도 사나흘은 걸릴 거야. 옳지, 옳지. 착하지?"

마치 응석 부리는 강아지를 달래듯 체린의 머리를 쓸어내리던 세티는 홀로사이트를 뻗었다. 그녀는 허리를 감싸 안은 체린을 떼어내 바닥에 조심스럽게 내려놓았다. 그러더니 눈앞에 떠오른 수많은 서빙 요청서를 옆으로 치워놓으면서 말했다.

"네가 무사히 돌아와서 기뻐, 체린아. 하지만 지금은 서빙

중이니까 나중에 이야기하자. 알았지? 그럼……."

세티는 능숙하게 식기를 내려놓고서 등에 달린 제트팩을 작동시켰다. 엔진이 푸르스름한 빛을 뿜기 무섭게 세티는 빠르게 하늘로 날아올라 층층이 쌓아 올린 매장 속으로 사라졌다. 릭과 단둘이 남은 체린은 코를 훌쩍이면서 멀어져 가는 세티를 바라보았다.

나도 기뻐. 그녀는 입을 삐죽 내밀고 구시렁거렸다. 릭은 그런 그녀의 어깨를 붙잡았다. 간신히 정신 줄을 붙잡은 체린은 코를 훌쩍거렸다. 그러자 수많은 시선들이 샤워기에서 쏟아지는 물줄기처럼 쏟아졌다. 입술을 오므린 그녀는 퉁퉁 부은 눈을 껌뻑거리면서 말했다.

"있지, 내가 너무 흥분한 거야?"

"응. 너무 극적이었어. 일단 저리 가자고. 이 고상한 사람들 신경 긁어봐야 좋을 거 없으니까."

체린은 고개를 끄덕이면서 천천히 자리에서 일어났다. 그러고는 조금 차분해진 얼굴로 릭을 따라 스탠드바 앞으로 다가가 바 테이블의 한자리를 차지하고 앉았다. 릭은 홀로그램 메뉴판을 펼쳐 들었다.

"돈가스…… 돈가스……. 여기 있군."

그가 홀로그램 화면을 손으로 누르자마자 큼지막한 그릇에 담긴 돈가스가 모습을 드러냈다. 바삭하게 튀겨진 연한 노르스름한 자태, 그 위를 촉촉하게 적시는 갈색 소스 위로 새콤달콤한 냄새가 올라왔다. 거기다 먹음직스럽게 담긴 양배추 샐러드와 마카로니는 벌써부터 고소하게 혀끝에 휘감기는 듯했다.

하지만 체린은 포크와 나이프를 집어 들지 못했다. 방금 울고불고 난리를 쳐서 그런지 몰라도 식욕이 나지 않았다. 체린이 돈가스를 앞에 두고 한숨을 쉬고 있던 그때였다.

"괜찮아요?"

체린은 시끄러운 음악 소리를 뚫고 들어온 낯익은 목소리를 향해 고개를 돌렸다. 살짝 웨이브 진 기다란 금발 머리를 손으로 쓸어 귓바퀴 뒤로 넘기는 여자가 눈에 들어왔다. 대략 20대 중반쯤 되어 보이는, 성숙미가 넘치는 여인이었다.

여인은 몸에 착 들러붙는 드레스를 입고 있었다. 특히 장미가 활짝 핀 가시덤불이 가슴께부터 어깨를 감싸면서 허리 라인을 따라 흘러내려, 기괴하면서도 묘한 아름다움을 자아내고 있었다. 고혹적이면서도 청아한 분위기의 여인은 웃으면서 말했다.

"그래도 첫날이라 꽤 힘들었죠?"

"아, 네. 뭐, 그……."

체린이 우물쭈물하면서 뒷머리를 긁적였다. 누구지? 그녀는 여인을 뚫어져라 바라보면서 생각했다. 그러자 릭이 여인에게 말했다.

"안녕, 엘리스."

"엘리스?!"

화들짝 놀란 체린이 눈을 껌뻑이자 릭이 물었다.

"오늘은 무슨 버전이야?"

"20대 버전이죠. 리키, 머리카락도 새로 짰어요. 머리 어때요? 잘 어울리나요?"

"글쎄. 흠, 머리카락 강도가 어떻게 되지? 아크나이트 섬유만큼 질기면 나도 한번 해보고 싶군. 나중에 작업할 때 방탄용으로 쓰게."

"하하, 리키. 꿈 깨요. 어쨌거나 이번에 나온 달력 잘 볼게요."

"야, 그거 가지고 뭘 하려고?"

"화분 받침으로 쓰려고요."

"퍽이나 그러시겠네."

릭이 어깨를 으쓱이면서 카운터 앞에 앉았다. 길고 좁은 스탠드 의자에 엉덩이를 걸친 릭은 테이블을 손가락으로 두드렸다. 진 토닉이란 술을 누르기 무섭게 무채색의 실이 날아올랐다. 엘리스는 상큼한 미소를 띠면서 말했다.

"살아서 돌아온 걸 축하해요. 자요."

양손에 이중 나선 형태의 유리잔을 든 엘리스는 왼손에 들고 있던 잔을 체린에게 건넸다. 체린은 얼떨결에 그녀에게서 유리잔을 받아들었다. 체린은 잔에 담긴 액체를 홀짝거렸다.

박하 향과 깔끔한 단맛, 그리고 은은히 퍼지는 라즈베리 향이 기분 좋게 풍겼다. 하지만 무엇보다도 그 따스한 온기가, 노곤한 피로감을 덜어주는 온기가 마음에 들었다. 체린은 지친 얼굴을 들어 고맙다고 말했다. 그러자 엘리스는 잔에 든 액체를 한 모금 마시면서 말했다.

"고맙긴요. 요즘에 하루가 멀다 하고 배달부가 죽어 나가서 조금 많이 걱정하던 차였어요. 체린 양이 죽으면 저도 또 죽어라 일해야 하니까요. 모르긴 몰라도 또 천 년이고 백 년이고 사무실에 틀어박혀 있어야 했을걸요?"

"음, 그럼 지금은 나와 있어도 되는 거예요?"

"아뇨."

엘리스는 코를 찡그리면서 말했다.

"하지만 뭐, 잠시 이러고 있는 걸 누가 뭐라고……."

'엘리스 더 앨리스, 사원번호 400009838928A.'

그녀의 말이 끝나기도 전에 우레처럼 날아든 중저음의 기계음이 소리쳤다.

"당신은 작업 반경을 무단으로 이탈했습니다. 150우주달러의 벌금과 함께 강제 이송이 진행됩니다. 워프에 대비하십시오."

엘리스는 질린다는 듯 인상을 찡그렸다.

"이만 헤어질 시간이군요."

그녀는 잔에 든 음료를 한꺼번에 입속에 들이켰다. 그러자 순식간에 엘리스의 가냘픈 몸이 서서히 무채색 실이 되어 무너져 내렸다. 엘리스는 잽싸게 체린에게 손을 흔들었다. 엘리스의 손이 바닥에 떨어져 실로 변하자, 체린은 떨떠름한 얼굴로 릭을 바라보았다. 비명을 질러야 할지, 웃어넘겨야 할지 모를 얼굴이었다.

술을 마시다 그 얼굴을 바라본 릭은 험상궂은 얼굴로 입을 열었다.

"세상에! 너 지금 엘리스한테 무슨 짓을 한 거야?!"

릭이 소리치자, 어안이 벙벙한 체린은 금붕어처럼 입을 빠끔거리면서 자리에서 굳어 버렸다. 예전처럼 또다시 자신이 엘리스를 실로 분해해 버렸나 싶어 하얗게 질렸다. 그런 그녀를 노려보던 릭은 이내 경박스러운 웃음을 터뜨렸다. 단단한 허벅지를 손으로 때려가면서 놈은 웃다가 죽을 사람처럼 깔깔 웃어댔다. 릭은 두 눈을 휘둥그렇게 뜬 체린의 모습을 홀로그램 사진까지 찍었다. 그제야 상황을 파악한 체린은 정색하면서 소리쳤다.

"재미있냐? 재미있어? 이 나쁜 자식아! 장난치니까 재밌냐! 엉?"

"당연히 재밌지. 아까 눈 던진 벌이야."

릭은 투덕거리는 체린의 주먹을 맞아가면서 소금에 절인 큼지막한 우윳빛 구슬을 씹어 먹었다. 그때 술집의 천장에 매달린 홀로그램 화면이 번적이면서 켜졌다. 화면 속에는 말쑥하게 차려입은 로봇이 나와 기계적으로 말했다.

"최근 누드 달력의 인기가 치솟는 가운데, FTL의 배달부인 릭 더 리키의 연설이 화제가 되고 있습니다."

화면이 넘어가자, 누드 달력과 함께 '올해의 가장 불운한 직원상'과 '올해의 직원상'을 양손에 든 릭은 잔뜩 찡그린 얼굴로 연단에 올랐다. 그는 상을 탄 소감을 묻는 사회자에게 소리쳤다.

"하, 참 좋은 상을 주셨네요. 어쩌다 보니 누드 달력까지 찍었는데, 뭐, 살 사람들은 알아서들 사쇼. 내 눈이 썩나? 당신들 눈이 썩는 거지. 주문은 FTL 공식 사이트에서……."

그가 말을 끝내기도 전에 어디선가 휘파람 소리가 날아올랐다. 자리에서 일어나 사람들을 바라보던 릭은 양손으로 가운뎃손가락을 추켜올렸다. 릭을 본 사람들은 박수를 치고 휘파람을 불었다.

릭은 사람들에게 야유를 퍼부으면서 빈정거렸다. 그는 다들 알아서 안과 진료나 받아보라고 소리친 뒤 차분히 앉아서 잔을 기울였다. 그러자 방금 전까지만 해도 성을 내던 체린은 생쥐 한 마리를 발견한 고양이처럼 두 눈을 가늘게 떴다.

"큭큭, 그런 걸 찍었어? 큭큭, 누드 달력이라고?"

체린은 근질거리는 콧잔등이를 손가락으로 긁어대면서 말했다. 그러자 릭은 위스키를 들이켜면서 말했다.

"흠, 사진사가 형편없었어. 참고로 분기마다 남자 여자 할 것 없이 모두 찍으니까 너도 마음의 준비를 하는 게 좋을 거야."

에? 체린이 경악하자, 릭은 말했다.

"걱정 마. 우리가 찍는 누드 달력은 그냥 학술적인 용도로 파는 거야. 의학적인 용도로 쓰이지. 하지만 알다시피 누드는 예나 지금이나 의학 외적인 측면에서 핫해. 다들 아닌 척해도 정말 미친 듯이 좋아한다니까. 하지만 트렌드가 많이 변했어. 요즘은 인간 누드보다는 스타러너들 누드가 더 잘 팔리거든."

"스타러너?"

"너, 혹시 우리 회사 주방에 가 본 적 있던가?"

체린이 고개를 도리도리 젓자, 릭은 어깨를 으쓱이면서 말했다.

"여튼, 우리 가게 주방의 메인 셰프가 스타러너족이야. 불타는 덩어리처럼 생긴 녀석이지."

"허, 불꽃 누드를 왜 본대?"

"몰라. 나도 본 적은 없는데, 그걸 본 사람들 말에 의하면 한 번쯤 인생에 대해 돌이켜 볼 수 있는 장엄하고 우주적인 무지를 맛볼 수 있다고 그러더라."

"그게 뭔 소리야?"

"나도 몰라. 너도 이번에 수고했으니까 뭐라도 마셔. 내가 살게."

"그럴까?"

릭이 얼음을 딸그락거릴 동안 체린은 바 테이블을 손가락으로 두드렸다. 홀로그램 메뉴판이 허공에 떠오르고, 체린이 생소한 음료들 사이에서 고민하고 있던 그때였다. 식당 벽 위에 비스듬히 매달린 작은 홀로그램 창을 통해 뉴스가 흘러나왔다.

보통 뉴스였다면 3021년과 아무런 연고가 없는 체린의 이목을 끌지 못할 터였다. 하지만 이번 뉴스는 달랐다. 체린은 아소플라민이라는 이름이 거론되기 무섭게 고개를 돌려 뉴스를 바라보았다.

"오늘의 인물 시간입니다. 오늘은 25년 전 폭탄 테러를 딛고 일어선 아소플라민 시장님을 만나보겠습니다. 안녕하세요, 시장님."

체린은 화면을 노려보면서 아소플라민을 바라보았다. 폭탄 테러라는 문구와 오른팔이 전부 사라진 아소플라민을 보고 그녀는 눈을 휘둥그렇게 떴다. 곧이어 자욱한 연기와 폭탄 테러라는 글귀가 떠올랐다.

체린은 심상치 않은 얼굴로 화면을 들여다보았다. 그러다 용의자의 얼굴이 뉴스 위에 떠오른 순간, 체린은 자리를 박차고 일어나 술집 밖으로 뛰쳐나갔다. 눈을 껌벅이던 릭은 화면을 올려다보았다. 화면 속에 떠오른 입실로니안을 본 그는 한숨과 함께 자리에서 일어나 체린의 뒤를 따라나섰다.

그런 두 사람을 바라보던 몇몇 고객들은 어깨를 으쓱이고서 음식을 즐겼다. 누구도 화면 속에 떠오른 테러리스트 차도르슈머에게는 눈길조차 주지 않았다.

# 13

## 아이에서 기계에게

"중요한 일이에요! 아소플라민 시장님을 만나야 한다고요!"

체린은 서류 뭉치를 살피고 있던 인간 여자에게 소리쳤다. 머리를 뒤로 묶은 흑인 여자는 세스콰치라 적힌 명찰을 떼고서 체린을 노려보았다. 그 회의적인 시선에 짜증이 치민 체린은 그녀를 죽일 듯이 노려보았다.

"난 당신을 알아요. 당신, 날 고문하려 했잖아."

"나도 당신을 알아요. FTL 배달부죠. 그래서 뭐요? 벌써 30년 전 일이에요. 그쪽도 증거가 없고, 나도 딱히 문제 삼고 싶지 않아요."

"뭘 문제 삼고 싶지 않다는 거죠?"

신체의 대부분을 기계로 대체한 흑인 여자는 붉은 카메라 눈을 번뜩이면서 체린을 노려보았다. 그러자 릭이 나섰다.

"이봐요, 우린 말썽 부리러 온 게 아닙니다. 그냥 애가 시장님이 걱정된다고 해서 여기까지 온 거예요."

"그놈의 걱정이 25년이나 늦었다는 건 알죠?"

"알죠. 그런데 우리는 지금 알았거든요. 그쪽도 알죠? 상대성 이론 말이에요. 그거 때문에 늦게 알았어요. 그러니까 들여보내 줘요."

비서는 한숨을 쉬면서 입을 열었다. 하지만 그녀는 두 사람을 무시하려는 듯 반중력 책상 아래 놓아둔 잡지 하나를 집어 들었다. 그녀가 잡지를 펼치자, 릭은 하는 수 없다는 듯 시장실 앞으로 한 걸음 옮겼다. 그러자 천장에 숨어 있던 포탑이 고개를 내밀고서 릭과 체린에게 총구를 겨눴다. 릭이 슬쩍 뒤로 물러서자, 총구는 다시 천장 속으로 들어갔다.

"그냥 가세요. 시장님은 바쁘십니다."

비서가 중얼거리듯 말하자 릭은 하는 수 없다는 듯 입을 열었다.

"음, 혹시 달력 좋아해요?"

"난 아날로그는 별로예요. 돌아가요."

그녀의 말을 듣고 체린은 입술을 쭉 내밀고서 비서에게 가느다란 소리로 마법의 단어를 중얼거렸다. 그 단어를 들은 비서는 눈을 치켜떴다. 그러더니 릭의 얼굴을 뚫어져라 쳐다보았다. 릭의 얼굴에서 퇴폐적인 미소가 흐르자, 그녀는 손가락을 튕겼다.

"아, 이제 보니 알겠네. 그 사람이죠? 릭 더 리키. FTL 시상식에 나왔던 사람 말이에요.”

“네, 그게 저예요.”

릭은 붉은 실로 달력을 자아내면서 말했다. 3022년 FTL 달력이라 적힌 글귀가 나타나자, 비서는 어깨를 으쓱이면서 로봇 팔에 달린 손가락 두 개를 내밀었다. 릭은 달력 하나를 더 뽑아 주면서 손으로 문을 가리켰다. 비서는 군소리 없이 문을 열어 주었다. 그러더니 어깨를 들썩이면서 달력을 책상 아래 숨겼다.

체린은 달력을 숨기는 비서를 바라보면서 시장실로 걸어 들어가는 릭에게 말했다.

“아무리 누드 달력이라도 그렇지, 그, 민망할 정도로 좋아 하는데……?”

“그게, 우리 회사 달력에는 홀로사이트가 들어가거든. 3차 원 입체로 그림 속에 든 걸 구현할 수가 있어. 어휴, 난 거기 까지만 이야기할래.”

릭은 시장실에 놓인 거대한 원목 테이블을 바라보면서 한 숨을 쉬었다. 체린은 거대한 의자 너머로 펼쳐진 도시의 풍 경을 바라보았다. 도시의 하늘을 빠르게 가로지르는 크고 작 은 우주선들이 형형색색의 문양을 자랑하면서 지나가고 있 었다.

체린은 그 광경을 감탄을 흘리며 바라보았다. 분명 전에 아소플라민을 만났을 때랑은 180도 다른 느낌이었다. 해적선도, 혼란도 없어 보였다. 체린은 시장실 안으로 들어서면서 헛기침을 했다.

누군가 고개를 들기 무섭게 커다란 의자는 빙그르 돌아 문간을 바라보았다. 그러자 노쇠한 껍질을 까딱이던 입실로니안이 고개를 들었다. 아소플라민이었다. 그의 인중에 박힌 세 개의 까만 눈동자가 반짝거렸다. 그는 비서에게 광채를 흘렸다. 그러자 시장실 문은 서서히 닫혔다. 문이 닫히기 무섭게 아소플라민은 더듬이를 내렸다.

체린은 아소플라민에게 어색하게 손을 흔들어 보였다. 그녀가 홀로사이트로 번역기를 켜자 아소플라민은 손을 내저으면서 말했다.

"그럴 필요 없습니다, 체린 양. 이 객체는 더 이상 번역기를 기반으로 한 사회적인 접촉이 필요하지 않습니다."

아소플라민이 말하자 체린은 놀란 얼굴을 감추지 못했다. 아소플라민 같은 입실로니안들은 결코 말을 하지 못했다. 그들에게는 목소리를 내는 기관이 없었다. 오로지 아지랑이 같은 발광 기관을 통해 의사 소통을 하는 외계인이었다.

하지만 눈앞에 앉아 있는 입실로니안은 스스로 목소리를 내면서 '말'을 하고 있었다. 체린이 마른침을 삼키자 아소플라민은 눈을 껌뻑이면서 말했다.

"아, 음성 인터페이스 때문에 놀라신 모양이군요. 걱정 마십시오. 이 인터페이스는 홀로사이트를 통해서만 전달되는 음성 정보입니다. 다른 이들은 들을 수 없습니다. 현재 저는 임무 수행 중입니다. FTL 배달부가 저에게 무슨 용무인가요?"

"네가…… 폭탄 테러에, 휘말렸다고……. 그러니까……. 잠깐만, 홀로사이트라고?"

체린이 새하얗게 질린 얼굴로 입을 열자, 릭은 그녀의 어깨에 손을 올렸다. 그는 당황하다 못해 기절할 것 같은 체린 대신에 입을 열었다.

"우린 네 병문안을 왔어. 25년 정도 늦었지만, 이 녀석이 네 걱정을 많이 했거든. 몸은 좀 어때?"

"기능은 정상 작동 중입니다. 배달부 릭, 용건은 그게 다인 가요?"

릭이 그렇다고 말하자, 아소플라민은 세 개의 눈을 까딱거렸다.

"우선, 두 사람이 두고 간 유실물이 있습니다. 아소플라민이 타고 온 탈출 포트를 두고 떠나셨더군요."

아소플라민이 말하자, 릭은 눈을 껌뻑이면서 말했다.

"내가 계기판을 파괴했을 텐데?"

"계기판은 파괴했지만, 저장 장치 하나가 살아 있었습니다. 하지만 걱정 마십시오. 해적들이 사용하기 전에 제가 해체했으니까요."

아소플라민은 주머니 속에서 무채색의 실을 꺼내 릭에게 건넸다. 릭이 실을 받아 들어 주머니 속에 찔러 넣자, 그는 더듬이를 까딱이면서 정중하게 말했다.

"그럼, 요한나 씨에게 안부 전해 주십시오. 포트 샤울에도 FTL 매장이 설립될 날이 머지않았다고 말이죠. 그럼."

딱딱한 어조로 입을 열던 아소플라민은 책상 위에 튀어나온 나팔 속에 뾰족한 주둥이를 밀어 넣었다. 그러자 두꺼운 문이 열리면서 비서가 얼굴을 들이밀었다. 그녀가 로봇 팔을 까딱이자, 체린은 말없이 자리에서 일어날 수밖에는 없었다.

"더 이야기할 거 있어?"

릭이 말했다. 하지만 어안이 벙벙한 나머지 넋을 놓아버린 체린은 아무 말도 할 수 없었다. 그녀는 고개를 저으면서 아소플라민과 릭을 바라보다 터벅터벅 걸음을 옮겼다. 어떻게 시청을 빠져나왔는지 알 수 없었다.

경찰 드론들이 요란하게 날아다녔다. 하늘을 뒤덮은 우주선들이 규모가 훨씬 작아진 반FTL 시위대에게 해산을 명령하고 있었다. 그 와중에 시위대가 쏜 미사일에 맞은 우주선이 산산이 부서지고 있었다. 폭발을 일으킨 우주선의 잔해 하나가 도로 위를 덮쳤다.

체린이 몸을 움츠리기 무섭게 릭은 손가락을 튕겼다. 허공을 유유히 날아다니는 붉은 실과 함께 쇳가루와 불똥이 흩날렸다. 도로 위로 우주선 엔진 하나가 떨어져 커다란 폭발을 일으켰다. 심장을 움켜쥐는 굉음 속에서 체린은 릭을 바라보았다. 릭은 비산하는 잔해들을 실로 바꾸면서 말했다.

"괜찮냐?"

"난 아직도 이해가 안 돼. 아소플라민이…… 어떻게 된 거야?"

"간단해. 우리가 이 가게에서 일하게 된 계기를 떠올려 봐."

릭이 툭 내뱉은 한마디에 체린은 엘리스의 책상을 떠올렸다. 그녀가 새빨갛게 달아오른 초점을 힘겹게 붙들 동안, 릭은 조용히 말했다.

"아마, 진짜 아소플라민은 폭탄 테러에 휘말린 그때 죽었을 거야."

"그럼 지금 우리가 만난 아소플라민은…….."

"아마 우리랑 비슷한 처지겠지. 하지만 거의 살아생전 모습 그대로 불려 온 우리보다는 조작을 많이 거쳤을 거야. 어쩌면 뇌 대신 다른 무언가가 들어 있을지도 모르지."

앞서 가던 체린은 천천히 몸을 돌렸다. 그녀는 릭에게 삿대질을 해가면서 말했다.

"그러니까, 네 말은, FTL이 아소플라민을 조작했을 거라 이거야? 지금? 그러니까, 우리가 입실론 프라임으로 배달을 갔던 게 아소플라민을……."

릭은 대수롭지 않게 말했다.

"암살이지. 아소플라민은 입실론 프라임에서 반FTL 세력을 이끄는 정치가였잖아. 만약에 그놈이 뒤로 해적들을 지원해서 세를 불리지 않았으면 그 프로파간다로 찌든 해적 놈들이 우리 매장에 날아들지는 않았을 거야. 물론 그 해적들이 아니었다면 아소플라민이라는 꼬맹이가 시간 여행을 해서 사악한 정치인이 되지도 않았을 테지. 뭐, 우린 딱히 신경 쓸 거 없어."

"신경 쓸 게 없다고?"

체린이 몸서리를 치자, 릭은 대수롭지 않다는 듯 답했다.

"아소플라민은 선택을 했어. 우리를 비난하면서 힘을 키웠고, 우리에게 복수하기로 결심했지. 그게 다야. 너무 깊이 생각할 필요 없어."

"말도 안 돼……."

"맞아. 말도 안 되긴 하지. 일종의 패러독스니까."

릭이 대수롭지 않게 말하자, 체린은 릭을 노려보았다. 릭은 그런 체린을 바라보면서 말했다.

"오, 그쪽이 아니구나. 음, 도의적인 측면에서도 너무 신경 쓰지 마. 어차피 우린 회사에서 시키는 대로만 하면 돼. 그것 밖에는 없어."

릭은 어깨를 으쓱이면서 천천히 FTL을 향해 걸음을 옮겼다. 하지만 체린은 걸을 수가 없었다. 그녀는 FTL 안으로 들어가는 릭을 바라보았다. 그가 간 길을 따라 천천히 걸음을 옮겼지만, 체린의 입에서는 헛웃음이 가늘게 터져 나왔다.

그녀는 오늘 겪은 수많은 일들을 생각해 보았다.

사막 한가운데 버려져 해적들에게 죽임을 당할 뻔했다. 시간 이동을 잘못했다가 신분증을 제시하지 못해 드론들에게 쫓기다가 외계인들에게 칼 맞을 뻔하기도 했다. 그 모든 역경의 끝에서 아소플라민도 만났지만, 그 모든 것은 아소플라민을 암살하는 것으로 막을 내렸다. 그것도 차도르슈머라는 무고한 노숙자를 테러리스트로 만들고서 말이다.

체린은 깊은 한숨을 쉬었다. 그녀는 죄책감을 느꼈다. 그녀만 아니었다면 차도르슈머가 범죄자로 전락하지는 않았을 터였다. 순수했던 아이가 부패한 정치가로 성장하지도 않았을 터였다. 그랬다면, 세티가 다칠 일도 없었을지도 모른다. 세티가 다치지 않았다면, 그녀의 죽음이 미티를 좌절시키지도 않았을 터였다. 그랬다면 릭과 그녀가 차도르슈머를 찾아갈 이유도 없었다.

수많은 가능성들이 시뻘겋게 달궈진 인두처럼 체린의 눈앞

으로 달려들었다. 정신이 아득해졌다. 체린은 더 이상 걸을
수가 없었다. 숨이 가빠왔다. 그녀는 힘겹게 돌무더기 위에
주저앉았다. 친근한 오두막에 걸린 간판처럼 생긴 FTL의 간
판이 따갑게 눈앞에서 반짝거렸다.

체린이 걸음을 멈추자, FTL 매장을 향해 걸어가던 릭도 걸
음을 멈췄다. 그녀는 지칠 대로 지친 얼굴을 손으로 문지르
면서 입을 열었다.

"우리는 지금 뭘 하고 온 거지?"

"아무것도."

"정말로? 우리는 아무것도 안 한 거야?"

릭이 뻔뻔하게 그렇다고 대답하자, 체린은 토끼처럼 새빨
간 눈으로 릭을 올려다보았다.

"이건 범죄야. 이건……."

체린이 몸서리를 치면서 말하자 릭은 어깨를 으쓱이면서
말했다.

"뭐가 범죄인데? 해적들을 보낸 거? 아니면 해적들을 보내
기 전에 폭사시킨 거? 그것도 아니면 죽은 사람을 되살려서
원래 자리로 돌려보낸 거?"

"셋 다 범죄야!"

"그래. 그럴 수도 있겠다. 하지만 그걸 누가 증명할 건데?"

릭의 뻔뻔한 태도에 놀란 체린은 학을 뗐다. 그녀가 경악

한 얼굴로 쳐다보든 말든 릭은 얼굴 위에 떠오른 홀로그램 화면을 손으로 구겼다. 두 사람이 눈을 껌뻑이기도 전에 도시의 풍경은 사라지고 황량한 소행성의 표면이 두 사람을 휘감았다. 릭은 FTL이라고 적힌 시뻘건 간판 아래서 입을 열었다.

"친구, 아무도 이런 이야기를 믿지 않을 거야. 설령 누군가가 널 믿어 준다고 해도 결국에는 그 사람은 시공간 속에서 사라지게 될 거야. 아니지. 애초에 네 목소리를 들을 형사는 없을 거야. 네가 경찰서에 가기로 마음먹은 순간부터 이미 넌 죽어 있을 테니까. 다시 되돌아가는 거지. 네가 죽기 직전으로 말이야. 2021년이라고 했던가? 그곳에서 넌 진짜로 죽는 거야. 다음 기회 따윈 없을 테고, 넌 그냥 죽는 거라고. 그 잘난 양심과 함께 벌레 밥이 되는 거지."

체린이 머리를 한 대 맞은 사람처럼 자리에 우두커니 멈춰 서자, 릭은 어깨를 으쓱거렸다.

"친구, 선임 배달부로서 충고하건대, 절대로 복잡하게 생각하지 마. 그냥 명령이 떨어지면 그대로 따르면 돼. 배달하라면 물건 던져주고 오면 그만이고, 누굴 죽이라면 그냥 죽이면 되는 거야. 괜히 죄책감이니 어쩌니 그런 소리는 접어 둬. 죄책감은 나중에 풀어도 돼. 일단 오늘을 잘 넘기면 시간은 얼마든지 있어."

“정말로 그렇게 생각하는 거야? 진심인 거냐고!”

체린이 비명처럼 목소리를 높이자 릭은 한숨을 쉬었다. 그는 불만 가득한 얼굴로 팔짱을 끼고 바위에 기대어 섰다. 그러곤 어깨를 으쓱이면서 말했다.

“좋아, 얘기해 봐. 뭐가 불만이야?”

“우리는 사람을 죽였어!”

“그래. 로봇도 죽였고, 해적들은 셀 수도 없이 죽였지. 그리고 그 자식들 때문에 세티도 죽었다가 다시 살아났지.”

“그야, 그 개자식들은 날 죽이려고 했으니까 어쩔 수 없었지! 세티도 그 녀석들 때문에⋯⋯. 하지만 아소플라민은 다르잖아!”

체린이 소리치자 릭은 고개를 끄덕였다.

“어쨌든 네가 느끼는 감정에 대해서는 유감이야. 하지만 그렇게 무르게 행동하면 결국 넌 길가의 개처럼 죽고 말 거야. 난 그렇게 죽는 녀석들을 많이 봤어. 당장, 네 전전임 배달부였던 루이도 그렇게 죽었어.”

체린은 고개를 저으면서 말했다.

“이제는 더 이상 이곳에 있고 싶은 생각도 없어. 차라리⋯⋯.”

“그래서 어쩌려고? 히치하이킹이라도 하게? 넌 안내서도 없잖아.”

“상관없어. 적어도 이곳에서 이딴 말도 안 되는 일을 하는 것보단 나아. 차라리 죽는 게 더 나았는지도 몰라.”

손바닥을 들여다보던 체린은 결국 황량한 소행성 위에서 울음을 터뜨리고 말았다. 그녀의 얼굴에서 닭똥 같은 눈물이 돌가루 위로 떨어지자, 릭은 어깨를 으쓱거렸다.

“네 잘못 아냐.”

“그래! 당연히 내 잘못은 아니겠지! 이 빌어먹을 FTL인지 뭔지 하는 회사 잘못이겠지! 하지만 그 빌어먹을 배달 물품을 내가 전해줬잖아!”

체린은 눈물과 콧물이 범벅이 된 얼굴을 손으로 닦아냈다.

“세상에! 그럼 우린 앞으로도 계속 이런 일만 하는 거야? 누굴 죽이고, 계속 죽이고, 그러다가…….”

“계속은 아냐. 한 10건 중에 3, 4건만 이래. 나머지는 건전한 배달이지. 그냥 네가 운이 없었어. 첫날 이런 일을 겪는 건 흔한 일은 아니거든. 하지만 뭐, 어쩌겠어. 그냥 잊어버려. 죽은 사람은 그냥 죽은 사람이야.”

체린은 시퍼렇게 질린 얼굴로 릭을 경멸스럽게 바라보다 말을 이었다.

“넌 괴물이야. 알아?”

“알아. 하지만 집에 돌아가고 싶다면 너도 괴물이 되는 게 좋을 거야.”

"너처럼 죄책감도 없이 살란 소리야? 물론 내가 착하게만 살아온 건 아니야. 하지만 이렇게는 살 수 없어. 이건 사람이 할 짓이 아니야."

고개를 젓던 체린은 천천히 입을 열었다.

"난, 그만둘래. 더는 이곳에서 일하고 싶지 않아."

릭은 굳은 얼굴로 체린을 바라보았다. 그는 곧장 체린의 양어깨를 붙들고 소리쳤다.

"야! 그 말 당장 취소해. 당장!"

"왜? 난 정말로 이 일을 하기 싫어졌다고! 네가 뭔데! 난 너처럼……."

체린이 성을 내면서 릭을 올려다보던 그때였다.

스멀스멀 무언가가 몸 위를 기어 다니는 느낌에 체린은 눈을 껌뻑였다. 그녀는 자기도 모르게 팔뚝을 내려다보았다. 그녀의 팔뚝은 이미 하얀 실로 뒤덮여 있었다. 실들은 팔뚝에만 있는 것이 아니었다. 다리도, 어깨도, 전부 하얀 실로 뒤덮여 있었다.

체린은 새된 비명을 질렀다.

"젠장! 빨리 취소하라니까!"

릭은 실로 뒤덮이고 있는 그녀의 어깨를 붙들고서 소리쳤다. 하지만 이미 이성을 잃은 체린은 실을 밀어내기 바빴다. 체린이 버둥거리다 모랫바닥 위에 처박히자, 릭은 작은 단검을 꺼내 들었다. 역장에 휘감긴 단검의 칼날을 번뜩이면서 그는 체린의 홀로사이트를 잘라냈다. 하지만 릭의 노력에도 불구하고 하얀색 홀로사이트는 순식간에 체린의 몸을 꽁꽁 옭아맸다.

그녀의 저항이 계속되자, 목덜미를 휘감은 수십 가닥의 실들은 체린의 목덜미를 분해했다. 그러고는 그녀의 척수를 레이저로 절개했다. 순식간에 전신이 마비된 체린은 비명 한 번 못 지르고 홀로사이트가 만들어 낸 원통형 기계 안에 갇히는 신세가 되고 말았다.

릭은 곧장 큼지막한 쇠지레를 만들어 원통을 후려쳤다. 유리가 깨지고 쇳덩이 틈새에 자그마한 틈이 생겼다. 하지만 홀로사이트가 짜내는 기계 덩어리는 대나무처럼 빽빽하게 자라났다. 깨진 유리는 다시 자라났고, 구겨진 동체는 살갖처럼 다시 원래 모습을 되찾았다.

그런데도 릭은 체린을 휘감는 원통에 달려들었다. 쇳덩이에 균열이 일기 무섭게 그는 자신의 홀로사이트와 쇠지레를 균열 속에 밀어 넣었다. 그러자 하얀 실은 릭의 몸을 밀어냈다. 릭은 붉은 실과 단검으로 홍수처럼 밀려드는 하얀 실에 맞섰다.

그때였다. 어디선가 탄환 하나가 날아들어 체린의 몸을 휘감던 원통형 동체를 꿰뚫었다. 작은 폭발이 일었고, 릭의 몸을 휘감던 홀로사이트가 물러났다. 그 바람에 허공에 거의 3m나 떠 있던 릭은 황량한 소행성 표면 위로 떨어졌다. 그는 붉은 실에 의지해서 몸을 일으켰다.

검은 공간 위를 흐느적거리던 하얀 실들은 동체의 손상된 부위를 재생하려 했다. 그러나 실들이 꿈틀거리기도 전에 검은 하늘 위로 푸른빛이 천둥처럼 번쩍이더니 작은 물체 하나가 지표면을 향해 이온 엔진을 켜고서 날아들었다.

그것은 머리 위로 미늘창을 휘둘렀다. 도끼날 위로 서슬 퍼렇게 역장이 번쩍거리더니 도끼 날 뒤로 큼지막한 제트 엔진이 자라났다. 엔진이 불을 뿜기 무섭게 체린을 휘감고 있던 원통은 장작처럼 쪼개졌다. 원통 안에 들어 있던 생명 유지 장치들이 부품과 실을 토해냈다.

릭은 굳은 얼굴로 괴한을 올려다보았다. 검은 삼각기둥 형태의 투구 위로 여섯 개의 눈이 번뜩이고 있었다. 어깨 위로 솟아오른 추진기가 접히기 무섭게 릭은 갑옷을 입은 괴한에게 입을 열었다.

"왜 이제야 온 거야? 시위할 때부터 같이 있었으면서!"

"흥! 시끄러워. 무대 위에 올라가서 매장 비난이나 해댄 주제에 말이 많구나."

괴한은 도낏자루를 작게 줄인 뒤 손도끼 사이즈로 줄어든 미늘창을 휘둘렀다. 마치 도끼로 파인애플을 깎듯이 도낏자루를 능숙하게 휘둘렀다. 순식간에 하얀 실을 잘라낸 괴한은 기계 안에 박힌 도끼날을 비틀었다.

쇳덩이가 휘어지는 소리가 들리더니 서서히 만들어지고 있던 부드러운 안감에 휩싸인 체린이 얼굴을 드러냈다. 놈은 곧장 도끼날 안쪽에 움푹 파인 골 안으로 손을 넣어 체린의 허리를 휘감고서 그녀를 기계 속에서 잡아 끌어냈다. 괴한은 한 손으로 체린을 안아 들었다. 괴한은 입을 열었다.

"점장 권한으로 이체리의……."

"이체린."

릭이 정정해 주자, 검은 투구를 벗은 요한나는 얼굴에 들러붙은 머리카락을 털어냈다. 그녀는 어깨를 으쓱이면서 말했다.

"아무튼 징계 취소다. 꺼져."

그녀의 한마디에 스멀스멀 다가오던 실과 기계 장치는 순식간에 눈 녹듯 녹아내렸다. 하얀 실들은 사라지고 실을 뿜어대던 체린의 양팔은 원래 모습을 되찾았다. 릭은 천천히 요한나에게 다가갔다.

"흥! 넌 대체 배달 몇 년 차인데 후임 하나 제대로 못 지키냐?"

"쳇, 자기가 일하기 싫다고 구시렁거리는 걸 나더러 어떻게 하라고?"

“흥! 정말이지 요즘 짜증이 너무 늘었어, 리키.”

요한나는 미늘창을 허공에 던지면서 말했다. 미늘창이 허공에서 바스러지며 황금빛 실이 눈 따갑게 흩날렸다. 번적이는 섬광 때문일까? 정신을 잃었던 체린은 끔뻑끔뻑 눈을 떴다. 하지만 그녀는 축 늘어진 목을 가누질 못했다. 그녀가 가느다란 신음을 흘리자, 릭은 체린의 머리를 받쳐 주었다.

“오, 잠자는 우주의 공주님께서 깨어나셨군.”

요한나가 비꼬듯이 중얼거리자, 체린은 요한나의 품에서 인상을 찡그렸다.

“으으, 몸에 감각이 없어……..”

“그러게 누가 ‘우, 일하기 싫어요.’라고 투정 부리라고 했냐? 빌어먹을 양심 때문에 이렇게 된 거 아냐!”

“맞는 말이다. 31세기에 양심 따윈 사치지. 특히 신입 직원이 양심 따위를 기르면 이렇게 되는 거다. 알겠냐?”

두 사람의 타박이 서라운드 스피커처럼 귓가를 울렸다. 체린은 두 사람의 정신 공격에 무방비로 당하고 있었다. 팔에도 힘이 전혀 들어가지 않았기에 귀를 틀어막을 수도 없었다. 체린은 멍하니 두 사람을 올려다보았다.

다들 미쳤어. 그녀는 흐느적거리는 몸을 꿈틀거리면서 생각했다. 그녀가 인상을 찡그리고 있는 동안, 요한나는 자신의 품속에서 축 늘어진 체린을 릭에게 떠넘겼다. 릭이 그녀를 들쳐 업기 무섭게 요한나는 다시 투구를 뒤집어썼다. 황금색 실이 검은 투구를 자아내자, 그녀는 기계음이 섞인 목소리를 흘렸다.

"난 체플에게 한마디 하고 오마. 그러니까 네 녀석은 후임이나 잘 보살펴줘라. 알겠냐?"

"흥이다. 빨리 가기나 하셔."

릭이 어서 물러가라는 듯 손짓을 했다. 요한나는 릭을 노려보면서 오른손 손등을 보이면서 검지와 중지를 처들었다. 릭은 그녀에게 가운뎃손가락을 내보였다.

체린은 두 사람에게 주먹 쥔 오른손을 내밀었다. 그녀가 왼손으로 오른 팔뚝을 때렸지만, 둘 중 누구도 그녀가 욕을 했다는 사실을 아는 이는 없었다.

# EPILOGUE

“흠, 릭. 내가 뭘 원하는지 알죠?”

릭은 한숨을 쉬면서 엘리스를 바라보았다. 그녀는 한껏 말쑥하게 차려입은 정장 차림으로 눈썹을 치켜세웠다. 왼쪽으로 치우쳐 내려온 앞머리를 살짝 손으로 쓸어 넘긴 그녀는 어딘지 모르게 비틀린 미소를 지었다. 릭은 후회에 잠긴 얼굴로 그녀를 바라보았다.

악마에게 영혼을 파는 기분이 딱 이런 느낌일까 싶었다. 하지만 이제는 어쩔 수 없었다. 이미 그는 선택을 했고, 대가를 치러야 했다. 릭은 한숨을 쉬면서 손가락을 튕겼다. 붉은 홀로사이트가 그의 손끝에서 뻗어 나와 허공에 직사각형 종이 뭉치를 만들어냈다. 그것은 은하계 달력이었다. 그것도 약 360여 장의 릭의 누드 사진이 있는 프리미엄 달력이었다.

엘리스는 좋아서 가볍게 손뼉을 치고는 얼른 허공에 매달린 달력을 집어 들었다. 달력은 갈색 실이 되어 그녀의 정장 옷소매 사이로 사라졌다. 엘리스는 턱을 쓸면서 말했다.

"흠흠, 그래요. 체린 양이 적응을 잘 못할 것에 대비해서 보험을 들고 싶다고요, 리키?"

릭은 고개를 끄덕이면서 테이블을 손가락으로 두드렸다. 무채색 실이 날아오르더니 곧 두꺼운 락 글라스에 담긴 투명한 진과 둥그스름한 얼음으로 변했다. 릭은 술을 입가에 가져다 대면서 말했다.

"응, 일단은 대비책을 마련해야 할 거 같아. 네가 이쪽 전문이잖아. 생각 통제나 뭐 그런 거 말이야."

"그런 일로 저에게 오다니. 릭, 탁월한 선택이에요."

엘리스는 꽤나 사악한 웃음을 흘리면서 릭에게 갈색 실뭉치를 내밀었다. 실뭉치 안에서 스멀스멀 약병이 달린 작은 권총 하나가 생겨났다. 엘리스는 입을 열었다.

"평가 보고서를 봤어요. 체린 양이 일을 그만두려 했다죠? 그것도 고작 양심 때문에요. 하지만 제가 손수 조합한 이 약물 한 방이면 아마 체린 양의 양심은 완전히 죽어버릴 거예요. 그러면 일하기 싫다고 투정도 부리지 않을 거고요. 꽤 검증된 약물이니까 부작용은 걱정 안 해도 돼요. 우선 제가 시선을 끌 테니까, 당신이 체린 양에게……."

엘리스는 권총을 쏘는 시늉을 했다. 그녀의 손가락이 가리키는 벽면을 따라 푸르스름한 빛이 파문을 일으켰다.

'이런, 호랑이도 제 말 하면 온다더니.'

혀를 끌끌 차던 엘리스는 조그마한 소리로 힘내라고 말한 뒤, 워프 통로를 빠져나오는 체린을 돌아보면서 말했다.

"어머, 체린 양! 몸은 이제 다 나았나 봐요! 새로 단 신경은 어때요?"

"이제는 괜찮아요."

얇은 카디건을 걸친 체린은 희미하게 웃으면서 말했다. 엘리스를 바라보던 그녀는 휴게실의 바 테이블 앞에 앉아 있는 릭을 슬쩍 바라보았다. 릭이 말없이 고개를 돌리자, 체린의 어깨에 매달린 미티가 체린의 머리를 드럼처럼 두드리면서 까르르 웃었다. 미티는 천진한 얼굴로 말했다.

"헤헤, 이것 봐. 완전히 건강해졌잖아."

"으윽, 내 머리 스타일……."

체린은 울상을 지으면서 말했다. 완치 기념으로 살짝 웨이브를 준 머리카락이 은하계의 아이돌 손에 개털처럼 헝클어졌다. 운도 지지리도 없지. 결국 보다 못한 세티가 나섰다. 미티를 체린의 머리에서 떼어낸 세티는 강철 팔로 미티의 허리를 휘감아 옆구리에 끼웠다. 그러자 미티는 팔다리를 버둥거리면서 놓으라고 소리쳤다.

"이거 놔! 이건 미티식 축하 방식이라고! 무려 100년 전통을 자랑하는 축하 세레모니!"

"하지만 언니가 뭐랬지? 남한테 피해를 주는 건?"

"음, 나쁜 일이라고 했지만, 그 피해가 다각적인 측면에서 공공의 이익에 부합하거나 최대 다수의 행복 실현을 위해서 필수 불가결하다면 어느 정도 용인될 수 있다고 했어. 그러니까 난 체린이 머리카락을 흐트러뜨릴 자격이 충분해!"

"어째서 결과가 그렇게 도출되는 거야?!"

미티의 경이로운 논리에 화들짝 놀란 체린은 잠시 미티를 쏘아보았다.

'설마 그 미티의 입에서 저런 지적(으로 들리는)인 말이 튀어나올 줄이야. 설마 이 녀석, 겉으로는 순진한 척하지만 속은 누구보다 사악한 거 아냐?'

체린은 사악하게 웃는 미티의 모습을 떠올렸다. 하지만 그 모습 자체가 둥글둥글하고 귀여웠던지라 딱히 위압감은 느껴지지 않았다. 오히려 피규어로 만들어 팔면 돈을 쓸어 모을 것 같았다. 체린이 머릿속으로 피규어의 값어치를 매기고 있던 그때, 세티의 팔뚝에 붙들린 미티는 잠시 턱을 괴고서 입을 열었다.

"그러고 보니까, 이 관점을 뭐라고 했는데……. 언니야, 전에 이걸 뭐라고 했었지?"

미티의 물음에 세티가 답하려고 했다. 그러자 엘리스가 요란스럽게 손을 번쩍 들어 올리고서 먼저 입을 열었다.

"자자, 그건 내가 설명하도록 하죠!"

엘리스는 바 테이블 위에 걸터앉아 다리를 꼬아 앉으면서 말했다. 그러곤 갑작스러운 상황 변화를 받아들이지 못한 체린과 미티가 놀라건 말건 설명을 이어갔다.

"지금 미티 씨가 궁금해하는 건 바로 공리주의라는 거예요. 특히 요즘 유행하는 초인본주의적인 공리주의를 닮았죠. 쉽게 말해서, 우리 회사가 타임머신을 이용해서……."

"타임머신 이야기는 나중에 하면 안 될까요? 아직……."

체린이 치를 떨면서 고개를 젓자, 입술을 쭉 내민 엘리스는 한숨을 쉬었다.

"허? 고작 트라우마 때문에 제 설명을 듣지 않겠다는 거예요? 지금요?"

"그게, 엘리스……."

"닥쳐요, 체린 양."

엘리스는 표독스럽게 체린에게 삿대질을 했다. 손끝에서 뿜어져 나온 위압감에 심장을 꿰뚫린 체린은 자리에서 굳어 버렸다. 엘리스는 잠자코 듣기나 하란 듯이 세 소녀를 노려보았다. 설명을 향한 엘리스의 광기 어린 욕심을 잠시 엿본 세 사람은 기가 죽어 아무 말도 못했다. 다시 기가 산 엘리스는 생긋 웃으면서 말했다.

"설명은 언제나 제 몫이에요. 알겠어요? 어쨌든 본론으로 돌아와서, 공리주의적인 관점에서 보면 우리 회사도 굉장히

올바른 회사예요. 특히 제가 담당하고 있는 라자루스 프로젝트는 공리주의 그 자체라고 할 수 있는데……."

"우~ 난 어려운 말 싫어."

입술을 삐죽 내민 미티는 체린의 어깨 위에서 축 늘어졌다. 그러자 엘리스는 신나 죽겠다는 듯이 사회적인 환원에 대해서 설명하기 시작했다. 그 바람에 체린과 미티는 설명에 설명을 들으면서 멍해져 가는 의식을 애써 붙잡아야 했다.

미티가 자그마한 입을 쩍 벌리고 하품을 하면서 무의식적으로 반중력 침대를 만들어 내자 엘리스는 확 인상을 구겼다. 심상치 않은 분위기에 체린이 슬쩍 엉덩이를 빼려 하자 엘리스는 체린의 어깨를 지그시 눌렀다.

"내 설명을 들어야지. 어딜 가려고? 감히 내 설명이 지루하다고 하지 마. 그랬다간 그 잘나빠진 귓구멍에다 펄펄 끓는 쇳물을 부어줄 테니까! 그래서 너희는 어쩔 거야? 들을 거야, 안 들을 거야? 설명하는 게 내 일이라고! 그러니까 너흰 닥치고 듣기나 해!"

갑작스러운 막말에 기분이 상한 체린과 미티는 너나 할 것 없이 고개를 저었다. 그러자 기분이 상한 듯 인상을 잔뜩 구긴 엘리스는 바 테이블 위로 기어 올라갔다. 그녀는 바에 앉아 있는 사람들에게 삿대질을 하면서 소리쳤다.

"이 자식들이 어디 감히 주인님에게 기어오르려고 해? 나 아니었음 너희는 이 자리에서 희희낙락거리지도 못했어!”

서슬 퍼런 엘리스의 눈동자 속에 담긴 냉랭한 살기가 뚝뚝 바닥에 떨어졌다. 그러자 바닥에서 솟아오른 갈색 실이 순식간에 체린과 미티의 손과 발을 묶었다. 두 사람이 당황하는 사이, 세티는 ‘또 시작이군.’이라고 중얼거렸다.

엘리스의 시선이 이글거리면서 달려들자, 세티는 엘리스가 자기 몸을 묶기 전에 스스로 초록색 실을 뽑어 자기 손을 묶었다. 하지만 깜짝 놀란 체린은 새된 비명을 질렀다.

“이게 무슨 짓이에요?! 이거 풀어요!”

체린이 소리쳤지만 엘리스는 귓등으로도 듣지 않았다. 대신 그녀는 갈색 실을 휘둘렀다. 순식간에 그녀의 손안에 착 감긴 채찍이 아음속으로 허공을 갈랐다. 채찍이 바닥을 때리고 지나가자, 체린과 미티는 잠자코 입을 다물었다. 객석이 조용해지자, 엘리스는 지루하고 독단적인 주장들을 주저리주저리 다시 늘어놓기 시작했다.

그렇게 체린과 미티는 지루함 속에서 질식해서 죽어갔다. 뇌의 산소가 떨어진 체린이 엘리스의 설명을 듣다 지친 나머지 꾸벅꾸벅 졸기 시작했다.

지금이 기회였다. 술을 들이켠 릭은 졸고 있는 체린을 향해 약병이 든 권총을 들어 올렸다. 총구가 체린의 정수리를 가리키면서 전등 불빛에 반짝거렸다. 릭은 숨을 들이켠 뒤

방아쇠 위에 손가락을 올렸다.

그는 방아쇠에 천천히 힘을 주면서 미티 옆에서 졸고 있는 체린을 바라보았다. 지그시 닫힌 눈을 보던 그는 한숨을 쉬었다. 그는 총구를 천장으로 향하고서 차가운 약병을 이마 위에 얹었다. 잠시 생각에 잠긴 그는 불만 가득한 얼굴로 총을 내렸다. 테이블 위에 총을 올려놓은 릭은 술을 벌컥벌컥 들이켰다. 엘리스는 그런 릭을 바라보면서 입을 다물었다.

"결국 못했네요, 릭."

"못한 거 아냐. 조금 미룬 거지."

"흐응, 당신도 꽤 많이 물러졌네요. 요한나처럼요."

"시끄러워."

못마땅한 얼굴로 대꾸한 릭은 미티에게 소리쳤다.

"미티! 엘리스가 네 아이스크림 몰래 빼돌렸어!"

아이스크림이란 한마디에 눈을 번쩍 뜬 미티는 곧장 자리를 박차고 올라 엘리스를 덮쳤다. 그녀는 레이스와 프릴로 뒤덮인 드레스 차림의 엘리스를 붙들고서 연신 '아이스크림 내놔!'라고 소리쳤다. 그 모습은 아이스크림에 환장한 좀비처럼 보일 지경이었다.

하지만 좀비와 미티 사이에 한 가지 다른 점이 있었다. 그것은 바로 민첩성이었다. 미티는 작은 체구를 십분 사용해서 엘리스의 다리 사이로 데굴데굴 굴러 빠져나갔다. 그러더니 순식간에 바닥에서 뛰어올라 엘리스의 등에 매달렸다.

엘리스의 옆구리를 간질이던 미티는 순식간에 그녀의 머리 위에 올라탔다. 엘리스가 간지럽다고 웃음을 터뜨리자, 미티는 그녀의 허리를 타고 내려왔다가 치마 사이로 사라진 뒤 다시 엘리스의 등을 점령했다. 미티의 가느다란 손가락이 목과 겨드랑이를 간질이자 결국 엘리스는 웃음을 터뜨리면서 바닥에 쓰러졌다.

그녀가 눈물까지 흘려가며 까르르 웃어댈 즈음, 체린과 세티는 잠에서 깨어났다. 두 사람은 쓰러져 바닥에 뒤엉킨 미티와 엘리스를 바라보았다. 세티는 한숨을 쉬면서 강아지를 교육하는 훈련소 직원처럼 무료한 얼굴로 막대기 하나를 만들어냈다. 그녀는 미티와 엘리스를 막대기로 툭툭 건드리면서 두 사람을 떼어놓으려고 애썼다.

릭은 한데 뒤엉켜 있는 미티와 엘리스를 바라보았다. 그러더니 슬그머니 레인코트 속에 권총을 찔러 넣고서 다시 술을 입으로 가져갔다. 둥글게 깎은 얼음이 잔 속에서 딸그락거리자 독한 알코올과 향신료 냄새가 뺨을 타고 흘렀다.

오른쪽에서 쇳소리가 울렸다. 릭은 무표정한 얼굴로 고개를 돌렸다. 그러자 어느 결에 스탠드 의자에 앉아 있는 체린이 눈에 들어왔다. 릭은 술을 마시면서 말했다.

"안색은 좋아 보이네."

"뭐, 나쁘지는 않아."

체린이 불편한 기색을 보이면서 말을 아끼자, 릭은 말없이 손가락으로 테이블을 두드렸다. 허공에 메뉴판이 떠오르자, 그는 진저퀴그낙 튀김 세트 하나를 누른 뒤에 체린의 얼굴을 바라보았다. 그는 천천히 입을 열었다.

"마시고 싶은 거 골라. 내가 살게."

체린은 잠시 망설이다 릭의 루비색 눈을 바라보면서 아이스티 한 잔 달라고 말했다. 고개를 끄덕인 릭은 홀로그램 화면 위에 손가락을 가져다 댔다.

화면이 꺼지기 무섭게 테이블 위로 솟아오른 실들은 빠르게 기다란 원통형 잔을 만들어 냈다. 작은 민트와 얼음 알갱이들이 자그마한 자갈처럼 잔 속에서 영글었다.

릭은 차오르는 검은 액체를 바라보면서 잔을 체린에게 밀었다. 작은 레몬 조각과 빨대가 생기기 무섭게 체린은 잔을 집어 들었다.

달고 새콤한 레몬 향이 입안 가득 퍼졌다. 감미롭고 새콤한 레몬 향이 톡 쏘면서 조금 텁텁했던 입안을 상큼하게 씻어 주었다. 체린이 릭을 바라보면서 천천히 입을 열었다가, 이내 입술을 실룩거리면서 고개를 돌렸다. 릭이 물었다.

"뭐 할 말 있어?"

체린은 잠시 침묵을 지키다가 천천히 어깨를 으쓱거렸다.

"글쎄? 무슨 이야기인지 모르겠어. 말 한번 잘못했다가 내가 험한 꼴을 봐서 더는 그 이야기를 하고 싶지는 않거든."

"그렇겠지."

릭은 다시 술을 들이켰다. 그는 살짝 취기가 오른 얼굴로 바 테이블에 팔꿈치를 올리고서 몸을 기대어 앉았다. 그러더니 술집에서 썩어가는 취객처럼 손에 든 술잔을 까딱거렸다. 릭은 취객처럼 말했다.

"이봐, 나도 그 이야기를 더 이상 하고 싶지는 않아. 어차피 내 경험에 따르면 사람은 절대 천성을 바꿀 수 없어. 누군가가 자기 고집 때문에 죽거나, 엄청나게 다치거나, 뒤통수를 거하게 맞지 않는 이상 사람은 절대 안 변해."

"그럼 넌 내 말은 들을 생각이 없구나?"

"그리고 그건 너도 마찬가지겠지."

체린은 릭을 바라보면서 허탈한 듯 웃었다. 그녀가 고개를 돌리려고 하자, 릭은 손가락을 치켜올리며 체린의 주의를 끌었다. 그는 하던 말을 계속 중얼거렸다.

"어차피 너나 나나 계속 이 일을 해야 해. 난 이곳에서 살기 위해서 이 일을 할 거고, 넌 집에 가기 위해서라도 이 일을 해야 할 거야. 그리고 우리 둘 다 목적을 달성하려면 우린 힘을 합쳐야 해. 팀워크가 필요하다고. 너도 인정하지?"

체린이 마지못해 고개를 끄덕이자, 릭은 거부할 수 없는 제안을 체린에게 내밀었다.

"그럼 이렇게 하자. 난 선배로서 현실적인 조언을 해줄게. 선택은 네가 내려."

"내가 선택하라고?"

체린이 눈을 껌뻑이면서 말하자, 릭은 술을 들이켰다.

"간단해. 난 수백 년째 이 일을 하고 있어. 별별 이상한 상황을 다 겪어 봤지. 그래서 웬만한 상황은 대처할 수 있거든. 그리고 백날 말해 봐야 너 같은 타입은 직접 경험해 보는 게 더 나을 거 같기도 하고 말이야."

"흠, 내가 세상 물정 몰라서 투정 부린다는 거야?"

"그렇게 들려? 그럼, 매일 요한나한테 명령받는 나는 세상 물정 모르는 바보인 거야?"

체린은 그건 아니라고 말했다. 릭은 고개를 끄덕였다.

"난 비꼬는 게 아니야. 진심으로 하는 이야기라고. 배달하면서 네가 내렸던 결정들은, 인간으로서는 그리 썩 나쁜 선택은 아니었어. 하지만 네가 내린 결정들은 현실과는 동떨어진 감정적인 결정들이었다고. 내 경험상, 그런 감정적인 선택들은 언젠가 널 무너뜨릴 거야. 처참하게 말이야."

릭은 손가락을 추켜세워 체린을 가리키면서 진지하게 말했다. 체린은 그의 손가락을 바라보다 천천히 고개를 끄덕였다. 그녀는 무너진다는 말의 뜻을 제대로 받아들이지는 못했

시만 대충 좌절한다거나 죽는다는 의미로 받아들이고 천천
히 고개를 끄덕였다. 릭은 그녀를 빤히 쳐다보면서 말했다.

"어쨌든, 내가 하고 싶은 말은, 넌 현실과 타협하는 법을
배워야 한다는 거야. 그래서 이런 제안을 하는 거야. 내가 현
실적인 조언을 해줄 테니, 넌 네가 봤을 때 조금 잔인하다거
나 비인간적이다 싶으면 다른 방향을 제시해 달라는 거야.
어때? 그다지 나쁜 제안은 아니지?"

"그러니까, 네가 내 현실이 될 테니까, 나는 너의 양심이
되어 달라, 이거지?"

체린이 중얼거리자, 릭은 입술을 바싹 집어 올렸다. 마치
친하게 지내던 이웃이 느끼하고 맛없는 음식을 억지로 입안
에 밀어 넣은 것 같은 얼굴이었다. 보통이면 그런 이웃에게
빈말이라도 할 법했지만, 릭은 이웃에게 빈말을 하는 사람이
아니었다.

"으, 그 말을 그렇게 느끼하게도 할 수 있군."

"느끼하지 않거든! 감상적인 거거든!"

체린이 어깨를 주먹으로 툭 때리자, 릭은 치를 떨면서 술
을 들이켰다. 술잔이 비자 순식간에 무채색의 홀로사이트가
스멀스멀 책상 위를 날아올라 다시 릭의 술잔을 채웠다. 술
잔 속의 둥그스름한 얼음을 까딱이던 릭이 말을 이었다.

"세상에! 그나저나 네가 이틀씩이나 잔다고 요한나가 날

얼마나 쪼아댔는지 말도 못해. 어쩌다가 애가 일을 못하겠다고 투덜거렸느냐고 나더러 사유서를 제출하라고……. 그래, 생각해 보니까 너도 사유서 작성하는 거나 도와라."

"내가 왜? 난 아무 잘못 없어."

"하! 그 난리를 피워 놓고서 네 잘못이 아니라고?"

"그래. 내 잘못 아니네요. 엄밀히 말해서 이 빌어……."

체린은 잠시 숨을 집어삼켰다. 하마터면 빌어먹을 회사라고 말할 뻔했던 탓이다. 그녀는 팔뚝 위에서 흐느적거리던 실을 떠올리고는 말을 아꼈다. 잠시 한숨을 쉬던 체린은 천천히 숨을 가다듬고 천장 곳곳을 살피면서 말했다.

"내 말은, 이 빌어먹을 31세기가 문제라고."

"흥, 그러시겠지."

릭이 콧방귀를 뀌자, 체린은 코를 실룩거렸다. 그의 무뚝뚝한 반응이 마음에 들지 않은 눈치였다. 릭은 그러거나 말거나 술을 들이켰다. 알싸한 알코올이 입안을 가득 적시자 축 늘어진 몸뚱이가 서서히 달아올랐다. 릭은 천천히 자리에서 기지개를 켜면서 말했다.

"그래서, 오늘은 뭘 할 거야? 계획 있어?"

"글쎄. 미티가 이따가 옷 구경 가자고 했는데……."

체린은 바닥에 쓰러져 있는 미티를 바라보았다. 그녀는 거대한 아이스크림 공 속에 파묻혀서 행복한 비명을 지르고 있었다. 세티는 그런 그녀를 구하기 위해서 홀로사이트로 아이스크림을 분해했다.

하지만 세티가 아이스크림을 분해할 때마다 미티는 엘리스의 옆구리를 찔렀다. 그리고 옆구리를 찔린 엘리스는 자지러지는 소리를 내면서 아이스크림을 찍어냈다. 때문에 세티는 삽과 홀로사이트를 이용해서 아이스크림을 파내고 있었다. 바닐라와 모차르트, 그리고 쿠키 앤 크림이 바닥에 질펀하게 쌓였다.

체린은 어깨를 으쓱이면서 말했다.

"아무래도 오늘 옷 보러 가기는 그른 거 같아."

"그래? 잘됐군. 그럼 연습이나 하러 가자."

"뜬금없이 웬 연습?"

"허, 뜬금없기는! 뜬금없이 장벽을 분해하는 바람에 벌집이 될 뻔했던 게 어디 사는 누구 씨더라? 쇠사슬에 묶여서 거꾸로 매달려 있었던 건 또 누구였더라? 엉?"

체린은 입술을 실룩거렸다. 그건 그냥 실수였다고, 그녀가 항변하듯 기어 들어가는 목소리로 중얼거렸다. 그녀의 목소리가 자그마한 마침표를 찍기 무섭게, 기다렸다는 듯 블라우스 아래에서 자그만 꼬르륵 소리가 흘러나왔다.

무심결에 체린은 배를 움켜쥐었다. 그러자 배꼽시계가 종소리처럼 연달아 울어댔다. 배를 쓸어내리던 체린이 한숨을 쉬자, 덩달아 한숨을 쉰 릭은 술잔을 기울이면서 말했다.

"뭐, 밥 먹고 한다고 달라질 건 없겠지. 뭐 먹을래?"

"돈가스."

체린이 손바닥을 비비면서 입맛을 다시자, 릭은 홀로그램 메뉴판에서 돈가스를 눌렀다.

무채색의 실이 테이블 위로 날아올라 큼지막한 도자기 그릇을 빚어냈다. 그 위로 양배추와 절인 외계 식물, 빵과 수프가 담긴 그릇이 놓였다. 마지막으로 큼지막한 돈가스가 모습을 드러냈다. 새콤달콤한 갈색 소스를 듬뿍 머금은 노르스름한 튀김옷 위로 신선한 기름이 지글지글 끓고 있었다.

체린은 김이 모락모락 나는 돈가스를 향해 포크와 나이프를 들이댔다. 돈가스의 바삭거리는 튀김옷에 포크를 찔러 넣었다. 곧이어 반짝이는 칼날이 갈색 소스를 머금은 부드러운 돈가스의 표면을 가로질렀다. 쩍하고 갈라지는 균열 속에서 따끈한 온기가 피어올랐다. 먹음직스러운 온기였다. 체린은 곧장 큼지막한 돈가스 한 조각을 입으로 가져갔다. 바삭거리는 식감과 깊은 풍미를 머금은 달짝지근한 소스가 부드러운 고기와 함께 어우러져 입안 가득 퍼져 나갔다.

체린은 부드럽게 바스러지는 고기 한 점을 음미했다. 그녀는 낮은 콧소리를 내면서 돈가스 한 점을 더 칼로 썰어 입안에 집어넣었다. 하지만 뭔가가 부족했다. 접시에 담긴 음식을 바라보던 체린은 금세 부족한 것이 무엇인지 알아차렸다. 밥이 없었다.

체린이 눈을 껌뻑거렸다. 그녀는 릭의 얼굴을 바라보았다.

"왜? 뭐가 부족해?"

릭이 묻자 체린은 무심결에 고개를 끄덕였다. 하지만 이내 고개를 도리도리 저은 그녀는 손바닥을 비비면서 말했다.

"아냐, 아냐. 가만히 있어 봐. 내가 직접 해볼게."

그녀는 조용히 숨을 들이켠 뒤 정신을 집중했다. 옆머리를 따라 긴장감이 찌릿하게 흐르고 지나가자 하얀 실이 허공에 날아올랐다. 실은 서서히 바 테이블 위로 내려와 넓적한 그릇과 쌀밥을 자아냈다. 그러나 어디서 잘못됐는지 밥그릇은 접시로 변했고, 남은 실들은 분홍색 죽으로 변해 그릇에서 부글부글 끓어올라 사방에 튀었다. 체린은 분홍색 점액으로 뒤덮인 얼굴을 닦아냈다.

릭은 어깨를 으쓱거리면서 말했다.

"나 원, 배달까지 갔다 와 놓고서 아직도 홀로사이트를 제대로 못 쓰면 어떡하냐?"

"뭐, 어쩌라고! 그냥 이 실 나부랭이를 움직이는 게 힘든 것뿐이야! 칫."

체린이 입술을 실룩이자 릭은 손가락을 튕겼다. 그의 손끝에서 흘러나온 붉은 실이 스멀스멀 체린의 앞에 모여들었다.

실들은 촘촘하게 짠 정밀한 직물처럼 서로의 몸을 휘감아 올랐다. 섬유의 질감이 사라지자 발그스레 반짝이는 작은 밥그릇이 돈가스가 든 접시 옆에 놓여 있었다. 아래쪽 폭이 좁은 빨간색 일본풍 밥그릇이었다. 밥그릇 위로 잡초처럼 스멀스멀 자라난 붉은 실들은 허공에서 작은 알갱이로 영글었다.

차곡차곡 밥그릇 위에 내려앉은 불그스름한 알갱이들은 서서히 붉은 빛을 털어 버렸다. 그러자 그릇 안에는 기름기가 좔좔 흐르는 밥알들이 소복이 쌓여 있었다.

그녀는 어깨를 으쓱이면서 기름기가 좔좔 흐르는 뜨끈한 밥을 돈가스와 함께 입안에 집어넣었다. 고소한 기름기와 맛있는 소스가 고슬고슬한 밥알과 함께 부서지면서 육즙이 입안 가득 번졌다.

체린은 31세기에 와서 처음으로 기분 좋은 콧노래를 흥얼거렸다.

안녕하세요, 여러분. 처음 뵙겠습니다.

〈FTL에 어서 오세요〉라는 작품에 대해 어떤 생각이 드셨나요? 참고로 저는 이 작품을 쓰면서 내내 바닐라 아이스크림을 떠올리면서 썼습니다. 부드럽고 달달하면서 웬만하면 무난하게 먹을 수 있는 아이스크림 말이죠. 하지만 싫어하는 사람들은 또 바닐라 아이스크림을 싫어하더군요.

이번 작품은 FTL이란 회사와 그 속에서 살아가는 이들의 일상, 그리고 FTL이 말하는 배달의 의미를 그려봤습니다. FTL은 죽은 자조차 안식을 취하지 못하고 회사를 위해 장기말처럼 움직이며 개개인의 양심과는 상관없이 더 끔찍한 짓을 저지를 수밖에 없도록 몰아가는 회사였죠.

처음에 이런 사악한 기업을 떠올린 건 2001년쯤 햄버거 가게에서 햄버거를 먹을 때였어요. 만약에 햄버거 가게에서 배달을 하는데 고객이 주문 버튼을 누르자마자 배달부가 짠하고 나타나서 햄버거를 건네주고 가면 어떨까 하는 생각을 떠올렸죠.

하지만 버튼을 누르자마자 짠 등장하는 건 조금 재미없기도 하고 너무 흔한 이야기가 될 것 같아서 거기에 몇 가지 장치를 더했어요. 시간여행자들이 배달을 하는 내용으로 바꿨죠.

그런데 시간여행으로 음식 배달을 할 정도로 시간여행이 보편적인 세상에 대해 생각해 보니 몇 가지 아이디어가 떠오르더군요. 시간여행이 보편적이면 과거에 살았던 이들을 데려오는 것도 가능하지 않을까 싶었어요. 그러다 과거에 죽은 이들을 데려와 부려먹으면 어떨까 하는 생각이 들었죠. 하지만 그냥 부려먹으면 레이저만 뿅뿅 나가는 흔하다 못해 촌스러운 이야기가 될 것 같더군요. 그건 책으로 사용될 종이가 될 나무에게 조금 미안한 일이죠.

그래서 저는 조금 더 특색을 주기 위해 설정을 가다듬기로 결심했어요. 머나먼 미래의 어느 순간에 나타날 기업이 타임머신 관련 기술을 섭렵한 뒤 과거에 사는 사람들이 죽기 직전에 시공간을 잘라 납치해서 부려먹는 회사에 대한 이야기를 쓰기로 했어요.

이 작품이 출간되기까지 정말 많은 분들의 노력과 인내가 있었습니다. 우선 저를 지지해 주시고 이곳까지 이끌어주신 모든 스승님들께 감사인사를 드립니다.

많은 조언을 아끼지 않으셨던 수많은 작가님들. 정말로 감사드립니다. 오랜 기간 제 작품을 읽어주시고, 때때로는 너무 SF적인 작품만 써서 죄송스러울 만큼 고통스런 기억을 드린 것만 같아서 정말 진심으로 죄송하다는 말씀을 드리고 싶은 김지연 선생님. 그리고 만 28세 중반이 넘어서까지 백수 노릇하고 있던 아들 손자를 잘 참고 봐주셨던 가족분들께도 (특히 어머니께) 감사 인사를 드립니다.

또한. 공포의 황제이자, 감히 말하건대 금세기 최고의 작가님이신 스티븐 킹 씨. 아직도 은하수 어딘가를 여행 중이실 것 같은 더글라스 에덤스 씨께 감사 인사를 드리며 여기서 이만 마치도록 하겠습니다.

여러분의 삶이 카르노 엔진만큼 효율적으로 행복한 삶이 되시기를 바랍니다.